dorian hunter

DÄMONEN-KILLER

Im Zeichen des Bösen

dorian hunter

DÄMONEN-KILLER

Band 1

Im Zeichen des Bösen

von Ernst Vlcek und Neal Davenport

Zaubermond-Verlag
Hamburg

Titelbild: Mark Freier
Satz: Zaubermond-Verlag
Druck und Bindung: scandinavian books

Alles über Dorian Hunter unter:
www.Zaubermond.de

Inhaltsverzeichnis

Erstes Buch

Im Zeichen des Bösen

von Ernst Vlcek

»Leichen sind etwas Wunderbares«, schwärmte der kleine, dunkle Australier mit den ungewöhnlich zarten Händen, der sich als Edward Belial vorgestellt hatte. Dann räusperte er sich und fügte erklärend hinzu: »Sie müssen wissen, dass ich Leichenbestatter bin. Und ich kann mit Fug und Recht behaupten, dass ich in meiner Arbeit aufgehe. Wenn die Angehörigen ihre Verstorbenen zu mir bringen, dann sind sie kalt und weiß wie Wachsfiguren. Ihre Gesichter sind entstellt, vom Tode gezeichnete Fratzen. Es gibt nur wenige, die selig und sanft entschlafen. Die weitaus meisten scheiden nach langen qualvollen Leiden dahin, oder sie sterben eines unnatürlichen Todes. Wenn sie aber durch meine Hände gegangen sind, haben sie wieder einen frischen Teint und sind schöner als zu Lebzeiten. Ich liebe meinen Beruf, denn der Leichenbestatter ist der Einzige, der den Toten einen Hauch von Leben schenken kann.«

Edward Belial unterbrach sich, als der Autobus über ein Schlagloch fuhr und er in die Höhe gehoben wurde. Die anderen neun Insassen, acht Männer und eine Frau, wurden ebenfalls gehörig durchgeschüttelt. Je nach Temperament und Laune schimpften sie, verdrehten die Augen und verwünschten den Fahrer. Manche von ihnen, wie zum Beispiel der Argentinier Roberto Copello, hatten eine lange Reise hinter sich und waren den Strapazen dieser Autobusfahrt nervlich nicht mehr gewachsen.

Ein kleiner dicklicher Franzose, dem trotz seiner Jugend auf der Vorderseite seines Kopfes bereits keine Haare mehr wuchsen und der auf der Bank hinter dem Fahrer saß, beugte sich zu diesem vor und fluchte auf Englisch: »Können Sie nicht besser Acht geben? Sie fahren ja, als sei der Leibhaftige hinter Ihnen her.« Er drehte sich zu den anderen um, die sich über die verschiedenen Sitzreihen verteilt hatten. Seine kleinen Augen hatten einen verschlagenen Ausdruck, und sein Blick wanderte unruhig von einem zum anderen. »Ich glaube, Sie kennen meinen Namen noch nicht«, sagte er. »Ich bin Dr. Frederic de Buer und soviel ich weiß mit 29 Jahren der jüngste Serologe Frankreichs. Sie dort hinten in der letzten Reihe, Sie sprechen doch Deutsch? Ich glaube, Ihr Name war

Hunter? Dorian Hunter? Sagen Sie doch diesem Bauernlümmel, dass er nicht so rasen soll! Wir werden noch alle im Straßengraben landen.«

Der Angesprochene, an dessen Seite die einzige Frau saß, rief nach vorn: »Müssen Sie so schnell fahren? Wir haben es gar nicht eilig.«

»Aber ich«, rief der Fahrer im Dialekt der Einheimischen zurück, ohne den Kopf zu wenden. Er kauerte mit verkniffenem Gesicht hinter dem großen Lenkrad und wandte den Blick nicht von der Schotterstraße, die sich durch den Wald schlängelte. »Ich hätte diese Fuhre gar nicht übernommen, wenn Sie kein so gutes Angebot gemacht hätten. Aber vor Einbruch der Dunkelheit möchte ich wieder zu Hause sein.«

»Warum?«, wollte Dorian Hunter wissen.

Der Fahrer lachte nur. Es klang gekünstelt.

»Da ist nichts zu machen«, meinte Dorian mit einem bedauernden Lächeln zu den anderen. »Der Mann scheint eine wichtige Verabredung zu haben.«

»Wie wir«, sagte der große stattliche Schwede, der sich als Jörg Eklund vorgestellt hatte.

»Er hat Angst«, behauptete ein Mann, der in der dritten Sitzreihe saß. Er war fast zwei Meter groß, unheimlich mager und blass und wirkte fast durchscheinend wie ein Gespenst. »Ich brauche seine Sprache gar nicht zu verstehen, um das zu merken.«

Dorian Hunter drückte seine Frau fester an sich, als er merkte, dass sie zitterte. »Was ist mit dir, Lilian?«, erkundigte er sich besorgt.

Sie wirkte neben ihm so zierlich und zerbrechlich wie eine Puppe. Dieser Eindruck wurde noch durch ihr blondes Haar und die helle Haut unterstrichen, die einen starken Gegensatz zu seinem dunklen Teint bildete. Er war einen Meter neunzig groß, schlank und sportlich; aus jeder seiner Bewegungen, selbst wenn er seiner Frau zärtlich über das Puppengesicht strich, sprach die geballte Kraft seines durchtrainierten Körpers.

»Ich habe Angst«, gestand Lilian. »Alles ist so unheimlich. Diese fremden Männer, die dasselbe Ziel haben wie du ... Wie erklärst du es dir, Rian, dass sie alle zur gleichen Zeit den Wunsch verspürt haben, nach Asmoda zu fahren? Ausgerechnet in dieses unscheinbare Dorf an der jugoslawischen Grenze, das niemand kennt.«

Dorian blickte mit einem aufmunternden Lächeln auf seine Frau herab, aber der dichte Schnurrbart verzerrte das Lächeln, und der besänftigende Blick aus seinen dunklen Augen hatte etwas Dämonisches.

»Es wird sich sicher für alles eine harmlose Erklärung finden«, sagte Dorian, aber es klang nicht sehr überzeugend.

»Daran glaubst du selbst nicht, Rian«, wisperte Lilian. »Welche Erklärung soll es denn dafür geben, dass neun Männer aus allen Teilen der Welt, die sich vorher noch nie gesehen und nichts voneinander gehört haben, plötzlich denselben Wunsch verspüren?«

»Es ist mehr als ein Wunsch. Es ist ein Drang. Beinahe ein Zwang«, berichtigte Dorian sie.

»Hör auf damit!«, bat Lilian. »Wir hätten diese Reise gar nicht unternehmen sollen.«

»Ich habe dir freigestellt, in London zu bleiben.«

Lilian rückte ein Stück von ihm ab und meinte schmollend: »Bin ich dir lästig? Wenn ich das gewusst hätte, wäre ich nicht mitgekommen.«

Er zog sie an sich und küsste sie auf die Nasenspitze. »Sei nicht albern, Lilian!«

Sie schmiegte sich wieder an ihn. »Du weißt doch, dass ich nie – nie ohne dich sein könnte! Warum hast du keine einzige Sekunde daran gedacht, dieses alberne Vorhaben, nach Asmoda zu fahren, aufzugeben und bei mir in London zu bleiben?«

Dorian biss die Zähne aufeinander, dass seine Wangenknochen hervortraten. »Weil ich nicht anders konnte. Ich muss herausfinden, welche Kraft mich in diese gottverlassene Gegend zieht.«

Lilian zitterte am ganzen Körper. Ihre Zähne klapperten hörbar aufeinander. »Ich habe es mir nicht so schlimm vorgestellt«, gestand sie. »Ich glaubte, dass du dir alles nur einbilden würdest – diese lockenden Stimmen, die du in deinen Träumen gehört hast. Ich dachte, sie wären eine Auswirkung deiner intensiven Beschäftigung mit dem Okkultismus, den Hexenverbrennungen, der Inquisition und diesen schauderhaften Dingen. Deshalb wollte ich dich an Ort und Stelle davon überzeugen, dass alles nur ein Produkt deiner blühenden Phantasie ist. Aber jetzt …« Sie schüttelte sich demonstrativ und fuhr mit zittriger Stimme fort: »Jetzt fange ich an zu glauben, dass es diese Stimmen wirklich gegeben hat. Es kann doch kein Zufall sein, dass diese acht Männer die gleiche Botschaft wie du erhalten haben. Hätte ich gewusst, dass wir in so unheimliche Gesellschaft geraten würden … Sieh dir einmal den Mann an, der drei Reihen vor uns sitzt! Wenn er mir im Londoner Nebel begegnen würde, würde ich vor Angst sterben. Er hat gesagt, dass er Sizilianer sei. Ich wette, er gehört zur Mafia.«

»Jetzt geht deine Phantasie mit dir durch«, sagte Dorian lachend.

Der Mann, von dem Lilian gesprochen hatte, war groß und bullig. Der kleine Kopf bildete einen unheimlichen Kontrast zu seinem Körper. In diesem Augenblick wandte sich der Fremde um, als hätte er Lilians Worte gehört. Sie erblickte eine breite Narbe auf seiner linken Gesichtshälfte, die sich von der Stirn bis zum Kinn hinunter zog.

»Ich heiße Bruno Guozzi«, sagte er, als sei er aufgefordert worden, seinen Namen zu nennen.

»Er hat mich gehört«, flüsterte Lilian ihrem Mann zu. »Ich bin sicher, dass er mich gehört hat, obwohl ich leise gesprochen habe. Er kommt mir so vor, als sei er von den Toten auferstanden.«

Wie um Lilians Ängste zu schüren, fuhr Bruno Guozzi fort: »Ich weiß, dass ich keinen sehr erfreulichen Anblick biete. Das habe ich meinen Feinden zu verdanken, die versucht haben, mich lebendig einzumauern. Kann sich jemand von Ihnen vorstellen, was es bedeutet, lebendig begraben zu sein? Dieses Erlebnis hat mich geformt – äußerlich wie auch im Innern. Würde jemand von Ihnen glauben, dass ich erst 29 Jahre alt bin?«

»Sagten Sie 29 Jahre?«, erkundigte sich Jörg Eklund, ein Schwede mit leicht femininen Zügen. Als er den drohenden Blick des Sizilianers bemerkte, fügte er schnell hinzu: »Dann sind wir der gleiche Jahrgang. Ich bin auch 29. Geboren am 14. Juli.«

»Welch ein Zufall!«, rief der Argentinier Roberto Copello, der sich als Kriminologe ausgegeben hatte, mit schriller Stimme. »Auch ich bin 29 Jahre und am 14. Juli geboren.«

Lilian gab einen erstickten Aufschrei von sich und starrte ihren Mann aus vor Schreck geweiteten Augen an.

»Habe ich Sie erschreckt?«, erkundigte sich Copello scheinheilig.

Dorian schüttelte den Kopf. »Die Überraschung meiner Frau ist wohl darauf zurückzuführen, dass ich ebenfalls in Ihrem Alter bin. Auch mein Geburtstag fällt auf den 14. Juli.«

Für einen Moment herrschte Totenstille im Autobus; nur die Fahrgeräusche waren zu hören. Durch die schlecht abgedichteten Fenster pfiff ein schauriger Wind. Die Männer sahen einander an; und sie lasen es von den Gesichtern der anderen ab, dass sie alle dasselbe dachten. Sie waren alle gleich alt, und sie waren alle am selben Tag geboren. Dies musste eine tiefere Bedeutung haben. Lilian Hunter war derselben Ansicht. Sie presste ängstlich die Hand vor den Mund, weil sie ahnte, dass hier etwas nicht mit rechten Dingen zuging.

Der Autobus hielt mit quietschenden Bremsen auf dem Dorfplatz.

»Das ist Asmoda?«, fragte Dr. Robert Fuller, der kleine nervöse Transplantationschirurg aus den USA, enttäuscht.

»Mir scheint, wir sind ins düstere Mittelalter verschlagen worden«, meinte Dr. Jerome Hewitt stirnrunzelnd. Er war groß und kräftig und wirkte so behäbig und ungeschickt wie ein Bär.

Der Platz war nicht groß. In der Mitte stand ein Brunnen, den ein gusseiserner Drache zierte. Früher hatte er aus seinem aufgerissenen Maul wahrscheinlich Wasser gespien, aber jetzt kam kein Tropfen mehr heraus. Zwei junge Burschen, die auf der Steinumfassung gesessen hatten, erhoben sich schnell und verschwanden in dem fünfzehn Meter entfernten Gasthaus. Die Häuser rund um den Platz waren Fachwerkbauten mit geschnitzten Giebelverzierungen und Holzläden vor den Fenstern. Einst waren es sicherlich schmucke Häuser gewesen, doch jetzt zeigten sie starke Verfallserscheinungen. Aber nicht nur die ländlichen

Gebäude und der mit Kopfsteinen gepflasterte Platz machten einen verwahrlosten Eindruck; auch die wenigen Bewohner, die zu sehen waren, wirkten heruntergekommen und verschlampt. Die beiden Frauen, die eben aus dem Gemischtwarenladen traten und eiligen Schrittes, dicht an die Hauswand geduckt, davonhasteten, trugen einfache Kittel aus grobem Leinen. Ihre Gesichter verschwanden unter den schwarzen, streng geknoteten Kopftüchern. Ihre Hände, mit denen sie Einkaufskörbe umklammerten und fest an den Körper drückten, waren schmutzig. Kaum hatten sie den Laden verlassen, eilte der Besitzer heraus und schlug die Läden zu. Ein halbes Dutzend Dorfbewohner, die kurz aus den Fenstern geblickt hatten, folgten seinem Beispiel. Im Nu lag der Platz wie ausgestorben da. Der Fahrer des klapprigen Autobusses versuchte seine Gäste durch Gesten und Worte, die sie nicht verstanden, zu rascherem Aussteigen zu bewegen. Als alle draußen waren und ihre Koffer aus dem mit einem Stück Draht verschlossenen Gepäckraum holten, wandte sich Dorian Hunter an den Fahrer und fragte ihn: »Wovor fürchten Sie sich?«

»Ich habe keine Angst«, behauptete der grobschlächtige Mann wenig überzeugend. »Ich möchte nur Asmoda noch vor Einbruch der Nacht weit hinter mir wissen.«

»Das muss doch einen besonderen Grund haben, denke ich.«

Der Fahrer wischte sich nervös die Hände an der Hose ab, blickte sich dann verstohlen um und sagte mit gedämpfter Stimme: »Alle Leute der Umgebung meiden Asmoda. Sehen Sie selbst, wie seltsam sich die Bewohner benehmen! Sie misstrauen allen Fremden – und als Fremder tut man ebenso gut, den Leuten von Asmoda zu misstrauen. Man erzählt sich seltsame Dinge.«

»Wir sind nicht abergläubisch«, meinte Dorian lachend.

Der Einheimische warf ihm einen seltsamen Blick zu. »Es geht mich nichts an, was Sie hier wollen. Sie haben mich anständig bezahlt, und ich habe Sie an Ihr Ziel gefahren. Alles Weitere hat mich nicht zu kümmern. Aber … wollen Sie etwa die Nacht in Asmoda verbringen?«

»Es wird uns wohl nichts anderes übrigbleiben.«

Der Fahrer ergriff plötzlich Dorians Arm und drückte ihn fest. »Wenn ich Ihnen einen guten Rat geben darf: Tun Sie das nicht! Sie haben eine junge, hübsche Frau bei sich. Das kann gefährlich werden. Um der Sicherheit Ihrer Frau willen, bleiben Sie nicht hier!«

»Was wollen Sie damit sagen?«, erkundigte sich Dorian scharf.

»Nichts, Herr. Ich sage nichts mehr. Ich habe schon zu viel geredet.«

Dorian schüttelte seine Hand ab und packte ihn am Rockaufschlag. »Heraus mit der Sprache! Warum glauben Sie, dass meine Frau in Asmoda nicht sicher sei?«

»Ich … Lassen Sie mich los, Herr! Ich bekomme keine Luft.«

Als sich Dorians Griff lockerte, schluckte der Mann und bekreuzigte sich. »Hoffentlich erfährt sie es nicht, dass ich Sie gewarnt habe. Verraten Sie mich nicht, Herr!«

»Von wem sprechen Sie eigentlich?«

»Von der Hexe, die hier ihr Unwesen treibt«, antwortete der Mann widerwillig. »Lachen Sie mich nicht aus, Herr! Denken Sie an meine Worte und achten Sie auf Ihre junge, schöne Frau! Es sind schon viele junge Mädchen in dieser Gegend verschwunden und nie mehr aufgetaucht.«

Dorian blies hörbar die Luft durch die Zähne und gab dem Fahrer einen Stoß, dass er mit dem Gesäß gegen das Lenkrad und auf die Hupe fiel. Ihr missklingender Ton hallte eindringlich über den stillen Platz. Ihr Klang, der so ganz und gar nicht in diese mittelalterliche Umgebung passen wollte, brachte Dorian zur Besinnung. »Entschuldigen Sie!«, meinte er verlegen. »Und danke für Ihre Warnung.« Dann wandte er sich wieder Lilian zu.

»Was wollte der Mann von dir?«, erkundigte sie sich, während er ihr beim Aussteigen behilflich war.

»Er muss verrückt sein«, sagte Dorian ausweichend. »Er hat ganz konfuses Zeug geredet.«

Lilian blieb auf der untersten Stufe stehen. »Wollen wir nicht umkehren, solange es noch nicht zu spät ist? Der Fahrer nimmt uns bestimmt mit zurück, wenn wir ihn darum bitten. Mir zuliebe, Rian!«

»Du kleine, ängstliche Närrin«, meinte er lachend und hob sie mit spielerischer Leichtigkeit von der Treppe herunter. »Solange ich bei dir bin, hast du weder Teufel noch Dämonen zu fürchten.«

»Teufel und Dämonen?«, wiederholte Lilian und schlang die Arme um den Körper.

»Das nimmst du doch nicht wörtlich?« Dorian holte ihre beiden Koffer aus dem Gepäckraum, verschloss die Klappe mit dem Draht und gab dem Fahrer mit einem Handzeichen zu verstehen, dass er abfahren konnte. Der Motor heulte auf. Der Autobus setzte sich in Bewegung und war eine Minute später in einer der engen Dorfgassen verschwunden. Zurück blieben die zehn Personen mit ihrem Reisegepäck. Erst jetzt merkten sie, dass sie Fremdkörper an diesem Ort waren – Menschen des Zwanzigsten Jahrhunderts in einem Dorf, an dem die Zeit spurlos vorbeigegangen zu sein schien.

»Wie soll es nun weitergehen?«, fragte Jörg Eklund.

»Ich schlage vor, dass wir uns zuerst einmal ein Quartier für die Nacht suchen«, meinte Dr. de Buer. »Wollen Sie das übernehmen, Mr. Hunter? Vielleicht versuchen Sie es einmal in dem Gasthaus dort drüben. Ein anderes Lokal scheint es hier ohnehin nicht zu geben.«

Dorian stellte seine beiden Koffer wieder hin, lächelte Lilian beruhigend zu und schritt auf das Gasthaus zu. Über dem Eingang hing ein Schild mit einer abgeblätterten Schrift. Zum Güldenen Drudenfuß, stand darauf. Das Schild schien tatsächlich noch aus jener Zeit zu stammen, in der man geglaubt hatte, dass Pentagramme vor Nachtkobolden und Hexen schützen. Absurd, dass heutzutage jemand noch etwas auf diese Schauergeschichten gab.

Als Dorian den Eingang des Wirtshauses erreichte, trat plötzlich der Wirt heraus und schickte sich an, die Holzläden der Tür zu schließen. Dorian schob blitzschnell einen Fuß in die Türspalte und fragte: »Haben Sie Zimmer frei?«

Ein Blick ins Innere zeigte ihm, dass der Schankraum nur durch Kerzenlicht erhellt war. Aus dem Halbdunkel blickten ihm einige düstere Gesichter entgegen.

»Geschlossen«, sagte der Wirt in gebrochenem Deutsch und fügte anschließend etwas in einer fremden Sprache hinzu.

»Wir wollen gar nicht bei Ihnen einkehren«, versuchte Dorian ihm geduldig zu erklären. »Wir brauchen nur Quartiere für die Nacht. Wenn Sie Zimmer vermieten, würden wir sie gern ansehen.«

Der Wirt schüttelte den Kopf.

»Sie vermieten keine Zimmer?«, vergewisserte sich Dorian.

Erneutes Kopfschütteln.

»Können Sie uns dann vielleicht sagen, ob es in diesem Ort noch eine andere Übernachtungsmöglichkeit gibt?«

»Nein.«

Dorian resignierte. Er zog den Fuß zurück, und die Holzläden schlugen zu. Die anderen Reisegäste hatten neben dem Drachenbrunnen gewartet. Dorian kehrte zu ihnen zurück und hob bedauernd die Schultern. Links hörte er plötzlich ein schrilles Kichern. Als er sich umwandte, sah er einen jungen Mann unter einem Torbogen kauern. Er hockte auf einem Mauervorsprung und grinste, während er mit abgehackten, heftigen Bewegungen an einem Stück Rinde schnitzte. Dorian ging zu ihm. »Wir sind fremd hier und suchen für die Nacht ein Quartier«, sagte er. »Wissen Sie, wo wir hier in Asmoda Zimmer bekommen könnten?«

Der junge Mann blickte von seiner Tätigkeit auf. Dorian sah in das Gesicht eines Geistesgestörten, in dem ständig irgendein Nerv zuckte.

»Ja, ja«, sagte der junge Mann und kicherte wieder aufdringlich. »Ich weiß, wo Sie schlafen können. In der Herberge des fetten Jablonsky.«

»Können Sie uns den Weg beschreiben?«, fuhr Dorian schnell fort. »Oder würden Sie uns zur Herberge hinführen? Sie brauchen das natürlich nicht umsonst zu tun.«

»Geld, ja?«, erkundigte sich der junge Mann, der kaum älter als neunzehn Jahre sein konnte. Er erhob sich, verstaute die Rinde in seiner viel zu großen Hose und klappte das Taschenmesser zusammen, um es ebenfalls verschwinden zu lassen.

»Wollen Sie, dass Vukujev Sie zum fetten Jablonsky bringt, Herr?«

»Sie heißen Vukujev?«

Der junge Mann nickte und grinste dabei dümmlich. Dorian holte einen 50-Schilling-Schein aus der Tasche und drückte ihn dem Geisteskranken in die Hand. »Führen Sie uns bitte zur Herberge, Vukujev!«

Der Junge stopfte die Banknote in seine Hosentasche und eilte kichernd zu den anderen. »Ich führe die Herren«, verkündete er und eilte zwischen den abgestellten Koffern umher. Vor Lilian blieb er stehen und starrte sie mit unverhohlener Neugier an. Mit dem Handrücken wischte er sich den Speichel von den vor Staunen geöffneten Lippen. »Schöne Frau. Schön wie Anja«, sagte er bewundernd.

Lilian wich entsetzt zurück. »Rian, was will dieser Verrückte von mir?«

»Er wird uns zur Herberge führen«, erklärte Dorian und herrschte dann Vukujev an: »Tragen Sie meine Koffer, oder glauben Sie, ich bezahle Sie fürs Nichtstun!«

Zu Dorians Erstaunen zuckte der junge Mann zusammen, als hätte man ihn geschlagen. Sofort ergriff er die beiden Koffer und eilte davon. Nach zehn Schritten blieb er stehen und rief: »Kommen Sie! Schnell, Herr! Kommen Sie!« Dann setzte er sich mit den beiden Koffern wieder in Bewegung.

»Musstest du dich unbedingt mit diesem Verrückten einlassen?«, fragte Lilian vorwurfsvoll. »Wer weiß, ob wir ihn wieder loswerden.«

»Er ist harmlos«, versicherte Dorian. Er fasste Lilian um die Hüfte und drängte sie hinter Vukujev her, der sich schon fast zwanzig Meter von ihnen entfernt hatte.

»Sie haben es gut, Hunter«, sagte Dr. Fuller ächzend. »Sie haben sich gleich den einzigen Kuli weit und breit geschnappt.«

»Glauben Sie nur nicht, dass Sie den Wortführer spielen können, weil Sie zufällig die Sprache dieser Hinterwäldler beherrschen, Hunter«, rief Bruno Guozzi dazwischen. »Ich habe es nicht gern, wenn man mich herumkommandiert.«

»Dann übernachten Sie meinetwegen im Freien«, rief Dorian verärgert zurück. Je länger er mit den anderen zusammen war, desto mehr spürte er, dass sie nicht zusammenpassten. Sie waren von der gleichen magischen Kraft hierher gelotst worden, aber er war dem Ruf aus ganz anderen Motiven gefolgt als sie. Er suchte nach einer Antwort – die anderen vielleicht eher nach einer Art Bestätigung …

Sie kamen durch winklige Gassen. Die Dämmerung senkte sich langsam auf Asmoda herab. In diesem von bewaldeten Hügeln und Bergen umgebenen Tal wurde es schneller Nacht als anderswo. In keinem der Häuser, an denen sie vorbeikamen, brannte ein Licht, und es gab auch keine Straßenbeleuchtung. In der Luft hing der Geruch von Knoblauch. Als sie zehn Minuten später das Ende des Dorfes erreicht hatten, sahen sie endlich ein Haus, in dem einige Fenster erhellt waren. Das musste die Herberge sein. Vukujev erwartete sie bereits vor dem Eingang. Er hatte sich auf einen von Dorians Koffern gesetzt und kicherte vor sich hin.

»Da hängt ein Schild«, sagte Elmer Landrop, der Großgrundbesitzer aus Kapstadt, dessen Aussehen eher einem Gespenst als einem lebenden Menschen ähnelte. »Können Sie lesen, was darauf steht, Hunter?«

Dorian warf einen kurzen Blick auf das schmierige Kärtchen, das an einer mehrfach geknoteten Schnur von der Klinke baumelte. »Keine Zimmer frei«, übersetzte er. Er holte tief Luft und öffnete die Tür. »Das wird sich herausstellen«, sagte er.

Über der Tür bimmelte ein Glöckchen, als Dorian die Schankstube betrat und feststellen musste, dass sie leer war. Er blickte sich um. Auf einigen der Tische standen neben halb abgebrannten Kerzen Gläser, manche von ihnen halbvoll. Aber es war kein einziger Gast da. Entweder waren alle schon längst gegangen, und der Wirt hatte nur aus Trägheit nicht abgeräumt, oder sie hatten den Schankraum erst vor kurzem fluchtartig verlassen. Wahrscheinlich Letzteres, dachte Dorian.

»Ist jemand da?«, rief er laut.

Ihm war, als hörte er aus den hinteren Räumen schlurfende Schritte und verhaltenes Stimmengemurmel, aber diese Geräusche gingen in dem Lärm unter, den die anderen Fremden verursachten, als sie den Schankraum der Herberge betraten. Die Kerzenflammen des siebenarmigen Leuchters, der auf der veralteten Registrierkasse stand, flackerten unruhig im Luftzug. Dorian stellte sich schützend davor, damit sie nicht ausgehen konnten. Neben ihm tauchte Vukujev auf und kicherte nervenaufreibend. Er schlängelte sich behände durch die Tischreihen und schlürfte nacheinander die Reste aus den Gläsern.

Lilian drängte sich an Dorians Seite und flüsterte: »Komm, lass uns wieder gehen! In dieser Räuberhöhle würde ich nicht einmal für viel Geld übernachten wollen.«

»In unserer Lage dürfen wir nicht so wählerisch sein, Frau Hunter«, sagte Dr. de Buer und wischte mit der Hand naserümpfend über ein staubbedecktes Regal an der Wand.

»Hier scheint man auf unsere Devisen keinen Wert zu legen«, sagte Roberto Copello. »Dabei dachte ich, Österreich sei ein gastfreundliches Land.«

»Das hier ist nicht das Österreich, für das man in den Reisebüros wirbt«, erklärte Jörg Eklund und spreizte geziert die Hände. »Ich war schon einmal mit meiner verstorbenen Frau in diesem Land, aber das war damals ganz anders.«

»Sie waren verheiratet?«, erkundigte sich Lilian impulsiv, obgleich sie am liebsten kein einziges Wort mehr mit den anderen Männern gewechselt hätte.

»Ja«, erklärte Eklund und lächelte süffisant. »Elvira war dreißig Jahre älter als ich. Man fand sie eines Tages tot auf. Sie war furchtbar zugerichtet, als wäre sie von einem Rudel Wölfe überfallen worden – sagte die Polizei. Eine befriedigende Erklärung konnte man nicht finden.«

»Das ist ja furchtbar«, meinte Lilian.

»Furchtbar?« Eklund spitzte die Lippen. »Ich habe ein Vermögen geerbt. Das ist doch nicht furchtbar.«

Einige der anderen lachten. Lilian fröstelte. In was für eine Gesellschaft war sie da geraten!

»Jablonsky!«, brüllte Vukujev. »Gäste sind da.«

Aus den hinteren Räumen ertönte eine Stimme, ohne dass sich

der Sprecher blicken ließ. »Ich habe keine Zimmer frei. Das ist deutlich zu lesen. Verschwindet wieder!«

»Aber hier sind Fremde. Touristen. Willst du, dass sie im Wald übernachten?«, fragte Vukujev mit seiner schrillen Stimme und kicherte.

»Ich werde mir den Besitzer der Herberge einmal vornehmen«, sagte Dorian entschlossen und machte Anstalten, die Privaträume des Gastwirts aufzusuchen. In diesem Moment glitt eine Seitentür auf, und ein Mädchen huschte in den Schankraum. Sie war kaum ein Meter sechzig groß und stämmig. Trotz ihrer schlampigen Kleidung war zu erkennen, dass sie eine gute Figur hatte, und der Schmutz in ihrem Gesicht konnte nicht verbergen, dass sie hübsch war.

»Anja!«, rief Vukujev überrascht aus.

»Pst!«, machte das Mädchen und legte den Zeigefinger an die Lippen, während ihre großen, mandelförmigen Augen verstohlen zu der Pendeltür glitten, die zu den Privaträumen führte. Dann schürzte sie ihren Kittel und kam lautlos herangeeilt. Vor Dorian blieb sie stehen und blickte flehend zu ihm auf. »Sie verstehen, was ich sage? Ich habe gehört, dass Sie Deutsch sprechen, Herr«, raunte sie im Dialekt der Einheimischen, was sich seltsam anhörte, weil sie mit einem slawischen Akzent sprach. »Sie müssen mir helfen, Herr. Bringen Sie mich von hier fort! Bitte! Ich habe Angst.«

Dorian wollte schon fragen, wovor sie sich denn fürchte, als er das Amulett sah, das sie an einer Schnur um den Hals trug. Er griff danach und wog es in der Hand. Es war ein Pentagramm darauf abgebildet, das von Schriftmotiven aus der Kabbala eingerahmt war.

»Warum tragen Sie das Amulett?«, erkundigte sich Dorian.

»Es schützt mich vor den Dämonen«, antwortete das Mädchen scheu. Sie wirkte recht intelligent. Wahrscheinlich befürchtete sie, der Fremde würde sie wegen ihres Aberglaubens belächeln. Aber Dorian lachte sie nicht aus, und das ließ sie neuen Mut schöpfen. Hastig fuhr sie fort: »Aber ich fühle, dass ich in der kommenden Vollmondnacht hier nicht mehr sicher bin. Bitte, beschützen Sie mich! Ich werde alles tun, was Sie von mir verlangen, nur nehmen Sie mich mit!«

»Anja!« Die Pendeltür wurde aufgestoßen, und ein grobschlächtiger Mann mit einem grauen, verfilzten Vollbart stürmte in die Schankstube. »Was treibst du dich hier herum, Miststück?«, herrschte er das eingeschüchterte Mädchen an und zerrte es von Dorian fort. »Los, füttere die Säue und räume die Stube auf! An die Arbeit, du faules Weib!«

Das Mädchen rannte schluchzend davon. Bevor sie in der Seitentür verschwand, warf sie Dorian noch einen flehenden Blick zu.

Hunter wollte den Mann zur Rede stellen, aber da spürte er den Druck von Lilians Händen an seinem Oberarm und entspannte sich. Es ging ihn schließlich wirklich nichts an, wie dieser Mann sein Gesinde behandelte. »Sind Sie Jablonsky?«, fragte er stattdessen nur.

»Der bin ich«, sagte der Bärtige feindselig. »Und mir gehört diese Herberge. Hier bestimme ich.«

»Dieses Recht will Ihnen niemand streitig machen«, entgegnete Dorian mit feinem Spott. Er machte eine umfassende Bewegung, in die er seine Begleiter mit einschloss, und erklärte: »Meine Freunde und ich suchen Zimmer. Wenigstens für eine Nacht. Vukujev sagte uns, dass Sie welche vermieten.«

»Haben Sie nicht bemerkt, dass Vuk nicht ganz richtig im Kopf ist?«, fragte der Herbergsbesitzer und tippte sich an die Stirn.

Vukujev kicherte.

»Er kann sagen, was er will. Ich habe jedenfalls kein Zimmer frei. Alles besetzt.«

Dorian ballte die Hände zu Fäusten. »Das können Sie nicht mit uns machen. Wir sind fremd hier. Wo sollen wir übernachten, wenn Sie uns nicht aufnehmen? Oder glauben Sie, wir könnten für unsere Quartiere nicht bezahlen?«

»Geld!«, höhnte Jablonsky abfällig. Er spie das Wort Dorian förmlich ins Gesicht. »Ich pfeife auf Ihr Geld. Meine Gesundheit ist mir lieber. Ich will keine Fremden in meinem Haus haben, die nur

Unglück über mich und mein Weib bringen würden. Verschwinden Sie jetzt, bevor ich meine Hunde auf Sie hetze!«

»Wau, wau«, machte Vukujev und ahmte ein jämmerliches Gewinsel nach.

Bruno Guozzi, der richtig gedeutet hatte, welchen Verlauf das Gespräch nahm, schob Dorian beiseite und legte dem Herbergsbesitzer beide Hände auf die Schultern. Sonst tat er nichts, aber diese Berührung genügte, um den Einheimischen erzittern zu lassen.

»Nein! Nicht! Bitte, nicht!«, stammelte Jablonsky, und Schweiß trat ihm auf die Stirn. Sein Gesicht verzerrte sich wie unter Schmerzen. Bruno Guozzis Gesichtszüge entspannten sich dagegen. Seine knochigen Wangen bekamen Farbe. Er blühte förmlich auf, während der Herbergsbesitzer mehr und mehr verfiel.

»Was macht er mit ihm?«, fragte Lilian ängstlich.

Dorian trat entschlossen vor und stieß Bruno Guozzi zur Seite. »Schüchtern Sie den Mann nicht ein!«, herrschte er den Sizilianer an. »Wenn er uns kein Quartier geben will, dann soll er es bleiben lassen. Wir werden schon etwas finden.«

Guozzi machte ein Gesicht, als wäre er gewaltsam aus einer Trance gerissen worden. Plötzlich verlor er alle Farbe, und sein Totenschädelgesicht verwandelte sich in eine fürchterliche Fratze.

»Sie kommen mir nicht noch einmal ungestraft in die Quere, Hunter«, zischte er und stapfte aus dem Schankraum.

Dorian warf Jablonsky, der am ganzen Körper zitterte und sich auf die Theke stützen musste, noch einen letzten Blick zu, dann begab er sich mit Lilian ebenfalls ins Freie. Inzwischen war es Nacht geworden. Über den Himmel zogen dunkle Wolken. Ein kurz aufflackerndes Wetterleuchten tauchte die Gesichter der Männer in fahles Licht. Lilian klammerte sich ängstlich an Dorians Oberarm. Vukujev kicherte. Er machte keine Anstalten, die Reisegruppe zu verlassen.

»Du hast gewusst, dass der Wirt uns die Tür weisen würde«, sagte Dorian zu ihm.

»Ja, ja, Herr«, bestätigte Vukujev.

»Warum hast du uns dann hierher geführt?«, fragte Dorian verärgert. »Wir hätten uns viel Ärger ersparen können. Und vielleicht hätten wir schon längst eine Unterkunft gefunden, wenn wir uns selbst auf die Suche gemacht hätten.«

»Die Herberge des fetten Jablonsky liegt auf dem Weg«, erklärte Vukujev geheimnisvoll.

»Auf welchem Weg?«

»Auf dem Weg zum Schloss.«

»Drücke dich gefälligst deutlicher aus!«, verlangte Dorian ungehalten.

Vukujev kam ganz nahe an Dorian heran und deutete auf den Gipfel des bewaldeten Hügels, an dessen Fuß sie sich befanden. »Dort oben liegt das Schloss«, erklärte er mit Speichel auf den Lippen, den er von Zeit zu Zeit schlürfend durch die Zähne sog. »Es gehört der Gräfin Anastasia von Lethian. Sie wohnt dort seit vielen, vielen Jahren ganz allein. Sie ist furchtbar einsam. Ich weiß es, weil ich oft Arbeiten für sie verrichte, die sie mir aufgezeichnet hat. Ich kann nämlich nicht lesen und schreiben.«

»Und du glaubst, dass uns die Gräfin Quartier geben wird?«, unterbrach Dorian den Redefluss Vukujevs.

Dieser nickte eifrig. »Freilich, freilich. Schon oft habe ich Fremde zum Schloss geführt, und die Gräfin hat noch keinen vor die Tür gesetzt. Ich habe sie noch nie gesehen, aber sie muss ein gutes Herz haben. Jagt keinen Fremden davon, und wenn es auch nur ein armer Holzfäller oder ein Wanderer ist. Ich bin sicher, dass die Gräfin auch euch aufnehmen wird.«

Dorian erklärte den Vorschlag Vukujevs den anderen. Sie waren alle begeistert von der Idee, die Nacht in einem Schloss zu verbringen – bis auf Lilian. Aber alle Bedenken, die sie vorbrachte, wurden von Dorian zerstreut.

»Wovor fürchten Sie sich, Frau Hunter?«, fragte Roberto Copello in heiterem Ton. »Sie haben neun Männer zu Ihrem Schutz – und wenn man diesen Dorftrottel dazurechnet, sind es sogar zehn. Sie haben also nichts zu befürchten. Wenn Sie es wünschen, werde ich nicht von Ihrer Seite weichen.«

»Danke«, sagte Lilian und hakte sich bei Copello unter. Eingekeilt zwischen ihrem Mann und dem Südamerikaner fühlte sie sich sogleich geborgener.

Sie begannen mit dem Aufstieg. Es war ein breiter, jedoch holpriger Hohlweg. Vukujev, der an harte Arbeit gewöhnt zu sein schien, trug die beiden Koffer mit spielerischer Leichtigkeit. Die anderen taten sich schwerer, obwohl sie fast durchweg nur leichtes Gepäck hatten. Selbst der kräftige Dr. Hewitt begann bald zu keuchen. Dr. Fuller, der Chirurg aus den USA, fluchte in einem Ton, den man bei einem Mediziner eigentlich nicht erwartet hätte. Er stellte in regelmäßigen Abständen seine beiden Koffer ab, wünschte den Leuten, die diesen Weg angelegt hatten, ewige Verdammnis und rief Teufel und Dämonen an, ihm beizustehen. Am schwersten von allen hatte es aber Elmer Landrop, der große und klapperdürre Großgrundbesitzer aus Kapstadt. Obwohl er nur eine schmale Reisetasche bei sich trug, litt er am meisten unter den Strapazen des Aufstiegs. Dorian überließ seine Frau dem argentinischen Kriminologen und bot Landrop an, seine Reisetasche zu tragen.

»Nein, nein!«, lehnte der Großgrundbesitzer energisch ab und drückte seine Tasche fest an sich.

»Wenn es Ihnen nichts ausmacht, dann könnten Sie mir einen Koffer abnehmen«, meldete sich der schmächtige Dr. Fuller keuchend.

»Was haben Sie da nur drin?«, erkundigte sich Dorian erstaunt, während er einen der Koffer ergriff. »Haben Sie etwa ihr gesamtes chirurgisches Instrumentarium mitgenommen?«

»Jawohl«, bestätigte Dr. Fuller. »In meinem Beruf muss man jederzeit einsatzbereit sein. Nur ein Beispiel: Wenn Ihr Herz plötzlich aussetzt, müsste ich sofort eine Herztransplantation vornehmen … vorausgesetzt, dass sich ein Spender findet. Das meine ich ernst. Ich kann jederzeit eine Operation vornehmen, auch ohne die Hilfe komplizierter technischer Apparate. Ich habe da eigene Methoden und könnte längst weltberühmt sein, wenn ich Wert darauf gelegt hätte.«

»Das steht außer Zweifel«, meinte Dorian skeptisch.

»Jetzt machen Sie sich über mich lustig«, erwiderte Dr. Fuller gekränkt. »Aber ich kann Ihnen meine Behauptung beweisen. Dieser Vukujev wäre ein geeignetes Demonstrationsobjekt. Ihn kann man als Organspender nehmen, ohne erst seine Einwilligung einzuholen. Minderwertige Geschöpfe wie er sind verpflichtet, ihre gesunden Organe einem kranken Körper mit einem gesunden Geist zu überlassen.«

Dorian antwortete nichts darauf, aber seine Meinung über den Arzt stand fest. Lilian, die das Gespräch zwischen ihrem Mann und dem Chirurgen mitgehört hatte, presste sich fröstelnd an ihren Begleiter. »Was sagen Sie als Kriminologe zu Dr. Fullers Berufseinstellung, mein Herr?«, erkundigte sie sich.

»Ich weiß, was Sie hören wollen«, antwortete Roberto Copello, »deshalb ist es besser, wenn ich Ihnen meine ehrliche Meinung nicht sage.«

Lilian zuckte zurück. Auf einmal fühlte sie sich neben Copello gar nicht mehr geborgen. Seine schrille Stimme wurde ihr unsympathisch, und sie rümpfte die Nase über den aufdringlichen süßen Duft, der seinem pomadisierten Haar entströmte. Als er ihre ablehnende Haltung spürte, wechselte er schnell das Thema.

»Europa ist eine fremdartige, faszinierende Welt für einen Südamerikaner«, sagte er in gemütlichem Plauderton. »Ihr könnt auf eine lange Tradition zurückblicken. Darum beneide ich euch. Wenn man bei uns von Tradition spricht, dann meint man die Kulturzeugen der Indianer. Reizvoll sind nur die Sitten und Gebräuche der Eingeborenen. Damit beschäftige ich mich. Das ist mein Hobby.«

»Haben Sie sich einem speziellen Gebiet gewidmet?«, fragte Lilian ahnungslos.

»Ich sammle Schrumpfköpfe.«

»Sie sammeln …« Lilian spürte, wie sich ihre Nackenhaare aufstellten.

Copello plauderte munter weiter. »Ja, Schrumpfköpfe. Aber nicht irgendwelche. Ich sammle nur die von Verbrechern, die ich persönlich zur Strecke gebracht habe.«

»Hören Sie auf!«, rief Lilian und riss sich los. »Ich – ich … Rian!

Rian, warte auf mich!« Sie stolperte den steilen Weg hinauf und warf sich ihrem Mann schluchzend in die Arme.

»Ist ja schon gut, Liebling.« Er sprach beruhigend auf sie ein und strich ihr zärtlich über das Haar. »Wir haben unser Ziel ja erreicht.« Er hob langsam ihren Kopf und zwang sie, sich umzusehen. Sie erblickte vor sich eine dunkle, von Efeu umrankte Mauer, die sich schwarz und drohend in den Himmel erhob. Zwischen den Bäumen und Sträuchern standen Statuen, die irgendwelche Fabelgestalten darstellten. Abrupt wandte Lilian sich von diesen steinernen Schreckgestalten ab, denn sie regten ihre Phantasie noch mehr an. »In dieser Ruine sollen wir übernachten?«, fragte sie mit erstickter Stimme.

»Vukujev hat mir versichert, dass das Innere des Schlosses wohnlicher ist, als es der äußere Eindruck vermuten lässt. Er meinte, wir sollten nur durch das Hauptportal gehen, alles andere würde sich schon finden.«

»Und wo ist er jetzt?«

»Verschwunden – einfach verschwunden«, antwortete Dorian und hob gelassen die Schultern. »Aber das soll uns kein Kopfzerbrechen machen. Stehen wir nicht lange hier herum, sondern …«

Er wollte auf das nur schemenhaft erkennbare Eingangsportal zuschreiten, aber Lilian hielt ihn zurück. »Kehren wir um, Rian! Bitte, bitte, lass uns diese Ruine nicht betreten!«

»Jetzt reiß dich endlich zusammen!«, fuhr Dorian sie an. »Seit wir aus dem Autobus gestiegen sind, höre ich nur dein Gejammere. Du bist doch kein kleines Kind, sondern eine erwachsene Frau!«

Lilian schluchzte auf und barg ihren Kopf an seiner Schulter. Sie merkte nur an dem kalten Luftzug und dem Knarren der verrosteten Angeln, dass Dorian die Tür öffnete. Sie nahm sich vor, die Augen diese Nacht nicht mehr aufzuschlagen. Sie wollte überhaupt nicht sehen, wo sie sich befanden. Es genügte ihr, die Wärme von Dorians Körper zu spüren. Aber dann geschah etwas, das ihre Neugierde erregte und sie alle ihre Vorsätze vergessen ließ.

Eine wohlklingende Stimme sagte: »Willkommen in meinem Schloss! Es freut mich, dass ihr noch rechtzeitig eingetroffen seid.«

Lilian öffnete die Augen. Sie befanden sich in einer weitläufigen Halle. Vor ihnen war eine breite Treppe, die sich an ihrem Absatz teilte und links und rechts zu einem Rundgang hinaufführte. Aber das alles nahm sie nur unterbewusst war. Sie sah nur die Frau, die auf dem Treppenabsatz stand und im Licht eines siebenarmigen Leuchters unwirklich schön, märchenhaft und überirdisch wirkte.

Während die neun Männer vor Überraschung kein Wort über ihre Lippen brachten, sagte die Schlossherrin: »Ich habe euch erwartet.«

Anja verkroch sich unter die Daunendecke und presste ihre Hände zwischen die Schenkel. Das war angenehm; das wärmte und verscheuchte die furchtbare Angst ein wenig. Das Amulett mit dem Drudenfuß hielt sie zwischen den Zähnen fest.

»Jesus und Maria, steht mir in dieser Nacht bei!«, flehte sie.

Am liebsten wäre sie zum fetten Jablonsky ins Bett gekrochen, aber der hatte seine Frau bei sich. Wie oft hatte sie sich diesem schmierigen Fettkloß widerwillig hingeben müssen, und jetzt, wo sie sich zum ersten Mal freiwillig anbieten wollte, war er nicht bereit. Sie hätte alles getan, um vor den Dämonen sicher zu sein. Sie wusste, dass sie in dieser Nacht kommen würden. Schon in den vergangenen Nächten waren Schatten vor ihrem Fenster herumgeschwirrt, hatten die Dachbalken gespenstisch geknackt und der Wind in der Sprache der Trolle und Druden gewispert … Drudenfuß, verjage Hexen und Dämonen!

»Anja!«

Sie spürte, wie sie am ganzen Körper eine Gänsehaut bekam. Der Ruf wiederholte sich. Diesmal war er lauter und eindringlicher.

»Anja!«

Jetzt erkannte sie die Stimme. Sie gehörte Vukujev. Sie hob den Kopf vorsichtig und lugte über das Kopfkissen zum Fenster. Er stand auf einer der obersten Sprossen einer Leiter und klopfte mit einem rostigen Nagel gegen das Fenster. Anja wurde wütend. Glaubte dieser Idiot vielleicht, sie würde ihm nachgeben? Allerdings … Sie stockte und überlegte. Vielleicht würde sie es doch tun. Heute Nacht würde sie jeden nehmen, nur um jemanden bei sich zu haben, der sie die schreckliche Angst vergessen ließ. Sie wickelte sich die Decke um den Körper, schlich zum Fenster und öffnete es. Ein heftiger Windstoß riss es ihr aus der Hand.

»Der fremde Herr will dich haben, Anja«, sagte Vukujev kichernd und wischte sich den Speichel vom Kinn.

»Was redest du da?«

»Ehrlich, Anja. Der fremde Herr, der dir so gefallen hat. Er will dir helfen. Aber du musst ihm deinen Körper geben. Zieh dich an! Schnell! Bevor er ungeduldig wird und es sich anders überlegt.«

»Ist das wahr, Vuk?«

»Der fremde Herr verlangt nach dir.«

»Wo ist er?«

»Auf Schloss Lethian.«

Anja zuckte zusammen. »Dorthin gehe ich nicht.«

»Doch, Anja, du musst.«

Sie wich vor ihm zurück, als er zu ihr in die Kammer stieg.

»Du bist schön«, sagte er mit völlig veränderter Stimme.

»Dann bleib du bei mir, Vuk.« Sie würde sich dazu überwinden, mit diesem Irren das Bett zu teilen. »Komm zu mir unter die Decke! Alles ist mir lieber, als ins Schloss zu gehen. Nicht in dieser Nacht. Wir haben Vollmond. Komm, Vuk!«

Er folgte ihr ins Bett und war wie von Sinnen, als er ihren warmen, festen Körper eng an sich presste. Etwas regte sich in seinen Lenden, aber er unterdrückte dieses berauschende Gefühl. Er hatte einen Auftrag zu erledigen. Anja zog seinen Kopf zu sich herunter und presste ihre Lippen auf die seinen, während sich ihr Körper unter ihm wand. Vukujev gefiel das. Er verstärkte den Druck seiner Lippen, doch gleichzeitig hielt er ihr die Nase zu. Anjas Bewegungen wurden heftiger und erlahmten schließlich. Sie lag nun vollkommen still da. Vukujev kicherte, nahm Anja, die nur mit einem Nachthemd bekleidet war, auf und kletterte mit ihr aus dem Fenster. Auf Schloss Lethian wartete man bereits auf sie.

Ein Blitz zuckte über den Himmel und machte die Nacht zum Tag. Das folgende Donnergrollen ließ das Schloss in seinen Grundfesten erbeben. Lilian drängte sich dichter an Dorian, doch der schien sie nicht zu bemerken. Er hatte nur Augen für die Gräfin in ihrem veralteten Festkleid, das aus der Zeit um 1600 nach Christi zu stammen schien. Ihr Hals war unter einem steifen Mühlsteinkragen verborgen; das Oberteil des Kleides schmiegte sich eng an ihren Körper und ließ das Mieder darunter erahnen, das sie fest um die Taille geschnürt hatte; unter dem mit Stärke gesteiften Rüschenreif bauschte sich der Rock, der bis zum Boden hinabreichte. Die Gräfin Anastasia von Lethian stand lange Zeit stumm und bewegungslos wie eine Statue da; nur ihre Augen schienen zu leben, als sie ihre Blicke über die neun Männer wandern ließ.

Ich bin am Ziel, dachte Dorian. Er zweifelte keine Sekunde mehr daran, dass er hierher, auf dieses Schloss gewollt hatte. Dieser Wunsch, der von der wesenlosen Stimme in seinen Träumen angeregt worden war, hatte bisher tief in seinem Unterbewusstsein geschlummert. Jetzt war er an die Oberfläche gespült worden und ergriff von ihm Besitz. Es konnte keinen Zweifel mehr geben, dass er und die anderen von der Gräfin gerufen worden waren. Die Welt um ihn versank. Er sah nur diese einmalig schöne Frau, von der eine magische Kraft ausging, die ihn völlig in ihren Bann schlug. Als er dem Blick der Gräfin begegnete, meinte er, in ihren Augen zu versinken.

»Rian! Rian!«, rief Lilian leise aber drängend. Sie schüttelte ihn, um seine Aufmerksamkeit auf sich zu lenken, doch was sie auch anstellte, er wandte den Kopf nicht in ihre Richtung.

»Geh mit mir fort!«, bat sie eindringlich. »Verlass diesen unheimlichen Ort mit mir, bevor ich den Verstand verliere! Rian!«

Lilian spürte plötzlich, wie irgendetwas sie zwang, die Gräfin anzublicken, die immer noch in derselben Pose auf dem Treppenabsatz stand. Sie musste in diese dunklen, bodenlos tiefen Augen blicken, die nur verschwommene Punkte in dem blässlichen Gesicht darstellten und dennoch eine Anziehungskraft besaßen, der man sich nicht widersetzen konnte.

»Sie müssen von der langen Reise müde sein, Kind. Für Sie wäre es besser, sofort zu Bett zu gehen. Schlafen Sie! Entspannen Sie sich und wehren Sie sich nicht gegen die Müdigkeit in Ihren Gliedern! Dorian wird Sie auf das Zimmer bringen, das ich für Sie vorbereitet habe. Schlafen Sie jetzt! Schlafen Sie tief!«

Lilian spürte, wie die Lider ihrer Augen schwer wurden. Die Kraft schwand aus ihren Gliedern; sie wurden bleiern, und die erlösende Müdigkeit umnebelte ihren Geist. »Rian«, hauchte sie schwach.

Dorian breitete seine Arme aus und fing sie auf, bevor sie zu Boden sinken konnte.

»Bring sie auf das vorbereitete Zimmer, Dorian!«, sagte die Gräfin. »Du findest den Weg bestimmt. Und wenn du dieses schwache Menschenkind zu Bett gebracht hast, dann suche den Salon auf. Es erwartet dich eine Festtafel. Aber beeile dich!«

»Ja, ich werde mich beeilen«, versprach Dorian wie in Trance.

Mit Lilian auf den Armen, die bereits tief schlief, stieg er die Treppe hinauf ins Obergeschoss. Als er an der Gräfin vorbeikam, schenkte sie ihm ein maliziöses Lächeln. Dorian wandte sich auf dem Treppenabsatz nach rechts, erreichte den Rundgang im Obergeschoss und betrat einen kleinen Korridor. Hier brannte kein Licht, aber der flackernde Kerzenschein auf der Treppe und die Blitze, die durch das große Fenster am Ende des Korridors geisterten, zeigten ihm den Weg. Er ließ alle Türen links und rechts unbeachtet und hielt erst vor der letzten, die offen stand. Als er den dahinterliegenden Raum betrat, fiel der Bann von ihm ab. Zum ersten Mal, seit er das Schloss betreten hatte, konnte er wieder klar denken. Lilian schlief tief, aber es war kein natürlicher Schlaf. Die Gräfin musste sie hypnotisiert oder sonst etwas mit ihr angestellt haben, dass sie so schnell das Bewusstsein verloren hatte. Dorian brachte Lilian zu dem breiten Holzbett, über dem ein seidener Baldachin gespannt war, und legte sie nieder. Einige Sekunden lang starrte er auf das Nachthemd, das auf dem Kissen lag. War es tatsächlich für Lilian bestimmt? Hatte die Gräfin die Wahrheit gesagt, als sie behauptete, ihren Besuch erwartet zu haben? Aber sicher! Die Gräfin selbst musste ihn und die anderen Männer gerufen haben. Davon war Dorian jetzt überzeugt. Er wusste zwar noch immer nicht, was das alles zu bedeuten hatte, aber er würde es bald erfahren. Allein aus diesem Grund musste er hier ausharren.

Er entkleidete Lilian und streifte ihr das bestickte Nachthemd über. Wie friedlich sie dalag. Für sie war es besser, wenn sie schlief und nichts von den Dingen, die um sie herum vorgingen, wahrnahm. Sie war nicht stark genug, um mit diesen seltsamen Ereignissen fertig zu werden. Er deckte sie zu und schlich auf leisen Sohlen aus dem Zimmer. An der Tür blickte er sich noch einmal um. Ein Blitz zuckte über den Himmel, und der folgende Donner ließ die Fenster klirren. Lilian lag wie aufgebahrt da.

Dorian drückte die Tür leise ins Schloss und ging den Korridor hinunter. Raunen, Wispern, Keuchen und Röcheln umgaben ihn. Als er jedoch stehenblieb und lauschte, hörte er nur das Heulen des Windes, der durch die Ritzen und Spalten pfiff. Doch kaum setzte er sich wieder in Bewegung, da vernahm er erneut die unheimlichen Geräusche. Das Raunen schien direkt aus dem Gemäuer zu kommen; als ob dort Wesen hausten, die sich in ihrer überirdischen Sprache über ihn unterhielten. Als er die Treppe erreichte und ins Erdgeschoss hinunterstieg, huschten Schattengestalten vor ihm die Stufen hinunter. Einmal stolperte er über irgendetwas, das formlos, weich und glitschig war. Eine Ratte?

Er glaubte nicht an Halluzinationen. Er glaubte nicht daran, dass ihm seine überreizten Sinne nur einen Streich spielten. Die Stimmen, die auf ihn eindrangen, waren wirklich, die Schatten, die um ihn herumgeisterten, waren existent – wenn auch sicherlich nicht aus Fleisch und Blut.

Obwohl es rings um ihn finster war, bewegte er sich so sicher, als würde er sich hier auskennen. Tatsächlich war ihm das Schloss so vertraut, als wäre er schon oft hier gewesen. Er wich allen Einrichtungsgegenständen geschickt aus und begab sich auf dem kürzesten Weg zum Salon, in dem ihn die Gräfin mit den anderen acht Männern erwartete. Dort angekommen, ließen die Schatten von ihm ab, und die überirdischen Stimmen verstummten. Er betrat den großen, holzgetäfelten Raum, in dessen Mitte ein langgestreckter Tisch stand. An dem einen Kopfende saß die Gräfin, der Platz am anderen Ende war frei. Als Dorian darauf zusteuerte, rief die Gräfin tadelnd: »Halte die Tischordnung ein, Dorian! Dieser Stuhl ist für den Ehrengast bestimmt. Dein Platz ist an meiner rechten Seite.«

Dorian kam der Aufforderung nach und setzte sich rechts von ihr an die Längsseite des Tisches. Noch während er Platz nahm, fiel ihm etwas Seltsames auf. Der Tisch war mit kostbarem Silbergeschirr, silbernem Besteck und Kristallkaraffen gedeckt, aber in den Schüsseln und Terrinen befanden sich keine Speisen, und die Karaffen waren ebenfalls leer. Dorian beobachtete die anderen. Sie schienen überhaupt nichts dabei zu finden, dass sie vor einem gedeckten Tisch ohne Speisen und Getränke saßen. Sie blickten steif und bewegungslos auf die Gräfin.

Über dem Raum lastete ein erwartungsvolles Schweigen. Die Stille war vollkommen; nicht einmal das Atmen der Männer war zu hören. Der Lichtschein der sieben Kerzen fiel nur auf die Tafel und die zehn Personen, die an ihr saßen; der übrige Raum lag in vollkommener Finsternis, als ob ein Kreis um den Tisch gezogen worden wäre. Auch Dorian wurde von der allgemeinen Erregung erfasst. Er saß wie benommen da und wartete auf das Kommende. Er ahnte, dass er jetzt die Wahrheit über dieses ungewöhnliche Treffen erfahren würde.

»Ihr seid gekommen, weil ich euch gerufen habe«, sagte die Gräfin, und ihre Worte wurden von dem rollenden Donner untermalt. Ihre Augen schienen Blitze zu versprühen. »Ich habe euch gerufen, weil ich Sehnsucht nach meinen Kindern hatte. Ihr seid meine Söhne. Überirdische Geschöpfe, die der geistigen Verbindung zwischen mir und dem Fürsten der Finsternis entsprungen sind. Willkommen in der großen Familie der Schwarzen Magie!«

Dorian schwindelte. Er hatte mit vielem gerechnet, aber diese Eröffnung kam unerwartet für ihn. Er blickte kurz zu den anderen hin. Die Starre war von ihnen abgefallen. Eine unbeschreibliche Erregung hatte von ihnen Besitz ergriffen.

»Ihr seid meine ureigenen Kinder, aber ihr seid nicht die Frucht meines Leibes«, fuhr die Gräfin fort. »In derselben Sekunde, in der ihr von mir und unserem obersten Fürsten gezeugt wurdet, schob ich euch sterblichen Frauen unter, damit diese euch austragen und großziehen. Ich wollte, dass ihr in der Welt der Sterblichen, der Schwachen, vom Fleisch gegeißelten Menschen aufwachst. Ihr solltet all die Tücken kennenlernen, mit denen ihr im kommenden Leben fertig werden müsst. Ihr solltet lernen, eure Veranlagung zu verleugnen, und mit euren Feinden zu leben, denn die Menschen sind unsere Feinde – obgleich es eine Tatsache ist, dass wir uns ihnen anpassen und in ihrer Welt behaupten müssen.«

Ein Raunen ging durch den Saal. Die Männer atmeten auf, als hätte jemand eine große Last von ihnen genommen, als hätte jemand die Tür zu ihren Kerkern geöffnet und ihnen die Freiheit geschenkt. Nur Dorian fühlte die Erleichterung nicht, die sich auf den Gesichtern der anderen spiegelte. Im Gegenteil, er hatte das Gefühl, in eine tödliche Falle geraten zu sein. Er gehörte nicht in den Kreis dieser dämonischen Geschöpfe, das fühlte er. Er dachte nicht wie sie, und er wusste, dass er nicht zu den Geschöpfen gehörte, die diese Hexe mit dem Satan gezeugt hatte. Er musste durch einen Irrtum ihren Ruf gehört haben und in den Kreis dieser Verfluchten geraten sein. Diese Männer, die mit ihm an einem Tisch saßen, waren nie und nimmer seine Brüder! Allein der Gedanke daran entsetzte ihn.

»Ihr seid nach außen hin Menschen und werdet es auch in Zukunft bleiben«, fuhr die Gräfin Anastasia von Lethian fort. »Aber ihr wisst jetzt, dass ihr nicht allein seid. Wir, die Geschöpfe der Finsternis, sind eine große, starke Familie. Unsere Mitglieder sind über die ganze Welt verstreut, aber uns halten starke Bande zusammen. Wir wirken im Verborgenen. Jeder von uns hat sich in der Welt der Menschen eine Existenz aufgebaut. Wir haben uns in der Gesellschaft eingebürgert, streben nach menschlichen Werten, aber in den Nächten, wenn die anderen schlafen, kommt unsere wahre Veranlagung durch. Dann dürfen wir sein, was wir tatsächlich sind: Vampire, Lykanthropen, Druden, Trolle – allesamt Kinder der Finsternis.«

Dorian meinte zu träumen. Er konnte nicht glauben, dass es Vampire, Werwölfe und die anderen fürchterlichen Gestalten aus den Schauerromanen tatsächlich geben sollte, ja, dass sie nicht nur lebten, sondern sich in einer weltweiten Organisation zusammengeschlossen hatten und die Menschheit ohne deren Wissen geißelten. Das alles war für Dorian wie ein schrecklicher Alptraum, und er hoffte, dass er bald erwachen würde. Doch nichts geschah, die gespenstischen Geschehnisse rollten weiter vor seinen Augen ab, strebten ihrem ersten Höhepunkt zu.

»Ich habe in ständiger Angst vor der Entdeckung gelebt«, verkündete der Serologe Frederic de Buer. »Schon als Kind fürchtete ich die Nächte, in denen mich der Wunsch nach frischem Menschenblut überkam. Meine Zieheltern waren meine ersten Opfer. In meinem jugendlichen Ungestüm erkannte ich noch nicht, dass es keineswegs unumgänglich war, die Opfer zu töten. Erst später merkte ich, dass man langjährige Beziehungen zu den Opfern haben kann, wenn man seine Begierde im Zaume hält. Heute habe ich unter meinen Patienten viele Opfer, mit denen mich eine innige Freundschaft verbindet. Wir können ohne einander nicht mehr sein, und ich hüte und hege meine Herde wie einen kostbaren Schatz.«

Er war jetzt nicht mehr der kleine, unscheinbare Mann, sondern ein furchterregender Dämon, dessen Augen in die Höhlen zurückgesunken und blutunterlaufen waren. Als er geendet hatte, fletschte er sein Gebiss und zeigte seine langen, hervorspringenden Eckzähne.

Jörg Eklund war auch nicht mehr der Playboy mit den weibischen Zügen. Sein sinnlicher Mund schien zu zerfließen, die Nasenflügel wurden breiter, seine Kiefer wuchsen nach vorn, und unter den wulstigen, anschwellenden Lippen kam ein Raubtiergebiss zum Vorschein; überall in seinem Gesicht, selbst auf der fliehenden Stirn und an den Schläfen, wuchsen ihm dichte Haarbüschel. Seine gepflegten Hände wurden zu behaarten Pranken.

»Ich habe meine Frau in einer Vollmondnacht gerissen«, verkündete er mit rauer, kehliger Stimme. »Sie reizte mich zwar überhaupt nicht, aber ich tat es aus der Überlegung heraus, ihr Vermögen zu erben.«

»Eine Schande, dass ihre Leiche vermodern musste«, sagte Edward Belial, der Leichenbestatter, und ließ seine zarten Hände einander liebkosen. Er war der Einzige, der sich überhaupt nicht verändert zu haben schien. »Ich hätte deine Frau bestimmt wieder so herrichten können, dass man die Verstümmelung nicht bemerkt hätte, Jörg. Ich hätte sie mir schon appetitlich zubereitet. Denn darauf verstehe ich mich. Ich bin ein Gourmet und vergreife mich nie an Toten, die vorher nicht durch meine künstlerischen Hände gegangen sind.«

Dorian wurde beinahe übel. Er hatte schon über Ghoule gelesen und kannte fast alle Berichte über das Schmatzen und Schlürfen in den Gräbern von frisch Verstorbenen, aber er hätte nie daran gedacht, dass Edward Belial ein solcher Aasfresser sein könnte. Er hatte sich eingebildet, starke Nerven zu besitzen, aber als er jetzt mit anhören musste, wie diese Teufel in Menschengestalt ihre gräulichen Vergehen im Plauderton eingestanden, da konnte er nur mit Mühe seine Fassung bewahren. Dennoch durfte er sich nichts anmerken lassen, musste mit den Wölfen heulen, denn wenn sie merkten, dass er nicht zu ihnen gehörte, war er verloren – und natürlich auch Lilian.

Wie aus weiter Ferne vernahm er die Stimme der Gräfin: »Dennoch muss ich dir den Vorwurf machen, unklug gehandelt zu haben, Dorian. Es war dein Fehler, diese Frau mitzunehmen. Sie gehört nicht in unseren Kreis, auch wenn sie deine rechtmäßige Frau ist. Du hättest sie nicht herbringen dürfen.«

»Das habe ich inzwischen eingesehen«, meinte Dorian.

Die Gräfin zeigte ein diabolisches Lächeln. »Vielleicht lässt sich der Fehler ausmerzen, wenn der Fürst der Finsternis Wohlgefallen an ihr zeigt. Dann könntest du ihn versöhnen, indem du sie ihm überlässt. Er ist selten abgeneigt, mit warmblütigen Mädchen seinen Spaß zu treiben.«

Dorian hatte das Gefühl, das Blut würde ihm in den Adern gefrieren.

Anastasia von Lethian musste erkannt haben, wie ihm zumute war, denn sie sagte tadelnd: »Es ist töricht, mit Geschöpfen, die nicht unserem Kreis angehören, feste Verbindungen einzugehen. Das führt zu nichts.«

»Du sprichst zu tauben Ohren, Anastasia«, rief Bruno Guozzi höhnisch. »Dorian ist dieser Weibsperson verfallen. Sie nennt ihn liebevoll Rian. Soll ich einmal nachsehen, wie es deiner Geliebten geht, Rian? Ich hätte nicht übel Lust, sie ganz fest in meine Arme zu nehmen.«

»Lasst Dorian in Ruhe!«, fuhr die Gräfin dazwischen. »Er war schon immer sensibler als ihr. Ich war oft in meinen Träumen bei ihm und habe herauszubekommen versucht, nach wem er geraten ist, aber ich weiß bis heute nicht, welche Veranlagung er hat. Willst du es mir nicht selbst sagen, Dorian?«

Er spürte, wie ihm unter den stechenden Blicken der Hexe heiß wurde, fühlte sich nackt und hilflos vor ihr, befürchtete, dass sie seine Gedanken lesen konnte und seine geheimsten Regungen kannte.

»Für mich ist alles – noch neu«, sagte er stockend. »Wahrscheinlich bin ich wirklich sensibel und brauche einige Zeit, um mich an die neue Situation zu gewöhnen.«

»Das scheint mir auch«, sagte die Gräfin spöttisch. »Aber warum weichst du mir aus? Ich habe dich etwas gefragt.«

»Ich weiß«, sagte Dorian und leckte über seine Lippen. Er merkte, dass alle Blicke auf ihm ruhten, spürte den Spott, den Hohn und sogar Hass. »Ich habe … mich mit unserer Vergangenheit beschäftigt. Ich habe alte Dokumente über Hexenjagden gesammelt und studiert. Vielleicht kann ich mein Wissen dafür einsetzen, dass wir nicht die gleichen Fehler wie in der Vergangenheit begehen.«

In diesem Augenblick erkannte Dorian, dass seine leidenschaftliche Beschäftigung mit dem Dämonischen und anderen Erscheinungen tatsächlich für ihn wertvoll sein konnte, aber auf eine andere Art und Weise, als er glaubhaft machen wollte: nämlich im Kampf gegen diese Hexenbrut. Nachdem er sich mit der Existenz dieser überirdischen Geschöpfe abgefunden hatte, gewann er seine Sicherheit zurück. Die Furcht schlug in kalten Hass um. Er musste nur aufpassen, dass er sich nicht verriet. Er würde alles tun, um diese eine Nacht zu überleben und sich und Lilian zu retten. Nur diese eine Nacht musste er überstehen.

»Hört ihr es?«, fragte die Gräfin. »Der Fürst und seine Begleiter nahen. Aus aller Welt kommen unsere Freunde, um an unserem Fest teilzunehmen. Bald werden sie hier sein.«

Die Männer am Tisch, von denen die meisten jetzt ihre Verwandlung vollzogen hatten und nur noch entfernt menschenähnlich aussahen, nickten zu den Worten der Gräfin. Es klang schaurig, als sie im Chor sagten: »Wir hören sie. Wir fühlen ihre Nähe.«

Die Kerzen begannen wild zu flackern, und die Schatten in den Winkeln schienen zu rasen. In dem uralten Gemäuer erhob sich ein Wehklagen, das Dorian durch Mark und Bein ging. Das war der Beginn des Hexensabbats. Aus den alten Berichten wusste er, zu welchen Ausschreitungen es dabei kam. Er konnte die Nacht nicht mehr abwarten. Wenn er Lilian retten wollte, dann musste er sofort flüchten. Er durfte keine Sekunde länger warten, sondern musste fliehen, bevor die anderen Schreckgestalten eintrafen.

»Ich muss mich für einen Augenblick entschuldigen«, sagte er lahm und erhob sich. »Ich will nur etwas von meinem Zimmer holen, das ich euch nicht vorenthalten möchte.«

»Beschreibe mir den Gegenstand!«, schlug die Gräfin vor. »Es kostet mich keine Anstrengung, ihn hier erscheinen zu lassen, und du könntest dir den Weg ersparen.«

»Ich möchte ihn lieber selbst holen.«

»Dann geh!«, keifte die Gräfin unbeherrscht und warf ihm einen zornigen Blick zu.

Dorian war wie gelähmt. Er wusste plötzlich, dass die Hexe seine Absicht durchschaut hatte. Aber warum ließ sie ihn dann trotzdem gehen? War sie sich ihrer Sache so sicher? Wusste sie, dass er ihr nicht entkommen konnte? Er wandte sich vom Tisch ab und schritt auf steifen Beinen, die ihm plötzlich so schwer wurden, als seien sie mit Blei gefüllt, aus dem Raum.

»Kommt, meine Freunde! Kommt! Bald sind wir vollzählig«, hörte er hinter sich die Gräfin sagen. »Eure Brüder in der Ahnengruft erheben sich aus ihren Gräbern und lassen sich von ihrem untrüglichen Instinkt zur Quelle führen, aus der unverdünntes Menschenblut sprudelt. Kommt und seht euch das Schauspiel an, das ein Abtrünniger euch bietet! Nehmt an seiner Verzweiflung Anteil, weidet euch an seiner Angst!«

Dorian wusste, dass diese Worte der Gräfin ihm galten. Er wollte seinen Schritt beschleunigen, aber da war irgendetwas, das ihm die Kraft aus dem Körper sog. Jede Bewegung kostete ihn unsägliche Anstrengung, und seine Sinne waren plötzlich wie umnebelt. Er verlor die Orientierung, wusste nicht mehr, wo er sich befand, und stolperte über einen Schatten, der schwärzer war als die Finsternis, die ihn umgab. Als er sich wieder aufraffte, vernahm er von allen Seiten höhnisches Gelächter. Unter Schmerzen setzte er einen Fuß vor den anderen und krachte schließlich der Länge nach auf die Treppe. Diesmal versuchte er gar nicht erst wieder auf die Beine zu kommen, sondern kroch auf allen vieren die Treppe hinauf. Dabei griffen seine Hände in etwas Schleimiges. Er schrie angeekelt auf und wurde von dem gespenstischen Gelächter verhöhnt.

Ich schaffe es, sagte er sich. Wäre nicht die Angst um Lilian gewesen, hätte er schon längst resigniert und sich den unheimlichen Mächten ergeben, die auf ihn einstürmten, doch der Gedanke an seine Frau trieb ihn voran. Irgendwie gelangte er an das Ende der Treppe. Vor sich sah er den breiten Korridor, der vom fahlen Mondlicht erhellt wurde, aber nur für wenige Sekunden war sein Blick ungetrübt, dann wurde es wieder schwarz um ihn. Er tastete sich in jene Richtung vor, in der er Lilians Zimmer vermutete. Als sich die Schwärze wieder für den Bruchteil einer Sekunde verflüchtigte, sah er, dass er sich nur noch wenige Schritte von ihrer Tür entfernt befand. Er nahm alle Kraft zusammen und stürzte nach vorn, prallte gegen den Türstock und taumelte zurück. Vor seinen Augen tanzten Kreise, und wie durch einen Schleier hindurch sah er eine hoch aufragende schlanke Gestalt, die sich gerade über das Bett beugte, in dem Lilian schlief.

Dorian stieß einen wütenden, hasserfüllten Schrei aus und stürmte ins Zimmer. Die Gestalt am Bett erstarrte mitten in der Bewegung und wandte sich ihm zu. Im Schein des Mondlichts, das durch das Fenster hereinfiel, sah er einen länglichen Schädel mit spitzem Kinn. Die Augen lagen so tief in den Höhlen, dass sie überschattet wurden und nicht zu sehen waren. Jetzt riss das unmenschliche Geschöpf das Maul auf und gab einen schaurigen Laut von sich, dabei konnte Dorian die beiden überlangen Eckzähne sehen, die aus dem Oberkiefer nach unten ragten.

Der Vampir kam mit seinen knochigen Krallenhänden auf Dorian zu. Dieser ergriff blitzschnell einen Stuhl, holte weit aus und ließ ihn auf den Blutsauger herabsausen. Der Stuhl zerbarst, und der Vampir ging zu Boden. Aber er raffte sich sofort wieder auf, um sich erneut auf den Angreifer zu stürzen. Der Blutgeruch machte ihn rasend.

Dorian hatte mittlerweile zwei der abgesplitterten Stuhlbeine ergriffen. Er überkreuzte sie und hielt sie dem Blutsauger entgegen. Als der Vampir das Kreuz sah, schrie er auf und wandte sich angewidert ab. Rückwärts ging er auf einen Kamin in der Wand zu, dessen Klappe sich plötzlich wie von Geisterhand bewegt öffnete. Der Blutsauger kroch in die Öffnung und war gleich darauf in einem Geheimgang verschwunden, der sich in der Rückwand des Kamins aufgetan hatte.

Dorian warf die beiden Stuhlbeine zu Boden und beugte sich über Lilian. Ihr Nachthemd war vorn zerrissen, so dass ihre kleinen Brüste freilagen. Erleichtert atmete Dorian auf, als er bei einer raschen Untersuchung nirgendwo Bisswunden entdecken konnte. Er war gerade noch im letzten Augenblick gekommen.

»Lilian!«, rief er und schlug ihr mit den Handflächen gegen die Wangen, zuerst gefühlvoll, dann immer stärker, aber er bekam sie nicht wach. Sie befand sich in einem hypnotischen Schlaf. Ohne lange zu überlegen, nahm er sie auf die Arme und lief mit ihr zur Tür. Doch kaum hatte er den Korridor betreten, als er die unheimliche Meute die Treppe hochkommen sah. An ihrer Spitze befand sich Bruno Guozzi, der bullige Sizilianer mit dem Totenkopf. Sie stimmten ein schauerliches Geheul an.

Dorian blieb keine andere Wahl, als ins Zimmer zurückzukehren und die Tür von innen zu verriegeln. Aber damit konnte er sich nur eine kurze Atempause verschaffen, denn schon hatten die Dämonen die Tür erreicht und hämmerten dagegen. Es war nur eine Frage der Zeit, bis das morsche Holz unter ihrem Ansturm bersten würde. Wenn er Lilian nicht tragen müsste, hätte er versucht, durch das Fenster zu entkommen. Er hatte bemerkt, dass entlang der Wand ein breiter Sims verlief, doch mit Lilian auf den Armen schied dieser Fluchtweg aus. So blieb ihm nur eine einzige Möglichkeit: Er musste in den Geheimgang, durch den der Vampir geflüchtet war.

Es war nicht leicht für Dorian, mit seiner Last durch die schmale Öffnung in der Rückwand des Kamins zu kriechen. Er musste zunächst Lilian hindurchschieben, dann erst konnte er selbst folgen. Der Geheimgang war höchstens einen Meter breit, die Decke dafür so hoch, dass er sie nicht erreichen konnte, selbst wenn er sich auf die Zehenspitzen stellte. Er stemmte sich gegen den tonnenschweren Quader, und zu seiner größten Verwunderung schwang dieser leicht und fast lautlos zu. Das war ein untrügliches Zeichen, dass dieser Geheimgang des Öfteren benutzt wurde. Wahrscheinlich stellte die Gräfin dieses Zimmer den Fremden zur Verfügung, die sich hierher verirrten und um ein Nachtquartier baten. Und wenn sie dann schliefen, kamen die Vampire durch den Geheimgang und ließen ihre ahnungslosen Opfer zur Ader.

Dorian verfolgte diese Überlegungen nicht weiter. Er konnte sich jetzt nicht mit dem Schicksal jener Namenlosen beschäftigen, die dieses Schloss betreten hatten und spurlos verschwunden waren. Er musste an sich selbst denken. Es kostete ihn keine Mühe, sich Lilian auf die Schulter zu laden. Er spürte ihr Gewicht kaum. Während er sich seinen Weg durch die Dunkelheit ertastete, musste er an die Worte der Gräfin denken: »Eure Brüder in der Ahnengruft erheben sich aus ihren Gräbern und lassen sich von ihrem untrüglichen Instinkt zur Quelle führen, aus der unverdünntes Menschenblut sprudelt!«

Es musste also mehr als nur diesen einen Vampir geben, der Lilian überfallen hatte. Wenn nun dieser Geheimgang geradewegs in die Familiengruft derer von Lethian führte? Dann würde er den Vampiren direkt in die Arme laufen und wäre verloren. Aber daran wollte er noch nicht denken. Er musste dieses Risiko eingehen, hatte keine andere Wahl.

Ein Modergeruch schlug ihm entgegen, der ihm den Atem raubte. Die Wände waren trocken, und bei jedem seiner vorsichtigen Schritte wurde Staub aufgewirbelt. Dorian wusste nicht mehr, wie lange er sich durch den engen Geheimgang bewegt hatte, als sein Fuß plötzlich ins Leere trat. Vor ihm waren Stufen, der Gang führte in die Tiefe. Vorsichtig stieg er von einer Stufe auf die nächste hinunter. Die Treppe schien kein Ende zu nehmen, und von nirgends fiel ein Lichtschein in den Geheimgang. Er hatte bereits dreiundsiebzig Stufen gezählt, die in schnurgerader Richtung in die Tiefe führten, und noch hatte er nicht das Ende der Treppe erreicht. Die Wände waren jetzt feucht, die Stufen glitschig. Er musste höllisch aufpassen, dass er nicht ausrutschte.

Nach der achtundachtzigsten Stufe spürte er plötzlich ebenen Boden unter den Füßen. Drei Meter weiter stieß er gegen ein Hindernis. Seine Hand ertastete eine mit Eisen beschlagene Tür und fand die große, eiserne Klinke. Er drückte sie nieder, und die Tür glitt langsam auf. Auch dahinter herrschte absolute Dunkelheit, aber das Echo seiner Schritte verriet ihm, dass er einen größeren Raum betreten hatte. Irgendwo tropfte Wasser. Und jemand atmete. Er hörte ganz deutlich den rasselnden Atem eines Lebewesens.

Dorian trat aus dem Luftzug und lehnte sich gegen die Wand. Die Nässe drang durch sein Sakko und vermischte sich mit dem Schweiß auf seinem Rücken. Ihn fröstelte, aber mit der Wand im Rücken fühlte er sich sicherer; so konnte er nur von vorn angegriffen werden.

Langsam und vorsichtig, jedes unnötige Geräusch vermeidend, ließ er Lilian von seiner Schulter gleiten und bettete sie auf den Boden. Dann stand er sprungbereit da. Seine Hände glitten in die Taschen des Sakkos, seine Rechte fand das Gasfeuerzeug. Er drehte das kleine Rädchen bis zum Anschlag auf, hielt das Feuerzeug weit von sich ab und ließ es aufflammen. Eine mehr als fingerlange Flamme schoss hervor und erhellte den Raum.

Er befand sich in einer Folterkammer! Im flackernden Lichtschein erkannte er Streckapparate, Knochenbrecher, ein übermannsgroßes Rad, und an den Wänden hingen unzählige weitere Folterwerkzeuge. Gleich links von ihm stand eine Eiserne Jungfrau, deren Inneres mit rostigen, spitzen Stacheln versehen war. Da löste sich plötzlich ein Schatten aus dem Dunkel. Der Vampir!

Dorian lief ihm entgegen, die Flamme des Feuerzeugs auf ihn gerichtet. Der Vampir schrie auf und hielt die Hände schützend vor das Gesicht. Dabei fing sein Umhang Feuer. Während der Vampir sich verzweifelt bemühte, die Flammen zu ersticken, setzte Dorian seine Kleidung an anderen Stellen in Brand. Der Blutsauger raste, schrie vor Schmerz und Wut. Es gelang ihm, seinen lichterloh brennenden Umhang abzustreifen, aber inzwischen standen schon seine Hosen in Flammen. Er stampfte mit den Beinen auf und heulte schauerlich.

Dorian verhinderte durch geschickte Manöver, dass der Vampir nach links oder rechts ausbrechen konnte. So taumelte der Blutsauger zurück und kam der Eisernen Jungfrau immer näher. Als er genau vor ihr stand, gab Dorian ihm einen Tritt in den Unterleib, so dass er in die mit Stacheln versehene Holzform stolperte. Im selben Moment sprang Dorian vor und klappte das Vorderteil zu.

Ein schrecklicher Schmerzensschrei ertönte, als sich die Stacheln von allen Seiten in den Körper des Vampirs bohrten. Aber Dorian wusste, dass der Vampir so nicht zu töten war. Man musste sein Herz durchbohren, um ihn für alle Zeiten zu vernichten. Deshalb öffnete und schloss er die dornenbesetzte Klappe immer wieder, und er tat es mit einer wilden Lust. Er hatte überhaupt keine Gewissensbisse, denn wenn er den Vampir richtete, dann erlöste er diese Welt von einer Plage.

Endlich hörte das Schreien auf. Der Körper des Blutsaugers war von Wunden übersät, aber nur aus einer einzigen – in Höhe des Herzens – rannen einige Tropfen Blut. Er war tot und verfiel sichtlich. Als würde man Papier mit einer Flamme versengen, so verfärbte sich seine Haut. Sie bekam Sprünge und zerbröckelte. Der Blutsauger wurde zu Staub.

Dorian drängte weiter. Er musste nach einem Ausgang suchen, um dieses Schloss des Schreckens zu verlassen. In einer Halterung an der Wand entdeckte er eine Fackel, die er an sich nahm und in seinen Gürtel steckte. Er wollte sie noch nicht anzünden, sondern für einen Zeitpunkt aufheben, zu dem er sie vielleicht dringender benötigte. Rasch lud er sich Lilian wieder auf die Schulter und strebte mit ihr auf eine andere Tür zu, die in einem Winkel halb hinter den Foltergeräten verborgen war. Als er sie öffnete, sah er im Schein seines Feuerzeugs eine Treppe, die sich spiralförmig nach unten wand. Vielleicht führte sie zu einem unterirdischen Stollen, der unter dem Berg entlanglief und außerhalb des Schlosses ins Freie mündete.

Er ließ das Feuerzeug zuschnappen und stieg die Treppe hinunter. Von Zeit zu Zeit hielt er an, um zu lauschen, aber nichts war zu hören.

Ihm war ganz schwindlig, als er das Ende der Wendeltreppe erreichte, aber er gönnte sich keine Atempause. Je schneller er aus dem Schloss kam, desto größere Überlebenschancen hatte er. Und er musste auch an Lilian denken, die kaum bekleidet war. Wenn sie den Dämonen nicht zum Opfer fiel, würde sie womöglich noch erfrieren. Welche Ironie des Schicksals wäre das!

Dorian tastete sich an der Wand entlang, um nicht gegen ein unerwartetes Hindernis zu stoßen. Plötzlich machte der Korridor einen Knick, und vor ihm lag ein von einem fahlen Licht erhelltes Viereck. Bedeutete das Ende des Korridors die Freiheit, oder warteten neue Schrecken auf sie?

Er erreichte die nächste Biegung und blieb abrupt stehen. Ungläubig starrte er auf das Bild, das sich ihm bot. Zuerst empfand er nur Enttäuschung, aber dann beschlich ihn nacktes Entsetzen. Vor ihm lag die Grabkammer, die Familiengruft derer von Lethian. Durch ein kleines, vergittertes Fenster an der Decke fiel ein schmaler Streifen Mondlicht und beschien die gegenüberliegende Wand.

Zwischen den Steinquadern waren geschliffene Platten eingelassen: Eine Reihe in einem Meter Höhe, die andere einen Meter darüber, und an jeder Reihe befanden sich zwanzig der mit Schriftzeichen versehenen Steinplatten. Dorian las eine der Inschriften.

DAGHILD VON LETHIAN
geb. 1573, gest. 1599
Doch sie lebet ewiglich!

Im nächsten Augenblick begann sich der Deckel der Gruft zu bewegen. Durch den größer werdenden Spalt hörte Dorian Schmatzen und Seufzen. Er blickte erschrocken auf die anderen Steinplatten. Auch sie bewegten sich. Bald würden alle Grüfte offen stehen und vierzig Vampire ins Freie steigen. Nur eine Gruft war bereits offen. Ihr musste jener Vampir entstiegen sein, den Dorian in der Eisernen Jungfrau von seinem schrecklichen Dasein erlöst hatte.

Jetzt dröhnten aus allen Grüften schaurige Laute. Aus einem Spalt griff eine knochige Hand, die sich in Lilians Haaren verkrallte. Dorian zückte sein Feuerzeug und hielt die Flamme gegen das dünne, sehnige Handgelenk. Es knisterte, als würde Pergament verbrannt. Ein Schrei gellte durch die Grabkammer. Die Hand wurde hastig zurückgezogen.

Dorian wollte sich schleunigst aus dem Staub machen, da vernahm er aus dem Gang hinter sich das Heulen seiner Verfolger. Sie wussten also, wo er sich befand. Es konnte nicht mehr lange dauern, bis sie ihn eingeholt hatten, denn sie waren schneller als er, da er Lilian tragen musste. Wenn er für sie ein sicheres Versteck finden würde, in dem er sie vor den Dämonen verbergen konnte, wäre er einer großen Sorge enthoben.

Sein Blick fiel auf die geöffnete Gruft. Der Vampir, der sie bewohnt hatte, würde nie wieder zurückkommen. Konnte er es riskieren, Lilian darin unterzubringen? Er verscheuchte alle seine Befürchtungen und sagte sich, dass man sie hier, inmitten der Vampire, wohl am wenigsten vermuten würde. Aber selbst als er sie dann behutsam in die Öffnung in der Wand schob, war er immer noch nicht sicher, ob er klug handelte. Andererseits hatte sie hier eine geringe Chance, unentdeckt zu bleiben, während sie sonst früher oder später ihren Verfolgern in die Hände fallen würde. Wenn sich Dorian ihrer jedoch entledigte, konnte er die Dämonen ablenken und in die Irre führen.

Dorian schob die Grabplatte vor die Öffnung, ließ jedoch einen kleinen Spalt offen, damit Lilian Luft bekam. Wenn am nächsten Tag der Spuk vorbei war, würde er sie abholen, aber nicht, ohne vorher dieser ganzen Sippschaft von Vampiren Holzpflöcke durch die Herzen getrieben zu haben. Er würde sie alle ausrotten.

Hinter ihm wurden die Schreie und das Gepolter immer lauter. Noch ein letztes Mal prägte er sich die Inschrift der Gruft ein, in der er Lilian versteckt hatte. Ambrosius von Lethian.

Gleich darauf trat Dorian durch einen Torbogen aus der Grabkammer. Vor ihm lag wieder undurchdringliche Finsternis. Er entfachte kurz das Feuerzeug und steckte es wieder weg, nachdem er links von sich eine Steintreppe erblickt hatte, die in die Höhe führte. Er hatte nicht die nötige Zeit zur Verfügung, um nach einem Weg ins Freie zu suchen; ihm blieb keine andere Wahl, als wieder ins Schloss zurückzukehren. Dort konnte er wenigstens hoffen, durch eines der Fenster im Erdgeschoss flüchten zu können.

Von neuer Hoffnung erfüllt, hastete er die Treppe hoch. Er stolperte, raffte sich aber gleich wieder auf. Seine Knie, die er sich an den scharfen Steinkanten angeschlagen hatte, schmerzten bei jedem Schritt höllisch, und die Hautabschürfungen an den Händen und im Gesicht brannten wie Feuer, aber er achtete nicht darauf. Er musste aus dem Schloss, egal was es kostete. Er wusste zwar nicht, ob er im Freien in Sicherheit war, aber schlimmer als hier konnte es kaum werden.

Als er einen Treppenabsatz erreichte, versperrte ihm eine Tür den Weg. Zu seinem Glück war sie nicht verschlossen. Er öffnete sie und wollte sie hinter sich verriegeln, aber das Holz war so morsch, dass er den schweren Riegel durch die heftige Bewegung aus der Halterung riss. Er brauchte dringend eine Verschnaufpause.

Wenn es ihm nur gelang, seine Verfolger für einige Minuten aufzuhalten, damit er ausruhen und sich seine nächsten Schritte überlegen konnte!

In seiner Verzweiflung versuchte er, die Tür in Brand zu setzen, aber in der Kellerregion war es sehr feucht; das Holz der Tür zündete nicht. Im Schein der Feuerzeugflamme suchte Dorian nach etwas Brennbarem, doch um ihn herum war nur nackter, nasser Stein. Die Fackel musste ihm reichen. Sollte er sie für den Zeitgewinn von einigen Minuten opfern? Irgendetwas musste er tun, um die wilde Meute der Dämonen aufzuhalten, und am wirksamsten waren Feuer und magische Zeichen. Er kam auf den Gedanken, Teile der Fackel abzuspalten und einen Drudenfuß daraus zu formen. Obwohl er mit fliegender Hast arbeitete, hätte er es beinahe nicht geschafft. Als er gerade fertig war, hörte er wenige Meter vor sich ein schauriges Triumphgeheul. Er ließ sein Feuerzeug aufflammen und setzte den Drudenfuß in Brand.

Die Dämonen wichen schreiend vor dem brennenden Pentagramm zurück. Da waren der Vampir Frederic de Buer, der Wolfsmensch Jörg Eklund und zwischen ihnen ein formloses, gallertartiges Wesen, das zu anderen Zeiten die Gestalt des Leichenbestatters Edward Belial besaß. Die rasenden Bestien wurden von einander widersprechenden Empfindungen hin und her gerissen. Einerseits gerieten sie beim Anblick ihres zum Greifen nahen Opfers in Verzückung, andererseits verursachte ihnen die magische Kraft des brennenden Drudenfußes Übelkeit und trieb sie zurück. Sie konnten diese Barriere nicht überwinden.

Dorian atmete auf. Er verhöhnte die hilflos dastehenden Dämonen mit wildem Gelächter, nahm den Rest der Fackel an sich und kehrte ihnen den Rücken zu. Ungehindert kam er aus dem Keller ins Schloss. Dort oben war der Hexensabbat bereits in vollem Gange. Ein schauriger Wind heulte durch die Gänge. Geschöpfe, halb Mensch, halb Tier, veranstalteten eine wilde Jagd; Monstren, die aus einem Alptraum zu stammen schienen, gaben sich ein unheimliches Stelldichein.

Dorian wurde in diesen Reigen mit hineingerissen, ohne dass

er sich dagegen wehren konnte. Ein Schatten, der die Umrisse eines Menschen besaß, ergriff ihn und trieb mit ihm ein diabolisches Spiel. Um Dorian begann sich alles zu drehen. Er sah nackte Frauen mit Schwänzen, die in Schlangenköpfen endeten. Der Schatten stieß ihn in ihre Mitte. Die nackten Quälgeister setzten sich auf ihn, überschütteten ihn mit Obszönitäten und warmem Tierblut aus silbernen Kelchen. Zwittergeschöpfe reckten ihm ihr Hinterteil entgegen, Kobolde krallten sich in seinem Haar fest, Fledermäuse bissen ihn, Krähen hackten mit ihren Schnäbeln nach ihm. Er ließ alles mit sich geschehen.

Und dann war er plötzlich frei. Für einen Moment ließen die Quälgeister von ihm ab, und als er sich das Tierblut aus den Augen gewischt hatte, sah er Vukujev vor sich, den Geistesgestörten aus Asmoda. Er steckte seinen Kopf zu einer Tür herein und rief verschwörerisch: »Hierher, hierher!«

Dorian glaubte an eine Sinnestäuschung. Er würde sich von den Dämonen nicht in die Falle locken lassen. Wahrscheinlich warteten hinter dieser Tür noch viel ärgere Schrecken auf ihn. Taumelnd kam er auf die Beine und wandte sich dem Fenster zu, das links neben der Tür lag. Er kletterte auf den Sims und ließ sich gegen die Scheiben fallen. Das bunte Glasornament zerbarst splitternd. Dorian erblickte durch den Glasregen eine nahe Baumkrone und tief unter sich einen steil abfallenden Hang. Für einen Moment setzte sein Herz aus. Er befand sich nicht zu ebener Erde, sondern in einem der höher gelegenen Stockwerke. Wenn er stürzte, würde er fünfzehn Meter tief fallen.

»Nicht, Herr!« Jemand packte ihn von hinten und zog ihn zurück in den Korridor. Es war Vukujev. Der Geistesgestörte führte ihn in einen Raum und schloss die Tür hinter ihnen.

Das Erste, was Dorian sah, war das auf einem mit Samt bezogenen Podest aufgebahrte Mädchen. Im ersten Augenblick dachte er, dass es Lilian wäre, doch dann erkannte er die Magd, die ihn in der Herberge angefleht hatte, sie aus Asmoda fortzubringen. Offensichtlich war ihre Angst nicht unbegründet gewesen.

»Ist sie tot?«, fragte Dorian.

»Nein.« Vukujev grinste. »Mein Kuss hat sie umgehauen.«

Dorian zog dem Mädchen das verrutschte Nachthemd zurecht und blickte den Irren von der Seite her prüfend an. »Hast du sie etwa aufs Schloss gebracht?«

Vukujev nickte. »Ich wollte der Gräfin einen Gefallen tun.«

»Ist dir denn überhaupt klar, was du diesem Mädchen damit angetan hast, Vuk?«

Der junge Mann krümmte sich und starrte ihn aus großen unschuldigen Augen an. »Ich wollte Anja nichts tun«, sagte er. »Wirklich – ich könnte ihr nie etwas antun. Ich mag sie. Sie selbst hat mich zu sich ins Bett geholt und an mir herumgefummelt.«

»Verstehst du denn wirklich nicht?«, fragte Dorian noch einmal.

Als der Irre nichts entgegnete, ging er zu einem bequemen Lehnstuhl und ließ sich hineinfallen. Im Moment war ihm alles egal; er wollte nur dasitzen und sich entspannen. Die Geräusche der Hexen und Dämonen drangen wie aus weiter Ferne zu ihm herüber, sie schienen aus einer anderen Welt zu stammen. In diesem Zimmer herrschten tiefe Ruhe und friedliche Stille. Dorian konnte nicht sagen, warum es so war, aber er fühlte sich irgendwie geborgen. Dieser Raum schien die einzige Oase in einem schrecklichen Alptraum zu sein. Nur allzu bereitwillig ließ Dorian sich von der Atmosphäre einlullen. Er hatte es nötig, sich zu entspannen, um sich für die kommenden Schrecken zu wappnen.

»Du musst doch wissen, was die Gräfin vorhat«, versuchte er den Idioten noch einmal zu beschwören. »Du hast sie doch längst durchschaut, habe ich recht?«

Vukujev starrte ihn verständnislos an. Dann aber hellte sich seine Miene auf. »Jetzt begreife ich, was du meinst«, sagte er. »Die Gräfin ließ Anja nur Ihretwegen kommen, nicht wahr? Ich habe das Anja gesagt, um sie aufs Schloss zu locken, aber sie weigerte sich. Darum musste ich sie überlisten. Ich habe schon gefürchtet, dass sie aufwacht. Wenn sie merkt, dass ich sie hintergangen habe, wird sie furchtbar wütend auf mich sein. Aber sie wird mir nicht böse sein, wenn sie erfährt, dass Sie der Fürst sind.«

Dorian presste seine Finger gegen die müden Augen. Als er sie wieder öffnete, sah er, dass Vukujev vor ihm kniete. Er blickte ihm forschend ins Gesicht und kam zu der Überzeugung, dass Vukujev überzeugt war, die Wahrheit zu sprechen.

Dorian seufzte. »Hast du schon öfter junge Mädchen aufs Schloss gebracht?«, fragte er.

Vukujev nickte. »Schon oft. Die Gräfin war immer mit mir zufrieden.«

»Und weißt du, was aus diesen Mädchen geworden ist?«

Vukujev hob die Schultern. »Manche habe ich später wiedergesehen, andere nie mehr. Die Gräfin hat mir aufgetragen, manche Mädchen noch mal zum Schloss zu bringen. Bei einigen war das nicht nötig, denn sie kamen von selbst immer wieder.«

Dorian konnte sich denken, welche von ihnen allein zurückkehrten. Wahrscheinlich jene, die den Vampiren verfallen waren. Aus den alten Überlieferungen wusste Dorian, dass der Biss des Vampirs beim Opfer ein gewisses Lustgefühl erzeugte. Bei manchen wurde es zu einer Art Sucht. So wie andere immer wieder Rauschgift nehmen müssen, benötigten sie den berauschenden Aderlass durch einen Blutsauger. Was allerdings mit jenen Mädchen passiert war, die Vukujev nie mehr zu Gesicht bekommen hatte, daran wollte Dorian besser nicht denken.

Und Vukujev schien sich überhaupt keine Gedanken darüber zu machen. Er war der denkbar geeignete Handlanger für die Hexe von Lethian: hilfsbereit und nicht gerade mit Intelligenz gesegnet; zudem wurde er von den anderen nicht für voll genommen und für harmlos gehalten.

»Stimmt es, dass die Bewohner von Asmoda die Gräfin fürchten?«, fragte Dorian weiter.

»Ja, sie haben ganz schreckliche Angst. Sie sagen immer zu mir: ›Du wirst sehen, Vuk, eines Tages verschlingt dich Anastasia von Lethian mit Haut und Haaren!‹ Aber das ist Unsinn. Die Gräfin ist eine nette alte Dame.«

»Wie kommst du auf die Idee, dass sie alt sein könnte?«

»So stelle ich sie mir vor.«

»Hast du sie noch nie gesehen? Wie erfährst du dann, was sie von dir will?«

»Sie zeichnet mir immer alles auf. Von Zeit zu Zeit komme ich ins Schloss. Wenn ich einen Zettel vorfinde, auf dem Holzstücke aufgezeichnet sind, dann weiß ich, dass ich Holzscheite heranschaffen soll. Braucht die Gräfin für einen ihrer Gäste eine Partnerin, dann zeichnet sie mir ein nacktes Mädchen auf. Hihihi!«

»Kommt es dir nicht seltsam vor, dass sich dir die Gräfin niemals zeigt?«

Vukujev senkte den Blick. »Am Anfang hat mich das gekränkt, weil ich geglaubt habe, sie würde mich für minderwertig halten, aber jetzt weiß ich, dass es nicht so ist.«

»Wie hast du das herausgefunden?«

»Sie sprach einmal zu mir.«

»Und selbst dabei hast du sie nicht zu Gesicht bekommen?«

»Nein.« Vukujev runzelte die Stirn. »Ihre Stimme kam damals von ganz nahe. Sie hat gesagt, dass sie nicht wüsste, was sie ohne mich tun sollte, und dass sie mich bräuchte. Aber sehen konnte ich sie nicht. Das stört mich jetzt nicht mehr. Ich habe mich daran gewöhnt.«

Dorian kam ein phantastischer Gedanke. War es möglich, dass die Hexe Vukujev seines kranken Geistes wegen mied? Hatten sich nicht auch seine Brüder darum bemüht, einen möglichst großen Abstand zu Vukujev zu halten, als er sie zum Schloss hinaufführte? Konnte es sein, dass alle Dämonen die Geistesgestörten mieden, weil diese eine besondere Ausstrahlung besaßen?

»Vukujev«, sagte Dorian bedächtig, »als du vorhin im Korridor warst, ist dir da nichts aufgefallen?«

»Ich habe Sie gesehen, Herr«, sagte Vukujev verständnislos. »Und als Sie sich aus dem Fenster stürzen wollten, da hielt ich Sie zurück. Warum wollten Sie das tun?«

»Ich wurde verfolgt«, antwortete Dorian. »Hast du nicht bemerkt, dass mich eine Meute schrecklicher Gestalten verfolgte?«

»Ich habe Lärm gehört, so wie jetzt auch«, sagte Vukujev, »aber als ich nachsehen ging, da waren nur Sie draußen, Herr.«

Also sind die Dämonen vor dem Irren geflüchtet, dachte Dorian. Beinahe wünschte er sich, den Verstand zu verlieren, um von all dem Schrecken um sich nichts mehr zu wissen. Aber das wäre eine viel zu einfache und unbefriedigende Lösung gewesen. Er musste nur diese eine Nacht überstehen, dann würde er den Kampf gegen die Dämonen mit allen Mitteln aufnehmen. Andererseits würden die Geschöpfe der Finsternis alles daran ersetzen, ihn noch vor Anbruch der Dämmerung zu erledigen.

»Du hast gesagt, dass du Anja magst, Vuk. Stimmt das?«

»Ich habe nicht gelogen.«

»Wenn sie dir etwas bedeutet, dann weichst du diese Nacht nicht von ihrer Seite«, sagte Dorian beschwörend. »Sie ist in großer Gefahr, doch solange du bei ihr bleibst, passiert ihr nichts. Wenn du jedoch aus diesem Zimmer gehst, dann wird etwas Furchtbares mit ihr geschehen.«

Vukujev starrte ihn ängstlich an und wischte sich mit dem Handrücken den Speichel von den Lippen. »Ich darf nicht bleiben«, sagte er unsicher. »Anja ist für den Fürsten bestimmt, und solange ich mich hier aufhalte, wird der Fürst nicht erscheinen.«

»Genau darum geht es ja. Der Fürst muss von diesem Raum ferngehalten werden«, erklärte Dorian. »Vor ihm musst du Anja beschützen, denn er hat Böses mit ihr im Sinn.«

Es hätte keinen Sinn gehabt, Vukujev zu erklären, dass es sich bei dem Fürsten der Finsternis wahrscheinlich um das Oberhaupt aller Dämonen handelte, und es wäre auch sinnlos gewesen, ihn über die Vorgänge beim Hexensabbat aufzuklären. Besser war es, seine Instinkte anzusprechen, und da Vukujev dem Mädchen gegenüber eine starke Zuneigung zu empfinden schien, war es am wirkungsvollsten, an seinen Beschützerinstinkt zu appellieren.

»Aber was wird die Gräfin sagen?«, wollte der Junge wissen.

»Ich werde morgen mit ihr sprechen und ihr alles erzählen«, versicherte Dorian. »Im Augenblick ist nur wichtig, dass du nicht aus dem Zimmer gehst, damit der Fürst nicht an Anja herankommt.«

Vukujev schluckte. Seine Hände zitterten. »Ich habe Angst, allein hier zu bleiben, Herr«, sagte er.

»Ich werde dich nicht verlassen«, versprach Dorian. »Wir werden beide über Anja wachen.«

Damit war Vukujev einverstanden, und Dorian war ebenfalls zufrieden. Er hatte die Dämonen überlistet. Sie waren ihm ganz nahe, aber solange der Irre in seiner Nähe war, kamen sie nicht an ihn heran. Schwermütig dachte er an Lilian. Ob sie in der Gruft wohl in Sicherheit war? Vielleicht wäre es besser, sie ebenfalls nach oben zu bringen. Er überlegte sich, wie er sie aus der Familiengruft fortschaffen konnte, aber er war so müde, dass er den Gedanken nicht zu Ende dachte. Die Lider fielen ihm gegen seinen Willen zu. War es möglich, dass die Hexe ihren Einfluss auf ihn geltend machen konnte, obwohl der Irre in seiner Nähe war? Dorian wollte Vukujev noch eine Warnung zurufen, doch er hatte nicht mehr die Kraft dafür.

»Herr!« Vukujev schüttelte den Fremden sanft an der Schulter, doch der rührte sich nicht. Er schlief fest und tief. Der Irre ließ von ihm ab. Wenn er ihn weckte, würde er vielleicht zornig werden, und er wollte die Zuneigung dieses Mannes nicht verlieren. Er meinte es gut mit ihm, das spürte Vukujev, und er meinte es gut mit Anja. Alles andere zählte nicht. Der Fremde würde auch mit der Gräfin reden und sie besänftigen, davon war Vukujev überzeugt. Oder doch nicht?

Er stand vor einem Problem. Sein kranker Geist konnte es nicht lösen. Er benötigte jemanden, der ihm immer wieder sagte, was er zu tun hatte, er selbst wusste es nicht. Man musste immer wieder auf ihn einreden. Unterließ man das, dann konnte es sein, dass er schon im nächsten Moment einem anderen Einfluss folgte.

Vielleicht war es doch nicht richtig, bei Anja zu bleiben, überlegte Vukujev. Durfte er überhaupt der Gräfin einen Wunsch abschlagen? Durfte er etwas tun, das ihrem ausdrücklichen Befehl zuwiderlief?

Aber Anja war so schön! Vukujev schlug ihr Nachthemd zurück und betrachtete ergriffen ihren Körper. In seinem Blick war nichts Lüsternes, sondern nur ernsthafte Bewunderung. Er hätte Anja besitzen dürfen, wenn er gewollt hätte, doch das hätte der Gräfin sicherlich nicht gefallen. Sie hatte mit Anja etwas anderes vor; dagegen gab es keine Auflehnung.

»Herr!«, rief er erneut und versuchte den Fremden noch einmal vorsichtig zu wecken, indem er ihn an der Schulter rüttelte. Dorian zuckte leicht zusammen, wurde aber nicht wach. Warum schlug er nicht die Augen auf? Warum öffnete er nicht den Mund und sagte ihm, was richtig war? Er hatte eine so einfache und dennoch überzeugende Art zu sprechen.

Plötzlich rüttelte jemand an der Tür. Vukujev wandte sich um und sah, wie sie aufgerissen wurde. Ein Luftzug fuhr ins Zimmer, dann fiel die Tür wieder ins Schloss. Der Wind hatte ein Stück Papier ins Zimmer geweht. Er bückte sich danach und ging damit zum Fenster, um im Vollmondlicht nachzusehen, ob etwas darauf stand. Tatsächlich, die eine Seite des Papiers war bekritzelt. Es war eine einfache Zeichnung, wie die Gräfin sie immer anfertigte, um ihm ihre Wünsche mitzuteilen. Sie stellte das Eingangsportal des Schlosses dar, in dem ein Strichmännchen stand, das statt eines Kopfes ein seltsames Schriftzeichen besaß. Damit war er gemeint. Pfeile – so viele Pfeile, wie er Finger an einer Hand hatte – zeigten in Richtung des Waldes.

Die Gräfin wünschte, dass er das Schloss verließ und sich in den Wald begab. Das hatte sie schon oft von ihm verlangt, und er hatte noch nie gezögert, einem solchen Befehl nachzukommen. Aber diesmal war es anders. Vukujev war verzweifelt. Er konnte sich dem Befehl der Gräfin nicht widersetzen, aber er wollte auch nicht den Fremden enttäuschen, der sich so nett um ihn gekümmert hatte. Angestrengt dachte er darüber nach, wie er es beiden recht machen konnte, und plötzlich hatte er die Lösung gefunden. Es schadete sicher nichts, wenn er für kurze Zeit das Zimmer verließ. Er wollte nur nachsehen, was außerhalb des Schlosses los war. Wahrscheinlich fürchtete die Gräfin, dass im Wald ein Dieb herumschleichen könnte.

Vukujev verließ das Zimmer, ohne auf das Heulen, Wimmern und Poltern zu achten, das rings um ihn tobte. Er sah auch nicht mehr die schattenhafte Gestalt, die sich von einer Wand des

Korridors löste und dem Raum näherte, in dem Anja aufgebahrt lag. Der Fürst der Finsternis kam, um sich sein Recht zu holen.

Dorian schreckte aus dem Sessel hoch. Das Geräusch der aufspringenden Tür hatte ihn geweckt. Noch bevor er die schemenhafte Gestalt richtig sah, spürte er den Hass und das Böse, das von ihr ausging. Dorian taumelte zurück. Die Gestalt kam näher. Sie verbreitete Eiseskälte und Finsternis um sich. Als sie ins Mondlicht trat, sah Dorian, dass sie keinen Schatten warf.

»Vukujev!«, schrie er verzweifelt, doch als Antwort erklang nur ein höhnisches Gelächter.

Dorian hätte sich in diesem Augenblick mit bloßen Händen auf den obersten aller Dämonen gestürzt, doch er besaß keinen eigenen Willen mehr. Etwas zwang ihn dazu, Abstand zu halten. Und dann spürte er in seinem Rücken einen Widerstand; der Fensterriegel drückte in seinen Nacken. Er konnte nicht mehr weiter zurückweichen. Das war sein Ende. Oder doch nicht?

Er zerrte an dem Riegel und bekam das Fenster schließlich auf. Geschickt schwang er sich hoch und trat auf den Sims und in die sturmgepeitschte Nacht hinaus. Ein höhnisches Gelächter, das aus dem tiefsten Schlund der Hölle zu kommen schien, begleitete ihn. Erst da erkannte er, dass er nicht aus freien Stücken aus dem Fenster geklettert war. Die Läden schlugen krachend hinter ihm zu. Dorian stand auf dem schmalen Sims, mit dem Rücken zur Wand. Der Sturm zerrte an ihm. Wenn er ausrutschte, würde das sein sicherer Tod sein. In der Tiefe blickte er auf nackten Fels, und die Äste der nächststehenden Tanne waren noch gut fünf Meter von ihm entfernt. Er konnte den Sprung nicht wagen, die Distanz war zu groß. Außerdem konnte er sich von dem Sims nicht richtig abstoßen; er würde nie den Nadelbaum erreichen, sondern wie ein Stein in die Tiefe fallen.

Es blieb ihm nichts anderes übrig, als den Sims entlangzutasten, um ein Fenster zu erreichen, das zu einem leeren Raum gehörte. Vorausgesetzt, die Dämonen erwarteten ihn nicht bereits überall.

Dorian machte einen ersten vorsichtigen Schritt. Er wagte

nicht, den Fuß zu heben, um nicht das Gleichgewicht zu verlieren. Stattdessen schob er ihn langsam über den Untergrund, dann zog er das andere Bein nach. Er schwitzte, obwohl ihn ein eisiger Wind durchschüttelte. Nach einer kurzen Atempause machte er den nächsten Schritt. Als er das Bein zum dritten Mal ausstreckte, stieß er mit dem Rücken gegen einen Widerstand. Sein Körper neigte sich nach vorn, und er musste heftig mit den Armen rudern, um das Gleichgewicht nicht zu verlieren. Sobald er einigermaßen sicher stand, machte er den Rücken hohl, um nicht wieder gegen den Mauervorsprung zu stoßen. Diesmal kam er daran vorbei, doch schon beim nächsten Schritt erwarteten ihn neue Schwierigkeiten.

Unter seinem rechten Fuß spürte er plötzlich keinen Boden mehr. Augenblicklich verlagerte er sein Gewicht auf das andere Bein – gerade noch rechtzeitig. Neben ihm bröckelten etwa zwanzig Zentimeter des Simses ab. Ihm blieb nichts anderes übrig, als über das fehlende Stück hinwegzubalancieren. Auch durfte er auf keiner Seite die Bruchstellen zu sehr überlasten. Das bedeutete, dass er eine Distanz von annähernd vierzig Zentimetern zu überbrücken hatte. Er setzte das rechte Bein behutsam auf der anderen Seite auf. Als er so dastand, fiel plötzlich ein Schatten auf ihn herab. Er hob in instinktiver Abwehr die Arme, dann fühlte er den Flügelschlag und spürte, wie sich scharfe Krallen in sein Fleisch gruben. Kaum hatte er den ersten Angreifer abgeschüttelt, da fiel ein ganzer Schwarm dieser grauen, unheimlichen Ungeheuer über ihn her.

Fledermäuse!

Sie verkrallten sich in seinem Haar, rissen es ihm in Büscheln aus und saugten sich an seinem Körper fest. Er hörte, wie der Stoff seiner Kleider zerriss, und spürte einen stechenden Schmerz in der Brust. Wie wild schlug er mit beiden Händen um sich und traf das Untier, das ihn in die Brust gebissen hatte, tödlich. Doch sein Triumph war nur von kurzer Dauer. Während er seine Arme senkte, stürzte sich einer der fliegenden Blutsauger auf seine Kehle. Dorian bekam die Hände noch rechtzeitig hoch. Er packte das Tier am Genick und zermalmte es an der Wand. Das hässlich knirschende Geräusch war Musik in seinen Ohren. Als er einen Moment lang nicht angegriffen wurde, zog er das linke Bein über die Bruchstelle hinweg. Dann packte er einen Blutsauger und drückte so lange zu, bis dieser sich nicht mehr rührte. Das nächste Untier zertrat er einfach, was ihm allerdings beinahe zum Verhängnis geworden wäre. Er rutschte auf dem weichen, nachgiebigen Körper aus und verlor das Gleichgewicht. Sofort war ihm klar, dass er es nicht wiedererlangen konnte. Er hatte nur noch die Möglichkeit, seinen Sturz in die Tiefe so zu lenken, dass er wenigstens in einem der Sträucher landete. Oder er versuchte, sich seitlich abzustoßen und das Fenster zu erreichen, das einen halben Meter von ihm entfernt lag.

Diese Überlegungen rasten innerhalb von Sekundenbruchteilen durch seinen Kopf – und ebenso schnell entschied er sich. Er wollte den Sprung zum Fenster riskieren. Mit aller Kraft stieß er sich ab und erreichte sein Ziel. Es klirrte, als seine Faust das Glas durchstieß. Er spreizte die Finger und krümmte sie gleichzeitig, als er den Fensterrahmen zu fassen bekam. Scherben bohrten sich in seine Haut, schnitten tiefe Wunden. Die Blutsauger bearbeiteten ihn immer noch, aber er empfand sie nun nicht mehr als Gefahr, sondern höchstens als Belästigung. Er zog sich am Fensterrahmen hoch, senkte den Kopf auf die Brust und ließ sich vornüber durch die zerbrochene Scheibe in den Raum rollen. Nach all den Strapazen empfand er den Aufprall als verhältnismäßig harmlos. Er schüttelte die Glassplitter ab und sah sich in seiner neuen Umgebung um, während ihm das Blut in Strömen von der zerschnittenen Hand rann.

Sein Blick wurde von einer einzigen Erscheinung gebannt. Vor ihm saß die Gräfin Anastasia von Lethian in einem reichlich verzierten, thronartigen Holzstuhl. Aber sie war jetzt nicht mehr die faszinierende, wunderschöne Hexe, auch keine rachelüsterne Furie – sondern eine vertrocknete, runzlige Alte!

Mit brüchiger Stimme sagte sie: »Hab keine Angst, Dorian. Lauf nicht davon! Ich möchte nur mit dir sprechen.«

So seltsam es klang, Dorian verspürte so etwas wie Mitleid mit ihr, obwohl sie es nicht verdiente. Wie viele Menschen mochte sie schon auf dem Gewissen, wie viele Schicksale mit sadistischer Lust zerstört haben? Aber jetzt, in diesem Augenblick, war sie nichts weiter als ein hilfloses Bündel Mensch ... Ein Mensch? Nein! Dorian durfte sich nicht täuschen lassen. Sie war eine Hexe. Kein Wesen aus Fleisch und Blut, sondern ein Dämon. Daran musste er immer denken, was auch geschah.

»Warum hasst du mich?«, fragte sie mit schwacher Stimme. »Warum verleugnest du mich, die ich dir das Leben geschenkt habe?«

»Nein!«, schrie Dorian. »Ich bin kein Stück von dir. Du hast mich nicht erschaffen. Ich bin ein Mensch, hast du das noch nicht erkannt?«

»Ich habe nur gemerkt, dass du vom rechten Weg abgekommen bist«, entgegnete die Hexe. »Ich weiß nicht, warum du missraten bist, aber ich bin überzeugt, dass es noch nicht zu spät für dich ist, in unseren Kreis zurückzukehren. Du bist immer noch einer von uns, Dorian. Und wenn du das einsiehst, wenn du dich reumütig zu uns bekennst, dann wird man dich anerkennen. Selbst deine Brüder, so sehr sie dich im Augenblick auch hassen, werden ihre Einstellung zu dir ändern. Du musst nur wollen.«

»Was du als meine Brüder bezeichnest, sind in Wirklichkeit Ungeheuer, vor denen ich die größte Abscheu empfinde!«, rief Dorian hitzig. »Mir ekelt vor den Vorgängen in diesem Schloss. Ich finde all diese Ausschweifungen widerwärtig und hasse alle abgrundtief, die daran teilnehmen. Wenn sich mir die Gelegenheit böte, würde ich alle meine sogenannten Brüder töten, um sie von ihrem widernatürlichen Dasein zu erlösen.«

»Du sprichst wie einer aus der Zeit der Inquisition«, stellte die Gräfin bekümmert fest.

Dorian ballte die Hand zur Faust und schüttelte sie. »Ich möchte nur diese heutige Nacht überleben. Vielleicht werde ich dann zum Dämonenkiller, der euch Satansbrut ein für alle Mal ausrottet!«

»Deine bitteren Worte zeigen deutlich, dass du verblendet bist«, sagte die Hexe ruhig. »Du würdest anders über die Schwarze Familie denken, wenn du uns erst besser kennen würdest. Wir sind keine Menschen, wir sind aber auch keine Ungeheuer. Wir sind – eben anders. Die Menschen sind unsere Feinde. Sie versuchen seit undenklichen Zeiten, uns auszurotten. Wir müssen so sein, wie wir sind, um zu überleben. Und du bist einer von uns, Dorian. Du hast es nur noch nicht erkannt.«

»Ich würde es spüren, wenn ich einer von euch wäre«, behauptete Dorian. »Müsste ich mich dann nicht zu euch hingezogen fühlen? Aber so ist es nicht. Im Gegenteil, ich hasse euch. Und selbst wenn es stimmen sollte, dass du mich mit dem Teufel gezeugt hast, dass Dämonenblut in meinen Adern fließt, so kann es doch sein, dass mich das Leben unter den Menschen gewandelt hat. Oder etwa nicht?«

»Das versuche ich dir doch gerade zu erklären«, sagte sie, und in ihrer Stimme schwang ein hoffnungsvoller Unterton mit. »Du bist verblendet, aber du könntest zu uns zurückfinden.«

»Unmöglich!«

Sie richtete sich auf und blickte ihm in die Augen. Dorian kam es vor, als sei sie in der Zeit, in der er mit ihr beisammen war, noch mehr gealtert. »Weißt du, dass ich sterben muss, wenn du mich verleugnest?«, fragte sie flüsternd. »Ich kann nichts dagegen tun. Es ist ein Naturgesetz. Ich habe dir das Leben geschenkt und muss deshalb dafür büßen, wenn du abtrünnig wirst und dich den Menschen anschließt. Sieh mir ins Gesicht! Merkst du, wie das Leben aus mir weicht? Daran, dass ich sterbe, sollst du erkennen, dass du ein Geschöpf bist, das ich gezeugt habe. Wäre dem nicht so, würde ich nicht dieses Ende finden.«

Dorian grinste hämisch. »Ich sehe, wie das Leben aus dir weicht – und ich weide mich an dem Schauspiel.«

In das Gesicht der Hexe hatten sich tiefe Falten gegraben, und das Fleisch fiel langsam in sich zusammen. Die Wangenknochen traten immer stärker hervor. Die Augen, ehemals in einem unstillbaren Feuer lodernd, lagen nun stumpf und trübe tief in den Höhlen; die schlaffen Lider zuckten. Die Lippen waren blutleer. Als sie den Mund öffnete, fielen ihr einige Zähne aus. Ihr Hals wurde immer dünner, die Sehnen und der Adamsapfel traten wie Schnüre mit einem Knoten hervor. An ihrer Schläfe pulsierte schwach eine Ader. Als sie sprach, war es nicht mehr als ein vernehmliches Atemholen. Dorian musste ihr ganz nahe kommen, um ihre Worte verstehen zu können.

»Ich habe noch nie im Leben … um etwas gebeten. Und ich werde … werde es auch jetzt nicht tun. Ich sehe, dass ich dich nicht umstimmen kann, also finde ich mich mit meinem Schicksal ab. Aber wisse, Dorian, wenn ich sterbe, dann kann ich dir keinen Schutz mehr bieten. Du bist dann vogelfrei. Die anderen werden sich auf dich stürzen.«

»Du hast mich beschützt?«, fragte Dorian ungläubig.

Die Hexe nickte schwach. »Ich habe meine Hand über dich gehalten, seit du in diesem Schloss bist. Sieh auf deine Finger, auf dein Handgelenk, Dorian. Die Schnitte saßen tief und hatten eine Schlagader getroffen. Jetzt sind sie fast wieder verheilt. Ich habe dich vor dem Tod errettet in dieser Nacht, und das mehr als einmal. Deine Brüder sollten dir nur einen Schrecken einjagen, aber wenn ich nicht mehr bin, werden sie Ernst machen. Sie werden dir die Verantwortung für meinen Tod geben und furchtbare Rache an dir nehmen. Ich kann nichts mehr für dich tun … nur noch …«

Dorian starrte auf seine Hand und kam nicht umhin, ihr recht zu geben. Er packte die Hexe an den mageren Schultern und schüttelte sie. Ihr Kopf pendelte kraftlos hin und hier.

»Was wolltest du noch sagen?«, rief er.

Er glaubte ihr plötzlich, glaubte ihr, dass die Dämonen kurzen Prozess mit ihm machen würden, wenn sie nicht mehr war, deshalb hätte er alles getan, um sie am Leben zu erhalten. Aber er konnte keine Zuneigung für sie heucheln.

Die Hexe machte eine fahrige Handbewegung. »Schau dir die Bilder an, Dorian!«

Das Zimmer um ihn versank. Er fand sich plötzlich in der Familiengruft wieder. Alle Grabdeckel waren geöffnet. Die Vampire hatten ihre engen Behausungen verlassen und geisterten durch den Raum. Ihre blassen, hässlichen Fratzen mit den aufgerissenen Mäulern, aus denen die langen Eckzähne herausragten, jagten ihm einen Schauer über den Rücken. Es schien, als ob sie nicht wüssten, wohin sie sich wenden sollten, aber in Wirklichkeit hatten sie alle ein bestimmtes Ziel. Sie scharten sich um eine Gruft, deren Deckel schon halb geöffnet war. *Ambrosius von Lethian*, stand auf der Steinplatte. Es war jene Gruft, in der er Lilian versteckt hatte. Die Vampire griffen jetzt mit ihren Klauen in den Spalt und versuchten, ihr Opfer zu packen.

»Lilian!«

Das Bild zerrann. Dorian befand sich wieder in dem Zimmer mit der Hexe. Sie lag still in ihrem Sessel. Ihr Gesicht wirkte wie mumifiziert. Sie war tot, und mit ihrem Ende war auch Lilian aus ihrer Trance erwacht. Dorian fühlte das, und während um ihn herum die Hölle losbrach, als die Dämonen ihn erneut angriffen, konnte er nur an seine Frau denken, die in diesen Augenblicken furchtbare Qualen auszustehen haben musste.

Sie erwachte aus einem langen, tiefen Schlaf. Als sie sich umdrehen wollte, stieß sie auf einen Widerstand, auf einen kalten, harten Widerstand. Sie riss in panischem Entsetzen die Augen auf und tastete ängstlich um sich. Sie war lebendig begraben! Lilian schrie. Wie ein vielfältig verzerrtes Echo drangen schaurige Laute als Antwort zu ihr herein. Sie drehte den Kopf herum und sah vor sich einen schmalen Spalt, durch den ein schwacher Lichtschein fiel. Dahinter waren Schatten. Einer dieser Schatten griff jetzt in ihr Gefängnis. Es war eine knochige Hand mit langen, schwarzen Fingernägeln. Krallen!

Lilian schrie wieder und schlug in ihrer Angst mit ihrer kleinen Faust auf die Krallenhand. Die Hand zog sich zurück, doch die Steinplatte glitt weiter auf. Dahinter lauerte eine Teufelsfratze. Kleine, glühende Augen starrten sie aus schwarzen Löchern an. Blutleere Lippen öffneten sich geifernd und entblößten faule Zähne. Zwei lange, spitze Hauer ragten hervor. Das Maul presste sich gegen die immer größer werdende Öffnung, und ein furchtbarer Gestank nach Fäulnis und Verwesung schlug Lilian entgegen. Ihr Magen rebellierte, als der stinkende, heiße Atem sie traf. Sie hätte sich erbrochen, wenn ihre Kehle nicht wie zugeschnürt gewesen wäre. So aber kam nur ein ersticktes Glucksen aus ihrem Rachen.

Sie war überzeugt, dass sie träumte. Das konnte nur ein Traum sein. Gleich würde sie erwachen. Dorian, wecke mich!, dachte sie. Bitte, bitte, rüttle mich wach!

Aber die erlösende Berührung blieb aus, die sanften, beruhigenden Worte blieben unausgesprochen, und der furchtbare Traum ging weiter. Lilian drängte sich tiefer in ihr Gefängnis, kauerte sich zusammen, um sich ganz klein zu machen. Aus den Augenwinkeln sah sie, wie sich die knöcherne Hand zu ihr herüber tastete. Jetzt berührte sie ihr Haar. Angeekelt senkte sie den Kopf tiefer auf die Brust. Aber die Knochenhand wurde immer länger. Die Finger erzeugten ein knisterndes Geräusch und krallten sich dann an ihr fest. Sie zerrten an ihren Haarwurzeln, und Lilian durchzuckte ein Schmerz, als ob tausend Nadeln ihre Kopfhaut durchbohren würden. Die Hand des furchtbaren Ungeheuers zog sie zu sich. Lilian stemmte sich mit den Händen gegen die Seitenwand, aber sie hatte nicht die Kraft, sich dem kräftigen Zug zu widersetzen. Sie musste nachgeben, um den Schmerz zu mildern, der bis in ihr Gehirn vordrang.

Vor der Öffnung lauerten die gespenstischen Bestien. Sie spürten ihren heißen Atem schon in ihrem Nacken. »O mein Gott, hilf mir!« Sie schluchzte erleichtert, als das Zerren an ihren Haaren plötzlich nachließ. Aber da tasteten sich schon neue Hände zu ihr herein, zogen an ihren Ohren und zerkratzten ihr Gesicht. Scharfe Nägel bohrten sich in ihr Fleisch, brachten ihr blutende Wunden bei.

Jemand schrie markerschütternd. Der Schrei war unwirklich, klang hohl und wie aus weiter Ferne und war gleichzeitig überall in Lilians Körper; er pflanzte sich vibrierend bis zu ihren Zehenspitzen fort. Da erst merkte sie, dass sie es war, die schrie. Sie konnte nicht mehr damit aufhören. Sie brauchte nicht mehr Atem zu schöpfen. Ihr Schrei war endlos. Langsam glitt ihr Kopf durch die Öffnung hinaus ins Freie. Sie starrte aus weit geöffneten Augen zu Fratzen auf, die geifernd auf sie herunterblickten. Laute, wie sie sie noch nie gehört hatte, drangen an ihr Ohr; Laute, die sie auch nicht mit ihrem Schrei übertönen konnte. Sie wurde aufgerichtet und gegen eine Wand gelehnt, aber ihre Beine besaßen keine Kraft. Sie rutschte langsam an der Wand zu Boden.

Die unheimlichen Gestalten kamen näher. Eine Hand fuhr ihr in den Mund und zog ihr die Unterlippe nach unten, eine andere umfasste ihre Brust und drückte sie, als wollte sie sie zerquetschen. Hände griffen ihr in den Nacken und bogen ihr den Kopf zur Seite, und ein Schatten beugte sich über ihren gespannten Hals. Lilian saß nun ganz ruhig da. Sie ließ alles mit sich geschehen. Sie hatte kein Interesse mehr an den Vorgängen um sich. Die Ungeheuer konnten ihr keine Furcht mehr einflößen. Ihr Empfinden war abgestumpft. Das Nervensystem ihres Körpers sandte keine Impulse mehr an das Gehirn. Wenn die Klauen ihre Haut berührten, dann bildete sich keine Gänsehaut mehr. Sie verspürte weder Ekel noch Abscheu. Ihr Geist war zerrüttet. Sie war aus dem schrecklichen Traum erwacht.

Dorian? Wo war Dorian? Hatte sie ihn früher nicht immer Rian genannt? Sie lächelte. Jetzt kam ihr dieser Kosename kindisch vor. Wo Dorian nur sein mochte? Warum ließ er sie mit so vielen fremden Leuten allein? Was wollten die Männer und Frauen von ihr, die so seltsam dreinschauten – so erwartungsvoll und doch irgendwie enttäuscht? Stießen sie sich daran, dass sie fast nackt war? Ja, sie war nicht schicklich gekleidet. Sie zog, so gut es ging, die Fetzen ihres Nachthemdes vor ihre Blößen. Sie musste sich züchtig geben, durfte sich vor diesen Fremden nicht gehen lassen, sonst glaubten sie noch, sie sei eine Dirne oder so etwas. Nein, sie wollte nicht, dass man schlecht von ihr dachte. Langsam erhob sie sich und taxierte die fremden Männer und Frauen.

»Warum weicht ihr vor mir zurück?«, fragte sie verwundert. »Gefalle ich euch nicht?« Sie machte einen Schritt nach vorn. Die Fremden keuchten auf und zogen sich weiter zurück. Lilian hob erschrocken die Hände. »Bleibt hier! Bitte lauft nicht vor mir davon, meine Freunde!« Tränen traten ihr in die Augen, als sie merkte, dass die Fremden trotz ihrer Bitten, sie nicht zu verlassen, zu den beiden Ausgängen strömten. »Seht her, habe ich nicht einen schönen Körper?« Sie hatte sich das Nachthemd heruntergerissen und stand nun nackt da, die Arme ausgebreitet. Aber auch das half nichts. Ihre Freunde flüchteten.

»Wartet auf mich! Nehmt mich mit!« Sie folgte den Fremden, die sie sofort ins Herz geschlossen hatte, leichtfüßig und federnden Schrittes. Aber sie konnte sie nicht einholen. »Hoffentlich finde ich sie wieder«, sagte sie laut zu sich selbst und unterdrückte ein Schluchzen.

Vukujev umrundete das Schloss zweimal, aber er konnte nichts Verdächtiges entdecken. Als er zum Hauptportal zurückkam, war er überzeugt, dass sich die Gräfin geirrt hatte. Vielleicht hatte das Unwetter sie verängstigt. Donner und Blitz konnten die Phantasie einer alten Dame schon zu den wildesten Vorstellungen verleiten.

Vukujev kicherte. Na, das Unwetter war vorbei. Er blickte zum Vollmond auf. Die Wolken boten ein faszinierendes Schauspiel. Es ging noch ein ziemlich heftiger Wind, und er pfiff wahrscheinlich gespenstisch durch das alte Gemäuer des Schlosses. Aber das war kein Grund zur Aufregung. Die Gräfin musste sich schon längst daran gewöhnt haben, dass es in allen Winkeln ihres Schlosses raunte und wisperte. Hoffentlich war Anja inzwischen nicht aufgewacht. Sie würde sich in dieser fremden Umgebung sicherlich fürchten. Aber der nette Fremde war ja bei ihr. Er würde ihre Ängste schon vertreiben.

Vukujev kicherte, als er sich vorstellte, dass Dorian die zitternde Anja in den Armen hielt. Dorian würde sie wärmen. Dorian würde sie trösten.

Vukujev hieb mit der Faust gegen das schwere Tor. Es schmerzte so sehr, dass ihm Tränen in die Augen schossen. Aber dieser Schmerz verscheuchte wenigstens den anderen – den Schmerz in seiner Brust. Vukujev mochte Anja, aber er wusste auch, dass er sie nie besitzen konnte. Er war anders als die anderen und wahrscheinlich nur dazu da, damit sie ihn mit Füßen treten konnten.

Auch Anja durfte das mit ihm tun. Aber wehe, jemand behandelte Anja so!

Er betrat das Schloss. Einen Moment lang war ihm, als würde er eine fröhliche, ausgelassene Gesellschaft sehen. Nackte Männer und Frauen mit seltsamen Tieren vereint. Geschöpfe, die er noch nie gesehen hatte, vereinigten sich unter lüsternen Schreien miteinander. Blut floss aus Kelchen und tropfte von Messern. Er erblickte ein ausgeweidetes Schaf … Dann verschwand das Bild. Das Schloss lag wieder leer, verlassen und dunkel vor ihm. Nur die verzückten Schreie hallten in seinem Geist nach.

Vukujev kicherte. So musste es früher einmal hier zugegangen sein, als die Gräfin noch jung und temperamentvoll gewesen war. Er hastete über die Treppe ins Obergeschoss und erreichte keuchend die Tür, hinter der er Anja und den Fremden allein gelassen hatte. Leise drückte er die Klinke nieder. Die Tür war verschlossen. Er pochte dagegen und glaubte, ein Stöhnen zu hören. Der Wind wahrscheinlich, dachte er.

»Dorian, machen Sie auf!«

Er wurde unruhig. Als er keine Antwort erhielt, rannte er gegen die Tür. Beim dritten Anlauf sprengte er das Schloss. Er taumelte in das Zimmer hinein und sah undeutlich eine dunkle Gestalt, die sich aber sogleich auflöste. Das Fenster zerbarst in tausend Splitter, und etwas entwich mit schaurigem Geheul durch die Öffnung.

Es war nur der Wind, sagte sich Vukujev. Besorgt ging er zu Anja, die wimmernd auf dem Sockel lag. Ihr Körper war übel zugerichtet; ihr Gesicht war aufgequollen, die Augen waren blutunterlaufen und geschwollen.

»Mein Gott, was hat er mit dir getan?«, entfuhr es ihm.

Anja gab keine Antwort. Sie war nicht ganz bei sich und wimmerte nur kläglich vor sich hin. Vukujev zog ihr Nachthemd herunter, das sich um ihren Hals zusammengerollt hatte. Obwohl er sie zärtlich und sanft behandelte, musste ihr jede seiner Berührungen weh tun, denn sie stieß kleine, spitze Schmerzensschreie aus.

»Dorian, wo verstecken Sie sich?«

Der Fremde war einfach weggelaufen!

»Komm, Anja, ich lass dich nicht hier.« Vukujev nahm sie unbeholfen auf die Arme und verließ mit ihr das Zimmer. Jedes Mal wenn sie stöhnte, zuckte er zusammen, als würde er den Schmerz selbst spüren.

»Wer störte den Hexensabbat?«, fragte eine hohle, gespenstische Stimme.

Vukujev ließ sich von diesen Sturmgeräuschen nicht beirren. An jeder Tür, an der er vorbeikam, hielt er inne und lauschte. Wenn er Geräusche hörte, trat er sie auf. Aber kaum waren die Türen offen, wurde alles still. Er fand Dorian nicht und auch nicht die anderen Fremden, die im Schloss abgestiegen waren. Wenn er nur gewusst hätte, wo ihre Unterkünfte lagen! Oder wenn er wenigstens das Zimmer der Gräfin gekannt hätte! Sie musste erfahren, welch einen üblen Burschen sie mit Dorian bei sich aufgenommen hatte. Vielleicht war er der Teufel in Person, von dem man in Asmoda so viel munkelte.

»Gräfin, wo sind Sie?«

Ein höhnisches Gelächter war die Antwort. Als es verhallt war, vernahm Vukujev aus einem Zimmer Geräusche, die ganz anders klangen. Es hörte sich so an, als ob jemand die Einrichtung zertrümmern würde und ein Feuer entfacht hätte. Vukujev trat an die Tür. Und da sah er ihn. Dorian, wie er tobte und mit Prügeln und seinen Beinen nach Schatten und Irrwischen schlug. Und er sah die leblos auf einem Stuhl kauernde Gräfin. Dorian hatte sie umgebracht!

»Dafür töte ich Sie!«, schrie Vukujev außer sich vor Wut.

Als der erste Angriff der übernatürlichen Kräfte Dorian zu überwältigen drohte, wusste er sich nicht anders zu helfen, als die Arme zu überkreuzen. Das verschaffte ihm eine kurze Atempause, aber dann riss etwas Unsichtbares seine Arme auseinander. Er ging zu Boden. Durch das eingeschlagene Fenster sah er Schatten hereinflattern. Fledermäuse stürzten sich auf ihn und verbissen sich in seiner Kehle. Er zerdrückte zwei von ihnen und hoffte, die anderen würden von den beiden Kadavern abgeschreckt. Aber sie formierten sich nur zu einem neuen Angriff. Inzwischen hatte Dorian jedoch Zeit genug gefunden, sein Feuerzeug herauszuholen. Nur war die Flamme zu klein. Als die Fledermäuse erneut über ihn herfielen, musste er sie mit seiner Handfläche schützen. Doch endlich bekam er einen der Blutsauger zu fassen und konnte ihn in die Flamme halten. Er ließ ihn erst los, als sein Flügel Feuer gefangen hatte. Die Fledermaus kreiste durch das Zimmer und trudelte schließlich durch das eingeschlagene Fenster in die Nacht hinaus – eine mahnende Fackel für die anderen Dämonen. Dorian kroch auf den offenen Kamin zu. Er war kaum drei Meter davon entfernt, aber es schien Stunden zu dauern, bis er ihn erreichte. Immer wieder taten sich Abgründe vor ihm auf, tauchten Ungeheuer auf, die ihm ihre gefräßigen Mäuler entgegenstreckten. Aber Dorian durchschaute diese Täuschungsmanöver der Dämonen und erkannte die Bedrohungen als Halluzinationen.

Schließlich erreichte er den Kamin. Er holte alte Rechnungen und Visitenkarten von Freunden heraus und häufte sie auf. Dann riss er eine Kordel von der Wand und legte sie darüber. Als er das Papier anzündete, fing auch die Kordel sofort Feuer.

Die Dämonen wichen vor ihm zurück. Dorians Gesicht verzerrte sich zu einem Grinsen. Er hatte einen ersten Teilsieg errungen. Die Dämonen fürchteten das Feuer wie die Pest. Er musste nur darauf achten, dass es nicht erlosch. Ein heftiger Windstoß fegte durch das Fenster ins Zimmer und fuhr durch den Kamin wieder hinaus. Dorian breitete schützend sein Sakko über die Flammen, die durch den Luftzug fast erstickt waren. Dann griff er rasch nach einem Stuhl und schlug ihn so lange gegen die Wand, bis er zersplitterte. Zuerst warf er die Späne, dann die größeren Trümmerstücke in den Kamin. Im Nu war ein prasselndes Feuer in Gang. Er lächelte grimmig. Dieses Feuer würden die Dämonen nie ausblasen können. Aber damit allein wollte er sich noch nicht begnügen. Er würde sich in diesem Zimmer verbarrikadieren.

Zuerst zertrümmerte er alle anderen Sessel, die sich im Zimmer befanden, und warf sie bis auf die Stuhlbeine in den Kamin. Diese schichtete er anschließend übereinander. Sie waren ein guter

Ersatz für die Pfähle, die man den Vampiren durch die Herzen trieb. Als Hammer sollte ihm eine Keule dienen, die unter einem Wappenschild an der Wand hing. Außer dieser Keule entdeckte er auch noch einen dreißig Zentimeter langen Krummdolch. Er steckte ihn in seinen Hosenbund.

Dorian arbeitete fieberhaft. Er fürchtete die Angriffe der Dämonen nicht mehr, denn er wusste nun, dass die überlieferten Abwehrmittel tatsächlich wirksam waren. Aus dem Kamin holte er ein glimmendes Holzscheit und trat solange darauf herum, bis er nicht mehr glühte, sondern schwarz und rußig war. Dann ging er mit dem Scheit zu dem schweren Vorhang am Fenster, malte mit Ruß auf die Außenseite einen großen Drudenfuß und zog den Vorhang vor.

In diesem Augenblick überfiel ihn ein seltsamer Wunsch: Stürze dich aus dem Fenster, dann haben alle Sorgen ein Ende!, flüsterte ihm eine Stimme zu.

Warum nicht?, fragte er sich. Fliegen wie ein Vogel. Frei sein wie ein Vogel. Sorglos sein wie die Toten.

Nein, nur nicht sterben!

Er wich in panischen Schrecken zurück, ergriff den Vorhang mit beiden Händen und spannte ihn so, dass das Drudenkreuz zu erkennen war. Sofort fiel der fremde Zwang von ihm ab. Dieser Zwischenfall zeigte ihm, dass er noch viel mehr Schutzmaßnahmen ergreifen musste. Er malte mit dem verkohlten Holzscheit auf alle Wände Kreuze. Während seiner Tätigkeit erbebte der Boden unter seinen Füßen. Noch immer war der Einfluss der Dämonen zu spüren.

Dorian stolperte über Hindernisse, die er nicht sehen konnte. Ein schwerer Schrank kippte um und hätte ihn fast unter sich begraben, ein Gemälde löste sich von der Wand und erschlug ihn beinahe. Dorian drehte das Bild um und malte auf den weißen Hintergrund einen dicken Drudenfuß. Ein Tischtuch riss er in schmale Streifen, mit deren Hilfe er aus den Stuhlbeinen Kreuze fertigte, die er im Zimmer verteilte. Aus dem umgestürzten Schrank riss er die Fächer und Türen heraus und warf sie ins Kaminfeuer. »Ich werde diese Nacht überleben!«, schrie er aus voller Kehle. »Und dann gnade euch Gott!«

Dorian sollte diese überheblichen Worte rasch bereuen. Es schien, als wollten die Dämonen die Herausforderung annehmen. Plötzlich riss ein Sturm den Vorhang mit dem Drudenfuß von der Stange und trieb ihn wie einen fliegenden Teppich in die Nacht hinaus. Die Wände des Zimmers bekamen Sprünge, und der Verputz rieselte herab, so dass die aufgemalten Kreuze zerflossen. Durch den Kamin polterten Mauerbrocken und verstopften den Abzug. Dicker Rauch quoll ins Zimmer, und das Feuer fiel immer mehr in sich zusammen. Auch die Kreuze, die Dorian mühsam zusammengebunden hatte, entwickelten ein Eigenleben: Sie sprengten die Verschnürung und fielen auseinander. Dorian packte zwei der Stuhlbeine und schlug um sich. Der Rauch blockierte seine Atemwege. Er hustete. Eine unsichtbare Schlinge schien sich um seine Kehle zu legen und sie zusammenzuschnüren. In einem Winkel des Zimmers zuckte ein Lichtblitz auf, und ein Irrwisch fuhr ihm in die Augen und blendete ihn. Eisige Kälte stieg vom Boden auf und kroch seine Beine hoch. Er spürte die beginnende Lähmung, die sich durch seine Glieder schlich und sich seinem Herzen näherte. Schließlich gelang es ihm, zwei Stuhlbeine zu einem Kreuz übereinanderzulegen, doch das brachte ihm nur eine vorübergehende Erleichterung. Die Macht, die sich auf ihn gestürzt hatte, war um ein Vielfaches stärker als die magische Kraft eines ungeweihten Kreuzes. Seine Hände wurden wieder auseinandergerissen.

»Du hast es nicht anders gewollt«, dröhnte eine wesenlose Stimme zu ihm herüber, und er wusste plötzlich, dass der allmächtige Fürst der Finsternis zu ihm sprach. »Ich habe bis jetzt deinem Treiben zugesehen, aber nun kann ich nicht mehr dulden, dass du mich länger verhöhnst. Ich selbst werde es sein, der dir die Seele aus dem Leibe reißt.«

Dorian stand wie gelähmt da, als ein Krachen und Bersten ertönte und eine Gestalt ins Zimmer getaumelt kam. Augenblicklich wich die tödliche Kälte aus seinem Körper. Sein Blick wurde wieder klar, und er erkannte Vukujev. Er wollte dem Geistesgestörten für die Rettung in letzter Sekunde danken, als dieser mit sich überschlagender Stimme rief: »Dafür töte ich Sie!«

Der Irre sprang Dorian an, und sie landeten beide auf dem Boden. Vukujev lag auf ihm und legte ihm die Hände um den Hals. Dorian hatte nicht mehr die Kraft, sich aus dem Würgegriff zu befreien. Der vorangegangene Kampf mit den Dämonen hatte ihn zu sehr erschöpft. Dazu kam noch die Überraschung. Er konnte sich nicht vorstellen, was in Vukujev gefahren sein mochte.

»Das ist für Anja – und für die Gräfin«, stammelte Vukujev und drückte fester zu.

Dorian sah wie durch einen Schleier das verzerrte Gesicht des Irren.

Vukujev schluchzte. Speichel rann ihm aus dem Mund, und Tränen kullerten aus seinen Augen. Er blickte auf die Überreste der Hexe und sagte mit erstickter Stimme: »Ich räche Sie, Gräfin!«

Dorian bäumte sich noch einmal auf. Und da sah er, wie ein blasses, entstelltes Oval neben ihm auftauchte. »Vuk – nicht!«

»Anja!«

Der Druck an Dorians Kehle ließ nach. Dorian nutzte die Gelegenheit, um den Irren abzuschütteln. Er trat ihn mit den Füßen, dass er weit nach hinten flog. Dann rappelte er sich rasch hoch, und zog den Krummdolch aus der Scheide. Ein spitzer Schrei gellte durchs Zimmer. Dorian hielt ernüchtert inne. Betroffen blickte er auf das halbnackte Mädchen hinunter, das auf dem Boden kauerte und den Kopf zwischen den Händen barg. Er sah ihren zerschundenen Körper und begriff.

»Ich war es nicht, Vuk«, sagte er zu dem Geistesgestörten, der inzwischen wieder auf die Beine gekommen war und Anstalten machte, sich erneut auf ihn zu stürzen. »Ich schwöre, dass ich es nicht war.«

»Es stimmt«, hauchte das Mädchen. Ihr Körper wurde von heftigem Schluchzen geschüttelt.

Vukujev beugte sich, ohne Dorian aus den Augen zu lassen, zu ihr hinunter. »Wer hat dir das angetan?«, fragte er. »Sag mir, wer dich so zugerichtet hat, Anja!«

»Ich – kann nicht.« Sie schüttelte heftig den Kopf hin und her. »Ich schäme mich so. Ich möchte sterben.«

»Es war der Teufel in Person«, sagte Dorian.

Anja schrie auf und hielt sich die Ohren zu, aber Dorian ließ nicht locker. »Sagen Sie ihm, was wirklich passiert ist, Mädchen!«, drängte er sie. »Vuk sieht und hört nicht, was um ihn herum vorgeht. Er hat überhaupt keine Ahnung.«

Das Mädchen hob langsam den Kopf. Die Schwellungen hatten ihre Augen fast ganz geschlossen; sie konnte nur durch schmale Schlitze sehen. »Hast du mich hergebracht, Vuk?«, fragte sie. »Sag mir, ob du mich nur bewusstlos geschlagen hast, um mich in diese Folterkammer zu bringen?«

»Ihn trifft keine Schuld«, sagte Dorian. »Er merkt nichts von dem Grauen um uns her. Die Dämonen haben Angst vor seinem kranken Geist, sie flüchten vor ihm. In Vuks Nähe sind Sie sicher, Anja.«

Aber sie schien ihn überhaupt nicht zu hören. »Du Scheusal hast mich hergeschleppt!«, sagte sie mit leiser Stimme, die jedoch kalt und voller Hass war. Plötzlich fuhr sie Vukujev mit beiden Händen ins Gesicht, und ihre Nägel hinterließen lange, blutige Spuren darin.

»Ich wollte nichts Böses«, beteuerte Vukujev.

»Nichts Böses!«, wiederholte Anja. »Dann sieh mich einmal an! Schlimmeres hätte mir nicht widerfahren können.«

Sie erhob sich, taumelte einige Schritte und musste sich stützen. Dorian bückte sich nach dem Umhang, der der Gräfin von der Schulter geglitten und zu Boden gefallen war. Aber ein Fuß der Gräfin stand darauf, und als Dorian an dem Umhang zog, zerfiel sie durch die Erschütterung zu Staub. Er legte dem Mädchen den Umhang über die Schultern. Sie zog ihn fest um ihren Körper. Vukujev stand mit offenem Mund da und starrte auf den Stuhl, in dem die leeren Kleider der Gräfin lagen. »Warum kann ich sie nicht mehr sehen?«, fragte er verwundert. »Warum verbirgt sie sich schon wieder vor mir?«

»Sie war eine Hexe«, erklärte Dorian. »Sie war es auch, die Anja all das Leid zugefügt hat. Wenn ein Wesen auf Gottes Erde den Tod verdient hat, dann war sie es.«

»Ich kann es nicht glauben«, murmelte Vukujev. »Sie war immer so gut zu mir.«

»Sie hat dich nur ausgenutzt, Vuk.«

Der Irre schüttelte den Kopf. »Nein. Sie hat nichts Böses getan. Sie war gut zu mir.«

»Und hast du Anja vergessen?«

»Anja!« Vukujev schien aus einem Traum zu erwachen. Er wandte sich dem Mädchen zu, das sich mit einer Hand an der Wand abstützte. Als er sich ihr näherte, wirbelte sie herum.

»Rühr mich nicht an!«, fauchte sie.

Vukujev blieb verstört stehen und blickte zu Dorian.

»Sie haben Schreckliches durchgemacht, Anja«, sagte Dorian, »aber das Schlimmste ist noch nicht überstanden. Wir sind von lauter Dämonen umgeben, die uns nach dem Leben trachten. Vukujev ist der Einzige, dem sie nichts anhaben können. Solange wir bei ihm bleiben, sind wir in Sicherheit.«

»Ich kann seine Nähe nicht ertragen«, murmelte sie tonlos.

»Sie müssen sich dazu überwinden«, beschwor Dorian sie, und Vukujev nickte. »Oder wollen Sie noch einmal die gleichen Qualen durchmachen?«

Anja schüttelte den Kopf.

»Ich bleibe nicht hier.« Sie betastete mit den Händen ihr Gesicht. Entschlossen wiederholte sie: »Ich bleibe keine Sekunde länger hier. Eher möchte ich sterben.« Ehe Dorian es verhindern konnte, floh sie auf den Korridor hinaus.

»Wir müssen ihr folgen«, befahl Dorian und eilte hinter ihr her. Aber kaum war er außerhalb des Zimmers, blieb er wie angewurzelt stehen. Keine zehn Meter von ihm entfernt rang Lilian mit einem Vampir.

»Warte, Vuk!«, schrie Dorian und kehrte ins Zimmer zurück.

Er nahm die Keule und eines der Stuhlbeine an sich und rannte wieder auf den Korridor hinaus. Lilian rang noch immer mit dem Vampir.

Vukujev starrte gebannt auf die Szene. Von Anja war nichts mehr zu sehen.

»Ich helfe dir, Lilian!«, schrie Dorian und lief, wie von Furien gehetzt, auf sie zu.

Er schleuderte den Vampir gegen die Wand, setzte ihm das dünne Ende des Stuhlbeins ans Herz und schlug mit der Keule zu. Es gab ein knirschendes Geräusch, als das Holzbein in den Brustkorb des Vampirs eindrang. Mit einem zweiten Hieb rammte Dorian ihm den Pfahl noch tiefer in den Körper. Der Vampir umklammerte das Bein mit beiden Händen und versuchte, es aus seinem Körper herauszuziehen. Dorian schlug ein drittes und ein viertes Mal zu. Er spürte den Widerstand, als das Holz aus dem Rücken des Vampirs heraustrat und sich in die Wand bohrte. Keuchend hielt er inne. Es war vollbracht. Der Vampir zuckte nur noch leicht. Der Kopf war ihm schon auf die Brust gesunken, seine Hände umkrallten noch immer den Pfahl.

Lilian kam heran und klammerte sich an Dorian. Sie starrte ungläubig zu ihm auf. »Du hast ihn getötet«, sagte sie mit seltsamer Betonung. »Du hast ihn brutal und grausam getötet.«

»Es musste sein«, sagte Dorian keuchend und wollte sie umarmen, aber sie wich vor ihm zurück. »Er war ein Vampir! Vampire kann man nur auf diese Weise töten«, erklärte Dorian ihr.

»Er war mein Freund!«, schrie Lilian ihn an. »Du Bastard hast meinen Freund getötet!«

Entsetzt begriff Dorian, was passiert war, was Lilians seltsames Verhalten zu bedeuten hatte. Nicht sie war vor dem Vampir geflüchtet, sondern es war genau umgekehrt gewesen.

Sie hatte den Verstand verloren!

Die Keule entfiel seinen Händen. Wofür sollte er jetzt noch kämpfen? Lilian war der einzige Mensch gewesen, der ihm etwas bedeutet hatte. Sie wandte sich um und ging stolz erhobenen Hauptes davon.

Dorian versuchte erst gar nicht, sie aufzuhalten. Ihr konnte nichts passieren. Sie lebte in einer Welt, in der ihr Dämonen nichts mehr anhaben konnten.

»Ihre Frau ist schön, Herr«, sagte Vukujev neben ihm. »Sie hat so etwas an sich …«

»Sie ist dir sehr ähnlich geworden, Vuk«, flüsterte Dorian. »Und ich frage mich, ob ihr nicht ein besseres Los habt als wir anderen. Vielleicht sind wir, die wir uns für normal halten, die wirklich Geistesgestörten.«

»Was meinen Sie damit, Herr?«

»Du darfst mich Dorian nennen. Wir müssen jetzt eisern zusammenhalten. Grüble nicht über meine Worte nach. Wir haben Wichtigeres zu tun. Zuerst müssen wir Anja finden, bevor ihr etwas zustößt.«

»Und Ihre Frau, Dorian, was wird aus ihr?«

»Ihr passiert nichts«, sagte Dorian bitter. »Sie hat einen ganz besonderen Schutzengel. Komm, Vuk, und bleib immer an meiner Seite! Was auch passiert, bleib bei mir!«

Dorian holte den verbliebenen Rest der Fackel aus seinem Gürtel und zündete sie an. Jetzt brauchte er die Fackel nicht mehr als Reserve zurückzuhalten. Das Finale des Hexensabbats war gekommen.

Anja bereute schon längst, dass sie davongerannt war. Andererseits jedoch hätte sie Vukujevs Nähe nicht mehr länger ertragen. Sie war jetzt überzeugt, dass er zu jenen gehörte, die in den Vollmondnächten an den wilden, ausschweifenden Festen auf Schloss Lethian teilnahmen. Er war nicht so verrückt, wie die Leute glaubten. Er stellte sich nur so.

Anja hatte Angst. Sie hatte geglaubt, sich ganz in der Nähe des Ausgangs zu befinden; nur deshalb war sie davongelaufen, aber jetzt irrte sie schon seit geraumer Zeit durch die weitläufigen Gänge des Schlosses. Wahrscheinlich lief sie immer im Kreis. Oft drangen Schreie und ausgelassenes Lachen an ihr Ohr, aber sie wagte nicht, irgendwelche Türen zu öffnen. Sie wollte mit den Leuten, die sich zum Vollmondfest auf Schloss Lethian eingefunden hatten, nichts zu tun haben.

Als sie zu einer Wendeltreppe kam, die sowohl in die Tiefe als auch in die Höhe führte, stand sie plötzlich vor einem Mann. Sie zuckte erschrocken zusammen und wollte fliehen, doch der Mann ergriff sie am Handgelenk und hielt sie mit sanfter Gewalt zurück.

»Wohin denn, schönes Mädchen?«, fragte er belustigt. Seine Stimme klang angenehm, warm und weich. »Ich habe dich in der Gesellschaft noch gar nicht erblickt. Aber das ist auch kein Wunder bei so vielen Gesichtern. Willst du mir nicht sagen, mit wem ich das Vergnügen habe?«

»Ich heiße – Anja«, stammelte sie und wollte ihre Hand zurückziehen, doch der Mann ließ sie nicht los.

»Nicht so hastig«, sagte er. »Willst du nicht wissen, wer ich bin? Mein Name ist – nun, da wir in der Umgebung des Dorfes Asmoda sind – wie würde dir Asmodi gefallen?«

»Gut, Herr.«

»Nenne mich Asmodi!«

»Jawohl.«

»Aber, aber! Du zitterst ja. Habe keine Angst! Sieh mir in die Augen. Warum wendest du dich von mir ab?«

»Ich …« Anja zog sich den Umhang mit der freien Hand fest um den zerschundenen Körper. »Ich muss fort. Meine Eltern werden sich sorgen. Ja, wenn ich nicht nach Hause komme, werden sie mich suchen.«

Der Mann lachte. Es war ein einnehmendes, sympathisches Lachen. »Etwas Zeit wirst du doch noch haben. Schau mich an!«

Obwohl sich Anja ihres Aussehens wegen schämte und am liebsten im Boden versunken wäre, konnte sie nicht anders, als ihr Gesicht dem Mann zuzuwenden.

»Wie siehst du aus, Mädchen!«, entfuhr es ihm erschrocken. »Entschuldige, das war taktlos von mir. Aber was ist dir zugestoßen?«

»Ein Mann …« Anja schwieg betreten.

»Ist es hier auf diesem Schloss passiert?«, fragte er scharf.

»Ja, Herr.«

»Dann komm mit!«

»Aber …«

»Ich sagte, du sollst mitkommen«, sagte der Mann in einem Ton, der keinen Widerspruch duldete. »Ich werde denjenigen finden, der dies getan hat. Auf keinen Fall werde ich zulassen, dass sich die Gäste auf Schloss Lethian wie die Wilden benehmen. Ich werde dir Genugtuung verschaffen. Komm mit!«

Anja folgte dem Mann zur Wendeltreppe und stieg mit ihm ins obere Geschoss hinauf. Er ließ dabei ihre Hand nicht los; er hielt sie so fest, dass es sie schmerzte, aber sie wagte nicht, ihm das zu sagen. Auch im nächsten Geschoss brannten keine Fackeln. Die Gänge wurden nur vom einfallenden Mondlicht erhellt. Der Fremde, der sich Asmodi nannte, öffnete eine der Türen und führte sie in einen großen Prunksaal. Bei ihrem Eintritt verstummte der Lärm, und die Gäste wandten sich alle dem Eingang zu. Es waren an die hundert Männer und Frauen, die alle vornehme, moderne Kleider trugen. Sie saßen an Tischen mit Kerzen darauf, standen gruppenweise herum oder tummelten sich paarweise auf der Tanzfläche. Die Musik war ebenso abrupt verstummt wie die Gespräche.

Anja wurde es unheimlich, aber ihre Scham war größer als ihre Angst. Sie fühlte, dass alle Blicke auf sie gerichtet waren. Es war ihr schrecklich unangenehm, dass die Leute sie so anstarrten und sich dann hinter ihrem Rücken über ihr Aussehen lustig machten. Sie bildete sich sogar ein, das spöttische Lachen einer Frau zu hören.

Eine sagte deutlich: »Schön ist sie nicht gerade.«

»Aber vielleicht hat sie versteckte Qualitäten«, äußerte sich ein Mann und erntete amüsiertes Gelächter.

Anja wollte davonlaufen, aber Asmodi hielt sie fest.

»Hiergeblieben!«, sagte er so leise, dass nur sie es hören konnte. »Wir wollen doch den Schuldigen finden.« Dann fuhr er mit erhobener Stimme fort: »Hört alle her! Dieses Mädchen behauptet, dass einer von uns sie so zugerichtet hat. Sie ist eine Bedienstete der Gräfin und lag schlafend in ihrem Zimmer. Dort wurde sie von einem Kerl überfallen, vergewaltigt und zusammengeschlagen. Wir wollen herausfinden, ob das jemand von uns getan hat.«

»Behauptet sie das etwa?«, wollte ein Mann wissen. »Woher will sie das wissen?«

»Weil sonst niemand auf dem Schloss ist«, antwortete Asmodi.

»Vielleicht – aber doch«, erwiderte derselbe Mann. »Sagt man nicht, dies sei das Schloss des Teufels? Vielleicht hat sich der Teufel höchstpersönlich an das Mädchen herangemacht.«

Alle lachten, selbst der Mann, der Anja hergebracht hatte, konnte sich ein Schmunzeln nicht verkneifen.

»Trotzdem wollen wir das nicht auf uns sitzen lassen«, erklärte er wieder ernst. »Ich schlage vor, dass alle Männer eine Defiliercour vornehmen, damit sie jedem ins Gesicht sehen kann.«

»Was ist das?«, fragte Anja ängstlich.

»Ich sagte nur, dass alle Männer an dir vorbeimarschieren sollen, damit du sie betrachten kannst«, beruhigte Asmodi sie. »Merke dir die Gesichter genau! Wenn du den Schuldigen zu erkennen glaubst, dann zeige ihn mir!«

»Aber ich möchte das nicht«, sagte Anja.

»Doch! Es muss sein.«

»Bitte, bitte, machen Sie das nicht mit mir!«, flehte sie. »Ich möchte lieber gehen. Ich fühle mich so schwach.«

»Nein.« Der Mann an ihrer Seite blieb hart. Er machte ein Zeichen mit der Hand, und der erste der männlichen Gäste trat vor Anja hin. Er war groß und schlank und dem Mann an ihrer Seite wie aus dem Gesicht geschnitten.

»Ist es dieser gewesen?«, fragte Asmodi.

Anja schüttelte den Kopf.

Der Nächste trat vor sie hin. Anja schwindelte, als sie ihm ins Gesicht blickte. Er sah ebenso aus wie der Mann an ihrer Seite. Und auch der nächste und der übernächste Mann hatten das gleiche Gesicht. Aber das konnte nicht wahr sein! Sie musste sich täuschen. Begann sie den Verstand zu verlieren? Sie schloss die Augen. Als sie sie wieder öffnete, schwebte dasselbe Gesicht vor ihr.

»Sei tapfer!«, raunte ihr Asmodi zu. »Du hast es bald überstanden. Oder sollen wir aufhören?«

Sie atmete erleichtert auf. »Ja, bitte! Lassen Sie mich gehen!«

»Nein, nein, das kommt gar nicht in Frage. Du hast Anklage erhoben und wirst den Prozess bis zum Ende durchstehen.«

Anja fühlte sich unsäglich schwach. Welches teuflische Spiel trieben diese Leute mit ihr?

»Es wird sich alles wieder einrenken«, versprach Asmodi. »Wir werden den Schaden wiedergutmachen – auch wenn du den Schuldigen nicht erkennst.«

»Sie sehen alle gleich aus«, sagte Anja müde.

»Weil äußerlich alle gleich sind. Du musst in sie hineinsehen können!«

»Bitte, lassen Sie mich gehen!«

»Und die Wiedergutmachung? Nein, zuerst wird Safirna deine Wunden pflegen. Sie kennt Wunderheilmittel, die schon längst in Vergessenheit geraten sind. Du wirst bald wieder so schön wie früher sein, Anja.«

Er legte ihr die Hand auf die Schulter. Da sah sie die Ringe mit den Dornen und dem geheimnisvollen Zeichen. An jedem seiner Finger, außer am Daumen, steckte ein solcher Ring. Anja schrie aus Leibeskräften. Dieselben Ringe hatte das Untier getragen, das sie heimgesucht hatte.

»Es ist niemand mehr im Schloss«, sagte Vukujev. »Anja ist davongelaufen. Sie ist bestimmt im Wald. Wie müssen sie dort suchen.«

»Nein«, antwortete Dorian und hob die Fackel, um den Korridor auszuleuchten. »Sie sind alle noch da. Wahrscheinlich jagen sie Anja. Die Dämonen werden sie nicht entkommen lassen. Bestimmt irrt sie hier irgendwo umher.«

»Dämonen!« Vukujev kicherte. »Ich sehe keine Dämonen.«

»Weil sie vor dir flüchten.«

»Es gibt gar keine Dämonen. Ich glaube nicht an sie.«

Dorian musste sich wieder fragen, wer von ihnen beiden nun geistesgestört war.

Vukujev sprach recht vernünftig, und jeder moderne, aufgeklärte Mensch hätte ihm recht gegeben und im Gegenzug Dorian bezichtigt, an Verfolgungswahn zu leiden. Deshalb fragte er sich ernsthaft, ob er nicht verrückter war als Vukujev. Bildete er sich alles nur ein? Hatte die Gräfin tatsächlich erklärt, ihn und die anderen acht

Männer mit dem Teufel gezeugt zu haben? Es war Wahnsinn! Aber hatte er es sich auch nur eingebildet, dass sie vor seinen Augen zu Staub zerfallen war? War es nur seiner Phantasie entsprungen, dass Anja, von einem Scheusal malträtiert, mit unzähligen Wunden am Körper davongelaufen war? Das hatte auch Vukujev gesehen. Und hatte er nicht mit eigenen Augen beobachtet, wie Lilian einen Vampir eng umschlungen hatte?

Lilian!

Was mochte aus ihr geworden sein? Sie hatte den Verstand verloren und war jetzt bestimmt glücklicher als zuvor. Für sie existierten die Schrecken dieses Schlosses nicht mehr. Die Dämonen fürchteten sie. Im Augenblick war es für sie sicher besser so. Aber was würde später sein, wenn das hier vorbei war? Würde Lilian geistesgestört bleiben, wenn sie ins normale Leben zurückkehrten?

Dorian ballte die freie Hand zur Faust. Er wusste, dass es für ihn so etwas wie ein normales Leben nie mehr geben würde, selbst wenn er lebend aus dem Schloss kam. Er würde nicht mehr als Reporter irgendwelchen banalen Sensationen nachjagen können. Er konnte nicht einfach Scheuklappen aufsetzen und so tun, als sei nichts vorgefallen. Lilians Schicksal würde ihn immer an die Dämonen erinnern. Sie war der lebende Beweis dafür, dass die Welt keineswegs in Ordnung war.

Es braute sich etwas zusammen. Die Dämonen waren stark. Sie hatten sich organisiert, durchsetzten die menschliche Gesellschaft, und vielleicht würden sie eines Tages die Herrschaft über die Erde antreten, wenn niemand mehr da war, der sich ihnen in den Weg stellte. Dorian aber fühlte sich berufen, genau das zu tun. Er schien der Einzige zu sein, der die Gefahr in ihrem gesamten Ausmaß erkannt hatte. Er schwor sich in diesem Augenblick, diese Aufgabe zu übernehmen, schon deshalb, weil er Lilian rächen wollte.

Aber bis dahin war es noch ein weiter Weg. Im Augenblick war er dem Tod näher als dem Leben, und er verdankte es nur einem Irren, dass ihn die Dämonen noch nicht vernichtet hatten. »Du musst immer in meiner Nähe bleiben, Vuk«, sagte Dorian zum wiederholten Male.

»Ja, Dorian«, versicherte Vukujev. »Aber hat es denn überhaupt einen Sinn, wie verrückt durch das Schloss zu rennen?«

»Sie sind noch alle hier«, sagte Dorian und blickte sich suchend um.

Die Fackel warf ihr Licht in einen engen Gang hinein, aber sie konnte nicht alle Winkel durchleuchten. In den Schatten lauerten Dämonen. Wenn ihnen Vukujev zu nahe kam, zogen sie sich zurück; durch die Ritzen unter den Türen, in das Gemäuer, in den Boden und in die Decke. Dorian wusste das, obwohl er diesen Vorgang noch nie genau beobachten konnte. Er hörte die Geräusche und sah die schemenhaften Bewegungen.

»Da war jemand«, rief Vukujev plötzlich.

Dorian hatte die Gestalt ebenfalls gesehen, die vor ihnen den Korridor überquert hatte und in einem Seiteneingang verschwunden war. Er begann zu laufen, in der einen Hand die abgebrannte Fackel, in der anderen den langen, krummen Dolch. Als er den Seitengang erreichte, sah er, wie die gespenstische Gestalt gerade durch eine Tür verschwand. Er folgte ihr. Im Türrahmen blieb er erschüttert stehen.

Die Gestalt, die er beobachtet hatte, öffnete gerade ein Fenster. Es war eine nackte Frau, die im Mondschein zierlich und zerbrechlich anmutete. Sie beugte sich weit aus dem Fenster und breitete die Arme aus, als wolle sie im Mondlicht baden. Als sie den Kopf halb zur Seite wandte, sah Dorian ihr Profil.

Lilian!

Er eilte zu ihr, steckte im Laufen den Dolch in die Scheide und zerrte sie brutal vom Fenster weg. Sie zuckte bei der Berührung zusammen, gab aber keinen Laut von sich. Sie schien vor nichts mehr Angst zu haben. Arme Lilian! Erstaunt blickte sie ihm ins Gesicht.

»Du wirst dich noch erkälten, Lilian«, sagte er mit einem leisen Vorwurf in der Stimme und schluckte den Kloß, der ihm in der Kehle steckte, herunter.

»Hast du nicht meine Freunde gesehen, Dorian?«, fragte sie mit ausdrucksloser Stimme.

Wenigstens erkennt sie mich noch, dachte er bitter. Mit einer ungestümen Bewegung riss er den Vorhang vom Fenster und wickelte sie darin ein. Sie ließ alles widerstandslos mit sich geschehen.

»Das ist aber ein schönes Kleid«, sagte sie und strich die Falten mit einer ungeschickt wirkenden Bewegung glatt.

»Was gaffst du so blöd?«, herrschte Dorian den unschlüssig in der Tür stehenden Vukujev an. Dieser zuckte unter seinen Worten zusammen und wollte sich zurückziehen. »Bleib hier, du Idiot!«, schrie Dorian. »Ich habe dir doch gesagt, dass du immer in meiner Nähe bleiben sollst.«

Lilian starrte Vukujev mit ihren großen erstaunten Augen an. »Wer ist das? Und warum schreist du so, Dorian?«

Er murmelte automatisch eine Entschuldigung.

»Ist schon gut«, sagte Lilian und machte eine gezierte Handbewegung.

Er nahm sie am Arm, aber sie widersetzte sich ihm.

»Komm, Lilian!«, beharrte er. »Wir müssen von hier fort.«

»Noch nicht. Ich möchte dir etwas zeigen, Dorian.«

Er ließ sich von ihr zum Fenster führen und sah in die Richtung, in die ihre ausgestreckte Hand wies.

»Schau, dort ist eine Kapelle! Siehst du sie? Sie steht auf dem Gipfel des anderen Hügels.«

»Ja, ich sehe sie. Aber jetzt komm!«

»Ich möchte zu der Kapelle«, sagte Lilian hartnäckig.

»Wir haben zuerst noch etwas zu erledigen«, sagte er ungeduldig. »Danach werde ich dich zu der Kapelle begleiten.«

»Ich möchte sofort hin.«

Dorian überlegte kurz. »Glaubst du, dass du den Weg allein findest?«

»Aber sicher, Dorian.«

»Gut. Dann treffen wir uns dort. Aber du musst mir versprechen, dass du den kürzesten Weg gehst.«

»Ja ja, Dorian. Kommst du auch?«

Er küsste sie flüchtig auf die Wange und wandte sich dann abrupt ab. »Wir werden uns an der Kapelle treffen, Lilian«, versprach er und verließ fluchtartig das Zimmer. Vukujev folgte ihm. Über die Wendeltreppe erreichten sie die nächste Etage. Sie stießen jede Tür auf, an der sie vorüberkamen, aber alle Räume waren leer.

»Anja ist im Wald«, sagte Vukujev überzeugt. »Sie wird erfrieren.«

»Wir werden das ganze Schloss durchsuchen«, erklärte Dorian. »Und wir werden sie finden.«

Er hatte kaum ausgesprochen, als er am Ende des Korridors erneut eine nackte Frau erblickte. Im ersten Moment hielt er sie für Lilian, doch dann erkannte er, dass die Person stämmiger war. »Anja!«, rief er überrascht.

Aber da war sie schon durch eine Tür verschwunden.

»Anja?«, fragte Vukujev. »Wo ist sie? Ich kann sie nicht sehen.«

Dorian begann bereits zu laufen. Eine affenartige Gestalt, die wie eine Statue auf einem marmornen Sockel gehockt hatte, sprang zu Boden und folgte dem Mädchen auf allen vieren.

»Schnell, Vuk! Sie sind hinter ihr her.«

Vukujev konnte kaum mit Dorian Schritt halten. Dorian erreichte als Erster die Tür, durch die Anja verschwunden war. Er sah das affenartige Geschöpf durch eine Verbindungstür springen.

»Da ist niemand!«, sagte Vukujev, der ihn keuchend erreicht hatte.

Aber Dorian hörte nicht auf ihn. Er hatte bereits den Raum durchquert und stürmte in das nächste Zimmer. Es war leer, aber die gegenüberliegende Verbindungstür stand sperrangelweit offen. Anja lief durch das angrenzende Zimmer – verfolgt von dem affenartigen Untier. Ihr Körper war makellos, keine einzige Wunde entstellte ihn, und als sie den Kopf nach ihrem Verfolger umwandte, sah Dorian, dass auch ihr Gesicht wieder glatt und ohne Narben war. Er rannte wie ein Besessener, aber er holte keinen Meter auf. Immer lag ein Zimmer zwischen ihm und dem Affenmonstrum, das nur noch wenige Schritte hinter Anja war und sie jeden Moment erreichen konnte.

Dann waren sie plötzlich beide verschwunden. Draußen gellte Anjas markerschütternder Schrei über den Korridor.

Hinter ihm rief Vukujev: »Ich kann nicht mehr!«

Dorian achtete nicht auf ihn. Er wollte auf den Korridor hinaus, um Anja beizustehen, doch plötzlich umgab ihn undurchdringliche Dunkelheit. Vukujev war zu weit von ihm entfernt, um die Dämonen von ihm abzuhalten. Darauf hatten sie gewartet. Jetzt stürzten sie sich auf ihn. Dorian prallte zurück, wirbelte herum und rannte in die Richtung, aus der er gekommen war. »Vukujev!« Er hatte gerade noch die Kraft, den Namen des Geistesgestörten zu rufen, dann ergriff ihn eine eisige Hand und versuchte, mit elementarer Gewalt das Leben aus ihm zu pressen.

»Ich bin einer deiner Brüder, Dorian«, sagte das kalte, unsichtbare Etwas mit hohntriefender Stimme. »Einer von denen, die du verabscheust, die du verleugnest. Ich bin nicht so hochmütig wie du. Ich verachte dein Leben nicht. Ich nehme es mir.«

Das ist das Ende!, dachte Dorian.

Plötzlich jedoch legte sich etwas Warmes um seine fröstelnden Glieder, und Vukujevs Stimme sagte: »Da war jemand. Vielleicht ein Mensch, ein Mann, so genau konnte ich es nicht sehen. Er hockte auf Ihnen und hielt Sie mit Armen und Beinen umklammert. Als ich kam, rannte er davon. Soll ich …«

»Nein, bleib bei mir, Vuk«, sagte Dorian zähneklappernd. »Du siehst, was passieren kann, wenn du mich allein lässt.«

Dorian war noch etwas schwach auf den Beinen, aber mit jedem Schritt wurde er kräftiger und sicherer. Der ganze Spuk konnte nicht länger als eine halbe Minute gedauert haben. Vom Korridor erklang wieder Anjas verzweifelter Schrei herüber. Dorian stützte sich auf Vukujev und drängte ihn aus der Tür. Sie befanden sich bei dem Turm mit der Wendeltreppe. Dorian sah, wie ein behaartes Bein hinter der Mittelsäule nach oben verschwand, und rannte wankend auf die Wendeltreppe zu.

Vukujev, der diesmal nicht von seiner Seite wich, sagte: »Da ist niemand, Dorian!«

»Doch«, beharrte Dorian. »Hörst du das Mädchen nicht schreien?«

»Es ist nur der Wind«, behauptete Vukujev.

Dorian deutete auf die Turmtreppe. »Anja ist dort oben!«

Er nahm immer zwei Stufen auf einmal. Er wusste, dass er

die letzten Kraftreserven aus sich herausholen musste, um das Mädchen zu retten. Danach konnten sie ausruhen. Die Treppe war plötzlich zu Ende. Er befand sich auf einem Dachboden. Zwischen den Balken spannten sich Spinnweben. Überall lag zentimeterdicker Staub. Durch die Ritzen pfiff ein eisiger Wind.

»Ich wusste doch, dass da niemand ist«, sagte Vukujev. »Sie haben sich getäuscht, Dorian.«

»Wer ist denn nun von uns beiden verrückt, du oder ich?«, herrschte Dorian ihn an, bereute seine Worte jedoch sofort. Aber sie ließen ihn die Wahrheit erkennen. Vukujev war verrückt, deshalb konnten ihn die Dämonen nicht beeinflussen, aber Dorian war ihren magischen Kräften laufend ausgeliefert; selbst wenn Vukujev in seiner Nähe war, konnten sie ihm Trugbilder vorgaukeln. Eines dieser Trugbilder war Anja gewesen. Darum hatte Vukujev sie nicht gesehen. Als wieder ein markerschütternder Schrei ertönte, blieb Dorian ruhig.

»Du hattest recht, Vuk«, sagte er. »Ich habe mich täuschen lassen.«

Vukujev packte ihn am Arm. »Aber da hat jemand geschrien!«

Dorian schüttelte den Kopf.

»Doch, ich habe es deutlich gehört«, beharrte Vukujev. »Das war Anja. Sie ist irgendwo da vorn. Ich muss zu ihr!«

»Bleib hier, du Narr!«, schrie Dorian.

Aber Vukujev ließ sich nicht zurückhalten. Staub wirbelte auf, als er über den Dachboden rannte, über Querbalken hinwegsprang, stolperte, sich aufraffte, weiterhastete. Dorian blieb hinter ihm. Schließlich erreichte Vukujev eine Holztür, die schief in den Angeln hing.

»Nicht öffnen!«, schrie Dorian. Er wusste nicht, warum er Vukujev warnte, aber er ahnte Schreckliches.

»Dahinter ist Anja!«, rief Vukujev und riss die Tür auf. »Anja!«

Anja presste die Faust gegen den Mund, um nicht nochmals schreien zu müssen.

»Was hast du, Mädchen?«, erkundigte sich Asmodi. Sein Gesicht verschwamm vor ihren Augen. »Ich fürchte, das alles war zu viel für dich. Ich werde dich jetzt Safirna überlassen.«

Anja brachte kein Wort über die Lippen. Sie ließ sich von diesem unheimlichen Mann durch den Saal führen. Vor einem Tisch, an dem drei Männer und eine Frau saßen, blieben sie stehen. »Safirna, darf ich dir meinen Schützling übergeben?«, sagte Asmodi zu der Frau. »Sieh dir das arme Ding an! Es ist ganz zerschunden und wundgeschlagen. Gib ihr ihre Schönheit zurück!«

Die Frau erhob sich. Sie hatte einen großen Kopf mit einem grobschlächtigen, faltigen Gesicht, das rosa gepudert war. Ihr gekräuseltes Haar war grellrot, und auf der großen, fleischigen Nase trug sie zwei große Warzen. Sie war noch kleiner als Anja und hatte einen leichten Buckel. »Komm mit, Kindchen!«, sagte sie mit schriller, aufdringlicher Stimme und ergriff Anjas Hand.

Anja wehrte sich nicht, als die bucklige Alte sie in den hinteren Teil des Saales führte. In einer Nische stand eine Couch.

»Leg dich hin, Kindchen!«, sagte Safirna. Sie zog einen Vorhang vor die Nische und erklärte: »Ich habe es nicht gern, wenn man mir bei der Arbeit über die Schulter sieht.«

Es widerstrebte Anja, sich niederzulegen, aber als die Alte sie sanft auf die Couch hinunter drückte, ließ sie es sich widerstandslos gefallen.

»Runter mit dem Umhang!« Safirna sagte es sanft, aber bestimmt. Sie nahm Anjas Umhang und warf ihn achtlos fort. Dann bestrich sie Anjas Körper, wobei sie immer mit einem Finger auf die Wunden drückte. »Tut es weh?«, fragte sie.

»Nein«, antwortete Anja wahrheitsgetreu. Seltsamerweise verspürte sie keinerlei Schmerz.

»Versuch zu schlafen!«

Anja wollte sagen, dass sie nicht müde und viel zu aufgeregt sei, aber sie brachte die Worte nicht über die Lippen. Sie lauschte Safirna, die eine ihr unbekannte, aber doch irgendwie vertraute Melodie zu summen begann. Die Stimme der Alten klang jetzt nicht mehr schrill und unangenehm, sondern verführerisch melodiös. Anja entspannte sich. Das Summen und die reibenden

Bewegungen der Alten gaben ihr ein Gefühl der Geborgenheit; sie hätte nicht geglaubt, dass sie sich noch einmal in ihrem Leben so wohl fühlen würde. Safirnas Handbewegungen waren wie die Berührung eines Geliebten. Anja fiel von einem wohligen Schauer in den anderen. Ihre Haut spannte sich, und um die Wunden herum verspürte sie jetzt ein angenehmes Kribbeln.

»Steh auf und sieh dich an!«

Anja erhob sich von der Couch. Ein Wonnegefühl durchrieselte ihren Körper. Stirnrunzelnd blickte sie sich um. »Aber da ist ja kein Spiegel«, sagte sie verwirrt.

»Natürlich, weil ich mein Spiegelbild nicht ertragen könnte«, erwiderte Safirna. »Aber du kannst dich trotzdem sehen, oder nicht?«

»Ja«, sagte Anja zögernd, als sie sich plötzlich selbst erblickte. »Bin ich das?«

»Natürlich.«

»Aber wie kann ich mich sehen, wo doch überhaupt kein Spiegel hier ist?«

Safirna gab keine Antwort und warf ihr ein Bündel Kleider zu. »Zieh das an!«

Anja fand wieder in die Wirklichkeit zurück. Ungläubig blickte sie an ihrem Körper hinunter und betastete die glatte Haut ihres Gesichtes. Hatte sie so lange geschlafen, dass ihre Wunden heilen und die Schwellungen zurückgehen konnten? Sie zog die Kleider an, die ihr Safirna gegeben hatte. Als sie fertig war, wurde der Vorhang zur Seite geschoben, und Asmodi trat zu ihr. Sie sah die acht Ringe an seinen Fingern – und die alten Ängste erwachten wieder in ihr. Der Zauber war vorbei. Erneut wurde sie mit der harten, brutalen Wirklichkeit konfrontiert. Aber war das überhaupt die Wirklichkeit?

»Du bist schön wie nie zuvor – und doch bist du du selbst«, sagte Asmodi. »Dein Geliebter wird nicht widerstehen können, wenn er dich erblickt.«

»Welcher Geliebte?«, fragte Anja erschrocken.

Asmodi nahm ihren Arm und führte sie durch den Saal zum Ausgang. »Eigentlich sind es zwei, die das ganze Schloss nach dir absuchen. Aber uns interessiert nur einer. Wir wollen ihm behilflich sein, dich zu finden, und ihn mit dir zusammenbringen.«

Anja verfolgte voller Grauen, was um sie herum vorging. Da war ein nackter Mann mit einer Teufelsfratze, der mit einem blutigen Dolch auf ein zuckendes Tier einstach; ihn umringten schaurige Gestalten, die in silbernen Kelchen das Blut des Tieres einfingen. Ein schleimiges Etwas kroch über den Boden und gab unheimlich klingende Schmatzlaute von sich. Anja wurde übel, als sie den Verwesungsgestank einatmete, der von diesem Ungetüm ausströmte.

Endlich erreichte Asmodi den Ausgang. Um sie herum war absolute Finsternis.

»Wo bin ich?«, fragte sie und hörte ihre Stimme schaurig nachhallen.

»An dem Platz, an dem dich dein Geliebter aufsuchen wird. Er wird bald hier sein. Du kannst sicher sein, dass er kommt, denn schon in diesem Augenblick glaubt er, dich zum höchsten Turm hinauflaufen zu sehen, verfolgt von einem blutgierigen Ungeheuer.«

Ungeheuer-heuer-heuer!, hallte es von überall zurück.

Anja war zu keiner Bewegung fähig.

»So ist es recht«, lobte Asmodi. »Rühre dich nicht von der Stelle! Und jetzt schrei!«

Anja hörte Stimmen und Geräusche, glaubte, ein Licht irgendwo vor sich aufblitzen zu sehen.

»Du sollst schreien!«, befahl Asmodi. »Oder muss ich mich wieder deiner annehmen? Erinnerst du dich noch daran, wie ich dich meine schmerzhafte Zärtlichkeit spüren ließ? Soll ich wieder die Empfindlichkeit deines schwachen, zuckenden Fleisches prüfen?«

Anja schrie, als sich die Dornen der Ringe in ihren Arm pressten.

»So ist es recht«, lobte Asmodi sie. »Er wird deinem Ruf nicht widerstehen können. Er wird kommen – und mit dir sterben. Durch Magie können wir ihm im Augenblick nicht beikommen, aber wenn er durch diese Tür dort tritt, dann können ihm alle Irren der Welt nicht mehr helfen. Hörst du ihn?«

Anja vernahm ein Poltern, dann das Geräusch von quietschenden Türangeln. Ihr gegenüber entstand ein helles Viereck, in dem die Umrisse eines Mannes zu sehen waren. Es war Vukujev.

»Anja!«, schrie er und sprang durch die Tür.

Seine Arme machten plötzlich seltsame rudernde Bewegungen, während er in die bodenlose Tiefe stürzte. Sein Todesschrei hallte schaurig von den Wänden wider. Anja hatte instinktiv einen Schritt zur Seite gemacht. Sie trat ins Leere. In panischem Entsetzen erkannte sie, dass sie die ganze Zeit über auf einem schmalen Steg über einem tiefen Schacht gestanden hatte. Sie folgte Vukujev in den Tod – genauso, wie Asmodi es prophezeit hatte. Er hatte sich nur in einem Punkt verrechnet. Seine Hoffnung war gewesen, dass Dorian zuerst durch die Tür kommen würde. Doch das war nur ein unbedeutender Irrtum. Denn nachdem Vukujev ausgeschaltet war, gab es niemanden mehr, der Dorian Hunter vor den Dämonen beschützen konnte. Er war ihnen hilflos ausgeliefert.

Dorian klammerte sich an den Türrahmen und starrte in den Schacht hinunter, in dem Vukujev verschwunden war und in den gleich darauf auch Anja fiel. Wie eine Puppe schlenkerte sie mit den Armen und wurde dann von der Dunkelheit verschluckt. Dorian vernahm kurz darauf den Aufprall ihres Körpers. Sie hatte nicht einmal geschrien. Das heiße Pech tropfte auf die Hand, in der er den Fackelstummel hielt, aber er spürte den Schmerz kaum. Auf der gegenüberliegenden Seite des Schachts bemerkte er jetzt eine schattenhafte Bewegung, und dann fragte eine Stimme: »Willst du ihnen nicht folgen, Dorian?«

Das riss ihn aus der Erstarrung. Ihm wurde bewusst, dass er nun auf sich allein gestellt war. Ohne Vukujevs Schutz war er Freiwild für die Dämonen. Er wirbelte herum und rannte den Weg zurück, den er gekommen war. Ein teuflisches Lachen begleitete ihn. Weg von hier, nur weg von hier! Das war sein einziger Gedanke, aber er kam nicht weit. Er setzte über einen querliegenden Balken hinweg und stolperte über ein unsichtbares Hindernis. Noch bevor er auf dem Boden landete, bohrte sich etwas schmerzhaft in seinen Rücken. Das Sakko wurde ihm in Fetzen gerissen; messerscharfe

Klauen schlitzten sein Hemd auf und krallten sich in seiner Haut fest. Ein schwerer Körper lastete auf seinem Rücken und drückte ihn zu Boden.

Dorian schlug verzweifelt um sich und konnte das Ungeheuer schließlich abschütteln. Er rappelte sich auf und taumelte weiter. Die Fackel, die er immer noch fest umklammert hielt, warf ihr flackerndes Licht auf eine große, klobige Gestalt mit einem Totenkopf. Bruno Guozzi!

»Komm, Bruder, lass dich umarmen!«, sagte der Sizilianer.

Dorian schrie wütend auf und stieß die Fackel in Guozzis Richtung. Dieser wich zurück und gab den Weg frei. Dorian rannte weiter. Er kam zu dem Turm mit der Wendeltreppe. Schatten geisterten über die Wände, Klauen ragten aus der Dunkelheit heraus. Die Treppenstufen begannen vor Dorians Augen zu verschwimmen, und plötzlich sah er statt ihrer eine massive Steinwand.

Ich muss durch die Wand, sagte er sich. Ich muss durch die Wand. Er durchschaute das Spiel der Dämonen. Die undurchdringliche Wand existierte nicht wirklich, sie war nur ein Trugbild. Die Dämonen wollten, dass er den Weg nicht fand, wollten, dass er die Orientierung verlor, aber er ließ sich nicht beirren. Er steuerte auf die scheinbar massive Steinwand zu und schritt durch sie hindurch. Dahinter lag die Wendeltreppe. Über die Stufen kam eine quallenartige, formlose Masse gekrochen, aus der ein menschenähnlicher Schädel ragte. Das entstellte Gesicht hatte entfernte Ähnlichkeit mit Edward Belial, dem Leichenbestatter aus Australien. Ein furchtbarer Gestank ging von dem Scheusal aus.

Dorian konnte seinen Schwung nicht mehr bremsen. Er trat auf das unförmige Wesen, rutschte auf dem schleimigen Körper aus und stürzte kopfüber in die Tiefe. Während des Falls zog er instinktiv den Kopf ein, so dass er den Sturz mit den Schulterblättern auffing. Der Aufprall verursachte ihm einen höllischen Schmerz. Seine Arme waren wie elektrisiert, aber er behielt das Bewusstsein – und er ließ auch die Fackel nicht los, selbst als er sich noch mehrere Male überschlug und die Wendeltreppe hinunterkullerte. Er hielt sie wie einen lebensrettenden Strohhalm umklammert. Das Feuer war sein letzter Schutz gegen die Dämonen. Sollte es verlöschen, war er ihnen rettungslos ausgeliefert.

Als er auf dem Treppenabsatz ein Geschoss tiefer lag, wäre er am liebsten gar nicht mehr aufgestanden. Er war so müde und zerschlagen! Glühend heißes Pech tropfte auf seinen Handrücken. Er fluchte und wedelte wie verrückt mit der Fackel hin und her. Der Schmerz hatte ihn in die Realität zurückgerufen. Er musste weiter. Aber hatte es überhaupt noch einen Sinn? Er war verloren – so oder so. Spielte es noch eine Rolle, ob ihn das Schicksal hier ereilte oder einige Meter weiter?

Er stützte sich an der Mittelsäule der Wendeltreppe und hielt die Fackel von sich ab. War da nicht eben ein Seufzen gewesen? Ja, da war es wieder! Jemand stieg zu ihm hoch. Dorian starrte gebannt hinunter. Die schlurfenden Schritte waren schon ganz nahe. Und dann sah er sie. Sie trat hinter der Mittelsäule hervor. Ihr Mund war geschlossen; irgendetwas hatte sich in ihre Unterlippe gegraben und gab ihrem Gesicht einen verkniffenen Ausdruck. Sie hatte rotes Haar, das ihr ungekämmt und strähnig über die schmalen, nackten Schultern fiel. Ihre Brüste waren leer und schlaff, und die blasse Haut war so runzlig und grob wie gegerbtes Leder. Trotzdem war sie auf eine gewisse Art und Weise schön. Es ging etwas aus von ihr, das Dorian magisch anzog.

Er ließ die Hand mit der Fackel sinken. Als sie diese Bewegung sah, öffnete sich ihr Mund leicht, und ein Seufzer kam über ihre Lippen. Ihr Körper erschauerte in wildem Begehren. Die zitternden Hände mit den langen, schwarzen Fingernägeln ließen die unterdrückte Erregung erahnen. Sie schlurfte über die letzten Stufen. Er wich in instinktiver Abwehr einen Schritt zurück, aber der Wunsch nach der Berührung ihrer Hände ließ ihn mitten in der Bewegung innehalten. Er ersehnte ihre Umarmung, begehrte ihre dünnen, blutleeren Lippen, die sich durch seinen Kuss erwärmen würden. Ja, das wusste er, seine Umarmung würde sie zu zauberhafter Schönheit erblühen lassen. Durch die Vereinigung ihrer Lippen würde der lebensspendende Funke auf sie überspringen und ihre ungehemmte Leidenschaft entfesseln.

Ihre Lippen öffneten sich noch weiter, bis ihr Mund ganz aufgerissen war. Und da sah er, was sich vorher so tief in ihre Unterlippe gegraben hatte – es waren zwei lange, spitze Eckzähne! Jetzt hatte sie ihn erreicht. Behutsam stellte sie sich auf die Zehenspitzen und näherte sich seinem Gesicht. Der Blick ihrer blutunterlaufenen Augen hypnotisierte ihn. Wie das Opfer einer Schlange konnte sich auch Dorian nicht bewegen. Er sehnte den Kuss der Vampirin herbei. Er hielt den Atem an. Die ganze Welt hielt den Atem an. Ihr heißer Atem schlug ihm ins Gesicht, die Spitzen ihrer Eckzähne berührten seine Lippen. Gleich würde es so weit sein. Schon in der nächsten Sekunde würden sich die Zähne der Blutsaugerin in sein Fleisch graben und ihm den Lebenssaft aussaugen. Auf diesen Augenblick wartete er. Er wusste, dass er ein unbeschreibliches Lustgefühl bei der Vereinigung verspüren würde. Unhörbare Stimmen prophezeiten es ihm.

Dorian, ergib dich ihrer Umarmung! Der Biss des Vampirs bedeutet Wonne und Seligkeit.

Wer suggerierte ihm das ein? Lüge! Sein letzter Rest Verstand lehnte sich auf. Er zuckte zurück, und gleichzeitig zuckte sein Arm mit der Fackel wie von selbst in die Höhe. Er hatte den Bann abgeschüttelt. Vor ihm waren das weit aufgerissene Maul der Vampirin, die vor Erregung blitzenden Augen, die bebenden Nasenflügel. Sein Arm schoss vor, und er stieß die brennende Fackel tief zwischen die gefletschten Zähne in das Maul hinein. Das war seine endgültige Befreiung. Die Blutsaugerin schrie auf. Es war ein schauriger Laut. Dorian sah, wie aus dem Maul, aus dem der Fackelgriff ragte, Flammen schlugen, und dann brannte der Kopf des Dämons lichterloh. Die Vampirin torkelte auf ein Fenster des Korridors zu, zerrte an dem schweren Vorhang und versuchte, damit die Flammen zu ersticken, aber das Feuer war nicht mehr zu löschen. Es griff auf den Vorhang über, züngelte die Holzbalken hoch und setzte schließlich auch die getäfelte Wand und das trockene Holz des Fußbodens in Brand. Im Nu stand der ganze Trakt in Flammen.

Dorian hatte den brennenden Vorhang heruntergerissen und

schwang ihn wie ein Fahnenträger. Die Dämonen, die ihn umringt hatten, sprangen entsetzt zurück und flohen polternd und mit gespenstischem Geheul.

»Brennt, Dämonen, brennt!«, schrie Dorian und lachte wild. Funken stoben, als die brennenden Bretter und Balken krachend in die Tiefe stürzten. »Der Hexensabbat ist vorbei!«

Er rannte die Wendeltreppe hinunter, den brennenden Vorhang hinter sich nachziehend. Die Schauergestalten wichen kreischend vor ihm zurück. Qualm und ein furchtbarer Gestank schlugen ihm in die Nase, als er das nächste Geschoss erreichte. Brennende Balken, die Vampire und andere Dämonen unter sich begraben hatten, versperrten ihm den Weg.

Er zögerte nicht lange, schlüpfte aus seinem zerfetzten Sakko, legte es sich über den Kopf und kletterte über die lodernden Trümmer. Dabei hielt er die Luft an, um nicht die giftigen Rauchgase einzuatmen. Verzweifelt trat er um sich, als die halb verkohlten Ungeheuer mit ihren Klauen nach ihm griffen und ihn zu sich in die Flammen zu zerren versuchten. Nur mit Mühe konnte er ihnen entkommen. Doch auch als er die Steintreppe erreicht hatte und ihm keine Hindernisse mehr im Wege lagen, war er noch nicht in Sicherheit. Der Rauch drohte ihn zu ersticken. Mit jedem Atemzug pumpte er das giftige Gas in seine Lungen. Er musste raus aus dem fensterlosen Turm. Auf dem nächsten Treppenabsatz glaubte er schon gerettet zu sein, doch als er in den Korridor kam, brannte bereits die Decke über ihm, und glühende Funken prasselten auf ihn herunter.

Dorian zögerte nicht lange. Er hatte keine andere Wahl, er musste durch diese tödliche Flammenfalle. Wenn er noch länger wartete, würde er so oder so auf der Wendeltreppe umkommen. Ebenso gut konnte er das Risiko auf sich nehmen, von den herabfallenden Trümmern erschlagen zu werden. Er rannte los. Die Balken über ihm ächzten, und dann krachten sie mit ohrenbetäubendem Getöse herunter. Er spürte den feurigen Hauch in seinem Nacken. Etwas schlug schmerzhaft auf seinen Rücken, aber er rannte weiter. Er ließ sich auch nicht aufhalten, als sich ein spitzer Gegenstand tief in die Wade seines linken Beines bohrte. Erst als er den brennenden Trakt hinter sich gelassen hatte, besah er sich seine Wunden.

Ein zehn Zentimeter langer Holzspan hatte sich in seine Wade gebohrt. Dorian humpelte weiter in einen Seitengang. Keine zehn Meter vor ihm war ein Fenster. Diesmal wollte er den Sprung in die Tiefe wagen – und wenn er sich ein Bein brach. An die Dämonen dachte er nicht mehr. Wenn sie nicht in den Flammen umgekommen waren, würden sie versuchen, sich zu retten, und nicht daran denken, ihn zu verfolgen. Von ihnen drohte im Moment keine Gefahr. Das Feuer dagegen, in dem er die Dämonen schmoren lassen wollte, stellte auch für ihn eine ungeheure Bedrohung dar. Das jahrhundertealte, trockene Holz der Böden, Wände und Möbel brannte wie Zunder. Bald würde das gesamte Schloss in Flammen stehen.

Dorian erreichte das Fenster und schlug es mit einem Ellenbogen ein. Zu seiner Erleichterung stellte er fest, dass er sich im Erdgeschoss befand. Unter sich sah er Brombeersträucher. Ohne lange zu überlegen, sprang er. Er landete verhältnismäßig weich, wenngleich sich die Dornen des Strauches durch seine Kleidung bohrten und ihm am ganzen Körper schmerzhafte Wunden zufügten.

Er blickte auf. Hoch über ihm stand der Dachstuhl in Flammen. Dorian befreite sich aus dem Gestrüpp und rannte blindlings in den Wald hinein. Er wollte möglichst weit weg sein, wenn der Dachstuhl herunterkrachte. Der Wald leuchtete gespenstisch, und der wolkenbehangene Himmel über ihm war rot. Schloss Lethian brannte. In dieser Teufelsburg würden sich die Dämonen nie mehr wieder zum Hexensabbat einfinden können. Die Bewohner von Asmoda brauchten in Zukunft die Vollmondnächte nicht mehr zu fürchten.

Dorian lief ohne Atempause. Und dann stand er plötzlich vor der Kapelle. Der neue Morgen dämmerte bereits herauf, als er das kleine Gebäude mit dem Glockenturm erreichte. Er trat ein. Der Raum war leer. Lilian erwartete ihn nicht. Er ging zu dem einfachen Holzaltar mit dem Madonnenbild, vor dem eine Kerze brannte, sank auf die Knie, verschränkte die Finger wie zum Gebet und bettete den Kopf auf die Arme. In dieser Stellung schlief er ein.

Irgendwann später schlug er die Augen auf. Als er das Madonnenbild sah, lächelte er. Er war noch nie besonders gläubig gewesen, aber der Anblick der Heiligen Jungfrau Maria erleichterte ihn. Hier war er vor den Dämonen in Sicherheit.

Dämonen? Er drehte sich um, streckte die Beine aus und setzte sich mit dem Rücken zum Altar hin. Durch die offenstehende Kapellentür konnte er Schloss Lethian erblicken. Eine Ruine jetzt, aus der immer noch dichte Rauchschwaden hochstiegen. Er hatte also nicht geträumt.

Abrupt wurde er aus seinen Gedanken gerissen, als eine Gestalt in der Tür erschien. Sie schien nicht zu gehen, sondern zu schweben. Es war eine Frau. In ihrem blonden Haar spielte das Sonnenlicht. Sie hatte ihren Körper in einen Brokatstoff gewickelt.

»Lilian!« Dorian erhob sich und rannte ihr entgegen. Er umarmte sie und bedeckte ihr Gesicht mit Küssen, doch dann erstarrte er. Sie blieb in seinen Armen unbeweglich und steif und erwiderte seine Umarmung nicht. Er hielt sie ein Stück von sich ab, blickte ihr ins Gesicht und sah in eine ausdruckslose Maske. Ihre Augen sahen durch ihn hindurch, als sei er aus Glas.

»Lilian!«, stieß er noch einmal hervor, presste sie fest an sich und blickte über ihre Schulter ins Freie. Dort waren einige Männer und Frauen in Bauernkleidung aufgetaucht. Dorian erkannte unter ihnen Jablonsky, den Besitzer der Herberge. Sie standen schweigend da und blickten zu Boden, so als würden sie Dorians Schmerz teilen.

»Ich habe nicht geträumt«, murmelte er. Es hatte sich alles so zugetragen, wie er es in Erinnerung hatte. Lilian war der lebende Beweis dafür. Sie war nicht mehr das vor Lebensfreude überschäumende, oft aber auch ein wenig ängstliche Mädchen, das er zur Frau genommen hatte, sie war eine andere geworden – ein Opfer ihrer Ängste. Die Dämonen hatten ihren Geist zerstört. Er zitterte vor Hass und Wut, doch es war sinnlos, mit dem Schicksal zu hadern. Vielleicht hatte es Lilian geopfert, damit er niemals vergaß, dass es Dämonen gab, die versuchten, den Menschen die Herrschaft auf der Erde streitig zu machen. Nur wenn er ständig an ihre Existenz erinnert wurde, konnte er den Kampf gegen sie aufnehmen. Er würde die Schwarze Familie der Magier, Dämonen und Nachtgeister unter Einsatz seines Lebens und mit allen ihm zur Verfügung stehenden Mitteln bekämpfen, schon allein deshalb, um Lilian zu rächen. So gesehen, war ihr Opfer nicht umsonst.

Er nahm sie in den Arm und verließ mit ihr zusammen die Kapelle. Er ging einer ungewissen Zukunft, aber einer vorbestimmten Aufgabe entgegen. Nur er hätte berichten können, was in dieser Nacht auf Schloss Lethian passiert war, aber er schwieg. Stattdessen würde er handeln.

Tod den Dämonen!

Zweites Buch

Das Henkersschwert

von Neal Davenport

Das Trommeln wurde lauter, und die Tanzenden bewegten sich rascher. Sie vollführten eigenartige Bewegungen: Mit beiden Beinen sprangen sie hoch und warfen dabei den Kopf in den Nacken. Der Keller, in dem sie sich versammelt hatten, war mit schwarzem Samt ausgeschlagen, und in der Mitte befand sich ein mit weißer Kreide gezogener Kreis. Die Tanzenden achteten darauf, ihn nicht zu betreten. Ihre Körper waren nur schemenhaft zu erkennen, eingehüllt in weiße Leinentücher, die auch die Gesichter verbargen. Zwei Fackeln hingen über dem Kreis und tauchten den Raum in düsteres Licht. In der Mitte des Kreises stand eine Bronzefigur auf einem Sockel, die den Teufel darstellte. An den Sockel war ein lebender Hahn gebunden, der sich nicht bewegte. Aus einer Luke an der Decke strömte Weihrauchgeruch, der sich rasch im Zimmer ausbreitete.

Die Musik wurde noch durchdringender, und die Tanzenden stimmten einen leisen Gesang an, der jedoch allmählich lauter wurde. Einer von ihnen übersprang den Rand des Kreises und blieb vor der annähernd lebensgroßen Teufelsstatue stehen. Der Vermummte kniete nieder und küsste die Beine des Teufels, dann richtete er sich auf und löste den Hahn von der Statue. Das Tier schlug aufgeregt mit den Flügeln um sich und begann zu krächzen. Eine der Tanzenden blieb neben dem Vermummten stehen und schlüpfte aus dem Tuch. Es war eine schwarzhaarige Frau. Sie konnte nicht viel älter als zwanzig sein, und ihre Augen schimmerten geheimnisvoll dunkelgrün. Der Vermummte griff nach dem Messer, das auf dem Sockel der Teufelsstatue lag. Die nackte Frau kniete vor ihm nieder, ihren Blick auf die Klinge gerichtet. Blitzschnell schnitt der Vermummte dem Hahn die Gurgel durch. Das Blut spritzte über den Oberkörper der Frau. Obwohl der Hahn tot war, schlug er noch immer wild mit den Flügeln. Der Vermummte hielt das Tier an den Beinen und ließ das Blut auf die nackte Frau tropfen. Sie umschlang ihre Schultern und badete im Blut des Vogels. Der Vermummte wartete, bis ihre Hände völlig mit Blut bedeckt waren, dann hob er wieder das Messer und ließ den Hahn achtlos zu Boden fallen.

Die Frau hielt ihm beide Hände hin, und er stach mit dem Messer in ihre Fingerspitzen, aus denen daraufhin kleine Blutstropfen quollen, die sich mit dem Lebenssaft des Hahnes vermischten. Sie tat so, als ob sie sich die Hände waschen würde. Schließlich hielt sie demutsvoll die Handflächen hin und ließ sich zurücksinken. Der Vermummte schabte mit dem Messer das Blut von ihren Händen und drückte die beschmierte Klinge dann gegen die Stirn der Teufelsstatue. Die Frau nahm die kleine Wachsfigur, die sie an einer Kette um das linke Handgelenk getragen hatte, zwischen beide Hände, schloss die Augen und murmelte leise etwas vor sich hin. Der Vermummte schmierte Blut auf die Stirn des Teufels und reichte dann dem Mädchen das Messer. Mit der linken Hand umklammerte sie die Wachsfigur, die einen Mann darstellte, und presste sie unter ihre linke Brust. Dann schlug sie die Augen auf und murmelte weiter.

Das Trommeln hatte aufgehört, und die Tanzenden waren mit abgewandten Gesichtern stehengeblieben. Die Frau küsste die Wachsfigur auf die angedeuteten Lippen und drückte sie nochmals gegen ihr Herz. Dann stellte sie sie zwischen ihre gespreizten Beine und stach mit der Messerspitze in das Herz der Figur. Das Trommeln setzte erneut ein, die Gestalten bewegten sich wieder. Die Frau reihte sich ein, doch verzichtete sie darauf, das Leinengewand wieder anzulegen. Die Wachsfigur stand jetzt neben der Teufelsstatue. Das Messer steckte noch immer in ihrer Brust.

»Er ist in deinem Bann«, sagte der Vermummte, der neben der Figur stehen geblieben war.

Die Frau warf einen flüchtigen Blick auf die Wachsfigur, die langsam zu schmelzen begann. Die Fackeln flackerten stärker. Die Tanzenden zogen sich zurück, als die Musik verstummte. Sie verschwanden in einer Ecke des Raums, warfen die Leinentücher ab, knieten nieder und pressten die Gesichter auf den Boden. Der Vermummte, der noch immer im Kreis stand, nahm eine der Fackeln aus der Verankerung und drehte sich nach rechts. Er ging langsam, fast bedächtig. Es war völlig still im Keller, nur das Lodern der Fackeln war zu hören. Neben einer Tür stand ein großer Sarg. Der Vermummte blieb daneben stehen und hielt die Fackel hoch.

»Steh auf!«, sagte er heiser. »Wir haben Nahrung für dich. Steh auf!«

Aus dem Sarg ertönte ein brummender Laut.

»Steh auf!«, wiederholte der Vermummte in drängendem Tonfall. »Wir brauchen dich. Du bist unsere Waffe. Du wirst ihn vernichten. Steh auf!«

Das Brummen wurde stärker. Eine bleiche Hand schob sich aus dem Sarg. Aus der Ecke des Zimmers drang ein leises Murmeln. Es wurde lauter, und die Hand bewegte sich unruhig. Die Finger waren lang, die Haut fast durchsichtig. Der Vermummte trat einen Schritt zur Seite.

»Wir haben Nahrung für dich«, wiederholte er und schritt rasch durch den Raum. An der Stirnseite des Kellers blieb er stehen. Die Fackel spendete genügend Licht. Der flackernde Lichtschein fiel auf eine junge Frau von vielleicht dreißig Jahren, die an die Wand gekettet war. Sie lag schräg auf einem Brett. Ihre Arme und Beine steckten in Stahlfesseln. Über ihren Mund hatte man ein breites Pflaster geklebt. Sie bewegte sich unruhig und stieß einen dumpfen Laut aus. Ihre blauen Augen waren vor Entsetzen weit aufgerissen, sie flehten um Gnade. Die Bluse der Fremden war bereits an einigen Stellen zerrissen, und der kurze Rock entblößte glatte, pralle Schenkel.

»Komm und iss!«, lockte der Vermummte.

Er schwenkte die Fackel hin und her und hielt sie schließlich dicht an den Kopf der Gefesselten. Der Sarg stürzte um, und dann war ein markerschütterndes Geschrei zu hören. Das Murmeln verstummte, und der Vermummte trat langsam einige Schritte zur Seite. Eine große, bullige Gestalt glitt aus dem Sarg und richtete sich auf. Das kleine, knochige Totenschädelgesicht bildete einen unheimlichen Kontrast zu dem gewaltigen Körper. Die Gestalt kam langsam näher. Der flackernde Schein der Fackel fiel auf ihr Gesicht, so dass die breite Narbe auf der linken Gesichtshälfte zu sehen war, die sich von der Stirn bis zum Kinn hinunterzog. Der Vermummte steckte die Fackel in einen Halter und zog sich in die Dunkelheit des Kellers zurück. Die unheimliche Gestalt aber schlich näher an die Frau heran. Sie bäumte sich verzweifelt auf, ihr Gesicht war von Angstschweiß bedeckt. Keuchend atmete sie durch die Nase.

»Nimm sie dir!«, sagte die Stimme des Vermummten aus der Dunkelheit. »Nimm sie dir und erwache zum Leben! Wir lassen dich nun allein.«

Schritte waren zu hören, dann das Krachen einer Tür, die zugeworfen wurde. Danach wurde es still. Im Keller waren nur noch die gefesselte Frau und der Unheimliche, der jetzt ganz nah an sie herangetreten war und gierig den Mund aufriss. Als er seine dürren Hände auf ihren Leib presste, bäumte sie sich ein letztes Mal auf. Der Druck wurde stärker, und jetzt bekamen die Augen der Frau einen fiebrigen Glanz. Die Iris wurde stecknadelkopfgroß und verschwand schließlich ganz. Innerhalb weniger Sekunden wurde die Haut der Fremden welk; sie schien einzutrocknen. Das Haar fiel büschelweise aus; ihre Augen schlossen sich, und sie atmete langsamer. Der unheimliche Vorgang dauerte nur wenige Minuten. Dann straffte sich die Gestalt des Unheimlichen und richtete sich auf.

»Ich bin wieder zum Leben erwacht«, sagte er. »Ich, Bruno Guozzi. Ich habe eine Aufgabe zu erfüllen, und ich brauche Kraft!«

Die gefesselte Frau war um Jahrzehnte gealtert. Ihr Gesicht war voller Falten, und sie hatte innerhalb von drei Minuten mehr als zwanzig Kilo verloren. Die Fackeln waren niedergebrannt. Es wurde dunkel im Keller. Dann war das Krachen von zersplitternden Knochen zu hören und ein schmatzendes Geräusch, das von zufriedenem Grunzen abgelöst wurde.

Zwei Stunden später betrat der Vermummte erneut den Keller. Der Unheimliche hatte sich wieder in den Sarg zurückgezogen und lag bewegungslos mit geschlossenen Augen da. Diesmal hatte der Vermummte eine Taschenlampe bei sich. Der Lichtstrahl huschte über die Wände, über die Teufelsfigur und blieb am Brett hängen, wo die Frau gelegen hatte. Als er weiter nach links wanderte, riss er einen Haufen bleicher, abgenagter Knochen aus der Finsternis, die fein säuberlich auf einen Haufen gestapelt worden waren. Obenauf lag ein Totenschädel, dessen Augenhöhlen ihn höhnisch angrinsten, und neben dem Knochenhaufen lag eine zerfetzte, weiße Bluse. Der Vermummte wandte sich schaudernd ab.

Seit die Maschine auf dem Flughafen Wien-Schwechat gelandet war, litt Dorian Hunter an Kopfschmerzen, und seine Gedanken verwirrten sich immer wieder. Noch in London hatte er einen Mietwagen bestellt und ihn sofort nach der Zollabfertigung ausgehändigt bekommen. Nach den Vorfällen auf der Hexenburg derer von Lethian war seine Frau Lilian in eine Wiener Privatklinik eingeliefert worden. Nach einem kurzen Zwischenaufenthalt in London war er nun in Begleitung des Psychiaters Jerome Barrett mit der Privatmaschine seines Freundes Jeff Parker nach Wien geflogen, um Lilian abzuholen.

Als er nun von Wien-Schwechat aus in Richtung Innenstadt fuhr, wurden seine Kopfschmerzen immer ärger. Er konnte sich kaum noch auf die Straße konzentrieren. Wenigstens kannte er sich in Wien einigermaßen aus. Seit seinem letzten Besuch hatte sich nichts verändert, außer dass der Verkehr wieder einmal zugenommen hatte. Als rechts die Ölraffinerien auftauchten, hob er kurz den Blick. Der Psychiater sah ihn besorgt an.

»Ist Ihnen nicht gut, Mr. Hunter?«, erkundigte er sich.

Hunter kniff die Lippen zusammen. »Ich habe unerträgliche Kopfschmerzen«, sagte er und lächelte schwach. »Aber das wird schon wieder.«

Als endlich das Ortsschild von Wien vor ihnen auftauchte, lenkte Hunter den Wagen an den Straßenrand und hielt an. »Ich verstehe das nicht«, sagte er. »So schlimme Kopfschmerzen habe ich noch nie gehabt.« Er presste die Hände gegen die glühend heiße Stirn. Fieberschauer rannen durch seinen Körper. Auf dem Flug hatte er sich bestens gefühlt, aber kaum waren sie gelandet, hatten die Schmerzen eingesetzt. Jetzt hatte er das Gefühl, sein Kopf würde jeden Moment zerspringen.

Dann jedoch, von einer Sekunde auf die andere, waren die Schmerzen wie weggeblasen. Erstaunt hob Hunter den Kopf. »Die Kopfschmerzen sind weg«, erklärte er verwundert. »Seltsam.« Er fuhr sich mit der Zunge über die trockenen Lippen und startete den Wagen neu. »Wir fahren zuerst ins Hotel und danach zur Klinik, in Ordnung?«

Jerome Barrett nickte beklommen. Der Verkehr war noch stärker geworden. Die Bäume links und rechts der Straße waren kahl. Es war November, und es musste in der vergangenen Nacht geschneit haben, wenn auch nur einige wenige Zentimeter.

»Die Einfahrt nach Wien ist scheußlich«, sagte Hunter. »Links liegt der Zentralfriedhof, eine riesige Grabstätte mit mehr als dreihunderttausend Gräbern.«

Der Psychiater erwiderte nichts. Er schaute aus dem Fenster und erblickte rechts die Friedhofsgärtnereien, Steinmetze und Geschäfte, in denen man Kerzen und Blumen kaufen konnte.

Hunter fuhr in Gedanken versunken weiter. Die Simmeringer Hauptstraße führte schnurgerade direkt ins Zentrum. Als sie am Haupteingang des Zentralfriedhofs vorüberkamen, hob Hunter den Blick. Er sah ein schwarzgekleidetes Mädchen vor einer der Einsegnungshallen auf das Eingangstor zulaufen. Es trug einen schwarzen Mantel und vor dem Gesicht einen ebenso dunklen Schleier. Hinter Dorian hupte ein Lastwagenfahrer ungeduldig, doch Hunter ließ sich davon nicht irritieren und lenkte den Wagen langsam an den Randstein.

»Was ist los?«, fragte Barrett, doch Hunter gab ihm keine Antwort. Fasziniert starrte er die geheimnisvolle Frau an und kurbelte schließlich das Wagenfenster herunter. Plötzlich ertönte ein Schrei. Er drang aus dem Mund der Fremden, wie Dorian bestürzt erkannte. Sie drängte sich laut rufend an einigen Passanten vorüber, die sie jedoch überhaupt nicht beachteten. Hunter riss die Wagentür auf und sprang heraus. Blindlings überquerte er die Straße. Ein Volkswagen blieb mit quietschenden Reifen vor ihm stehen. Hunter lief einfach weiter. Er kam an einem Kiosk vorbei und steuerte auf das große Eingangstor zu. Die fremde Frau war nur wenige Meter entfernt. Sie wandte sich nach links und verschwand im Pförtnerhaus. Dorian rannte ihr nach, riss die Tür auf und blieb schweratmend im Rahmen stehen. Ein alter Mann sah ihn verwundert an.

»Wo ist das Mädchen?«, fragte Hunter keuchend.

Der Alte stand auf. »Welches Mädchen?«, echote er überrascht.

»Eben ist doch ein verschleiertes Mädchen zu Ihnen hereingekommen.«

Der Torwärter schüttelte den Kopf. »Sie müssen sich irren, mein Herr. Ich bin allein.«

»Aber ich habe es doch gesehen«, entgegnete Dorian ungehalten.

Der Alte runzelte die Stirn. »Niemand ist hereingekommen«, beharrte er. »Sie müssen sich wirklich getäuscht haben.«

»Und was ist das?«, fragte Hunter und bückte sich. Neben der Tür lag ein schwarzer Spitzenschleier. Er hob ihn auf und hielt ihn dem Alten unter die Nase.

»Diesen Schleier habe ich noch nie gesehen«, sagte der Pförtner verwundert.

Dorian fiel der Duft auf, den der Schleier ausströmte. Ein herbes Parfüm, durchdringend und faszinierend.

»Ich versichere Ihnen nochmals, es ist niemand zu mir hereingekommen. Das hätte ich merken müssen. Außerdem gibt es nur einen Eingang.« Der Pförtner zeigte auf die Tür.

»Dann muss ich mich doch geirrt haben«, sagte Dorian und drehte sich um. »Entschuldigen Sie.«

Der Alte schaute ihm kopfschüttelnd nach, als er die Tür hinter sich schloss. Vor dem Pförtnerhaus blieb er stehen und blickte sich um. Die Fremde war nirgends zu entdecken. Dorian roch nochmals an dem Schleier und kehrte nachdenklich zum Auto zurück. Der Vorfall war ihm unheimlich.

Der Psychiater schaute ihn verwundert an, als er hinter das Steuer glitt. »Weshalb sind Sie plötzlich davongelaufen?«, fragte er.

Hunter hob die Schultern und blickte zum Friedhofstor hinüber. »Haben Sie die schwarzgekleidete Frau nicht gesehen?«, fragte er. Als Barrett den Kopf schüttelte, fügte er hinzu: »Sie rannte auf das Friedhofstor zu und verschwand im Pförtnerhaus. Ihr Gesicht war von diesem Schleier verdeckt. Sie haben sie tatsächlich nicht gesehen?«

»Nein«, behauptete Barrett.

»Aber Sie müssen sie doch gesehen haben«, beharrte Hunter. »Sie schrie hysterisch. Ich habe es deutlich gehört.«

Jerome Barrett presste die Lippen zusammen. »Ich habe nichts gesehen oder gehört. Sie müssen sich getäuscht haben, Mr. Hunter.«

»Und der Schleier?«, fragte Dorian. »Wie erklären Sie sich das?«

»Der hat doch nichts zu sagen«, meinte der Psychiater und machte eine wegwerfende Handbewegung. »Den hat jemand verloren. Sie sind überreizt, Mr. Hunter. Sie sollten ausspannen. Das mit Ihrer Frau – es war alles zu viel für Sie. Da spielen die Nerven manchmal nicht mehr mit.«

»Sie halten mich also für verrückt?«

Barrett lachte. »Nein, das würde ich nicht sagen. Sie und ihre Frau haben in Asmoda Entsetzliches durchgemacht. Es ist doch klar, dass so ein Erlebnis Spuren hinterlässt. Aber es besteht kein Grund zur Besorgnis.«

Dorian Hunter war mit der Erklärung des Psychiaters keineswegs zufrieden. Da musste etwas anderes dahinterstecken. Erst diese rätselhaften Kopfschmerzen und nun dieser Vorfall am Friedhofstor. Er konnte auch keinen Grund angeben, warum er angehalten hatte und auf das Mädchen zugerannt war. Er steckte den Schleier in die Manteltasche, und sie fuhren schweigend weiter.

Barrett sah sich aufmerksam um. Er war zum ersten Mal in Wien. Nach einiger Zeit änderte sich das Straßenbild. Immer mehr Geschäfte waren zu sehen. In St. Marx bog Dorian nach rechts ab und fuhr an der Rennweger Kaserne vorbei und die Landstraßer Hauptstraße entlang. Er hatte Zimmer im Hotel Bartholomäus in der Wiener Innenstadt bestellt. Das Hotel lag in der Nähe des Stephansplatzes.

Dorian hoffte, schon morgen nach London zurückfliegen zu können. Er wollte nicht lange in Wien bleiben. Je näher sie dem Stadtzentrum kamen, umso dichter wurde der Verkehr. Die Straßen waren völlig verstopft, und an ein rasches Weiterkommen war nicht zu denken. Endlich gelang es ihnen, den Ring zu überqueren und am Lueger-Platz vorbei weiter ins Zentrum vorzudringen. In der Bäckerstraße fand er einen Parkplatz.

»Es sind nur ein paar Schritte bis zum Hotel«, sagte er. »Ich schlage vor, wir nehmen gleich unser Gepäck mit.«

Fünf Minuten später hatten sie das Hotel erreicht. Es war ein altes, mittelgroßes Gebäude, aber renoviert und sehr gemütlich. Dorian Hunter und Jerome Barrett gingen auf ihre Zimmer. Sie hatten vereinbart, sich in einer Stunde in der Hotelbar zu treffen.

Dorian Hunter hatte nur einen Koffer und eine Reisetasche mitgenommen. Er benötigte kaum fünf Minuten, bis er seine Kleidungsstücke in den Kasten eingeräumt hatte. Dann setzte er sich nieder und zündete sich eine Players an. Den Schleier hatte er vor sich auf den Tisch gelegt und betrachtete ihn nachdenklich. Als er die Zigarette zu Ende geraucht hatte, entkleidete er sich. Sicherheitshalber sperrte er die Tür ab und ließ den Schlüssel stecken. Als er zehn Minuten später aus dem Badezimmer trat, blieb er überrascht stehen. Der Schleier war verschwunden, aber der Schlüssel steckte jedoch noch immer. Hunter überprüfte auch das Fenster, doch es war fest verschlossen. Niemand konnte das Hotelzimmer betreten haben. Dorian kratzte sich ratlos am Kinn. Er durchsuchte den ganzen Raum. Vielleicht hatte er sich getäuscht und den Schleier nicht auf den Tisch gelegt. Er war zwar überzeugt, dass er es getan hatte, aber er wollte sichergehen. Das Kleidungsstück blieb jedoch verschwunden. Nur der Parfumgeruch hing noch in der Luft – und Dorian bildete sich sogar ein, dass er stärker geworden war.

Rasch zog er sich an und verließ das Zimmer. Mit dem Aufzug fuhr er in die Halle hinunter. Als er den Empfangsraum betrat, blieb er stehen. Wieder dieser betörende Duft.

»Ist hier eben eine Frau vorbeigegangen?«, fragte er den Empfangschef.

»Ja«, sagte dieser. »Sie ist in die Bar gegangen. Sie meinen doch Fräulein Zamis?«

»Ja«, sagte Dorian geistesgegenwärtig. »Genau die meine ich.«

Er hatte noch nie von einer Frau namens Zamis gehört. Gespannt ging er in Richtung Bar. Noch immer hielt er seinen

Zimmerschlüssel in der Hand. Er überlegte, ob er zurückgehen und ihn abgeben sollte, entschied dann aber, dass er das auch später noch erledigen konnte. Er betrat die Bar und sah sich kurz um. An einem Tisch saß ein älterer Herr und an der Bar, mit dem Rücken zu ihm, eine schwarzhaarige Frau. Er steuerte auf sie zu, und je näher er kam, desto intensiver wurde der Parfümgeruch. Links von ihr ließ er sich auf einem Barhocker nieder und blickte sie an. Was er sah, gefiel ihm. Sie war groß für eine Frau; das pechschwarze Haar fiel ihr in weichen Wellen auf ihre schmalen Schultern herab. Ihr Gesicht wurde von stark hervortretenden Wangenknochen beherrscht, und ihre Augen schimmerten wie dunkelgrüne Bergseen. Der schwarze Minirock ließ viel von ihren langen, tadellosen Beinen sehen. Sie schien seinen Blick zu spüren und wandte sich um.

»Sind Sie Fräulein Zamis?«, fragte er geradeheraus.

Sie nickte und lächelte amüsiert. Ihr Mund war leicht geöffnet, die oberen Zähne blitzten. »Coco Zamis«, stellte sie sich vor. Ihre Stimme war rauchig und wohlklingend. Angenehme Schauer rannen Dorian über den Rücken.

»Ich heiße Dorian Hunter.« Er musterte die Frau scharf und wartete auf eine Reaktion, doch sie erwiderte seinen Blick schweigend, so dass er nach einer kurzen Pause hinzufügte: »Wir sind uns heute schon einmal begegnet.«

Coco hob erstaunt die Brauen. »So?«, erkundigte sie sich.

»Am Zentralfriedhof. Sie trugen einen schwarzen Schleier.« Als sie keine Antwort gab, fuhr er fort: »Sie rannten auf das Tor zu und verschwanden im Pförtnerhaus. Dabei verloren Sie Ihren Schleier. Ich habe ihn aufgehoben und …«

»Sind Sie sicher, dass ich diese Person war?«, unterbrach sie ihn.

»Ja«, behauptete Dorian fest. »Ganz sicher. Stimmt es?«

Sie lachte amüsiert.

Ehe sie das Gespräch fortsetzen konnten, tauchte der Barkeeper auf und erkundigte sich nach Dorians Wünschen. Wütend über die Unterbrechung bestellte er einen Whisky. »Antworten Sie mir«, verlangte er, nachdem der Barkeeper ihm den Drink gebracht hatte.

»Also gut, Sie haben recht«, erwiderte sie. »Ich war es.«

Dorian stützte sich auf die Bar und trank seinen Whisky. »Noch einen«, rief er dem Barkeeper zu und sah wieder Coco an, die mit unbewegtem Gesicht dasaß. »Ich bin ihnen ins Pförtnerhaus gefolgt. Aber Sie waren plötzlich verschwunden. Wohin?«

Coco hob die Schultern und lächelte.

»Wohin?«, wiederholte er ungeduldig.

Ihr Lächeln vertiefte sich, und Dorian wurde zornig. »Ich habe den Schleier auf mein Zimmer mitgenommen«, sagte er. »Als ich aus dem Badezimmer kam, war er verschwunden, aber die Tür war von innen verschlossen. Wo ist der Schleier geblieben?«

Sie lächelte weiter stumm, und ihr Schweigen trieb Dorian fast zur Raserei. »Und dann treffe ich Sie hier an der Bar. Ein merkwürdiger Zufall, nicht?«

»Sehr merkwürdig«, bestätigte sie.

»Heraus mit der Sprache!«, zischte er wütend und packte sie am Arm.

»Sie sind zu neugierig, Herr Hunter«, sagte sie und schüttelte seine Hand ab. »Sie stellen zu viele Fragen. Das ist nicht gut.«

»Ich will wissen, was hier vorgeht«, fauchte er. »Antworten Sie endlich, oder …«

»Was?«

Er kniff die Augen zusammen. »Ich kann auch anders. Das können Sie mir glauben.«

»Bestimmt«, sagte sie leise. »Das kann ich mir vorstellen. Aber ich verstehe Ihre Erregung nicht. Ich habe Ihnen nichts getan, und Sie führen sich auf wie ein Verrückter.«

»Spielen Sie nicht die Unschuldige!«, knurrte Dorian. »Ich will wissen, was hier gespielt wird. Was verheimlichen Sie mir?«

»Das werden Sie schon noch herausfinden«, sagte Coco spöttisch. »Jetzt ist es ohnehin zu spät, noch etwas zu unternehmen. Sie können es nicht mehr verhindern.«

Dorian sah sie verblüfft an. »Was meinen Sie damit?«

»Das kann ich Ihnen leider nicht sagen«, meinte sie. Ihr Gesicht war plötzlich ernst. »Ich finde Sie sympathisch, und ich möchte

Ihnen gern helfen. Aber es wird nicht leicht sein. Sie müssen mir vertrauen.«

»Ich verstehe überhaupt nichts mehr. Warum erklären Sie mir nicht einfach alles.«

»Später«, sagte sie. »Später werde ich Ihnen alle Ihre Fragen beantworten. Sie sind in eine Falle getappt, aber ich bin auf Ihrer Seite.«

»In eine Falle?«, fragte Dorian. »Was für eine Falle?« Er bemerkte, dass sie sich plötzlich versteifte. »Was ist los?«, fragte er.

Sie blickte zu dem hohen Fenster an der Breitseite der Bar, durch das man auf die Straße hinaussehen konnte. Ein schwarzer Mercedes war stehengeblieben, und vier schwarzgekleidete Männer stiegen aus.

»Zu spät«, sagte Coco. »Sie haben mich erwischt. Jetzt ist alles aus.«

Dorian sah, dass sich die Männer dem Hoteleingang näherten. »Kann ich Ihnen helfen?«, fragte er spontan.

Coco überlegte kurz, dann nickte sie. »Geben Sie mir Ihren Zimmerschlüssel! Ich verstecke mich bei Ihnen. Sie werden mich in meinem Zimmer suchen.«

Er holte seinen Zimmerschlüssel hervor und reichte ihn ihr. Sie glitt vom Barhocker. Er spürte, dass ihre Furcht nicht gespielt war. »Bitte geben Sie mir Bescheid, sobald die Männer verschwunden sind«, sagte sie. Als er nickte, entfernte sie sich rasch aus der Bar.

Dorian Hunter stand auf und folgte ihr langsam. Er sah, wie sie im Aufzug verschwand. Die Unterhaltung war alles andere als befriedigend verlaufen. Er war jedenfalls nicht schlauer als vorher. Wie zufällig baute er sich neben den Lift auf und sah den vier Männern entgegen, die in diesem Augenblick die Halle betraten. Es war, als würde ihn ein eisiger Hauch streifen. Die Luft wurde plötzlich zäh, und die Zeit schien stehenzubleiben. Die Gäste, die sich in der Halle aufgehalten hatten, erstarrten. Einer der Männer blieb neben der Tür stehen. Dorian sah auf die Straße hinaus. Dort ging das Leben normal weiter. Nur das Hotel schien verzaubert zu sein. Und er wunderte sich, dass er sich bewegen konnte. Er blickte auf die Uhr über dem Empfang. Die Zeiger standen still. Die Kälte wurde immer durchdringender. Dorian Hunter beschloss, sich nicht zu bewegen und abzuwarten, was passieren würde. Einer der Männer griff nach dem Gästebuch und blätterte es rasch durch. Dann warf er einen Blick auf das Schlüsselbrett und legte das Buch wieder vor den Empfangschef, der ebenfalls bewegungslos wie eine Statue dastand.

Drei der Männer kamen auf den Aufzug zu. Sie trugen schwarze Anzüge, weiße Hemden und silbergraue Krawatten. Ihre Gesichter waren nichts als verwaschene weiße Flächen. Die Männer stiegen in den Aufzug, der vierte war neben der Eingangstür stehengeblieben und starrte auf die Straße hinaus. Er wandte Dorian den Rücken zu. Hunter warf wieder einen Blick auf die Uhr. Der Sekundenzeiger hatte sich nicht bewegt. Die Zeit stand tatsächlich still. Vorsichtig schlich Dorian an den Schwarzgekleideten heran. Der dicke Teppich dämpfte seine Schritte. Er kam an einem Ehepaar vorbei, das reglos neben dem Empfangspult stand. Der Mann hielt einen Brief in der Hand. Nur noch wenige Meter, dann hatte er den Mann an der Tür erreicht. Er drückte sich an die Mauer und blickte sich kurz um. Der Aufzug war im fünften Stock stehengeblieben. Er hatte also etwas Zeit, bis die drei Männer zurückkehren würden.

Plötzlich öffnete sich die Eingangstür. Ein Mann trat ein und wurde sofort von der unheimlichen Magie getroffen. Er erstarrte mitten in der Bewegung. Dorian konnte sich nicht erklären, wieso die Lähmung nicht auch ihn ergriffen hatte. Er vermochte sich auf die Geschehnisse der letzten Stunden sowieso keinen Reim zu machen, aber er vermutete, dass ihm eine große Gefahr drohte. Er fühlte sich wie ein Bauer in einem Schachspiel, der nach Belieben hin und her gerückt wurde.

Dorian stand nun direkt hinter dem Schwarzgekleideten, der etwas kleiner als er selbst war. Seine linke Hand drückte er auf die Schulter des Fremden, mit der rechten holte er aus und schlug die Handkante in seinen Nacken. Der Schwarzgekleidete ging in die Knie, und Dorian schlug nochmals zu. Der Mann plumpste vornüber auf den Boden. Dorian kniete neben ihm nieder und drehte ihn zur Seite. Das Gesicht des Mannes war eine weiße Fläche. Zögernd strich Dorian mit der rechten Hand darüber; er spürte die Nase, den Mund und die Augen, doch sehen konnte er sie nicht. In den Rocktaschen des Fremden fand er eine angebrochene Schachtel Zigaretten, ein Gasfeuerzeug und einige Zahnstocher, in der linken Innentasche entdeckte er eine dicke Wildkrokobrieftasche. Bevor er sie öffnete, warf er einen Blick zur Aufzugstür. Der Lift hatte sich noch nicht wieder in Bewegung gesetzt.

Dorian klappte die Brieftasche auf. Auf der linken Seite befand sich ein Bündel Banknoten; es mussten mindestens dreißigtausend Schilling sein. In dem Fach auf der rechten Seite fand er einen Führerschein, der auf den Namen Georg Zamis lautete. Er sah das Bild an. Es zeigte einen dreißigjährigen Mann mit einem durchschnittlichen Gesicht und schwarzem Haar. Er steckte den Führerschein zurück, suchte weiter und entdeckte eine Reihe Visitenkarten, die er rasch durchblätterte. Die Namen sagten ihm nichts – bis auf einen: Norbert Helnwein, Exorzist, Jagdschlossgasse 231.

Dorian steckte die Karten zurück und schob die Brieftasche wieder in die Innentasche des Rockes. Jetzt kehrte auch der Lift wieder nach unten zurück. Rasch sprang Hunter auf und lief in die Bar.

Norbert Helnwein. Diesen Mann kannte er, wenn auch nicht persönlich, sondern nur durch einen intensiven Briefkontakt. Als leidenschaftlicher Sammler makabrer Utensilien aus der Zeit der Hexenverbrennungen war er vor einiger Zeit mit Helnwein in Kontakt getreten. Dieser Mann besaß eine umfangreiche Sammlung von Dokumenten und Vollstreckungsreliquien. Dorian hatte vorgehabt, ihn anlässlich seines jetzigen Wien-Aufenthaltes zu besuchen. Er wollte Helnwein ein Henkersschwert aus früheren Zeiten abkaufen, das ihm von dem Sammler als besonders wertvoll beschrieben worden war.

Dorians Gedanken irrten zurück zu dem Fremden, den er bewusstlos geschlagen hatte. Dem Namen nach war er mit Coco Zamis verwandt. In welchem Verhältnis stand Helnwein zu der

Familie Zamis? Dorian hatte ihm gestern ein Telegramm geschickt, dass er nach Wien kommen und ihn besuchen werde. Hatte Helnwein diese Information an Georg Zamis weitergegeben? Und welche Rolle spielte Coco in diesem Spiel?

Dorian blieb stehen und stellte sich bewegungslos. Die Aufzugstür öffnete sich, und die Gesichtslosen durchschritten die Halle. Georg Zamis war aus seiner Bewusstlosigkeit erwacht und stand schwankend auf. Die Männer sprachen miteinander, ohne dass Dorian sie verstehen konnte. Schließlich verließen sie das Hotel. Als der Letzte verschwunden war, bewegte sich der Sekundenzeiger der Uhr wieder, und die erstarrten Menschen erwachten. Alles ging weiter, als hätte es keine Unterbrechung gegeben.

In wenigen Minuten sollte der Psychiater in die Bar kommen, da sie ja zu Dorians Frau in die Klinik fahren wollten, aber das hatte Zeit, sagte sich Dorian. Erst musste er Licht in diese mysteriöse Angelegenheit bringen.

Dorian klopfte an seine Zimmertür. »Ich bin's, Dorian«, sagte er.

Coco öffnete ihm nach wenigen Sekunden. »Sind sie fort?«

Dorian nickte und trat ein. Er schloss die Tür wieder und lehnte sich dagegen. »Ja, sie sind fort«, sagte er kalt. »Und Sie lasse ich erst aus dem Zimmer, wenn ich erfahren habe, was hier vor sich geht.«

Das Mädchen setzte sich aufs Bett, steckte sich eine Zigarette an und blies den Rauch in seine Richtung. »Ich darf Ihnen nichts sagen«, erklärte sie. »Jedenfalls noch nicht. Ich kann mir vorstellen, wie unerklärlich das alles für Sie ist. Dennoch bleibt mir keine andere Wahl. Es ist in Ihrem eigenen Interesse, glauben Sie mir.«

Dorian überlegte. Es hatte wenig Sinn, die Wahrheit aus ihr herausprügeln zu wollen; Coco schien keine Frau zu sein, die man leicht beeindrucken konnte. Er beschloss, auf ihr Spiel einzugehen und abzuwarten, was sie vorhatte.

Plötzlich läutete das Telefon. Dorian setzte sich neben Coco aufs Bett und hob ab. »Hallo?«

»Ich bin jetzt in der Bar«, meldete sich Barrett. »Brauchen Sie noch lange, Mr. Hunter?«

»Ich komme in wenigen Minuten zu Ihnen«, entgegnete Dorian. Er hatte Englisch gesprochen, doch Coco hatte ihn sehr gut verstanden.

»Gehen Sie nicht!«, bat sie ihn und legte ihre Hand auf seine Schulter. »Lassen Sie mich nicht allein!«

»Einen Augenblick, Mr. Barrett«, sagte Dorian und wandte sich Coco zu. »Wie, zum Teufel, stellen Sie sich das vor?«

»Sie müssen bei mir bleiben«, sagte sie.

Ihre Augen funkelten unruhig. Dorian konnte sich diesem Blick nicht entziehen. »Fahren Sie allein in die Klinik«, sagte er zu Barrett. »Nehmen Sie sich ein Taxi!«

»Aber wir hatten doch ausgemacht, dass …«

»Ich fühle mich nicht gut«, unterbrach ihn Dorian. »Es ist besser, wenn Sie allein hinfahren. Die Adresse haben Sie ja. Wir treffen uns dann morgen zum Frühstück.«

»Soll ich zu Ihnen hinaufkommen?«, fragte Barrett besorgt.

»Nein, das ist nicht notwendig. Ich fühle mich nur müde und werde bald schlafen gehen. Sollten Sie meine Frau sprechen, dann überbringen Sie ihr meine besten Grüße.«

»Wie Sie wollen, Mr. Hunter«, erwiderte Barrett eingeschnappt und legte auf.

Auch Dorian legte den Hörer auf und lehnte sich zurück. Cocos dunkelgrüne Augen schienen zu leuchten, während sie ihn dankbar anlächelte. Sie hat die Augen einer Katze, schoss es Dorian durch den Kopf. Er wollte den Kopf abwenden, aber es gelang ihm nicht. Ihr Blick hielt ihn gefangen. Sein Herz schlug schneller. Er wollte ihr so viele Fragen stellen, doch seine Kehle war wie zugeschnürt; er brachte keinen Laut hervor. Die Schönheit des Mädchens faszinierte ihn.

Sie beugte sich vor und legte eine Hand auf seine Brust, dann schmiegte sie sich an ihn. Ihre Blicke hielten ihn noch immer in Bann. Sie öffnete den Mund und presste ihn zärtlich auf seine Lippen. Wohlige Schauer rannen über seinen Rücken. Er vergaß die bohrenden Fragen, die er ihr hatte stellen wollen. Stattdessen genoss er Cocos Nähe, die Berührung ihres Körpers. Es war ein unschuldiger Kuss, wie ihn Kinder einander gaben und nicht erwachsene Menschen. Dennoch konnte Dorian sich der Wirkung nicht entziehen. Als Coco ihre Lippen endlich von den seinen löste, hämmerte sein Puls wie verrückt. Sie stand auf und wandte sich zur Tür. Er blieb liegen und verfolgte sie mit seinem Blick. Für einen Augenblick fürchtete er, dass sie gehen könnte. Doch sie löschte nur die Deckenbeleuchtung und knipste die hohe Stehlampe an, die neben dem Fenster stand. Dann zog sie die Jalousien herunter.

Dorian fühlte sich angenehm entspannt. Als Coco leise zu summen begann, schloss er die Augen. Eine Zeitlang versuchte er ihre Worte zu verstehen, doch es gelang ihm nicht. Der Singsang kam tief aus ihrer Kehle und war unglaublich melodiös.

Nach einigen Sekunden schlug Dorian die Augen wieder auf. Coco stand vor der Stehlampe und wiegte sich im Rhythmus ihrer Stimme leicht in den Hüften. Er konnte seinen Blick nicht von ihr wenden. Ihr Tanz hatte nichts Erotisches an sich; er war weder aufreizend noch ordinär. Es sah so aus, als würde ein kleines Mädchen für sich selbst tanzen und sinnlose Lieder singen. Coco drehte sich im Kreis, bückte sich und richtete sich wirbelnd wieder auf. Dann drehte sie kokett eine Pirouette, schlüpfte aus den Schuhen und stellte sich auf die Zehenspitzen. Ihre Bewegungen wurden allmählich schneller, und ihr Gesang einlullender. Dorian fühlte, wie seine Lider schwer wurden. Tief in seinem Unterbewusstsein warnte ihn eine Stimme, versuchte ihm einzureden, dass Coco keineswegs so harmlos sei, wie sie sich gab, doch Dorian ignorierte sie.

Coco begann nun rhythmisch mit den Beinen zu stampfen, und ihre Stimme wurde lauter. Ihr Körper wurde wie in Krämpfen geschüttelt. Die schwarzen Haare fielen wie ein Schleier über das Gesicht, ihre dunklen Augen glühten. Plötzlich ließ sie sich zu Boden fallen. Einen Augenblick lang lag sie bewegungslos auf dem Rücken, dann begann sie sich wie eine Schlange zu winden. Jetzt endlich wurden ihre Bewegungen aufreizender. Obwohl sie angezogen war, wirkte ihr Tanz plötzlich obszön. Dorian hielt den Atem an. Ihre Hände wanderten über ihren Körper, strichen über ihre Brüste, über die Hüften und die Schenkel. Der kurze Rock war weit zurückgeglitten. Fast schien es Dorian, als fühle Coco einen Unsichtbaren vor sich, ein Gespenst, das sich in diesem Augenblick mit ihr vereinigte. Sie ließ sich auf den Boden sinken. Dorians Atem ging rascher. Seine Gier war erwacht.

Die Bewegungen des Mädchens wurden immer sinnlicher. Ihre Hüften zuckten. Sie hob den Kopf und warf das Haar zurück. Ihre Augen waren weit aufgerissen, und ihr Mund stand halb offen. Sie keuchte, als ob sie sich einem Orgasmus nähern würde. Dorian biss sich auf die Lippen. Cocos Körper wurde wie von Fieberschauern geschüttelt. Sie spreizte die Beine und ließ die Hüften rotieren; dazu stieß sie tief aus der Kehle kommende Laute aus. Dann plötzlich erstarrte sie von einer Sekunde zur anderen. Reglos blieb sie liegen, und nur ihre Augen leuchteten noch geheimnisvoll im Schatten des Zimmerlichtes.

Dorian hatte sich aufgerichtet. Coco blickte ihn vielsagend an. Langsam stand sie auf, stimmte wieder ihren Singsang an, stellte sich vor Dorian hin und streckte ihm ihre Hände entgegen. Er sprang auf und nahm sie in seine Arme. Sie drängte sich eng an ihn. Er spürte ihre festen Brüste und die weichen Schenkel. Sie war ganz Hingabe. Ihre Hände wühlten in seinen Haaren, und dann trafen sich ihre Lippen erneut mit den seinen. Er wusste, dass er ihr verfallen war. Er konnte keinen klaren Gedanken mehr fassen; es kam ihm vor, als wäre er verhext.

Ihr Körper war heiß. Er spürte die Hitze durch ihre Kleider, und ihre Lippen glühten. Seine Hände glitten verlangend über ihre Haut. Es dauerte nur Sekunden, bis er sie vollständig entkleidet hatte. Sie löste sich aus seiner Umarmung und trat zur Lampe. Sein Atem stockte. Er hatte schon viele schöne Frauen gesehen, aber nie hatte sich eine wie Coco darunter befunden. Sie konnte wie ein unschuldiges, unerfahrenes Mädchen aussehen, doch jetzt war sie gänzlich verwandelt. Ihre Sinnlichkeit war einfach umwerfend.

Gebannt starrte er auf ihre wippenden Brüste, ihren flachen Bauch und die hellen Schenkel. Sie begann wieder zu tanzen. Ihre Bewegungen wurden immer schamloser. Sie bewegte sich so rasch, dass ihr schwarzes Haar wie ein Schleier um ihren Kopf wehte.

Mit einem Aufschrei sank sie schließlich in seine Arme. Er vergrub sein Gesicht zwischen ihren Brüsten und drängte sie aufs Bett. Sie war wie glühende Lava unter ihm. Als er sich mit ihr vereinigte, bäumte sie sich kurz auf und klammerte sich noch stärker an ihn. Sekundenlang lehnte sich Dorian gegen die Verzauberung auf, doch er war zu schwach. Willig gab er sich den Genüssen hin, die ihr Körper ihm bot.

Coco lag bewegungslos in der Dunkelheit. Sie hatte sich auf den Rücken gedreht und lauschte den regelmäßigen Atemzügen Dorians. Nach einer Weile knipste sie die Nachttischlampe an und betrachtete den Schlafenden. Er lag auf dem Bauch. Die Decke war zurückgeglitten und entblößte seinen mächtigen Oberkörper. Er wandte ihr sein entspanntes Gesicht zu. Sein Haar war zerrauft, und sein Mund lächelte zufrieden im Schlaf.

Coco richtete sich vorsichtig auf und blickte auf ihre Armbanduhr. Es war kurz nach zwei Uhr morgens. Sie hätte schon lange anrufen sollen; sie wusste, dass man ihre Meldung erwartete. Dennoch zögerte sie auch jetzt noch. Sie wollte nicht anrufen. Seit einer Stunde suchte sie nach einem Ausweg – vergeblich. Die Begegnung mit Dorian Hunter hatte ihr Leben verändert, und sie bedauerte es, dass sie ihn nicht unter anderen Umständen kennengelernt hatte. Schließlich hob sie schweren Herzens den Hörer ab und wählte eine Wiener Nummer.

»Ja?«, meldete sich eine dunkle Männerstimme.

»Ich bin's, Coco«, erwiderte sie.

»Endlich«, erwiderte der Mann am anderen Ende gereizt. »Du hättest schon lange anrufen sollen. Ist alles in Ordnung?«

»Ja«, sagte sie. »Alles okay.«

»Gut. Dann bleibt alles, wie wir es besprochen haben.«

Coco wandte ihren Blick nicht von Dorian ab. Sie fühlte sich unbehaglich.

»Was ist mit dir los, Coco?«, drang es aus dem Hörer.

»Nichts, Vater. Was soll los sein?«

»Ich kenne dich. Deine Stimme klingt merkwürdig.«

»Das bildest du dir nur ein. Bis später.« Sie legte auf und schmiegte sich an den Schlafenden. Zärtlich fuhr sie mit dem rechten Zeigefinger über seine Stirn, über die Wangen und zupfte an seinem Oberlippenbart. Dorian verzog das Gesicht, wachte aber nicht auf.

Cocos Gedanken wanderten im Kreis. Sie hatte ihren Auftrag erfüllt. In wenigen Stunden würde alles erledigt sein. Die Falle für Dorian Hunter war errichtet; es gab kein Entkommen. Sie löschte das Licht, glitt aus dem Bett und trat ans Fenster. Langsam ließ sie die Jalousie hochgleiten und sah auf die menschenleere Gasse hinunter. Von hier aus konnte man den Turm des Stephansdoms sehen. Die Fenster der gegenüberliegenden Häuser lagen im Dunkeln. Sie stand lange da und dachte nach. Der Gedanke, dass sie Dorian in den Tod lockte, bereitete ihr Unbehagen. Sie hatte sich in ihn verliebt. Das war gefährlich, wie sie von früheren Erlebnissen her wusste. Sie schlüpfte ins Bett zurück und versuchte zu schlafen, doch es gelang ihr nicht.

Das Rauschen der Brause im Bad weckte Dorian gegen acht Uhr. Er stand auf und wollte die Badezimmertür öffnen, doch sie war versperrt. Es war düster im Zimmer. Er zog die Vorhänge zur Seite. Der Himmel war grau. Dorian dachte an die vergangene Nacht, und je länger er grübelte, desto deutlicher wurde ihm bewusst, dass Coco ihn verhext hatte. Sie hatte ihn völlig in ihren Bann gezogen. Er hatte ihr keine einzige Frage mehr gestellt, aber das würde er jetzt nachholen. Er grinste grimmig. Coco würde eine Überraschung erleben.

Wieder einmal jedoch kam alles ganz anders. Als Coco das Badezimmer verließ, brauchte sie ihn nur anzusehen, und sofort erlag er wieder ihrer Faszination. Alle Fragen wurden unwichtig. Sie küsste ihn sanft auf die Lippen.

»Beeil dich!«, sagte sie. »Um zehn Uhr haben wir eine Verabredung.«

Willenlos ging er ins Badezimmer, um sich zu waschen und zu rasieren. Coco stand neben ihm. Er kämpfte gegen ihre Ausstrahlung an, schloss verzweifelt die Augen und versuchte sich zu konzentrieren, doch es gelang ihm nicht, sich aus ihrem Bann zu befreien. Sein Gehirn war wie eingenebelt.

Wenig später nahmen sie im Frühstücksraum des Hotels Platz. Dorian hatte keinen Appetit und bestellte nur ein Kännchen Kaffee. Schweigend hingen sie beide ihren Gedanken nach.

Coco war zu einem Entschluss gekommen. Ihr blieb keine andere Wahl. Sie musste das Spiel mitspielen, aber sie hoffte dennoch auf eine Möglichkeit, Dorian zu retten.

Er trank seinen Kaffee, steckte sich eine Zigarette an und schaute erst wieder auf, als Jerome Barrett den Frühstücksraum betrat. Der Psychiater kam geradewegs auf Dorians Tisch zu.

»Guten Morgen«, grüßte er und schaute Coco verwundert an.

»Eine alte Bekannte«, stellte Dorian sie vor. »Miss Zamis.« Er sprach jetzt Englisch.

Barrett reichte Coco die Hand.

»Setzen Sie sich, Mr. Barrett«, sagte Dorian.

Der Psychiater nahm Platz und musterte ihn aufmerksam. Hunters flackernder Blick und seine bleiche Gesichtsfarbe machten ihm Sorgen. »Fühlen Sie sich nicht gut?«, fragte er.

»Doch, es geht mir ganz ausgezeichnet.«

Der Psychiater erwartete, dass Dorian ihm einige Fragen stellen würde, doch dieser schwieg und starrte verbissen in seine Kaffeetasse. Aus den Augenwinkeln beobachtete Barrett das Mädchen. Sie war ungewöhnlich schön, wie er fand, aber hochgradig nervös.

»Interessiert Sie nicht, was mit Ihrer Frau los ist, Mr. Hunter?«

Dorian starrte ihn verständnislos an. Er hatte den eigentlichen Zweck seines Aufenthalts in Wien völlig vergessen. »Wie geht es ihr?«, fragte er zögernd.

»Den Umständen entsprechend«, sagte der Psychiater. »Ich durfte sie kurz sehen. Es ist alles vorbereitet. Wir können noch heute abfliegen.«

»Das ist leider nicht möglich«, schaltete sich Coco ein. »Wir haben noch viel zu erledigen. Dorian muss die Abreise verschieben.«

Barrett sah das Mädchen stirnrunzelnd an, dann warf er Dorian einen Blick zu. »Stimmt das?«, fragte er.

Hunter nickte mit zusammengepressten Lippen. Er wollte schreien, wollte sagen, dass Coco ihn beeinflusste, aber er brachte keinen Laut heraus. Wieder hatte er starke Kopfschmerzen bekommen und war zu keinem klaren Gedanken mehr fähig.

»Sie müssen zur Klinik«, sagte Barrett. »Es sind einige Papiere zu unterzeichnen. Ich habe gesagt, dass Sie am Vormittag vorbeikommen würden.«

»Wir haben um zehn Uhr eine wichtige Verabredung«, warf Coco ein. »Er kann erst am Nachmittag kommen.«

Barrett sah wütend auf das Mädchen. »Was hat das zu bedeuten? Haben Sie die Sprache verloren, Mr. Hunter?«

Dorian schüttelte den Kopf. »Nein«, sagte er gepresst. »Ich fühle mich nur nicht besonders gut. Coco hat aber recht. Ich kann jetzt nicht zur Klinik fahren.«

Dem Psychiater kam das alles reichlich sonderbar vor. Einige Minuten zuvor hatte Hunter erklärt, dass er sich in ausgezeichneter Verfassung befände. Dieses Mädchen schien einen unheilvollen Einfluss auf ihn auszuüben.

»In welcher Beziehung stehen Sie eigentlich zu Mr. Hunter, wenn ich fragen darf?«, erkundigte er sich, doch als er ihr in die Augen schaute, zuckte er erschrocken zusammen. Ihr Blick war eisig.

»Sie fragen zu viel«, entgegnete sie.

Der Psychiater versuchte sich ihrem Blick zu entziehen, doch es gelang ihm nicht. Cocos Augen wurden immer schmaler, ihr Blick starr und durchdringend. Der Psychiater blieb wie gelähmt sitzen.

»Wir müssen gehen, Dorian«, sagte sie bestimmt und stand auf.

Hunter folgte ihr willig, und sie verließen das Frühstückszimmer. Kaum waren sie verschwunden, fiel die Erstarrung von Barrett ab. Verwundert wischte er sich über die Augen und schob den Stuhl zurück, um ihnen zu folgen. Als er die Halle erreicht hatte, war von Dorian und Coco jedoch nichts mehr zu sehen. Nachdenklich kehrte Barrett ins Frühstückszimmer zurück.

Dorian führte Coco zu seinem Wagen. Sie setzte sich hinters Steuer, und Dorian nahm neben ihr Platz. Er hatte sich kaum hingesetzt, da war er auch schon eingeschlafen. Coco lenkte den Wagen über den Schwarzenbergplatz und bog in den Rennweg ein. Sie fuhr nicht schneller als die erlaubten fünfzig Kilometer pro Stunde. Immer wieder warf sie dem schlafenden Dorian einen Blick zu. Es war kurz vor zehn Uhr, als sie ihr Ziel erreichte. Sie parkte den Wagen und rüttelte Dorian an der Schulter.

»Aufwachen«, sagte sie. »Wir sind da.«

Verwundert schaute er sich um. »Das ist ja der Zentralfriedhof«, sagte er erstaunt. »Was wollen wir denn hier?«

»Wir haben hier eine Verabredung«, antwortete Coco. »Mit einem Toten.«

Sie stiegen aus und durchschritten das Friedhofstor. Coco ging voran, bog nach links ab und steuerte dann auf die Einsegnungshallen zu. Nur wenige Besucher kamen ihnen entgegen. Der Himmel hatte eine fahle, gelbe Farbe bekommen. Ein kalter Wind blies ihnen ins Gesicht.

Dorians Kopfschmerzen waren verschwunden, und die seltsame Lähmung fiel immer mehr von ihm ab, je näher sie der Einsegnungshalle kamen. Neben dem Tor standen vier schwarzgekleidete Männer, die ihnen gleichgültig entgegensahen. Um Punkt zehn Uhr betraten sie die Halle. Auf einem Katafalk stand ein Sarg; um ihn herum waren einige Lorbeerbäume und Kandelaber aufgestellt. In der Halle war es ziemlich dunkel; nur wenige Kerzen brannten.

Coco und Dorian blieben stehen. Von seinem Standort aus konnte Hunter den Toten nicht erkennen. Es fiel ihm nur auf, dass nicht ein einziger Kranz oder Blumen den Sarg schmückten.

Coco ging bis auf wenige Meter an den Sarg heran. Ein purpurfarbenes Tuch verhüllte den Toten. Nur der Klang ihrer Schritte durchbrach die Stille. Plötzlich fiel die Tür mit lautem Knall zu, und eisige Kälte hüllte Dorian ein. Er drehte sich um und erstarrte. Neben der Tür standen die vier Schwarzgekleideten. Ihre Gesichter waren nichts als weiße Flächen.

Dorian wollte davonlaufen, doch er konnte sich nicht bewegen.

Die vier Männer kamen auf ihn zu, und ihre Schritte hallten laut in der Halle wider. Sie traten an den Sarg heran und blieben neben ihm stehen.

»Löse den Bann!«, sagte einer von ihnen zu Coco, doch die junge Frau bewegte sich nicht.

»Löse den Bann, mit dem du Dorian Hunter belegt hast!«, wiederholte der Mann beschwörend. Die Kerzen flackerten unruhig.

»Nein!«, rief Coco mit fester Stimme. »Das werde ich nicht tun!«

»Bist du wahnsinnig geworden, Tochter?«, fragte der Mann böse. »Ich befehle es dir!«

Coco schüttelte starrsinnig den Kopf und kniff die Lippen zusammen. Dorian hörte erstaunt zu. Er konnte sich nicht bewegen, aber er konnte sehen und hören, was gesprochen wurde. Zwei der Männer zogen das Tuch vom Körper des Toten. Als Dorian das Gesicht des Leichnams erblickte, wollte er schreien, doch nur seine Augen weiteten sich vor Entsetzen. Er kannte den Toten, kannte ihn nur zu gut. Aber das ist doch nicht möglich!, schoss es ihm durch den Kopf.

Im Sarg lag Bruno Guozzi, einer seiner Brüder, die er auf der Hexenburg kennengelernt hatte, und die alle in den Flammen, die das Schloss derer von Lethian verzehrt hatten, umgekommen waren. Hatten die Dämonen etwa noch im letzten Moment entkommen können? Bruno Guozzi jedenfalls war nicht verbrannt, das stand fest. Allerdings war es auch möglich, dass er zu jenen scheußlichen Wesen gehörte, die immer wieder vom Tode auferstanden, was man ihnen auch antat. Diese Ungeheuer mussten in regelmäßigen Abständen – meist in Vollmondnächten – ein Opfer bekommen, einen Menschen, dessen Leben sie in sich einsogen. Überschritt der Untote die Frist oder sog er zu wenig Leben in sich auf, erstarrte er wieder, starb aber nicht endgültig. Vielleicht konnte Bruno Guozzi überhaupt nicht vernichtet werden.

Langsam wurde Dorian klar, was man mit ihm vorhatte. Er war in eine gut vorbereitete Falle gelaufen, und Coco hatte sie zuschnappen lassen, hatte ihn schändlich hinters Licht geführt. Sie musste eine Hexe sein. Die Kopfschmerzen, ihre Beschwörungen, der Singsang, das alles hatte dazugehört, ihn einzufangen. Er verfluchte sich, dass er das nicht früher erkannt hatte. Jetzt gab es keinen Ausweg mehr; er war verloren. Er kannte kein Mittel, wie er ihren Bann aufheben und entfliehen konnte. Das Gesicht Bruno Guozzis wuchs vor seinen Augen scheinbar ins Riesenhafte. Dieser Wiedergänger also würde sein Schicksal werden. Er würde ihm das Leben aussaugen und dann seinen Körper fressen, bis nichts als Knochen von ihm übrig blieben. Dorian wollte vor Wut und Entsetzen schreien, aber er brachte keinen Ton über die Lippen.

»Löse den Bann, Coco!«, sagte der Mann, der augenscheinlich ihr Vater war, jetzt abermals beschwörend.

»Nein«, sagte Coco. »Ich will nicht, dass dieses Monstrum Dorian in die Hände bekommt.«

Der Schwarzgekleidete trat auf das Mädchen zu. Zwei Schritte vor ihr blieb er stehen. »Du hast mir zu gehorchen!«, fuhr er sie an. »Du kannst jetzt nicht plötzlich unseren Plan zerstören. Und du weißt genau, dass Bruno nicht das Leben aus einem Menschen saugen kann, der unter dem Hexenbann steht.«

»Natürlich weiß ich das, Vater«, sagte Coco leise.

»Dann löse den Bann!«, schrie sie der Gesichtslose wütend an.

»Du brauchst dich nicht so aufzuführen«, sagte sie. »Ich bleibe bei meinem Entschluss. Ich löse den Bann nicht.«

Der Gesichtslose heulte vor Wut auf. »Ich werde dich bestrafen!«, brüllte er. »Ich stoße dich aus der Familie aus, wenn du nicht gehorchst. Was ist in dich gefahren, Tochter?«

Coco gab keine Antwort.

»Sie ist in Hunter verliebt«, erkannte einer der anderen Männer.

»Stimmt das?«, fragte ihr Vater drohend.

»Ja«, erwiderte Coco fast unhörbar.

»Du bist völlig wahnsinnig geworden«, sagte der Mann mit versagender Stimme. »Nimm Vernunft an! Du weißt, was das bedeutet. Du wirst deine Kräfte verlieren.«

»Es ist meine Entscheidung«, entgegnete sie. »Lasst Dorian frei!«

»Das kommt nicht in Frage«, keuchte der Mann. »Er ist unser größter Feind. Er muss vernichtet werden.«

»Du kannst ihm nichts anhaben, Vater«, sagte das Mädchen. »Nicht einmal dir gelingt es, den Bann zu lösen.«

Der Gesichtslose sah seine Tochter an. »Ich kann dich nicht zwingen«, sagte er. »Nun gut. Hebt Bruno aus dem Sarg!«

»Was hast du vor?«, fragte Coco ängstlich.

Der Mann lachte spöttisch. »Das wirst du schon sehen, ungehorsames Weib!«

Die drei Männer holten Bruno Guozzi aus dem Sarg und legten ihn auf den Boden. »Jetzt packt Hunter«, befahl Cocos Vater. Sie hoben Hunter hoch, trugen ihn zum Sarg, warfen ihn rücksichtslos hinein und breiteten das Tuch über ihn.

»Das kannst du nicht machen, Vater!«, sagte Coco entsetzt. »Lass ihn frei!«

»Ich denke nicht daran«, antwortete er. »Er wird lebendig begraben werden. Und dagegen kannst auch du nichts tun. Er wird schnell ersticken. Dann siehst du, dass du mit deiner Aufmüpfigkeit überhaupt nichts erreicht hast.«

Dorian konnte nun nichts mehr sehen. Das Tuch lag auf seinem Gesicht. Die Stimmen schienen aus unendlich weiter Ferne zu kommen.

»Bringt Bruno hinaus!«, vernahm er Cocos Vater. Dann wurde es still. Jemand schlug die Tür zu. Dorian war allein. Er lag reglos im Sarg und wartete auf sein Begräbnis.

Er wusste nicht, ob Minuten oder Stunden vergangen waren, als er die Schritte und Stimmen hörte. Das Tuch wurde weggenommen. Er versuchte die Augen zu bewegen, doch sie waren starr und unbeweglich. Den Männern muss doch auffallen, dass ich nicht tot bin und dass vorher ein anderer Mann im Sarg gelegen hat, dachte er, doch die Männer schienen nichts zu bemerken. Sie legten den Deckel auf den Sarg und schraubten ihn fest. Dorian hörte die Geräusche wie aus unendlich weiter Ferne. Eine Schraube nach der anderen wurde angezogen. Dann war es wieder still. Er versuchte sich zu bewegen, doch er hatte keine Kontrolle über seinen Körper. Völlige Dunkelheit umgab ihn. Er konnte nicht beurteilen, wie lange der Luftvorrat im Sarg ausreichen würde, aber sicher nicht sehr lange.

Seine Wut auf Coco wuchs ins Unendliche. Sie hatte ihn in diese Falle gelockt, die seit geraumer Zeit vorbereitet sein musste. Trotzdem durfte er jetzt nicht die Hoffnung verlieren. Noch war er nicht tot. Vielleicht gab es doch noch eine Chance. Er stellte sich vor, was er mit Coco anstellen würde, sollte es ihm gelingen, aus dem Sarg herauszukommen. Er würde grimmige Rache an ihr nehmen.

Plötzlich begann er sich zu wundern, dass er überhaupt so denken konnte. Stand er vielleicht nicht mehr im Bann der Hexe? War er ihr etwa nur hörig gewesen, solange sie sich in seiner Nähe befand? Er dachte verzweifelt an Lilian. Was würde ohne ihn wohl aus ihr werden?

Auf einmal wurde der Sarg hochgehoben und vom Katafalk gezerrt. Dorian stieß sich den Kopf an, spürte aber keinen Schmerz. An den Bewegungen erkannte er, dass der Sarg getragen und schließlich wieder abgestellt wurde. Es verging einige Zeit, ehe man ihn erneut hochhob. Jetzt lassen sie mich ins Grab hinunter, schoss es ihm durch den Kopf. Etwas prasselte auf den Sargdeckel. Wahrscheinlich Erde. Dann war es jedoch plötzlich wieder still.

Und plötzlich konnte er sich bewegen. Er versuchte, den Deckel hochzustemmen; wieder und wieder drückte er mit aller Kraft dagegen. Dann schrie er so laut er konnte, gab es aber nach wenigen Minuten auf; es war sinnlos, niemand konnte ihn hören. Er überlegte. Es war unmöglich, den Sargdeckel von innen zu öffnen, aber dafür konnte er vielleicht etwas anderes tun, um wenigstens Luft zu bekommen. Er griff in seine Hosentasche, zog ein Taschenmesser heraus, das mit verschiedenen Werkzeugen ausgestattet war, klappte den Flaschenöffner auf und drückte ihn gegen den Deckel. Der Sarg bestand aus billigem Holz. Eigentlich dürfte es nicht schwierig sein, ein paar Löcher in den Deckel zu bohren. Allerdings war Dorian in seiner Bewegungsfreiheit ziemlich eingeschränkt, und es bereitete ihm Mühe, den Flaschenöffner richtig anzusetzen. Schließlich aber gelang es ihm. Er begann den Öffner zu drehen, und der Stahl fraß sich langsam in das Holz. Als er ihn bis zum Anschlag hineingebohrt hatte, drehte er ihn heraus. Kein Lichtstrahl drang in den Sarg, es war ihm also nicht gelungen, den Deckel zu durchbohren.

Er probierte es noch einmal. Sein Gesicht war trotz der Kälte von Schweiß bedeckt. Nach einigen weiteren Versuchen gab er es auf. Er holte eine kleine Taschenlampe hervor und knipste sie an. Mehr als zehn Löcher hatte er in den Sargdeckel gebohrt. Er richtete den Strahl der Lampe auf seine Armbanduhr. Es war kurz nach zwölf. Fast zwei Stunden lag er nun schon im Sarg. Er hatte Hunger und Durst, und die Luft war schlecht geworden. Er klappte das Messer auf und bohrte es ins Holz. Immer wieder knipste er die Taschenlampe an, um sich vom Fortgang seiner Arbeit zu überzeugen. Das Loch wurde tiefer, doch den Deckel hatte er noch nicht durchstoßen. Schließlich legte er eine Pause ein und sah wieder auf die Uhr. Eine halbe Stunde war vergangen. Er hoffte, dass die Totengräber erst morgen das Grab zuschaufeln würden; das war seine einzige Chance. Verbissen arbeitete er weiter, und dann hatte er es endlich geschafft. Es war ihm gelungen, ein kleines Loch in den Deckel zu bohren. Ein schwacher Lichtstrahl fiel in den Sarg. Dorian ließ nicht locker. Er bohrte und schabte weiter. Das Loch war bald mehrere Zentimeter groß. Jetzt bekam er wenigstens wieder frische Luft. Er drückte die Klinge stärker gegen die Öffnung, und plötzlich brach sie in der Mitte durch. Vor Wut heulte er auf, setzte aber seine Arbeit fort. Das Loch musste größer werden! Nach siebzehn Uhr konnte er schon eine Hand durch das Loch stecken. Draußen war es dunkel geworden. Dorian überlegte, ob es Sinn hatte, mit der Taschenlampe Signale zu geben. Nun, es war einen Versuch wert. Er knipste die Taschenlampe an und steckte die rechte Hand durchs Loch. Er hielt sie zwischen Zeigefinger und Daumen und bewegte die Finger unentwegt. Einige Minuten ließ er den Strahl umherwandern, doch es geschah nichts. Er schloss die Augen, gab sich seinen Rachegedanken hin und schreckte erst auf, als er ein Geräusch vernahm. Erde prasselte auf den Sargdeckel. Sofort schob er abermals die Taschenlampe durch das Loch und knipste sie an. Er hörte einen überraschten Aufschrei, dann krachte etwas überlaut auf den Sarg. Dorian zog die Hand zurück. Die Schritte auf dem Deckel hallten dumpf.

»Lebst du?«, hörte er Cocos Stimme.

»Ja«, sagte er wütend. »Ich lebe noch.«

»Ich hole dich heraus«, versprach sie.

Dorians Hände zitterten. Coco würde ihr blaues Wunder erleben. Er hatte sich einiges für sie ausgedacht. Seine Wut richtete sich nicht so sehr gegen die anderen Angehörigen der Familie Zamis, sondern hauptsächlich gegen dieses Hexenweib. Er hörte sie mit einem Schraubenzieher herumhantieren. Das Zittern seiner Hände wurde schwächer, doch die Wut bereitete ihm fast körperliche Schmerzen. Sein Plan stand fest. Er würde Coco seinen Hass nicht merken lassen und erst zum richtigen Zeitpunkt zuschlagen.

»Ich bin bald fertig«, hörte er ihre Stimme. »Nur noch ein paar Schrauben.«

Er drückte gegen den Sargdeckel, der schon etwas nachgab. Einige Minuten später konnte er ihn zur Seite schieben. Er richtete sich auf und atmete tief durch. Es war kalt. Der Himmel war bedeckt. Kein Stern war zu sehen. Schwankend stand er auf, sah sich um und entdeckte Coco, die an einer Leiter lehnte.

»Wir müssen rasch weg«, stieß sie hervor. »Meine Familie ist hinter mir her. Sie haben mich verstoßen. Sie können jeden Augenblick hier sein.«

Sie stieg die Leiter hoch, und Dorian folgte ihr. Die Grabhügel waren mit Schnee bedeckt, sonst konnte er nicht viel ausmachen; es war zu dunkel. Von irgendwo her ertönte ein höhnisches Kichern. Coco blieb entsetzt stehen.

»Sie sind da«, sagte sie fast unhörbar.

Das Kichern wurde lauter. Sie packte Dorians Hand und begann zu laufen. Er folgte ihr gezwungenermaßen. Seine Gefühle Coco gegenüber waren zwiespältig. Er konnte sich nicht ganz der Faszination entziehen, die von ihr ausging. Sie rannten zwischen den Gräbern hindurch und erreichten eine der Hauptalleen. Das höhnische Kichern folgte ihnen weiter. Coco lief rascher.

Ihr Atem hing wie eine weiße Wolke vor ihrem Mund. Ein kalter Wind peitschte ihnen ins Gesicht. Dorian merkte, wie seine durchschwitzten Kleider steif wurden, und dann stürzte er plötzlich. Er wollte sich aufrichten, doch der Boden schien unter ihm abzusacken. Es war, als würde er im luftleeren Raum hängen. Er ruderte mit den Beinen und Armen herum, doch das entsetzliche Gefühl zu fallen wurde nur noch stärker.

»Ich komme nicht hoch«, keuchte er. »Es ist wie Treibsand.«

»Eine magische Falle«, sagte Coco. Sie richtete sich auf, kreuzte die Hände über der Brust und sagte einen für Dorian unverständlichen Satz. Dann bückte sie sich und zog einen Kreis um ihn, und plötzlich war der Boden wieder fest. Er sprang auf, und sie rannten weiter.

»Wir müssen vorsichtig sein«, sagte Coco. »Sie werden uns überall Fallen stellen. Ich selbst darf in keine hineingeraten, sonst sind wir verloren.«

Die Allee wurde plötzlich von einem näherkommenden Scheinwerfer erhellt. Dorian sah das sich drehende Rotlicht und das hellerleuchtete Polizeischild. Coco sprang hinter eine Baumgruppe und duckte sich. Der Streifenwagen fuhr vorüber. Coco ging vorsichtig weiter. Ihre Stiefel verursachten knirschende Laute. Das Kichern war verstummt, aber nun waren unheimliche Stimmen zu hören. Sie kamen von allen Seiten. Dorian blieb stehen. Die Stimmen wurden immer lauter.

Coco drehte sich um. »Komm!«, schrie sie und wollte ihn packen, doch Dorian schüttelte ihre Hand unwillig ab. Er lauschte den Stimmen, die mal lauter, dann leiser zu hören waren. Sie änderten die Tonlage und säuselten einschmeichelnd. Es war ein süßes Locken, das seinen ganzen Körper erfüllte; drängend und zärtlich. Er griff in die Manteltasche und holte das Taschenmesser mit dem Korkenzieher daran heraus. Coco versuchte, es ihm zu entwinden, doch es gelang ihr nicht. Die einschmeichelnden Stimmen wurden noch lauter.

»Töte das Weib!«, forderten sie.

Dorian hob die Hand und wollte den Korkenzieher auf Coco

herabfahren lassen, doch das Mädchen duckte sich und schlug seine Hand zur Seite.

»Weiter!«, hetzten die Stimmen. »Gib nicht auf!«

Seine Bewegungen waren eckig und ungelenk. Wieder hob er die Hand und versuchte, auf das Mädchen einzustechen, doch Coco bewegte sich viel zu rasch für ihn. Das Taschenmesser konnte sie ihm jedoch nicht entreißen. Endlich legte sie den Mittelfinger der rechten Hand über den Zeigefinger, drückte beide Finger blitzschnell gegen Dorians Stirn und schrie ein magisches Wort. Dorian zuckte zusammen. Verständnislos starrte er das Taschenmesser an. Coco nahm es ihm aus der Hand und ließ es in ihrer Manteltasche verschwinden.

Verwirrt folgte Dorian ihr weiter. Er konnte jetzt das Friedhofstor sehen, doch sie kamen ihm nicht näher. Im Gegenteil, es schien sich bei jedem Schritt weiter von ihnen zu entfernen. Coco merkte es und blieb stehen.

»Ich bin in eine Falle geraten«, sagte sie leise. »Eine Falle, aus der ein Entkommen fast unmöglich ist.«

Das höhnische Kichern war wieder zu hören.

»Gibt es keinen Ausweg?«, fragte Dorian.

»Doch, es gibt einen«, sagte Coco, »aber er kann mich das Leben kosten.« Sie bückte sich und zog mit einem herumliegenden Ast einen Kreis um sie beide.

»Damit habe ich die Falle gestoppt«, sagte sie. »Im Augenblick kann uns niemand etwas anhaben, aber wir können auch nicht aus dem Kreis heraus, sonst wären wir ihnen hilflos ausgeliefert. Hast du ein Feuerzeug bei dir?«

»Ja«, erwiderte Dorian und holte es heraus.

Sie hielt ihm den Ast hin, mit dem sie den Kreis in den Schnee gezogen hatte. »Du musst den Ast in kleine Stücke brechen. Es müssen mindestens sechs Teile sein, und sie sollen möglichst gleich groß sein.«

Dorian gehorchte, ohne zu fragen. Er brach den Ast in der Mitte auseinander und teilte die beiden Stücke dreimal. »Was nun?«, fragte er.

»Bilde drei Kreuze daraus«, sagte sie, »und lege je eines vor dir und mir auf den Boden. Das dritte legst du in die Mitte des Kreises. Warte noch! Ich werde wahrscheinlich zu schreien beginnen, wenn du die Kreuze bildest. Ich werde dich anflehen, die Kreuze zu zerstören. Höre nicht auf mich! Und wenn du fertig bist, dann versuche sie in Brand zu stecken. Das Holz ist nicht allzu feucht. Es müsste dir gelingen. Achte nicht auf mich! Zuerst steckst du das Kreuz in der Mitte des Kreises an, dann meines und schließlich deines. Alles klar?«

»Ja«, entgegnete er gefasst.

»Und höre nicht auf mich!«, wiederholte sie. »Ich weiß nicht, wie ich reagieren werde. Tu einfach, was ich dir gesagt habe. Es ist unsere einzige Rettung. Es ist möglich, dass ich dabei sterbe. Dann lass mich liegen und flieh.«

Dorian nickte. Nochmals sah er Coco an. Ihre dunklen Augen waren glanzlos, ihr Mund lächelte schwach. Er bückte sich, legte ein Holzstück vor sich auf den Boden und das zweite so darüber, dass ein Kreuz entstand. Coco heulte entsetzt auf. Dorian hörte nicht auf sie. Er legte das Kreuz vor ihr nieder. Ihr Geschrei wurde unmenschlich. Als Letztes legte er das Kreuz in der Mitte zusammen. Die Luft begann zu wirbeln. Es war, als wüte innerhalb des Kreises ein Orkan. Der Boden glühte grün. Unsichtbare Finger griffen nach Dorian. Coco schrie weiter. Ihre Augen waren aufgerissen, ihr Mund stand weit offen.

»Zerstöre die Kreuze!«, keuchte sie. »Ich flehe dich an, zerstöre die Kreuze! Die Schmerzen! Ich halte die Schmerzen nicht mehr aus. Bitte, bitte!«

Ihre Stimme war in ein Winseln übergegangen. Schweiß rann über ihr verzerrtes Gesicht; ihre Augen funkelten irre. Dorian kümmerte sich nicht um sie. Er kniete nieder und versuchte, das Kreuz in der Mitte des Kreises anzustecken. Das Holz begann zu rauchen, und erst nach unendlich langer Zeit brannte eines der Stäbchen, dann das zweite. Rasch wandte er sich den Hölzern zu, die vor Coco lagen. Sekundenlang sah er in ihr bleiches Gesicht. Die Haut spannte sich wie Pergament um ihre Wangenknochen.

Ihre Lippen waren farblos. Sie begann zu husten, und Blut rann aus ihren Mundwinkeln. Die Augen hatte sie geschlossen und beide Hände gegen die Brust gedrückt. Dann wurde ihr Gesicht blau, als würde ein Unsichtbarer ihr die Kehle zudrücken. Sie riss die Augen immer weiter auf. Sie waren leblos wie grüne Smaragde.

Dorian sah rasch weg und steckte die Hölzchen in Brand. Diesmal fingen sie rascher Feuer. Als Letztes kam nun sein Kreuz an die Reihe. Während er das Gasfeuerzeug aufflammen ließ, sah er Coco nochmals an. Ihr Gesicht schien wie Wachs zu zerschmelzen. Der Anblick war so entsetzlich, dass Dorian augenblicklich wegsah. Sie begann wieder zu schreien. Als das Kreuz zu Dorians Füßen brannte, war Coco zu Boden gesunken. Sie lag mit dem Gesicht im Schnee. Dorian bückte sich und hob ihren Kopf hoch. Ihre Augen waren geschlossen; sie atmete schwach. Vorsichtig trat er aus dem Kreis und ging einige Schritte in Richtung Tor. Diesmal rückte es nicht in die Ferne. Nur noch eines der Kreuze brannte. Er hob Coco hoch und lief auf das Tor zu. Coco begann sich schwach in seinen Armen zu bewegen. Das Tor kam immer näher. Endlich schlug die junge Hexe die Augen auf.

»Setz mich ab!«, bat sie.

Er stellte sie auf die Beine.

»Wir haben jetzt Zeit. Sie sind verschwunden. Ich weiß nicht, ob es mir gelingen wird, den Pförtner abzulenken.«

Sie blieb stehen und versuchte es. Nach einigen Sekunden schüttelte sie den Kopf. »Ich bin noch zu weit entfernt. Wir müssen näher heran.« Nach hundert Metern probierte sie es nochmals. Der Pförtner stand plötzlich bewegungslos da. »Wir können hinaus«, sagte Coco.

Sie gingen am Pförtner vorbei zum Parkplatz. Coco reichte Dorian die Autoschlüssel, und sie stiegen ein. »Wir haben es geschafft. Im Augenblick sind wir sicher, aber sie werden es wieder versuchen. Du bist zu wichtig für sie.«

»Für wen?«

»Für meine Familie«, sagte Coco. »Sie werden alles daran setzen, dich und mich zu töten.«

»Dich auch?«, fragte Dorian.

»Ja«, erwiderte sie. »Mein Vater hat mich verstoßen. Das bedeutet, dass ich zum Tode verurteilt bin. Ich habe seine Befehle missachtet, und deshalb muss ich sterben. Aber ich bereue es nicht. Irgendwann musste es einmal so kommen. Es ist wie eine Erleichterung für mich.«

Dorian startete und fuhr los. Er glaubte Coco nicht ein Wort. Schweigend reihte er sich in den Abendverkehr ein und fuhr in Richtung Stadtzentrum. Es erschien ihm noch immer wie ein Wunder, dass ihm die Flucht aus dem Sarg gelungen war. Jetzt war eigentlich der Zeitpunkt gekommen, einige Fragen an Coco zu richten.

»Ich bin in eine Falle gelockt worden«, sagte er, »und du hast eine Hauptrolle dabei gespielt.«

»Stimmt«, antwortete sie. »Ich habe dich verhext. Das begann schon, als ich nicht mehr von dir wusste als deinen Namen. Ich wollte nicht mitmachen, doch ich wurde gezwungen. Mir blieb keine andere Wahl. Es ist sinnlos, sich gegen die Familie auflehnen zu wollen. Trotzdem habe ich es getan, weil ich …«

Sie sah aus dem Fenster.

»Weshalb?«, fragte er, obwohl er die Antwort zu wissen glaubte.

Coco sah ihn an. »Ich fürchte, ich habe mich in dich verliebt. Das ist der Grund.«

»Und das soll ich dir glauben? Nach allem, was geschehen ist?«, fragte er grimmig. »Du hast mich verhext, du hast mich dir hörig gemacht, und nun soll ich dir glauben, dass du in mich verliebt bist?«

Coco seufzte. »Damit habe ich gerechnet«, meinte sie. »Ich kann mir gut vorstellen, welche Wut du mir gegenüber verspürst. Aber wenn ich mich nicht gegen meine Familie gestellt hätte, wärst du jetzt tot.«

Dorian lachte. »Und wenn du mir keine Falle gestellt hättest, dann wäre ich gar nicht in diese Situation gekommen.«

»Kannst du denn nicht verstehen, dass mir keine andere Wahl blieb?«

Dorian schüttelte den Kopf. »Nein, das kann ich nicht.«

»Ich kann dich nicht überzeugen«, sagte sie resigniert. »Aber vielleicht merkst du später, was ich alles aufs Spiel gesetzt habe, um dich zu retten.«

»Vielleicht«, sagte Dorian. »Ich fahre jetzt in die Klinik zu meiner Frau. Und dann werde ich deiner Familie einen Besuch abstatten.«

Sie erschrak. »Das kannst du nicht tun«, warnte sie ihn. »Das wäre dein sicherer Tod.«

»Kennst du einen Norbert Helnwein?«, fragte er, ohne auf ihre Bemerkung einzugehen.

Sie nickte. »Ich habe ihn ein oder zwei Mal gesehen. Ein alter Mann. Ein Sammler okkulter Gegenstände. Meine Familie kaufte oft bei ihm. Weshalb fragst du?«

Dorian gab ihr keine Antwort. »Wo wohnt deine Familie?«, erkundigte er sich stattdessen.

»Ganz in Helnweins Nähe. Praktisch um die Ecke. In der Ratmannsdorfgasse 218 in Hietzing.«

»Und sie hat dich tatsächlich verstoßen?«

»Sie haben mich ausgestoßen, ja. Das bedeutet, dass ich vogelfrei bin. Sie werden mich töten. Ich bin zu gefährlich, als dass sie mich laufen lassen könnten.«

»Das ist doch Unsinn!«, sagte Dorian scharf.

Sie zuckte die Schultern. »Wir haben eigene Gesetze, nach denen wir handeln. Bei uns zählt, was der Vater sagt. Es gibt keine Auflehnung.«

»Dann müsstest du doch ein Interesse daran haben, deiner Familie Schaden zuzufügen?«, fragte er lauernd.

Coco schwieg, dann schüttelte sie den Kopf. »Du wirst es wahrscheinlich nicht verstehen können, aber ich kann ihnen nichts antun. Es geht nicht. Ich hasse sie nicht, ich will nur nichts mit ihnen zu tun haben. Sie ließen mich nicht meine eigenen Wege gehen. Ich musste gehorchen. Ich war schon immer eine Außenseiterin, doch sie wollten es nicht wahrhaben. Ich habe ihre Geduld auf eine harte Probe gestellt, und sie die meine. Sie zwangen mich dazu, an ihren abscheulichen Riten teilzunehmen, obwohl es mich jedes Mal davor ekelte. Kannst du das nicht verstehen?«

Dorian warf ihr einen kurzen Blick zu. Was, wenn sie tatsächlich die Wahrheit sagte? Er schüttelte unmerklich den Kopf. Sie log ganz sicher. Er durfte ihr nicht trauen und sich nochmals von ihr einlullen lassen. Andererseits war auch er anders als seine Brüder geraten. Vielleicht war Coco ihm ähnlicher, als er dachte. Doch darauf durfte er nicht hoffen. Sie war eine Hexe, und sie würde das bekommen, was eine Hexe verdient.

»Du glaubst mir nicht?«, fragte sie.

»Ich weiß nicht recht«, erwiderte er vorsichtig. »Was ist mit Bruno Guozzi?«

Coco schauderte. »Er tauchte vor einem Jahr in Wien auf. Er gehört der Schwarzen Familie an. Vor zwei Jahren hatte er auf Sizilien eine Auseinandersetzung mit der Mafia. Er wurde lebendig eingemauert. Dabei starb er, wurde aber wieder zum Leben erweckt und lebt seitdem als Untoter weiter. Er quartierte sich bei uns ein, und wir mussten ihm laufend Opfer besorgen. Ich hatte entsetzliche Angst vor ihm.« Nach diesen Worten schwieg sie und hing ihren Gedanken nach.

Dorian beschloss, über den Ring zu fahren, der Wien in einem Halbkreis umspannt. Als er kurz vor der Fasangasse ein Restaurant sah, hielt er den Wagen an. Er hatte den ganzen Tag noch nichts gegessen, und sein Hunger war übermächtig geworden. Das Lokal entpuppte sich als eine einfache Gaststätte und wirkte wenig einladend. An der Theke standen einige Betrunkene und hielten Weingläser in ihren Händen. Es roch nach abgestandenem Bier und kaltem Rauch. Sie gingen am Ausschank vorbei in ein Extrazimmer, das gemütlicher war, und nahmen an einem Tisch in der Ecke Platz. Dorian sah flüchtig die Speisekarte durch. Er entschied sich für ein Wiener Schnitzel mit Bratkartoffeln. Coco wollte nichts essen.

»Ich muss nur kurz telefonieren«, entschuldigte er sich, nachdem der Ober die Bestellung aufgenommen hatte.

Nach kurzem Suchen fand er eine Telefonzelle. Er wählte die Nummer seines Hotels und verlangte Barrett zu sprechen. Nach wenigen Sekunden meldete sich der Psychiater. »Ich habe den ganzen Nachmittag auf Sie gewartet«, sagte er vorwurfsvoll.

»Tut mir leid«, entgegnete Hunter. »Ich konnte nicht kommen. Ich erzähle Ihnen später, was geschehen ist. Ist bei Ihnen alles in Ordnung?«

»Natürlich. Ich habe alles zur Abreise vorbereitet. Wir können jederzeit fliegen. Sie müssen nur noch einige Papiere unterschreiben. Sie sollten noch heute zur Klinik fahren.«

»Ich bin bereits auf dem Weg«, erklärte Dorian.

»Fein. Verlangen Sie Dr. Burger. Er ist für die Behandlung Ihrer Frau zuständig.«

»In Ordnung. Wir treffen uns morgen beim Frühstück. Packen Sie Ihre Sachen ein, und seien Sie bitte so nett und geben Sie dem Piloten Bescheid! Ich möchte gegen Mittag abfliegen.«

Dorian verabschiedete sich und hängte ein. Er war unschlüssig, ob er Helnwein anrufen sollte. Von seinem Platz aus konnte er Coco beobachten. Das Mädchen wirkte unglaublich nervös. Ihr Gesicht war noch immer bleich, und sie hielt ihre Hände nicht eine Sekunde ruhig. Abwechselnd spielte sie mit der Zigarettenpackung und dem Feuerzeug. Er wählte Helnweins Nummer. Es dauerte reichlich lange, bis der Hörer abgehoben wurde.

»Guten Abend, Herr Helnwein«, sagte Dorian und stellte sich vor. »Sie erinnern sich an mich?«

»Natürlich, Herr Hunter. Sie wollen das Schwert sehen, nicht wahr?«

»Stimmt genau«, sagte Dorian. »Kann ich noch heute Abend bei Ihnen vorbeisehen? Ich könnte in zwei Stunden bei Ihnen sein.«

»Sicher. Sie kennen ja meine Adresse, Jagdschlossgasse 231. Allerdings bekomme ich das Schwert erst morgen früh.«

Dorian überlegte. Das warf einige seiner Pläne über den Haufen. »Das macht nichts«, sagte er nach einigem Zögern. »Ich komme trotzdem vorbei.«

Er blieb noch einige Sekunden stehen, nachdem er eingehängt hatte. Coco sah sich unruhig um. Der Kellner hatte in der Zwischenzeit die bestellten Getränke gebracht; Coco hatte ihr Glas bereits zur Hälfte geleert. Als er an den Tisch zurückkehrte, schaute sie nervös auf. In ihren Augen las er Furcht. Er war nicht sicher, ob sie ihm etwas vormachte. Vielleicht fürchtete sie sich ja wirklich. Er setzte sich und trank einen Schluck Bier; es war kühl und schmeckte ausgezeichnet.

»Ich habe mit Helnwein gesprochen«, sagte er und wartete auf ihre Reaktion, doch es kam keine. Sie blickte ihn nur schweigend an. »Ich besuche ihn noch heute. Vielleicht kann er mir einige Auskünfte über deine Familie geben.«

»Das bezweifle ich«, meinte sie. »Er weiß nicht viel über uns.«

»Und nach Helnwein werde ich deiner Familie einen Besuch abstatten.« Während er dies sagte, beugte er sich vor und sah ihr tief in die Augen.

»Lass das lieber!«, bat sie. »Es könnte wirklich dein Tod sein.«

»Das ist mir gleichgültig«, knurrte Dorian. »Ich will Bruno Guozzi vernichten.«

»Das ist unmöglich«, sagte sie und spielte weiter mit der Zigarettenschachtel. »Er ist nicht zu töten, da er ja schon tot ist. Du solltest lieber so rasch wie möglich aus Wien verschwinden. Hier droht dir Gefahr. Nichts als Gefahr.«

»Ich fliege morgen nach London zurück«, sagte Dorian. »Und heute Nacht will ich noch einiges erledigen.«

»Geh nicht zu meiner Familie!«, sagte Coco beschwörend. »Es ist zu gefährlich.«

»Du könntest ja mitkommen«, entgegnete er lauernd.

»Das kann ich nicht.«

»Dann gib mir wenigstens einige Informationen!«

Coco biss sich auf die Lippen. Er sah, dass sie mit sich selbst einen Kampf ausfocht. Sie blickte an ihm vorbei ins Leere. »Ich kann mich nicht gegen meine Familie stellen«, sagte sie schließlich schwach. »Kannst du das nicht verstehen?«

»Nein«, sagte Dorian hart. »Sie haben dich doch angeblich verstoßen. Sie trachten dir nach dem Leben. Das behauptest du zumindest. Ich verstehe wirklich nicht, weshalb du mir nicht einmal ein paar Informationen geben kannst.« Er machte eine kurze Pause und sagte dann spöttisch: »Und du behauptest, in mich verliebt zu sein?«

Ihre Augen nahmen einen gequälten Ausdruck an.

»Lügen, nichts als Lügen«, sagte Dorian wütend.

Cocos Hände zitterten, als sie eine Zigarette aus der Schachtel holte. »Du hast keine Chance«, sagte sie heftig. »Ins Haus kommst du leicht hinein – aber nie wieder heraus!«

»Mit deiner Hilfe werde ich es schaffen.«

Der Kellner brachte Dorian das bestellte Schnitzel. Schweigend begann er zu essen. Gelegentlich blickte er auf und musterte Coco. Ihr Gesicht war unbewegt. Die Augen hatte sie halb geschlossen. Es war, als würde sie einer unsichtbaren Stimme lauschen. Allmählich entspannte sich ihr Gesicht. Sie sah nun wie ein kleines Mädchen aus.

Dorian ließ sich nicht hetzen. Das Zimmer füllte sich langsam. Um sie herum war Stimmengewirr, doch es drang nur gedämpft zu ihnen herüber. Sie bildeten eine Oase der Ruhe innerhalb der Gaststätte. Dorian spürte, wie etwas von Cocos Entspanntheit auf ihn überging. Für wenige Minuten fühlte er sich angenehm wohl, doch dieses Gefühl hielt nicht lange an.

»Ich helfe dir«, sagte Coco plötzlich, und die Ruhe und Zufriedenheit zerbrach wie Glas. Die Stimmen der Umsitzenden wurden lauter. Gläsergeklirr war zu hören und das Geklapper der Bestecke. Dorian lehnte sich zurück und fixierte die junge Hexe. Ihre Augen waren nun fast schwarz; zwei glänzende Kugeln in einem schneeweißen Gesicht mit blutleeren Lippen. »Aber ich komme nicht mit ins Haus. Ich gehe nicht einmal in die Nähe.«

Dorian war noch immer nicht von ihrer Ehrlichkeit überzeugt. Ihr Entgegenkommen machte ihn nur skeptischer.

»Ich werde dir auf dem Weg zur Klinik alles Nähere erzählen. Du musst aber darauf achten, dass du vor Mitternacht das Haus meiner Familie verlassen hast, sonst gibt es kein Entkommen mehr.«

Dorian zahlte, und sie gingen. Obwohl der Verkehr ziemlich dicht war, kamen sie rasch vorwärts. Sie fuhren über den Ring in Richtung Westbahnhof. Coco wich allen Fragen nach ihrer Familie aus. Er konnte nicht einmal erfahren, wie viele Leute im Haus ihres Vaters wohnten. Dafür gab sie ihm eine detaillierte Beschreibung des Gartens und des Hauses. Sie schilderte es so plastisch, dass es Dorian vor seinem geistigen Auge zu sehen glaubte: die alte Villa, inmitten eines riesigen Gartens.

Dorian bog in die Eichenstraße ein und fuhr am Meidlinger Bahnhof vorbei. Als sie einige Minuten später an der Maria-Theresien-Kaserne vorbeifuhren, wurde Coco nervöser. »Du musst irgendwo nach links abbiegen«, sagte sie. »Die Klinik ist ganz in der Nähe.«

Die Gegend war ihm unbekannt. Sie dirigierte ihn durch einige Straßen, und dann erkannte er die Klinik. Er warf einen Blick auf seine Uhr. Es war Viertel vor acht. Sie stiegen aus. Das schmiedeeiserne Tor war abgesperrt, und er drückte auf den Klingelknopf. Coco war noch unruhiger geworden. Furchtsam sah sie sich um. Ein kleiner weißgekleideter Mann trat aus dem Pförtnerhäuschen und kam auf sie zu.

»Guten Abend«, sagte Dorian. »Ich werde von Dr. Burger erwartet.«

Der Mann öffnete die Tür, und sie traten ein.

»Gehen Sie den Weg entlang, er führt direkt zum Eingang«, sagte der Mann. »Ich werde Sie anmelden. Würden Sie mir bitte Ihre Namen sagen?«

Dorian stellte sich vor und ging dann weiter. Coco folgte ihm zögernd. Unwillig drehte er sich nach ihr um. »Komm schon!«, sagte er barsch.

»Ich spüre die Ausstrahlung bis hierher«, sagte sie und presste beide Hände gegen die Schläfen.

»Welche Ausstrahlung?«, fragte Dorian verwundert und blieb stehen.

»Geisteskranke«, sagte Coco. »Ich kann ihre Nähe nicht ertragen. Ich bekomme irrsinnige Schmerzen.«

Ein leichtes Lächeln spielte um seine Lippen.

»Hier bist du aber sicher«, sagte er. »Hier wird dich deine Familie bestimmt nicht suchen. Diese Klinik ist der ideale Schutz für dich.« Er packte sie an der rechten Hand und zog sie weiter.

»Lass mich los!«, fauchte sie. »Lass mich in Teufels Namen los!«

»Du kommst mit«, sagte Dorian grimmig und zerrte an ihr. Coco stemmte sich dagegen, doch er war stärker. Sie taumelte hinter ihm her. Je näher sie der Klinik kamen, umso schwächer wurde ihre Gegenwehr. Dorian warf ihr einen kurzen Blick zu. Sie musste entsetzliche Schmerzen haben. Für Sekunden empfand er Mitleid mit ihr, doch sofort schüttelte er dieses Gefühl wieder ab; sie hatte kein Mitleid verdient. Als er die Tür öffnete, war Coco fast bewusstlos. Sie konnte kaum gerade gehen. Ihr Gesicht war von Schweiß bedeckt, und die Augen traten hervor. Er stieß sie vor sich her und schloss die Tür. Sie blieb mit geschlossenen Augen stehen. Er fasste sie am linken Ellenbogen und führte sie zu einer Bank. Erschöpft ließ sie sich darauf niederfallen. Eine junge Krankenschwester kam auf Dorian zu und lächelte ihn freundlich an.

»Mein Name ist Hunter«, sagte er. »Meine Frau befindet sich bei Ihnen, und ich werde von Dr. Burger erwartet.«

»Der Pförtner hat mich verständigt«, sagte die Schwester. »Dr. Burger wird Sie empfangen.«

In der Luft hing der charakteristische Krankenhausgeruch. Die Krankenschwester beugte sich besorgt über Coco, die halb ohnmächtig geworden war. Ihre Lider flatterten, und sie atmete unruhig. Schweißtropfen rannen über ihre Stirn.

»Beachten Sie sie nicht!«, sagte Dorian zur Schwester. »Ihr ist nicht gut. Die Hitze hier und der Geruch. Es wird in ein paar Minuten vorbei sein.«

Die Krankenschwester sah ihn zweifelnd an.

»Steh auf!«, sagte Dorian zu Coco. Sie schlug die Augen auf, und Dorian zuckte unwillkürlich zusammen. So einen Blick hatte er noch nie gesehen. Aller Schmerz der Welt spiegelte sich in ihren Augen. Er holte ein Taschentuch heraus und wischte ihr den Schweiß von der Stirn.

»Geht es?«, fragte er besorgt.

Coco nickte tapfer und stand auf. Dorian hatte erlebt, wie die Dämonen in Asmoda auf die Gegenwart Vukujevs reagiert hatten, und er konnte ermessen, wie ihr in diesen Minuten zumute war.

Coco konnte keinen klaren Gedanken mehr fassen. Das Erlebnis auf dem Friedhof war nur der Auftakt gewesen. Die brennenden Kreuze waren für eine Hexe kaum auszuhalten. Coco hatte sich gewundert, dass dieses Erlebnis so glimpflich ausgegangen war. Und jetzt stürmten von allen Seiten die gestörten Gedanken auf sie ein. Gedanken, die sie körperlich spürte, die wie spitze Nadeln in ihren Körper eindrangen und ihr Gehirn lähmten. Mit letzter Kraft schlich sie hinter Dorian her. Je weiter sie den Korridor hinuntergingen, desto unerträglicher wurden die Schmerzen. Sie konnte sich nicht erinnern, je etwas Ähnliches durchgemacht zu haben. Jeder Muskel, jede Sehne, jeder Nerv schien mit eigenem Leben erfüllt zu sein, entlud sich in Explosionen. Sie krallte sich an Dorians Arm fest und kämpfte gegen die Bewusstlosigkeit an. Schließlich konnte sie jedoch nicht mehr. Die Ohnmacht erschien ihr inzwischen als etwas Verlockendes, etwas, das ihr Erlösung verhieß. Die Schmerzen wurden schwächer, dann versank die junge Hexe endlich in tiefer Schwärze.

Dorian fing Coco auf und hob sie hoch. Vor ihm öffnete die Krankenschwester die Tür zu Dr. Burgers Zimmer. Er trat rasch ein. Dr. Burger, der hinter einem breiten Schreibtisch gesessen hatte, sprang auf. Er war ein mittelgroßer Mann Mitte vierzig und besaß eine Halbglatze. Auf seiner Nase saß eine Brille mit randlosen Gläsern. Dorian legte Coco auf eine Couch, und der Arzt öffnete ihren Mantel und fühlte den Puls an ihrem Hals.

»Der Herzschlag ist sehr unregelmäßig«, stellte er fest. »Öffnen Sie das Fenster, Schwester Renate!« Er wandte sich an Dorian. »Sie sind Herr Hunter?«

Dorian nickte.

»Wann wurde das Mädchen ohnmächtig?«

»Gerade eben vor der Tür.«

Dr. Burger fühlte weiter ihren Puls. Die Krankenschwester hatte das Fenster geöffnet. Kühle Nachtluft strömte herein und verdrängte den Krankenhausgeruch.

»Hat sie öfter Ohnmachtsanfälle, Herr Hunter?«

»Das kann ich Ihnen nicht sagen«, entgegnete Dorian kurz angebunden. »So gut kenne ich sie nicht.«

»Hatte sie irgendwelche Beschwerden? Oder hat sie einen Schock erlitten? Denken Sie nach, Herr Hunter! Es könnte wichtig sein.«

»Sie hat einen anstrengenden Tag hinter sich, Dr. Burger. Es war wohl ein wenig viel für sie. Eine Aufregung folgte der anderen.«

Der Arzt nickte. »Wahrscheinlich Kreislaufversagen. Ich gebe ihr eine Injektion, und wir behalten sie über Nacht hier. Sind Sie damit einverstanden?«

Dorian nickte. Der Vorschlag Dr. Burgers kam ihm sehr gelegen. Hier war Coco in Sicherheit. Wenn es tatsächlich stimmte, dass ihre Familie hinter ihr her war, würden die Dämonen es niemals wagen, in das Sanatorium einzudringen.

Cocos Atem ging jetzt wieder rascher. Ihre Brust hob und senkte sich in unregelmäßigem Rhythmus. Sie bewegte sich leicht und schlug die Augen halb auf. Verständnislos sah sie um sich, dann stieß sie einen leisen Schrei aus und wurde wieder ohnmächtig. Das alles musste auf den Arzt recht merkwürdig wirken. Er verabreichte ihr eine Spritze, und nach wenigen Augenblicken atmete Coco ruhiger.

Schwester Renate kam mit zwei Krankenpflegern zurück, die die Hexe aus dem Zimmer trugen.

»Setzen Sie sich, Herr Hunter«, sagte der Arzt. »Einer Überstellung Ihrer Frau nach London steht nichts im Weg. Allerdings müssen Sie einige Papiere unterschreiben, die ich bereits vorbereitet habe.« Er holte aus einer Mappe einige Formulare heraus und breitete sie vor Dorian aus.

»Wie geht es Lilian?«, erkundigte sich Hunter.

Dr. Burger hob resigniert die Hände. »Den Umständen entsprechend.« Er lächelte schwach. »Ich weiß, diese Antwort ist wenig befriedigend. Ihre Frau muss Schlimmes durchgemacht haben. Sie redet wirres Zeug, von Gräbern, wilden Verfolgungsjagden, von Vampiren und Dämonen. Meist sitzt sie unbeweglich am Fenster und scheint in eine andere Welt zu blicken. Sie ist ruhig und sanft. Eine angenehme Patientin, die keinerlei Schwierigkeiten verursacht. Ich muss Ihnen aber etwas sagen, so schwer es mir auch fällt.« Er machte eine kurze Pause. »Es wird lange dauern, bis

Ihre Frau wieder normal sein wird. Ja, ich befürchte … Nun, die Wahrscheinlichkeit, dass sie nie wieder gesund wird, ist sehr groß.«

Dorian hatte diesen Gedanken während der letzten Tage stets von sich geschoben. Er liebte Lilian noch immer, trotz ihres schlimmen Zustandes.

»Wir haben unser Bestes getan«, sagte Burger in die Stille hinein. »Aber wir hatten keinen Erfolg. Dazu war die Zeit auch viel zu knapp. Sie müssen sich gedulden, Herr Hunter. Und Sie dürfen nicht den Mut verlieren.«

Dorian überflog die Formulare und unterzeichnete sie. »Ich komme morgen gegen zehn Uhr vorbei, Dr. Burger. Veranlassen Sie bitte, dass dann ein Krankenwagen bereitsteht. Darf ich Lilian jetzt sehen?«

Der Arzt schüttelte den Kopf. »Tut mir leid, das ist momentan nicht möglich. Sie schläft schon. Und es wäre nicht gut für sie, sie noch einmal aufzuwecken. Das werden Sie sicherlich verstehen.«

Dorian nickte und stand auf. »Vielen Dank für alles, Doktor. Wir sehen uns morgen um zehn.«

Burger gab ihm die Hand und begleitete ihn zur Tür. Dorian ging den langen Korridor entlang. Links und rechts sah er weißlackierte Türen. Seine Schuhe klapperten auf dem Steinboden. Hinter einer dieser Türen lag seine Frau und befand sich in einer Welt, die nicht die seine war. Er ging langsam weiter und hing seinen Gedanken nach. Er würde den Kampf gegen die Schwarze Familie aufnehmen. Sein Leben hatte einen neuen Inhalt bekommen. Er würde zu einem gnadenlosen Dämonenkiller werden.

Dorians Gesicht straffte sich, als er ins Freie trat. Der Kies knirschte unter seinen Schritten. Er ging rasch. Seine Müdigkeit war wie weggeblasen. Ein feiner Nieselregen fiel herab, und die hohen Lampen neben dem Tor erinnerten ihn an überdimensionale Grableuchten.

Im Auto holte er den Stadtplan hervor. Zunächst wollte er Helnwein einen Besuch abstatten. Nach kurzem Suchen hatte er auf dem Plan die Jagdschlossgasse gefunden. Sie war ganz in der Nähe. Er stellte die Scheibenwischer an und fuhr los. Der Regen hüllte die Stadt in einen dunklen Schleier. Kaum ein Fußgänger war zu sehen, und nur wenige Autos kamen ihm entgegen. Die Straßen waren schwarze Spiegel, in denen sich die Lampen und Neonlichter zu einem farbenprächtigen Regenbogen vereinten.

Im Auto war es wohlig warm. Der sanfte Brummton des Motors und das Kratzgeräusch der Scheibenwischer ließen Dorian wieder müde werden. Er kurbelte das Fenster herunter, und die kalte Nachtluft fächelte sein Gesicht. Regentropfen klatschten auf seine Stirn. Er fuhr jetzt schneller. Aufmerksam sah er sich um. Nach einigen Minuten blieb er stehen und nahm sich nochmals den Stadtplan vor. Dann überquerte er die Lainzer Straße und bog in die Jagdschlossgasse ein. Er sah eine Kirche und ein umzäuntes Feld. Nach etwa hundert Metern musste er anhalten. Bahnschranken versperrten ihm den Weg. Ein Güterzug donnerte vorbei, und die Schranke wurde wieder geöffnet. Helnweins Haus lag am Ende der Straße. Es war ein kleines neues einstöckiges Häuschen mit einem kleinen Vorgarten. Einige Stufen führten zum Eingang hinauf.

Dorian stellte den Mantelkragen auf und drückte auf den Klingelknopf. Automatisch blickte er sich um. Eine alte Frau ging an ihm vorbei. Sie hatte einen Regenschirm aufgespannt. Er konnte ihr Gesicht nicht erkennen. Neben ihr lief ein fetter Dackel.

Die Tür wurde geöffnet, und ein alter Mann sah ihn freundlich an. »Herr Hunter, nehme ich an«, sagte Norbert Helnwein. »Bitte treten Sie doch ein. Ich freue mich sehr, dass Sie trotz des scheußlichen Wetters zu mir gekommen sind.«

Die Diele war klein und mit einer billigen Kleiderablage ausgestattet. Helnwein half Dorian aus dem Mantel und hängte das Kleidungsstück auf einen Haken. Dann erst hatte Dorian Gelegenheit, den Mann näher zu betrachten. Helnwein war gut einen Kopf kleiner als er selbst; ein schmalschultriger, schlanker Mann mit O-Beinen, wie sie normalerweise nur Jockeys haben. Er musste an die siebzig sein. Sein Haar war voll und dicht und wirkte fast unnatürlich weiß. Die schwarzen Brauen bildeten einen starken Kontrast zum Haar. Die Nase war leicht gekrümmt, das Gesicht mit Falten übersät, vor allem um den Mund herum.

Helnwein lächelte Dorian freundlich zu. »Kommen Sie bitte mit, Herr Hunter.« Als sie die Stube erreicht hatten, deutete er auf eine Couch. »Nehmen Sie doch Platz.«

Das Wohnzimmer war bis auf die bequeme Sitzgarnitur, ein kleines Tischchen und einige Schränke leer. Die Farbe der Wände war kaum zu erkennen. Überall hingen Bilder und fremdartige Gegenstände. An der Breitseite des Zimmers hingen Masken.

»Sie gestatten, dass ich mich kurz umblicke?«, fragte Dorian.

Helnwein lächelte glücklich. Er wusste genau, welche Wirkung sein Zimmer auf einen Sammler makabrer und okkulter Gegenstände hatte. Für Dorian versank die Umwelt; nur die seltsamen Masken, Bilder und Artefakte existierten noch. Er ließ seinen Blick über die Masken wandern. Darunter befanden sich einige Raritäten, die er gern in seinem Besitz gehabt hätte. Schweigend ging er an den Wänden entlang. Eine Wand war mit uralten Stichen und Bildern bedeckt, dazwischen befanden sich Amulette und Zaubergegenstände. Dorian konnte sich kaum an den Schätzen sattsehen.

»Das ist nur ein kleiner Teil, Herr Hunter«, sagte Helnwein stolz. »Die kostbarsten Stücke schließe ich in meinem Tresor ein.«

»Darf ich sie sehen?«

»Das ist leider nicht möglich. Der Safe besitzt eine Zeitsperre. Ich kann ihn erst nach neun Uhr morgens öffnen. Ich bedaure das außerordentlich, da Sie sicherlich von einigen Stücken entzückt gewesen wären. Aber vielleicht kommen Sie morgen nochmals vorbei?«

»Das wird leider nicht gehen. Ich fliege schon mittags nach London zurück.«

»Schade, sehr schade, Herr Hunter. Nehmen Sie doch bitte Platz!«

Jetzt endlich setzte Dorian sich. Er konnte noch immer nicht seinen Blick von den Kostbarkeiten reißen.

»Sie trinken doch einen Schluck mit mir, Herr Hunter?«

Dorian nickte geistesabwesend.

Helnwein öffnete eine Flasche Wein und schenkte zwei Gläser voll. »Sie sind wegen des Schwertes gekommen?«

»Nicht nur deswegen«, erklärte Dorian. »Ich wollte Sie einmal persönlich kennenlernen. Und dann möchte ich einige Auskünfte von Ihnen.«

»Auskünfte? Worüber?«

»Der Wein ist hervorragend«, wich Dorian der Frage aus.

»Ja«, sagte Helnwein ungeduldig. »Was wollen Sie von mir wissen?«

Dorian steckte sich eine Zigarette an und sah Helnwein durch den Rauch an. »Glauben Sie an die Existenz von Dämonen?«

Helnwein nickte bedächtig. »Ja, ich glaube an sie. Und nicht nur das. Ich weiß sicher, dass solche Geschöpfe existieren.«

»Wie gut sind Sie mit der Familie Zamis bekannt?«

»Das sind wohl die Auskünfte, die Sie wünschen, nicht wahr?«

»Ja, können Sie mir helfen?«

»Ich weiß nicht recht«, sagte Helnwein und begann umständlich, eine Pfeife zu stopfen. »Natürlich weiß ich einiges, aber ich bin mir nicht im Klaren, ob ich Ihnen etwas sagen darf. Sie müssen meinen Standpunkt verstehen, Herr Hunter. Ich bin ein alter, schwacher Mann und habe keine mächtigen Freunde. Ich kann mich nicht auf einen Kampf mit der Familie Zamis einlassen, die mich für einen verschrobenen Alten hält, über den sie sich amüsiert. Gelegentlich kaufen die Zamis' mir einige Gegenstände ab, sonst habe ich kaum Kontakt mit ihnen.«

»Haben Sie schon einmal etwas von der Schwarzen Familie gehört, Herr Helnwein?«

Der Alte sog bedächtig an der Pfeife und nickte zustimmend. »Ja, das habe ich.«

»Und wussten Sie auch, dass die Familie Zamis dazugehört?«

»Gewusst habe ich es nicht«, sagte Helnwein, »doch ich habe es vermutet.«

»Die Schwarze Familie hat meine Frau auf dem Gewissen«, erklärte Dorian heftig. »Ich habe ihr Rache geschworen. Ich werde sie unbarmherzig ausrotten, wo immer ich ein Familienmitglied antreffe.«

Helnwein nahm die Pfeife aus dem Mund. »Sie haben sich viel

vorgenommen, junger Freund. Zu viel. Sie haben sich einen mächtigen Feind ausgesucht, den mächtigsten der Welt. Und Sie stehen vor einer Aufgabe, die Sie nicht bewältigen können. An Ihrer Stelle würde ich mir das alles nochmals überlegen. Gut überlegen.«

»Es gibt kein Überlegen mehr für mich«, sagte Dorian. »Mein Entschluss steht fest. Können Sie mir helfen?«

»Ich weiß nicht wie, Herr Hunter. Ich würde es ja gern, aber ich sehe keine Möglichkeit. Man würde mich töten.«

»Ich verlange nicht, dass Sie mich begleiten«, meinte Dorian ungeduldig. »Ich will nur einige Informationen und ein paar Hilfsmittel.«

»Sie sind hartnäckig, mein Freund«, sagte der Alte. »Wie sind Sie auf die Familie Zamis gestoßen?«

»Kann ich Ihnen vertrauen?«, stellte Dorian eine Gegenfrage.

Helnwein lächelte. »Eine seltsame Frage, Herr Hunter. Das müssen Sie selbst wissen. Niemand kann Ihnen diese Entscheidung abnehmen.«

Etwas von der Ruhe des Alten strömte auf Dorian über. Er ging eigentlich kein Risiko ein, wenn er Helnwein seine Geschichte erzählte. Stockend begann er zu berichten. Anfangs suchte er nach den richtigen Worten, doch je länger er sprach, umso fließender wurde sein Vortrag. Er schilderte Helnwein die unheimliche Fahrt zur Hexenburg, wo er seine acht Brüder kennengelernt hatte. Während er sprach, schloss er die Augen. Er berichtete, wie seine Frau wahnsinnig geworden war, und abschließend von den Erlebnissen in Wien. Helnwein hatte ihm schweigend zugehört. Seine Pfeife war ausgegangen, und er steckte sie nicht wieder an. Erschöpft lehnte sich Dorian zurück.

»Eine aufregende Geschichte«, sagte Helnwein. »Ich nehme an, Sie wollen dem Haus der Zamis einen Besuch abstatten?«

»Ja, das will ich.«

»Das ist kein Mut – das ist der helle Wahnsinn, Herr Hunter.« Helnweins Stimme war scharf geworden. »So nehmen Sie doch Vernunft an! Sie haben die ganze Familie gegen sich, und es ist anzunehmen, dass sich auch der Untote im Haus befindet. Nehmen Sie Ihre Frau und verlassen sie sofort die Stadt!«

»Sie können mich von meinem Vorhaben nicht abhalten. Wollen Sie mich nun unterstützen oder nicht?«

Helnwein seufzte. »Was haben Sie mit Coco vor?«

Dorian grinste böse. »Sie wird Ihre verdiente Strafe bekommen, das habe ich mir vorgenommen.«

»Ich verstehe Sie einfach nicht«, sagte Helnwein kummervoll. »Das Mädchen ist doch auf Ihrer Seite. Es ging für Sie eine Vielzahl von Risiken ein. Coco ist in Sie verliebt und wurde von ihrer Familie verstoßen. Wissen Sie das denn nicht zu würdigen?«

»Nein«, sagte Dorian hart. »Sie ist eine Hexe und sie wird von mir wie eine solche behandelt. Ich kann mir keine Sentimentalitäten leisten. Außerdem bin ich mir nicht sicher, ob sie nicht Theater spielt.«

»Nach Ihrer Schilderung nehme ich an – besser gesagt, ich bin überzeugt –, dass Coco es ehrlich meint.«

Dorian hob die Schultern. »Darum geht es jetzt nicht. Ich will ins Haus der Zamis. Coco gab mir einige Ratschläge, aber ich bin nicht sicher, ob es sich nicht um eine Falle handelt.«

»Reden Sie nicht solchen Unsinn!«, sagte Helnwein wütend. »Wenn Ihnen das Mädchen nach dem Leben trachtete, hätte es doch genügend Möglichkeiten gehabt, Sie zu vernichten. Nehmen Sie endlich Vernunft an! Ihr blinder Hass schadet nur. Glauben Sie mir, Hass ist ein schlechter Begleiter.«

Doch Hunter hatte auf stur geschaltet. Die Worte des Alten überzeugten ihn nicht. »Ich benötige geweihte Kugeln«, sagte er.

»Die kann ich Ihnen geben«, meinte Helnwein. »Aber was wollen Sie damit ausrichten?«

»Ich habe keinerlei Ahnung, wie man einen Untoten erledigen kann«, sagte Dorian. »Vielleicht helfen geweihte Silberkugeln.«

»Das bezweifle ich«, sagte Helnwein bestimmt.

»Wissen Sie etwa, wie man einen Untoten beseitigt?«, fragte Dorian aggressiv.

»Nein, das weiß ich leider nicht. Aber ich könnte in meinen Büchern nachsehen. Das wird zwar einige Zeit dauern, aber ich bin sicher, dass es eine Möglichkeit gibt.«

»Wie lange würde das dauern?«, fragte Dorian neugierig.

»Das kann ich Ihnen leider nicht sagen. Unter Umständen finde ich schnell etwas, es kann aber auch Stunden dauern.«

»Dann ist es sinnlos. Ich muss bis Mitternacht das Haus der Zamis wieder verlassen haben, und jetzt ist es schon nach neun Uhr. Ich brauche zwei Kreuze aus Holz, ein kleines mit einer Silberkette und ein größeres.«

»Die habe ich hier«, sagte Helnwein. »Was benötigen Sie sonst noch?«

»Haben Sie irgendein ägyptisches Amulett, wenn möglich mit einem Frosch und einer Schlange? Ein Ring wäre am besten.«

»Ich kann Ihnen einen Ring und einen Anhänger geben, auf denen die gewünschten Motive sind.«

»Sehr schön«, sagte Dorian. »Dann brauche ich noch etwas Knoblauch und den Knochen eines Menschen, der mindestens seit hundert Jahren tot ist.«

»Damit kann ich Ihnen auch dienen, mein Freund«, sagte Helnwein verschmitzt. »Sie verlangen aber reichlich seltsame Gegenstände für einen Besuch bei einer ehrenwerten Familie. Wollen Sie es sich nicht doch noch überlegen?«

Dorian schüttelte entschieden den Kopf. Helnwein verschwand, tauchte aber nach wenigen Minuten wieder auf und legte die gewünschten Gegenstände auf den Tisch. Das silberne Kreuz hängte sich Dorian um den Hals. Den Bronzering, der eine Schlange darstellte, die sich um einen Frosch wand, steckte er an den Zeigefinger der rechten Hand. Das Amulett baumelte an einer goldenen Kette; es war handtellergroß, und auf der Vorderseite waren unverständliche magische Zeichen eingraviert, die ebenfalls um eine Schlange gruppiert waren. Das Holzkreuz und den Fingerknochen steckte Dorian in die Rocktasche. Dann holte er seine Pistole hervor, entlud sie und schob die geweihten Patronen mit den Silberkugeln ins Magazin. Zum Abschluss bat er um eine Schüssel Wasser und ein Leinentuch. Helnwein brachte ihm das Gewünschte. Dorian wusch sich gewissenhaft die Hände im kalten Wasser, dann das Gesicht. Er tupfte mit dem Leinentuch die Tropfen weg, nahm die

Knoblauchzehe in die Hand, zerdrückte sie zwischen den Fingern und rieb sich die scharf riechende Flüssigkeit ins Gesicht und auf die Handrücken.

»Ich bin fertig«, sagte er. »Jetzt fehlte mir nur noch das Schwert. Aber sie sagten, dass sie es noch nicht da hätten?«

»Es befindet sich ebenfalls im Tresor«, sagte Helnwein. »Aber ich könnte es Ihnen morgen zur Klinik bringen.«

»Das ist eine gute Idee«, sagte Dorian. »Ich rufe Sie morgen an und …«

»Wenn Sie morgen noch leben«, sagte Helnwein leise.

Dorian fühlte sich unbehaglich. Entschlossen stand er auf. Der Alte versuchte nochmals, ihn zurückzuhalten, doch er hatte kein Glück damit. Dorian ließ sich nicht von seinem Vorhaben abbringen.

Der Regen war in Schnee übergegangen; kleine Flocken peitschten Dorians Gesicht. Den Mantel legte er auf den Beifahrersitz. Er hatte beschlossen, ohne ihn ins Haus einzudringen, da er so mehr Bewegungsfreiheit hatte. Er schaltete die Scheinwerfer ein und startete den Wagen. Helnwein stand in der Tür und winkte ihm kurz nach. Dorian wendete und fuhr die Jagdschlossgasse zurück. Als er die Ratmannsdorfgasse erreicht hatte, bog er nach links ab. Aufmerksam studierte er die Nummerntafeln der Häuser. Endlich tauchte das Haus der Zamis auf. Links und rechts in der Gasse standen Kastanienbäume. Hinter einem aus Blättern und Ästen gebildeten Laubhaufen stellte er den Wagen ab. Er blieb einige Minuten unbeweglich sitzen und beobachtete das Haus. Von seinem Standort aus konnte er nicht allzu viel erkennen. Das Haus stand auf einem Eckgrundstück und lag mindestens hundert Meter von der Straße entfernt. Das Grundstück musste ziemlich groß sein. Eine zwei Meter hohe Steinmauer umgab den Garten. Die Straßenbeleuchtung, die vom Wind hin und her gezerrt wurde, erschwerte die Sicht. Eine Tanne stand nahe der Mauer; ihre gewaltigen Äste ragten bis auf den Bürgersteig hinaus. Dorian gestand sich ein, dass er nervös war, und je länger er zögerte, umso mehr steigerte sich seine Nervosität. Seine Handflächen wurden feucht.

Ein junges Mädchen kam am Wagen vorbei, doch sie schenkte ihm keine Beachtung. Vor ihr lief ein riesiger Schäferhund her, der an der Wagentür zu schnüffeln begann, dann aber weiterlief. Sekundenlang sah er das Gesicht des Mädchens. Ihr langes blondes Haar fiel über die schmalen Schultern.

»Komm her, Carry!«, rief sie, und der Hund gehorchte. Sie bogen in eine Seitengasse ab und verschwanden aus Dorians Blickfeld. Dann fuhr ein weißer Porsche vorbei und blieb vor einer Hauseinfahrt stehen. Ein Mann mit einer Pelzmütze stieg aus. Er öffnete das Tor und fuhr den Wagen in die Garage.

Immer wieder warf Dorian einen Blick auf das Zamis-Haus. Ein Fenster war erleuchtet. Der Wind war stärker geworden. Die Bäume warfen seltsame Schatten. Hunter beschloss, noch einige Minuten zu warten. Es war eine ruhige Gegend. Der Verkehr war schwach, und kaum jemand ging auf der Straße. Es war auch eine wenig einladende Nacht für einen Spaziergang.

Schließlich stieg Dorian aus. Leise drückte er die Wagentür zu und stellte sich neben einen Kastanienbaum. Als er eben die Straße überqueren wollte, kam das blonde Mädchen mit dem Schäferhund zurück. Der Hund blieb vor ihm stehen und schnupperte an seinen Schuhen.

»Komm sofort her, Carry!«, befahl die Blondine. Sie sah Dorian flüchtig an und ging weiter.

Sein Herz klopfte lauter. Er sah dem Mädchen nach. Sie wurde immer kleiner und verschwand schließlich in einem Garten. Dorian überquerte die Straße und blieb vor der Mauer des Zamis-Grundstücks stehen. Mit beiden Händen klammerte er sich an ihr fest und zog sich geräuschlos hoch. Geduckt wie eine Katze blieb er auf der Mauer hocken und blickte in den Garten. Er konnte nicht viel erkennen; Bäume und Sträucher versperrten ihm die Sicht. Fröstelnd schlug er den Kragen hoch und wartete. Nach einer Minute ließ er sich zu Boden fallen. Geräuschlos schlich er weiter über einen steinigen Weg. Er hielt sich links, und nach wenigen Schritten hatte er die Auffahrt erreicht, die schnurgerade zum Haus führte. Im Schatten eines Baumes stehend, beobachtete er das Haus. Viel konnte er nicht erkennen. Es war ein mächtiger Bau mit einer Glasveranda. Links vor dem Haus befand sich ein Schwimmbecken. Es war alles so, wie es ihm Coco geschildert hatte.

Sein Anzug war mit Schnee bedeckt, doch er achtete nicht darauf. Er spürte auch nicht die beißende Kälte. Schließlich gab er sich einen Ruck und setzte sich langsam in Bewegung. Links und rechts des Weges standen Bäume und Sträucher. Es war einfach, das Haus zu erreichen, fast zu einfach. Er presste sich gegen die Hausmauer und blieb stehen. Es war still. Das Rauschen der Bäume und das Sausen des Windes wurde von keinem ungewöhnlichen Geräusch untermalt. Zögernd glitt er auf die Verandatür zu. Der Wind heulte stärker. Die Tür war nicht richtig geschlossen worden. Der Wind drückte sie immer wieder auf und zu, und dabei entstand ein merkwürdig hohl klingender Laut.

Dorian sah durch die Glasscheiben ins Innere, konnte aber nicht viel erkennen, dafür war es zu dunkel. Entschlossen griff er nach der Türklinke, öffnete rasch die Tür, huschte ins Haus und blieb stehen. Nirgends brannte Licht. Sein Fuß stieß gegen einen Hocker. Das Geräusch kam Dorian überlaut vor. In seine rechte Hand nahm er die Pistole, die linke umklammerte das geweihte Holzkreuz. Er stieg vier Steinstufen hinauf, dann blieb er wieder stehen. Sein Herz hämmerte wie wild.

Seine Augen gewöhnten sich rasch an die Dunkelheit. Schemenhaft konnte er den Tisch und die Stühle erkennen. Er ging am Tisch vorbei, wich einer leeren Bodenvase aus und erreichte eine Tür, die nicht abgesperrt war. Dorian umklammerte das Kreuz fester und konzentrierte sich. Hier lauerte die erste Falle, wenn er den Worten Cocos trauen durfte. Er öffnete die Tür und drückte sie auf. Geräuschlos schwang sie zurück. Ein völlig dunkler Raum lag vor ihm. Die Schwärze war nur mit der undurchdringlichen Finsternis des Sarges zu vergleichen, in dem er sich noch vor wenigen Stunden befunden hatte. Dorian sprang über die Türschwelle und landete im luftleeren Raum. Seine Füße fanden keinen Halt, doch darauf war er gefasst. Er bekreuzigte sich rasch und drückte das Holzkreuz gegen die Lippen. Ein leises Grollen war zu hören, und der Boden unter seinen Füßen wurde fest. Ohne zu zögern, ging er drei Schritte weiter. Dann steckte er das Holzkreuz in die linke Rocktasche, holte seine Taschenlampe hervor und knipste sie an. Der Lichtstrahl fiel auf eine leblose Gestalt, die neben einer Tür stand.

Dorian biss die Lippen zusammen. Es würde nicht einfach sein, an der Gestalt vorbeizukommen. Der Lichtstrahl wanderte weiter. Dorian war von Coco auf den Effekt vorbereitet worden, trotzdem konnte er ein Schaudern nicht unterdrücken. Der Schein der Taschenlampe zeigte nichts. Es war, als würde er auf einer Wiese stehen und eine Taschenlampe gegen den dunklen Nachthimmel richten. Er konnte nur den Strahl sehen, der sich in der Dunkelheit verlor. Das Einzige, was er erblickte, war die weiße Glastür und die Statue. Die Ruhe war unnatürlich. Nicht ein einziges Geräusch war zu hören.

Der Lichtschein tanzte über die Figur. Sie war nicht größer als einen Meter. Der Körper war schwarz und nackt und hatte keine Geschlechtsteile. Es handelte sich um den Hüter des Hauses, wie Coco ihm berichtet hatte. Dorian konnte nicht feststellen, ob es ein Mann oder eine Frau war. Coco hatte ihm nichts weiter über die Figur erzählt. Das Gesicht der Statue war hinter einer buntbemalten Holzmaske verborgen.

Dorian steckte die Taschenlampe zwischen die Lippen und holte den Knochen hervor, den ihm Helnwein gegeben hatte. Die Pistole nahm er in die linke Hand, den Knochen in die rechte. Dann duckte er sich wie ein Hundertmeterläufer am Start und zählte lautlos bis zehn. Seine Muskeln spannten sich, dann schnellte er sich ab – genau auf die Figur zu, die sich in diesem Augenblick zu regen begann. Hinter der Holzmaske glommen zwei Lichter auf, und aus den Augenschlitzen sprühte Feuer. Dorian ließ sich davon nicht beeinflussen. Er erreichte die Figur, legte seinen rechten Arm um ihre Hüften, hob sie hoch, riss mit einem Ruck die Maske herunter und stieß den Knochen in das abstoßend hässliche Gesicht. Der Schein der Taschenlampe, die er zwischen den Lippen hielt, fiel genau auf die Fratze.

In seinem ganzen Leben hatte Dorian noch nie etwas Abstoßenderes gesehen. Das Gesicht war eine blutige Masse, in der sich daumendicke Würmer wie Blutegel festgesaugt hatten. Es war kein richtiges Gesicht, eher eine runde Scheibe, die durch die Würmer ein gesichtsähnliches Aussehen bekam. In der Mitte befand sich ein vogelartiger Schnabel, in den Dorian den Fingerknochen schob. Einige Würmer krochen dabei auf seine Hand zu. Er drückte die Statue, die zum Leben erwacht war, gegen den Türstock und vergrub den Knochen tiefer im schnabelartigen Mund. Zwei Würmer erreichten seine Hand und zuckten vor dem Knoblauchgestank zurück. Die Figur bäumte sich auf. Dorian überwand seinen Ekel und hielt den Knochen fest. Das merkwürdige Wesen strampelte kurz mit den Beinen, dann bewegte es sich nicht mehr. Auch die Würmer erstarrten.

Dorian atmete tief durch und ließ das seltsame Geschöpf zu Boden fallen. Ein süßlicher Geruch hing in der Luft. Dorians Magen regte sich. Mühsam unterdrückte er den Brechreiz. Bis jetzt hatte Coco die Wahrheit gesagt. Die Tür führte in den Keller, in dem aller Wahrscheinlichkeit nach der Untote lag.

Niemand schien Dorians Eindringen bemerkt zu haben. Aber die Zamis hatten es gewiss auch nicht nötig, auf Einbrecher zu achten. Jeder andere wäre unweigerlich in die Fallen gegangen. Die Dämonen fühlten sich sicher. Sie hatten wohl nicht damit gerechnet, dass Coco die Fallen verraten würde.

Dorian betrat den Stiegenabgang. Er nahm die Taschenlampe aus dem Mund und sah sich flüchtig um, dann stieg er die Treppe hinunter. Sie führte schnurgerade in die Tiefe. Die Wände waren dunkelrot gestrichen, mit einer Farbe, die das Licht reflektierte. Die Wände des Kellers waren dagegen mit schwarzem Samt ausgeschlagen. Er erkannte die Teufelsstatue, von der ihm Coco erzählt hatte. Der Schein der Taschenlampe huschte voran und blieb auf einem Sarg hängen. Darin musste sich Bruno befinden. Er ging weiter. Als er das leise Lachen hörte, blieb er stehen und hielt die Taschenlampe in die Richtung, aus der es erklungen war. Seine Hand zitterte leicht, als er Bruno Guozzi erkannte. Der Untote grinste ihn höhnisch an. Hinter ihm standen einige Gestalten, die in weiße Leinentücher gehüllt waren.

»Wir haben Sie erwartet, Dorian Hunter«, hörte er die Stimme von Cocos Vater. »Herzlich willkommen!«

Dorian taumelte entsetzt einige Schritte zurück. Der Untote kam auf ihn zu.

»Nimm ihn dir, Bruno!«, hörte er die Stimme sagen. »Er ist dein! Saug ihm das Leben aus.«

Dorian konnte nicht weiter zurück. Er stand gegen eine Wand gedrückt und atmete erregt. Ein leises Trommeln war zu hören, das immer lauter wurde. Guozzis Totenschädel kam näher. Die Augen des Ungeheuers waren weit aufgerissen. Dorian hob die Pistole und zielte auf die Stirn des Untoten. Die Silberkugel bohrte sich in den Schädel und verschwand darin. Sie wurde einfach geschluckt. Der Untote stampfte weiter auf ihn zu. Der faulige Atem des Monsters strich über sein Gesicht, als die langen Arme nach ihm griffen.

Sie tauchte aus dunklen Tiefen empor, und die wirren Gedanken um sie herum drangen immer bohrender in ihr Hirn. Coco zögerte instinktiv, die Schwelle zum Wachsein zu überschreiten, doch die Eindrücke in ihrem Gehirn wurden überwältigend. Sie schlug die Augen auf. Das Zimmer war dunkel. Über der Tür brannte die rote Nachtlampe. Vor das hohe Fenster war ein Vorhang gezogen. Ihr Mund war trocken. Die Zunge lag wie ein geschwollener Fremdkörper darin. Die Ausstrahlung der Geisteskranken drang noch auf sie ein, doch die Schmerzen waren nicht so stark, wie es eigentlich zu erwarten gewesen wäre.

Coco setzte sich auf und trank ein Glas Wasser. Es war das eingetreten, was ihr Vater ihr prophezeit hatte. Sie verlor ihre Fähigkeiten, aber es war nicht das erste Mal, dass sie sich gegen ihre Familie stellte, auch wenn sie früher niemals so weit gegangen war, das Band endgültig zu zerschneiden. Sie passte nicht in die Schwarze Familie, das spürte sie immer deutlicher. Und ihr war nicht einmal bange deswegen. Größere Angst stand sie wegen Dorian aus. Er befand sich in größerer Gefahr, als er es vielleicht für möglich hielt. Ihre Hände wurden feucht. Sie versuchte die Verbindung zum selbsternannten Dämonenkiller zu verstärken, die durch den Bann, den sie über ihn geworfen hatte, entstanden war. Diese war inzwischen abgeschwächt, aber noch immer deutlich zu spüren.

Coco glitt aus dem Bett und kniete nieder. Mit den Fingern schrieb sie einige magische Zeichen auf den Boden. Dorian befand sich in Lebensgefahr. Sie konnte sein Entsetzen jetzt fast körperlich spüren. Ihre Hände vollführten kreisende Bewegungen. Nach wenigen Sekunden erkannte sie ihre Machtlosigkeit. Sie hatte ihre Fähigkeiten fast völlig eingebüßt. Es gelang ihr nicht, mit Dorian Kontakt aufzunehmen. Trotzdem wollte sie noch einen Versuch machen.

Rasch sprang sie auf und nahm die Seife vom Waschbecken. Mit ihren spitzen Fingernägeln formte sie sie zu einer menschenähnlichen Figur, die sie zwischen beide Hände nahm, während sie beschwörend vor sich hinsprach. Schließlich stimmte sie einen leisen Singsang an. Nach einer Weile warf sie das Seifenstück jedoch wütend ins Waschbecken. Es war hoffnungslos. Sie hatte endgültig ihre Fähigkeiten verloren.

Als sie aufstand, zuckte sie überrascht zusammen. Sie spürte einen brennenden Schmerz in ihrem Arm, dann an der Stirn. Sie stöhnte auf. Diese Schmerzen kannte sie nur zu gut und wusste, was sie zu bedeuten hatten: Die Verbindung zu ihrer Familie war noch nicht abgerissen. Ein stechender Schmerz raste durch ihr Herz. Sie ließ sich aufs Bett fallen und drückte ihr Gesicht ins Kissen. Dorian hatte sich gegen ihre Familie gestellt, und es war ihm tatsächlich gelungen, jemanden von ihnen zu töten. Coco wusste in diesem Augenblick nicht mehr, auf wessen Seite sie sich stellen sollte. War sie denn verrückt, den Schutz ihrer Familie zu verlassen und sich einem Menschen an den Hals zu werfen, den sie erst seit wenigen Stunden kannte?

Das Gewicht einer tödlichen Entscheidung lastete wie ein Mühlstein auf ihren Schultern. Der Zwiespalt drohte sie zu zerbrechen.

Die Hände des Untoten lagen auf Dorians Schultern. Der stinkende Atem, der über sein Gesicht strich, verursachte ihm Übelkeit. Blitzschnell drückte er den rechten Zeigefinger, auf dem sich der Ring befand, dem Monster auf die Stirn. Bruno Guozzi stieß einen entsetzten Schrei aus und ließ los. Die Schlange, die sich um den Frosch wand, war in die Stirn des Untoten gebrannt. Das unheimliche Geschöpf war einen Schritt zurückgetaumelt, und die Vermummten in der Ecke heulten wütend auf. Dorian holte nun das Holzkreuz aus der Rocktasche und schoss mit der Pistole auf die vermummten Gestalten. Ein Aufschrei zeige ihm an, dass er getroffen hatte.

Dorian grinste grimmig. Die Familie Zamis war, so schien es, nicht gegen geweihte Silberkugeln gefeit. Er schoss noch zweimal. Eine der Gestalten traf er in die Stirn, eine zweite ins Herz. Dorian lachte zufrieden. Diese Hexenbrut war also zu vernichten.

Der Untote stand wie gelähmt da, die Hände vors Gesicht gepresst. Er konnte den Anblick des Kreuzes nicht ertragen. Dorian sprang rasch einen Schritt zur Seite und schoss erneut. Er kam sich wie auf einem Schießstand vor. Eine der Gestalten fiel tot zu Boden. Er musste nachladen, doch dazu blieb ihm keine Zeit mehr. Die kleine Lampe an der Decke, die vor einiger Zeit aufgeflammt war, erlosch, und es war plötzlich völlig dunkel im Raum. Dorian schaltete die Taschenlampe ein und richtete den Lichtstrahl auf das Kreuz. Ein wütender Aufschrei war zu hören. Jetzt wich Hunter langsam rückwärts zur Treppe zurück. Es blieb ihm nichts anderes übrig, als die Flucht zu ergreifen. Noch konnte er die Vermummten aufhalten, aber er war sicher, dass sie bald etwas unternehmen würden. Seine eigentliche Aufgabe, den Untoten zu vernichten, hatte er nicht erfüllt. Er musste Nachforschungen anstellen, wie dieses Versäumnis nachgeholt werden konnte.

Er erreichte die erste Stufe. Die Vermummten waren näher gekommen, den Untoten konnte er nicht mehr sehen. Er hastete die Stufen hoch. Die Gestalten verfolgten ihn. Dorian kam an der leblosen Figur vorbei und trat auf die Veranda hinaus. Er wunderte sich, dass noch immer kein Angriff erfolgt war. Er rannte zur Mauer zurück. Auf halbem Weg hüllte ihn kühle Luft ein. Ein dumpfes Grollen ertönte, und eine Tanne erwachte zum Leben. Der gewaltige Stamm war plötzlich beweglich wie eine Gummistange; die Äste wurden zu unzähligen Armen, die gierig nach ihm griffen. Die danebenstehende Tanne bewegte sich ebenfalls. Überall waren Äste, die Dorian den Weg versperrten. Die Luft wurde kälter, sein Gesicht starr. Es war, als wäre er in ein riesiges Kühlhaus geraten. Seine Bewegungen wurden langsamer. Ein Ast umschlang seinen Hals und drückte zu; ein anderer umklammerte seine Hüften. Sein Rock wurde zerfetzt, und der Ast riss ihm eine schmerzhafte Wunde quer über den Bauch. Immer mehr Äste schlugen auf ihn ein. Die Stämme der Bäume krümmten und wanden sich. Eiskristalle bildeten sich auf Dorians Stirn. Seine Hände wurden gefühllos. Die Vermummten kamen näher. Das Holzkreuz war ihm aus der Hand gefallen. Einer der Äste hatte es gepackt und über die Gartenmauer geschleudert. Auch die Pistole wurde ihm entrissen und glitt zu Boden. Seine Lippen waren gefühllos und starr. Er konnte nur noch durch die Nase atmen. Die dünne Eisschicht bedeckte seine Stirn, die Augen und den Nasenrücken.

Ich muss an das Kreuz an meinem Hals herankommen, dachte er, sonst bin ich verloren.

Die Vermummten waren stehengeblieben. Schweigend genossen sie seinen Kampf, den er mit den Ästen ausfocht. Dorian ließ sich einfach fallen. Dadurch wurden einige der Äste zu Boden gedrückt, und er bekam für einen kurzen Augenblick seine linke Hand frei. Mit einem Ruck riss er sich das Hemd auf und packte das silberne Kreuz. Es war glühend heiß. Er presste es gegen sein Gesicht und merkte, wie das Eis schmolz, das sich auf seinem Gesicht gebildet hatte. Kaltes Wasser tropfte auf seinen Hals und rann über seine Schultern. Er nahm das Kreuz zwischen die Lippen und murmelte einen Satz, den ihm Coco gesagt hatte. Es war eine uralte Zauberformel, die früher oft zur Austreibung von Dämonen verwendet worden war.

»Bagahi laca Bachabe!«, schrie er, so laut er konnte.

Die Äste ließen ihn los und schnellten zurück. Die Bäume wiegten sich wieder leicht im Wind. Die Vermummten waren verschwunden. Dorian lief rasch weiter. Das Kreuz ließ er los, dafür presste er seine rechte Hand gegen das ägyptische Amulett. Er kam sich wie ein Idiot vor, als er so auf das Gartentor zulief und dabei magische Namen der ägyptischen Gottheiten Osiris und Seth anrief.

»O Oualbpaga! O Kammara! O Kamalo! O Karhenmon! O Amagaaa!« Er wiederholte die fünf Namen so lange, bis er die Mauer erreicht hatte. Dann sprach er einen Bannspruch gegen die sieben Dämonen, denen der Grund geweiht war. Er sprach langsam, jedes Wort betonend. Der Zauberspruch war ziemlich lang. Dorian drückte sich gegen die Mauer und griff mit beiden Händen hoch. Rasch zog er sich in die Höhe und sprang hinüber. Er landete auf einem Laubhaufen und rannte zu seinem Wagen. Dabei murmelte er weiterhin den Zauberspruch.

»Sie sind sieben, sie sind sieben. In den Tiefen der Ozeane. Sie sind sieben. In der Schönheit des Himmels. Sie sind sieben. Sie sind weder Mann noch Frau. Sie sind sieben. Die Feinde! Die Feinde! Sie sind sieben! Sie sind zweimal sieben! Mächte des Himmels, Mächte der Erde, vernichtet die sieben!«

Ein lauter Knall war zu hören, als Dorian den Wagen bestieg. Das Haus begann zu schwanken. Rauch stieg zum Himmel auf. Der Dachstuhl brach krachend zusammen. Dorian lachte grimmig, startete und fuhr los. Er hatte die Flucht fast geschafft und einige Verwirrung unter der Familie Zamis angerichtet. Coco hatte ihm gesagt, dass der Zauberspruch zu schwach sein würde, um das Haus völlig zu vernichten, aber für seinen Zweck genügte er. Noch aber befand er sich nicht in Sicherheit.

Er war erst wenige Meter gefahren, als er den unheimlichen Einfluss spürte. Der Wagen gehorchte ihm nicht mehr, sondern machte sich selbständig. Verzweifelt schlug Dorian das Lenkrad nach rechts ein. Die Steuerung blockierte. Er stieg auf die Bremse, doch der Wagen raste weiter. Die Scheiben bezogen sich langsam mit Eis. Er konnte nichts mehr erkennen. Verzweifelt versuchte er die Wagentür zu öffnen und hinauszuspringen, aber der Riegel ließ sich nicht lösen. Die gespenstische Fahrt ging weiter. Die

Tachonadel pendelte auf siebzig. Der Wagen schoss in eine Kurve, und Dorian wurde auf den Beifahrersitz geschleudert. Nochmals griff er nach dem Lenkrad, aber es war nicht zu bewegen, und die Bremse ließ sich nicht durchdrücken. Er fuhr jetzt mehr als neunzig Kilometer pro Stunde. Wieder raste der Wagen in eine Kurve. Dorian wusste keine Möglichkeit, wie er dieser Falle entrinnen konnte. Irgendetwas musste er aber tun. So beschloss er, das Kreuz gegen die Windschutzscheibe zu pressen. Nichts änderte sich. Der Wagen wurde nur noch schneller. Dorian ließ das Kreuz los und presste das ägyptische Amulett gegen die Scheibe. Das Eis begann zu schmelzen, und Dorian konnte wieder sehen. Der Wagen bog eben in die Jagdschlossgasse ein und sauste auf die geschlossenen Bahnschranken zu. Die Tachonadel pendelte um hundertzwanzig. Verzweifelt griff Dorian nach dem Lenkrad, aber es war noch immer blockiert. Die Schranke kam näher. Dorian sah die Scheinwerfer einer näherkommenden Lokomotive. Er schloss die Augen. Den Zusammenstoß mit der Lokomotive würde er nicht überleben. Der Wagen würde die Bahnschranken durchschlagen und sich in die Lok bohren. Nur noch wenige Sekunden, dann war alles vorüber. Die Lokomotive kam ihm wie ein schnaufendes Monstrum vor und bewegte sich, eine schwarze Dieselwolke ausstoßend, unaufhaltsam auf ihn zu.

»Bagahi laca Bachabe!«, brüllte Dorian abermals.

Er hatte beschlossen, alle Zaubersprüche, die er kannte, laut aufzusagen. Der Spruch hatte nicht gewirkt. Lenkrad und Bremse waren noch immer blockiert.

»O Qualbpaga! O Kammara! O Karthenmon! O Ama …«

Er stockte. Die Steuerung funktionierte wieder. Er riss das Lenkrad nach rechts herum. Der Motor heulte protestierend auf, und der Wagen bockte wie ein junges Rennpferd. In letzter Minute konnte er in die schmale Straße einbiegen, die rechts neben den Schienen entlanglief. Der Wagen rumpelte über den Bürgersteig, scherte nach links aus, streifte einen Baum und raste zwischen zwei geparkten Autos hindurch. Langsam bremste Dorian ab. Ununterbrochen murmelte er die magischen Namen der ägyptischen Götter vor sich hin. Er wollte kein Risiko mehr eingehen. Sein Körper war in Schweiß gebadet, sein Anzug schmutzig und an vielen Stellen zerrissen. Der Wagen rollte jetzt nur noch langsam dahin.

An einer Kreuzung beugte er sich vor und sah in den Rückspiegel. Er erschrak, als er sein Gesicht sah. Es war bleich und aufgedunsen. Seine Pupillen waren matte, schwarze Steine ohne Leben. Sein Rücken schmerzte, und die Hände zitterten unkontrolliert. Er sehnte sich nur noch nach seinem Bett.

Auf dem Rückweg verfuhr er sich einige Male. Am liebsten wäre er stehen geblieben und hätte im Wagen geschlafen. Doch die Angst, dass die Zamis ihn noch einmal auffinden könnten, hielt ihn wach. Kurz vor Mitternacht überquerte er den Ring und fuhr in die Innenstadt. Seine Hand umklammerte noch immer das Amulett, als er das Hotel betrat. Ununterbrochen murmelte er die Namen der ägyptischen Götter. Der Nachtportier sah ihn fassungslos an, als er seinen Zimmerschlüssel verlangte. Kopfschüttelnd schaute er dem Gast nach, der wie ein Irrer vor sich hinbrabbelnd sein Zimmer aufsuchte.

Dorian schlief tief und traumlos. Um acht Uhr weckte ihn das Läuten des Telefons. Er rutschte über das Bett und hob verschlafen den Hörer ab.

»Ich bin es, Helnwein«, erklang die Stimme am anderen Ende. »Ich musste Sie anrufen. Ich habe die ganze Nacht kein Auge zugetan, weil ich so in Sorge um Sie war.«

Dorian setzte sich auf. »Ich hatte Glück«, sagte er. »Allerdings muss ich Ihnen recht geben. Es war unklug von mir, in das Haus einzudringen. Ich muss noch viel lernen.«

»Gott sei Dank, dass Ihnen nichts passiert ist, Herr Hunter. Ich bin am Haus der Zamis vorbeigegangen. Es sieht fürchterlich aus. Das oberste Stockwerk ist eingestürzt.«

Dorian lachte. »Dann hat der Zauberspruch doch größere Wirkung gehabt, als ich angenommen hatte. Was haben Sie sonst noch gesehen?«

»Nicht viel. Ein Wagen stand vor dem Grundstück, und einige Männer trugen verschiedene Gegenstände ins Haus, die ich aber nicht erkennen konnte, da sie mit Tüchern umhüllt waren. Ich grüßte Michael Zamis, den Vater von Coco, doch er gab mir keine Antwort. Er ignorierte mich einfach, und ich ging rasch weiter.«

»Schade«, sagte Dorian. »Einige Familienangehörige habe ich ausschalten können, doch für meinen Geschmack sind noch zu viele am Leben geblieben. Ich glaube, ich werde später noch einmal nach Wien kommen, um diese Familie endgültig auszurotten.«

»Was war mit dem Untoten?«, erkundigte sich Helnwein neugierig.

»Die geweihten Silberkugeln machten ihm nichts aus. Sie verschwanden wirkungslos in seinem Körper. Ich muss mich noch genauer informieren, wie man dieses Monster ausschalten kann.«

»Ich habe einige alte Bücher studiert, fand aber kaum etwas über Untote. Nur in einem Buch war ein kurzer Hinweis. Angeblich kann man einen Untoten nur vernichten, indem man ihm den Schädel vom Rumpf abschlägt. Es steht aber nicht dabei, mit welcher Waffe das geschehen soll.«

»Immerhin etwas«, brummte Dorian. »Bleibt es übrigens dabei, dass Sie mir das Schwert zur Klinik bringen?«

»Selbstverständlich«, sagte Helnwein. »Gegen zehn, wie vereinbart.«

Dorian verabschiedete sich und legte auf. Dann schlüpfte er aus seinem zerrissenen Anzug und beschloss, ein Bad zu nehmen. Er ließ Wasser in die Badewanne ein und rasierte sich in der Zwischenzeit. Dann glitt er ins heiße Wasser und schloss die Augen. Es ärgerte ihn ungemein, dass er Wien verlassen musste, ohne den Untoten vernichtet zu haben. Kurz dachte er an Coco, und ein böses Lächeln spielte um seine Lippen. Sie würde noch ihre Strafe bekommen, das hatte er beschlossen, und er erledigte stets, was er sich vorgenommen hatte. Dann dachte er an die Ereignisse des gestrigen Tages. Je länger er über alles nachdachte, desto unwirklicher kam es ihm vor. Seit vielen Jahren lebten Dämonen wie die Familie Zamis schon unerkannt zwischen den Menschen, und nur wenige ahnten, welche Monstren sich hinter der harmlosen Fassade verbargen. Tag für Tag geschahen in allen Teilen der Welt mysteriöse Dinge, für die es keine Erklärung gab. Tausende von Menschen verschwanden jährlich, ohne eine Spur zu hinterlassen, und hinter einem Großteil dieser Vorfälle steckte die Schwarze Familie, die sich über alle Kontinente verbreitet hatte. Dorian wusste, dass er sich auf einen hoffnungslosen Kampf eingelassen hatte. Allein war er zu schwach. Er benötigte dringend Verbündete, die ihn bei seinem Kampf unterstützten, denn er würde niemals aufgeben, solange auch nur noch ein einziger Dämon am Leben war.

Eine halbe Stunde später betrat er das Frühstückszimmer. Der Psychiater sah erleichtert auf, als er Dorian erblickte.

»Sie sehen nicht gut aus, Mr. Hunter«, sagte er.

Dorian schob sich einen Stuhl zurecht und lächelte schwach. »Da haben Sie recht. Ich habe einen anstrengenden Tag hinter mir und zu wenig geschlafen, aber ich fühle mich nicht so schlecht, wie ich aussehe.«

»Waren Sie gestern noch in der Klinik?«

Dorian nickte und bestellte beim Kellner ein ausgiebiges Frühstück. »Ja, ich war draußen. Es ist alles erledigt. Wir holen meine Frau ab und fliegen los. Haben Sie die Piloten verständigt?«

Barrett nickte, während er ein Brötchen mit Butter bestrich. »Um zwölf Uhr können wir fliegen.«

Dorians Frühstück wurde serviert. Nach einer Tasse Kaffee fühlte er sich wie neugeboren. Als er den Schinken kostete, merkte er erst, welch gewaltigen Hunger er hatte. Anschließend zahlte Dorian die Hotelrechnung, und sie gingen zum Wagen. Es war ein eiskalter Wintertag, völlig windstill, und der Himmel war strahlend blau. Um kurz vor zehn waren sie an der Klinik.

»Ich habe noch etwas zu erledigen«, sagte Dorian zu Barrett. »Es wird nicht lange dauern. Sollte in der Zwischenzeit Herr Helnwein eintreffen, dann bitten Sie ihn zu warten.«

Der Psychiater stieg aus, und Dorian fuhr an. Er lächelte grimmig.

Jerome Barrett war froh, dass sie in wenigen Stunden Wien verlassen würden. Einige Vorfälle hatten ihm zu denken gegeben, doch auf seine Fragen hatte er nur ausweichende Antworten bekommen, die ihm nicht weiterhalfen. Ihm kam vieles merkwürdig vor, und seine Neugierde war geweckt. Vielleicht war es möglich, während des Fluges genauere Auskünfte von Hunter zu bekommen.

Freundlich nickte er der Krankenschwester zu, als er die Klinik betrat.

»Dr. Burger erwartet Sie in seinem Zimmer«, sagte sie in einem nahezu unverständlichen Englisch.

Barrett ging den Korridor entlang und blieb vor Burgers Tür stehen. Er klopfte kurz an und trat ein. Dr. Burger saß hinter seinem Schreibtisch und stand bei seinem Eintreten auf. Er kam mit ausgestreckter Hand und breit lächelnd auf ihn zu.

Auf einem Stuhl vor dem Schreibtisch saß eine schwarzhaarige Frau, die den Kopf wandte und ihn anstarrte. Es war dieselbe, die gestern mit Hunter im Frühstücksraum des Hotels gesessen hatte. Während Barrett dem Arzt die Hand reichte, überlegte er, wieso die Fremde hier war.

»Setzen Sie sich doch, Herr Barrett!«, sagte Burger und schob einen Stuhl an den Schreibtisch. »Wo ist Herr Hunter?«

»Er hat noch etwas zu erledigen, doch er wird in wenigen Minuten zurück sein.«

Burger nickte. »Darf ich bekannt machen?«, sagte er und deutete auf die schwarzhaarige Frau. »Das ist …«

»Wir kennen uns bereits«, erklärte Coco. »Wie geht es Dorian, Herr Barrett?«

Dem Psychiater fiel wieder die Unruhe auf, die von der Frau ausging. Sie war hochgradig nervös. Nur mühsam konnte sie das Zittern ihrer Hände unterdrücken.

»Soweit ich es beurteilen kann, ganz gut«, antwortete er.

Coco atmete erleichtert auf. Ihre Züge entspannten sich ein wenig.

»Es ist alles zur Abreise vorbereitet«, schaltete sich Dr. Burger ein. »Der Krankenwagen steht in zehn Minuten bereit.«

»Und wie geht es Mrs. Hunter?«

Dr. Burger hob kurz die Schultern. Sein Gesicht war ernst. »Unverändert, würde ich sagen. Ich habe ihr erzählt, dass sie uns verlassen wird, doch sie reagierte überhaupt nicht darauf. Ich sagte ihr auch, dass sie nach London fliegen würde, aber sie sah mich nur verständnislos an. Ich fürchte, dass sie während des Fluges Schwierigkeiten machen könnte. Haben Sie Beruhigungsmittel bei sich, Herr Barrett?«

»Ja«, erwiderte der Psychiater. »Möglicherweise verabreiche ich ihr ein Schlafmittel.«

»Das wäre vielleicht ratsam.«

Immer wieder schaute Barrett die dunkelhaarige Frau an. Sie hatte jetzt die Hände in den Schoß gelegt. Die Schultern waren vorgesunken, und sie hielt den Kopf gesenkt. Sie atmete ruhig, doch Barrett erkannte, dass sie sich verstellte. Er wurde aus dem Mädchen nicht klug. Gestern hatte sie eine unheimliche Ausstrahlung gehabt, die er geradezu körperlich gespürt hatte. Im Augenblick war sie jedoch nichts anderes als ein Mädchen, das sich vor etwas fürchtete. Wovor sie Angst hatte, konnte er nicht beurteilen, aber von Minute zu Minute wurde sie wieder nervöser. Ihre Hände verkrampften sich, und sie warf bereits zum wiederholten Mal einen Blick auf ihre Armbanduhr.

»Ich hole Frau Hunter«, sagte Dr. Burger. »Sollte ihr Mann in der Zwischenzeit eintreffen, dann bitten Sie ihn, hier zu warten.«

Er verließ das Zimmer, und Barrett wandte sich dem Mädchen zu. »In welchem Verhältnis stehen Sie eigentlich zu Dorian Hunter?«

Coco schaute erschrocken auf. »Wir sind alte Bekannte«, brachte sie mühsam hervor.

»Wann haben Sie sich kennengelernt?«

Sie rieb nervös die Handflächen aneinander. »Vor zwei Jahren etwa.«

Sie lügt, dachte Barrett, ließ sich aber nichts anmerken. »Kennen Sie auch seine Frau Lilian?«

Coco schüttelte den Kopf.

»Und was empfinden Sie für Mr. Hunter?«, wollte Barrett wissen.

»Das geht Sie nichts an«, fauchte Coco, und ihre Augen blitzten wütend. »Sie fragen zu viel, Mr. Barrett. Lassen Sie mich in Ruhe!«

Barrett lächelte väterlich. »Meine Fragen sind nicht böse gemeint, Miss Zamis. Ich will nur Ihr Bestes.«

Bevor er fortfahren konnte, wurde die Tür geöffnet, und Dorian trat ins Zimmer.

Coco atmete erleichtert auf.

Hunter jedoch blickte sie eisig an, so dass ihr freudiges Lächeln sofort erlosch.

»Wie geht es dir, Dorian?«, fragte sie.

»Ganz gut«, antwortete er.

»Du warst im Haus meiner Familie. Haben dir meine Ratschläge geholfen?«

Dorian nickte. »Lass uns später darüber reden. Ist Herr Helnwein eingetroffen, Mr. Barrett?«

Der Psychiater schüttelte den Kopf.

»Ich würde dich gern nach London begleiten, Dorian«, ergriff Coco wieder das Wort. »Ich kann nicht in Wien bleiben. Es wäre mein Tod.«

Er blickte sie überrascht an. Dann erwiderte er stirnrunzelnd: »Auch darüber können wir später sprechen. Wo ist meine Frau, Mr. Barrett?«

»Dr. Burger ist sie holen gegangen«, sagte Barrett und stand auf.

Dorian öffnete die Tür und schaute auf den Korridor hinaus. Er erblickte Dr. Burger und neben ihr Lilian. Hunter lief ihnen entgegen. Sein Herz krampfte sich zusammen, als er das maskenartige Gesicht seiner Frau sah. Sie wirkte so zierlich und zerbrechlich wie eine Puppe. Ihr Gesicht war von einem Kranz goldfarbener Haare umrahmt, die ihr einen engelsgleichen Ausdruck verliehen.

»Lilian!«, begrüßte Dorian sie freudig.

Sie blieb stehen und schaute ihn verständnislos an. »Sie kennen mich?«, fragte sie verwundert.

»Erkennst du mich denn nicht, Lilian?«, fragte er leise. »Ich bin es – Dorian. Dein Mann.«

Sie schüttelte den Kopf, dann lachte sie. »Ich habe keinen Mann.

Ich bin nicht verheiratet. Sie müssen sich irren, mein Herr. Ich habe Sie noch nie gesehen.«

Dorian sah Dr. Burger betroffen an.

»Sie hat noch einige Gedächtnislücken«, erklärte der Arzt. »Aber das wird vergehen.«

Barrett und Coco waren neben Dorian getreten. Unbemerkt war auch Norbert Helnwein zu ihnen gekommen. Er trug einen langen Karton unter dem rechten Arm. Lilian ging an Dorian vorüber und blieb vor Coco stehen.

»Sie sind wunderschön«, sagte sie zu Coco. »Darf ich Ihr Haar berühren?«

Coco nickte stumm. Lilian streckte vorsichtig ihre rechte Hand aus und strich über das volle Haar der jungen Hexe. Cocos Gesicht blieb starr, während Lilian sie liebkoste. Das Haar fühlte sich angenehm weich an. Dorian hingegen kniff die Augen zusammen. Er hatte es noch immer nicht verwunden, dass Lilian ihn nicht erkannt hatte.

»Danke«, sagte seine Frau jetzt und zog ihre Hand zurück. Sie stand ruhig da und lächelte.

»Begleiten Sie Lilian bitte, Mr. Barrett«, bat Dorian, ohne seinen Blick von ihrem Gesicht abzuwenden. Es hatte jetzt wieder jenen teilnahmslosen Ausdruck angenommen. Sie schien ihre Umwelt in diesem Augenblick überhaupt nicht wahrzunehmen.

»Kommen Sie, Mrs. Hunter«, sagte Barrett und griff nach ihrem rechtem Arm. Willig ließ sie es zu, dass der Psychiater sie den Korridor entlangführte.

»Ich komme bald nach«, sagte Dorian. Während er den beiden nachschaute, ballten sich seine Hände zu Fäusten. So schlimm hatte er sich den Zustand seiner Frau nicht vorgestellt. Er sah Coco an, und der Ausdruck seiner Augen änderte sich. Sie gehörte der Schwarzen Familie an, die am Zustand seiner Frau schuld war.

Dr. Burger legte einen Arm um Dorians Schulter. »Ich kann mir vorstellen, was in Ihnen vorgeht, Mr. Hunter. Aber es ist möglich, dass sich der Zustand Ihrer Frau bald bessert.«

»Ich glaube nicht daran«, sagte Dorian grimmig. »Sie ist unheilbar krank. Sie brauchen mir keine falschen Hoffnungen zu machen, Dr. Burger.«

Helnwein war näher gekommen, aber er wurde von Dorian vertröstet, der noch einmal mit Burger in dessen Arbeitszimmer ging, um die Rechnung per Scheck zu begleichen. Helnwein blieb draußen neben Coco stehen und begrüßte sie. Es schien, als würde die junge Hexe aus einer Erstarrung erwachen. Sie sah ihn an, erkannte ihn aber erst nach einigen Sekunden.

»Wir haben uns schon lange nicht mehr gesehen, Fräulein Zamis.«

Sie nickte verwirrt. »Was tun Sie hier?«, erkundigte sie sich.

»Ich habe eine Verabredung mit Herrn Hunter.«

»Ach ja. Er sprach davon.«

Da trat Dorian bereits wieder aus der Tür und schüttelte Dr. Burger zum Abschied die Hand. »Vielen Dank für alles«, sagte er.

»Wir haben getan, was möglich war, Herr Hunter. Leider konnten wir Ihrer Frau nicht viel helfen. Sie müssen Geduld haben. Kopf hoch! Sie wird schon gesund werden.«

Dorian ging nicht darauf ein. »Gehen wir«, sagte er an Helnwein und Coco gewandt. Er schritt ihnen voran. Als sie vor die Klinik traten, fuhr eben der Krankenwagen ab. Dorian biss sich auf die Unterlippe. »Setz dich erst einmal ins Auto, Coco!«, sagte er und reichte ihr die Schlüssel. Coco verabschiedete sich von Helnwein und verschwand.

»Das Mädchen ist völlig verstört«, sagte Helnwein, nachdem sie verschwunden war. »So habe ich sie noch nie gesehen. Was haben Sie mit ihr vor, Herr Hunter?«

»Sie will, dass ich sie nach London mitnehme«, sagte Dorian, »aber ich denke nicht daran. Ich habe andere Pläne mit ihr.«

»Welche?«

Dorian lachte leise. »Das sage ich Ihnen nicht, Herr Helnwein. Es ist besser, wenn Sie nicht zu viel wissen. Zeigen Sie mir bitte das Schwert.«

Helnwein öffnete den Karton und holte eine Holzschatulle hervor. Er legte den Karton auf den Boden und reichte Dorian die Schatulle. Hunter öffnete den Verschluss, klappte den Deckel auf und stieß einen leisen Pfiff aus. Die Schatulle war mit blauem Samt ausgeschlagen, und darin lag ein mehr als ein Meter langes Schwert mit einem kunstvoll verzierten Griff.

»Ein Henkersschwert«, sagte Helnwein. »Es stammt aus Spanien und ist mindestens fünfhundert Jahre alt.«

Dorian starrte die Waffe fasziniert an. Das Schwert war gekrümmt, doppelschneidig und hatte eine Klinge, die so breit wie eine Männerhand war. Er packte das Schwert am Griff und hob es heraus. Die Klinge funkelte wie Silber.

»Ein prachtvolles Stück«, sagte er und betrachtete den Knauf genauer, der aus verschieden großen Rubinen bestand und eine sich windende Schlange darstellte.

»Was soll dieses Schwert kosten?«, fragte er.

»Ich schenke es Ihnen«, sagte Helnwein, »wenn Sie mir einen Wunsch erfüllen.«

»Und der ist?«

»Nehmen Sie Coco mit nach London!«

»Das kommt nicht in Frage«, sagte Dorian bestimmt und legte das Schwert zurück. »Da verzichte ich lieber auf diese Kostbarkeit.« Bedauernd klappte er die Schatulle zu. »Ich zahle Ihnen dafür, was Sie wollen, Herr Helnwein, aber ich bin nicht bereit, Ihrem Wunsch zu entsprechen.«

»Sie sind stur, junger Freund«, sagte der Alte bedauernd. »Erfüllen Sie den Wunsch eines alten Mannes, und das Schwert gehört Ihnen.«

»Sie verlangen etwas Unmögliches von mir. Coco ist eine Hexe. Sie verdient …«

»Was verdient sie?«, fragte Helnwein mit scharfer Stimme, als Dorian nicht weitersprach.

Dorian schwieg.

»Was? Was verdient sie, Herr Hunter?« Helnwein hatte sich vorgebeugt und starrte Dorian an. »So nehmen Sie doch endlich Vernunft an, Hunter! Sie benehmen sich wie ein trotziges Kind. Nehmen Sie Coco mit! Ich garantiere Ihnen, Sie werden es nicht bedauern.«

»Tut mir leid«, sagte Dorian. »Ich verzichte auf das Schwert. Und ich danke Ihnen für die Hilfe, die Sie mir gestern gaben. Ohne Ihre Utensilien wäre ich nicht mehr am Leben. Ich bedaure es wirklich, dass wir so auseinandergehen müssen.« Er streckte dem Alten eine Hand hin, doch Helnwein ignorierte sie.

»Ich kann mir denken, was Sie mit Coco vorhaben«, meinte Helnwein. »Ich beschwöre Sie, nehmen Sie Vernunft an! Das Mädchen liebt sie. Sie ist …«

Dorian hörte gar nicht mehr hin. Er machte eine Kehrtwendung und schritt durch das Tor auf seinen Wagen zu. Vor seinem Wagen blieb er stehen und überlegte kurz. Er wusste, dass es nicht richtig gewesen war, sich so von Helnwein zu verabschieden. Der alte Mann hatte eine bessere Behandlung verdient, doch Dorian konnte nicht anders. Er durfte nicht schwach werden, sondern musste seine Aufgabe erfüllen.

Dorian öffnete die Wagentür und schlüpfte hinters Lenkrad.

»Wie hast du dich entschieden?«, fragte Coco. »Kann ich dich begleiten?«

Schweigend startete er den Motor und fuhr los.

»Wohin fährst du?«, erkundigte sie sich.

Wieder bekam sie keine Antwort. Stur fuhr er weiter.

»Das ist nicht die Richtung zum Flughafen«, sagte Coco.

»Ich weiß«, sagte Dorian, ohne sie anzusehen.

»Wohin fährst du?« Ihre Stimme wurde jetzt drängender.

»Das wirst du schon sehen.«

Er fuhr in Richtung Westen.

»Bitte, Dorian«, flehte sie. »Hör mir doch zu!«

»Halt den Mund!«

Nur nicht schwach werden, sagte er sich. Ich habe eine Aufgabe zu erfüllen. Ich darf ihr nicht zuhören. Er biss die Zähne zusammen und fuhr noch rascher. Coco kannte die Gegend gut. Sie war oft hier spazieren gegangen. Ihre Angst wuchs. Sie näherten sich der Villa ihrer Eltern. Dorian raste die Veltinger Gasse entlang.

»Wohin fahren wir?«, fragte Coco abermals.

»Ich will dir etwas zeigen«, antwortete Dorian jetzt endlich. Als die Rotenberggasse auftauchte, bremste er ab. »Steig aus!«, sagte er, ohne sie anzusehen.

Coco fügte sich. Sie überquerten die Straße und gingen auf den Roten Berg zu einem kleinen Hügel, von dem aus man einen prächtigen Überblick über Wien hatte. Coco war schon als Kind oft hier gewesen. Sie hatte hier mit ihren Geschwistern gespielt und hatte hier zum ersten Mal auf Skiern gestanden. Jetzt kam ihnen eine alte Frau entgegen, die sie aber nicht beachtete. Dorian ging voran. Sie kamen an einigen schneebedeckten Bänken vorbei. Coco konnte sich nicht vorstellen, was er ihr zeigen wollte. Es gab zwei Wege, die auf den Hügel führten: Einer stieg sanft an, der andere war eigentlich kein richtiger Weg, sondern wurde von Kindern benützt, die gern kletterten. Diesen steilen Aufstieg hatte Dorian gewählt. Er ging rasch, und Coco folgte ihm. Sie erreichten den flach ansteigenden Weg. Dorian blieb kurz stehen, sah sich aufmerksam um, und ging dann auf einige Sträucher zu. Kein Mensch war zugegen. Er schob die kahlen Äste eines Baumes zur Seite und schritt einen schmalen Weg entlang, der um den Hügel herumführte. Abermals blieb er stehen. Ein merkwürdiges Lächeln umspielte seine Lippen. Seine Augen blickten sie kalt an. »Tritt näher!«, sagte er heiser. »Tritt näher und sieh, was ich dir zeigen will!«

Coco kam zögernd näher.

»Komm schon!«, brüllte er. »Komm!«

Sie ging an ihm vorbei und blieb entsetzt stehen. »Nein!«, schrie sie und wollte davonlaufen, doch Dorian packte sie am Arm und riss sie zurück. Das Gesicht des Mädchens war vor Entsetzen erstarrt. »Nicht!«, schrie sie. »Bitte, lass mich gehen!«

Sie sah seine geballte rechte Faust heranrasen und wollte dem Schlag ausweichen, doch sie reagierte eine Sekunde zu spät. Der Hieb traf sie genau am Kinn. Dorian hatte alle Kraft in den Schlag gelegt, so dass sie ohnmächtig zusammensackte. Höhnisch lachend kniete er neben der Bewusstlosen nieder, knöpfte ihren Mantel auf, legte sie auf den Bauch und zog ihr den Mantel aus. Dann drehte er sie brutal auf den Rücken, öffnete ihre weiße Bluse, hakte ihren Büstenhalter auf, zog den Reißverschluss ihres kurzen Rockes herunter und schob den Rock über ihre Schenkel. Sekundenlang hielt er inne und starrte den halbnackten Körper an. Sie ist schön, verdammt schön, dachte er, doch er ließ sich nicht von den Reizen ihres Körpers blenden. Entschlossen zog er ihre Stiefel aus und riss die Strumpfhosen und das winzige Höschen herunter. Coco war nun völlig nackt. Er drehte sie wieder auf den Bauch und holte aus seiner Manteltasche einen Strick. Innerhalb weniger Augenblicke hatte er ihr die Hände auf den Rücken gebunden. Das Mädchen begann sich leicht zu bewegen. Rasch drehte er sie um und klebte ihr ein Stück Pflaster über den Mund. Dann richtete er sich halb auf. Er keuchte. Der Atem hing wie eine weiße Wolke vor seinem Mund. Es war bitterkalt. Er lachte wild, als Coco die Augen aufschlug.

»Brenne, Hexe, brenne!«, keuchte er und hob sie hoch. Langsam ging er auf den Scheiterhaufen zu, den er vor einer Stunde aus Ästen und Holzstücken aufgeschichtet hatte.

»Hexen müssen brennen!«, rief er und schleuderte Coco auf den Scheiterhaufen. »Du bekommst deine Strafe, verfluchte Hexe!«

Cocos Augen baten um Gnade, als sich Dorian bückte und sein Feuerzeug herausholte. Er knipste es an und steckte eine alte Zeitung in Brand. Innerhalb weniger Sekunden züngelten hohe Flammen von ihren Rändern empor. Er trat einen Schritt zurück. Einer der Äste fing Feuer.

»Brenne Hexe, brenne!«, schrie er wieder.

Coco sah ihn an. Ihre dunkelgrünen Augen waren nun voller Schmerz. Wie ein hilfloses Tier, schoss es Dorian durch den Kopf. Sie bewegte sich nicht und schloss die Augen. Nur ihre nackte Brust hob sich rascher und rascher. Einige der dickeren Holzstücke begannen zu glosen, doch sie wollten nicht richtig brennen.

»Verflucht!«, brüllte Dorian wütend, als das Feuer erlosch. Er probierte es nochmals, doch innerhalb weniger Sekunden erstickten die Flammen erneut.

»Freu dich nicht zu früh, verdammte Hexe!«, brummte er. »Du musst brennen. Ich hole Benzin. Dann wird es funktionieren.« Er steckte das Feuerzeug ein, stand auf und drehte sich um. Überrascht blieb er stehen. Vor ihm stand Norbert Helnwein. »Was tun Sie hier?«, schrie Dorian und rannte auf den Alten zu. »Verschwinden Sie!« Er hatte ihn am Mantelkragen gepackt und schüttelte ihn hin und her.

Doch Helnwein zeigte keine Furcht. »Lassen Sie mich los!«, sagte er. »Sie sind vollkommen von Sinnen, Hunter!«

Dorian ließ den Mantel fahren. Er stand jetzt geduckt vor Helnwein und hielt den Kopf vorgestreckt wie ein wilder Stier. Die Haare seines dicken Schnurrbarts waren gesträubt. »Ich brauche keine Zeugen«, keuchte er. »Also verschwinden Sie!«

Helnwein schüttelte den Kopf, »Ich habe mir etwas Ähnliches gedacht und bin Ihnen gefolgt. Sie haben den Verstand verloren, Hunter.«

»Ich hole Benzin«, sagte der Dämonenkiller. »Sie können mich nicht aufhalten. Die Hexe muss brennen.«

Dorian stieß den Alten vor sich her zum Auto. Er sperrte den Kofferraum auf und holte eine Fünfliterkanne heraus.

»Warum wollen Sie Coco verbrennen?«, fragte Helnwein.

»Das wissen Sie doch ganz genau«, sagte Dorian böse und schlug den Kofferraum zu. »Sie ist eine verdammte Hexe. Und Hexen verbrennt man. Sie bleiben hier, Herr Helnwein!«

Der Alte schüttelte den Kopf. »Ich komme mit«, sagte er.

»Na schön. Wenn Sie unbedingt eine Hexe brennen sehen wollen.«

Helnwein folgte Dorian. Für sein Alter war er recht rüstig. »Coco ist keine Hexe mehr«, sagte er, als sie den Hügel emporstiegen.

Dorian schwieg verbissen.

»Sie ist keine Hexe mehr, begreifen Sie das doch endlich!«, schrie Helnwein.

»Unsinn!«, schnaubte Dorian verächtlich. »Schweigen Sie. Ich will nichts mehr hören.« Er blieb vor dem Scheiterhaufen stehen, auf dem Coco bewegungslos lag. Sie hatte die Augen geöffnet und starrte Dorian an. Ihr Körper war mit einer Gänsehaut überzogen. Dorian öffnete den Schraubverschluss der Kanne und schüttete etwas Benzin über Cocos Bauch, dann über ihre Beine.

»Verschwinden Sie, Helnwein!«, wiederholte er grimmig. »Ich will keine Zeugen.«

Der Alte schlug Dorian die Kanne aus der Hand. Das Benzin rann über den gefrorenen Boden.

»Hören Sie mir zu, Hunter!«, rief Helnwein beschwörend. »Hören Sie mir gut zu!«

»Lassen Sie mich in Ruhe!«, fauchte Dorian und bückte sich nach der Kanne, doch der Alte war rascher. Mit einem Fußtritt schleuderte er sie ins Gebüsch.

»Sie müssen mir aber zuhören, Hunter. Sie müssen! Sie können jetzt den Scheiterhaufen in Brand stecken, aber ich sage Ihnen eins: Ich lege mich neben Coco. Dann haben Sie zwei Tote. Es kommt Ihnen doch nicht auf einen mehr oder weniger an, oder?«

Dorian drehte sich schweratmend um. Helnwein hatte sich tatsächlich neben Coco auf den Scheiterhaufen gesetzt. Es stank unangenehm nach Benzin.

»Sie können mich nicht aufhalten, Helnwein«, sagte Dorian und zückte sein Feuerzeug.

»Und Sie können mich nicht schrecken, Hunter«, sagte Helnwein. »Sie sind ein kleiner, dummer Junge. Sie sind misstrauisch und haben Angst, der Realität ins Auge zu sehen. Sie wissen, dass Coco keine Hexe mehr ist.«

Dorian hörte schweigend zu. Seine rechte Hand umklammerte noch immer das Feuerzeug.

»Sie selbst sagten mir, dass Dämonen, Hexen und Vampire die Ausstrahlung von Verrückten und Geistesgestörten nicht ertragen können. Sie selbst führten das als Beweis an, wie man Dämonen erkennen kann. Sind Sie so verblendet in Ihrem Hass, dass Ihr Verstand darunter gelitten hat? Denken Sie einmal kurz nach!«

»Was wollen Sie damit sagen?«

»Denken Sie doch! So denken Sie doch, Menschenskind!«

»Ich höre mir Ihr dummes Gerede nicht mehr länger an«, sagte Dorian. »Ich will Sie nicht verbrennen, Helnwein. Sie sind …«

»Wie verhielt sich Coco, als sie zusammen in der Klinik eintrafen?«

»Sie wurde ohnmächtig«, sagte Dorian. »Sie konnte die Ausstrahlung der Irren nicht ertragen. Sie …« Überrascht brach er ab. Nachdenklich warf er dem Mädchen einen Blick zu, deren Augen ihn um Gnade baten.

»Und wie benahm sie sich heute, Hunter? Wie verhielt sie sich heute, als sie Ihre Frau sah? Hunter, denken Sie darüber nach!«

Dorian versuchte sich zu erinnern. Er hatte nur Augen für seine Frau gehabt und sonst auf nichts geachtet. Der Schmerz hatte ihn überwältigt, als er erkennen musste, wie sehr ihr Geist verwirrt war. Er schloss die Augen. »Sie sind wunderschön«, hörte er noch einmal Lilians Stimme. »Darf ich Ihr Haar berühren?«

Dorian schlug die Augen auf. Wieder sah er Coco an.

»Nun, Hunter? Erinnern Sie sich?«

Lilians rechte Hand hatte Cocos Haar berührt, und es hatte Coco nichts ausgemacht. Sie war nicht zurückgezuckt. Sie hatte nicht geschrien. Die Nähe der Geistesgestörten war ihr nicht zuwider gewesen. Sie war keine Hexe mehr. Endlich erkannte Dorian, dass er um ein Haar einen furchtbaren Fehler begangen hätte.

»Stehen Sie auf, Herr Helnwein«, sagte er schwach und steckte das Feuerzeug ein. Dann zog er sein Taschenmesser hervor, hob Coco vom Scheiterhaufen herunter, schnitt ihr die Fesseln durch und riss das Pflaster ab.

»Zieh dich an«, sagte er tonlos.

Er ging einige Schritte weiter und blieb stehen. Helnwein trat neben ihn und legte seine rechte Hand auf Dorians Schulter.

»Danke«, sagte der Alte.

»Sie haben mir nichts zu danken«, sagte Dorian. »Wenn schon, dann muss ich Sie um …« Ein leises Schluchzen war zu hören. »Können Sie mir verzeihen, Helnwein?« Er drehte sich um und sah den Alten an, der lächelte.

»Ich habe Ihnen schon verziehen, mein Freund.«

Die Hand des Alten war warm. Dorian drückte sie fest.

»Sie müssen noch viel lernen, mein Freund«, sagte Helnwein nachdenklich. »Sehr viel. Sie urteilen zu rasch. Viel zu rasch.«

Sie gingen zu Coco zurück, die eben in ihren Mantel schlüpfte.

»Nehmen Sie Coco nach London mit, Hunter?«, fragte Helnwein.

Dorian nickte und sah Coco an. Langsam schritten sie den gewundenen Weg hinunter, der sie zu Dorians Wagen brachte. Keiner sagte ein Wort. Vor Dorians Auto blieben sie stehen.

»Einen Augenblick noch!«, sagte Helnwein. »Ich bin sofort wieder zurück.«

Dorian versuchte die Zeit zu nutzen, um sich bei Coco zu entschuldigen. »Ich war wie von Sinnen«, sagte er. »Ich wusste nicht, was ich tat. Ich …« Er stockte, weil ihm die Worte fehlten.

Coco erwiderte nichts. Sie wusste, dass er kein schlechter Mensch war. Die Ereignisse der letzten Wochen hatten ihn zermürbt. Aber sie wusste dennoch nicht, wie sie sein Benehmen zu deuten hatte. Wenn er zum Fanatiker wurde, würde sie es schwer haben, an seiner Seite zu bleiben. Um jemanden zu lieben, musste sie in erster Linie Vertrauen zu ihm haben, doch das war jetzt, so kurze Zeit, nachdem Dorian sie hatte ermorden wollen, unmöglich. Schweigend stieg sie ins Auto.

Dorian presste betreten die Lippen zusammen. Er war froh, als Helnwein endlich zurückkehrte. In seiner rechten Hand hielt er den Karton.

»Das versprochene Abschiedsgeschenk«, sagte er.

»Das kann ich nicht annehmen«, entgegnete Dorian.

»Ich versprach Ihnen das Schwert, wenn Sie Coco nach London mitnehmen. Und Sie nehmen sie mit.«

»Trotzdem kann ich das Schwert nicht nehmen«, sagte Dorian stur.

Helnwein lachte, ging zur Beifahrertür und öffnete sie. »Dann schenke ich das Schwert Ihnen, Coco. Vielleicht wird es Ihnen mal helfen.«

Coco nahm den Karton und bedankte sich.

»Ich hoffe, wir sehen uns einmal wieder«, sagte Helnwein. »Und Ihnen, Dorian, wünsche ich viel Erfolg bei Ihrem Kampf gegen die Dämonen. Passen Sie auf Coco auf! Sie steht hinter Ihnen. Sie brauchen Menschen, die Sie unterstützen.«

Er schüttelte erst Dorian, dann der ehemaligen Hexe die Hand.

Schließlich ging er zu seinem Auto zurück, winkte ihnen noch einmal zu und startete dann den Wagen. Sie warteten, bis er in die Rotenberggasse eingebogen war. Dann setzte sich auch Dorian ans Steuer und verließ den schaurigen Ort.

Auf der Fahrt zum Flughafen gab er Coco eine Schilderung der gestrigen Ereignisse. Sie hörte zu, ohne ihn ein einziges Mal zu unterbrechen. Es traf sie tief, vom Tod einiger ihrer Geschwister zu erfahren, aber sie versuchte diesen Zwiespalt vor Dorian zu verbergen. Dennoch war sie immer noch hochgradig nervös, und je näher sie dem Flughafen kamen, desto schlimmer wurde es.

Dorian schüttelte den Kopf. »Weshalb bist du so unruhig, Coco?«, fragte er. »Erkennst du nicht, dass ich meine Meinung geändert habe?«

»Das ist es nicht«, sagte sie und starrte angespannt durch die Windschutzscheibe. Das war allerdings nur die halbe Wahrheit. Es gab tatsächlich noch etwas anderes, das sie bedrückte. »Ich kann mir nicht vorstellen, dass meine Familie nichts mehr unternehmen wird.«

Dorian nickte zustimmend. Es war tatsächlich unwahrscheinlich, dass die Familie Zamis nicht noch einige Überraschungen auf Lager hatte. »Vielleicht sind ihnen die gestrigen Geschehnisse in die Knochen gefahren«, sagte er.

Coco schüttelte den Kopf. »Mein Vater wird außer sich vor Wut sein. Du kennst ihn nicht. Ich bin ganz sicher, dass er etwas Fürchterliches plant, gegen das wir uns nicht wehren können. Ich bin hilflos. Ich habe alle meine Fähigkeiten verloren. Sollte er uns angreifen, gibt es keine Rettung.«

Unwillkürlich fuhr Dorian rascher. Sie rasten über den Ring und kamen eben am Südbahnhof vorbei. In zwanzig Minuten würden sie den Flughafen erreichen, wenn nicht vorher noch etwas geschah. Er wollte gar nicht an diese Möglichkeit denken.

»Du bist mit einer Privatmaschine gekommen, nicht wahr?«, fragte Coco.

»Ja«, sagte Dorian. »Jeff Parker hat sie mir zur Verfügung gestellt. Eine luxuriös ausgestattete Maschine mit allem nur denkbaren Komfort!«

»Und dieser Parker borgt dir so einfach sein Flugzeug?«

Dorian lachte. »Ich bin Reporter – auch wenn ich in letzter Zeit etwas kürzergetreten bin. Aber gelegentlich betätige ich mich immer noch journalistisch. Wir haben uns bereits vor Jahren kennengelernt. Jeff ist ein guter Freund. Wir haben vollstes Vertrauen zueinander. Als er erfuhr, dass ich meine Frau aus Wien holen wollte, bot er mir sofort seine Maschine an. Manchmal ist es von Vorteil, reiche Freunde zu haben.«

»Ja, manchmal«, entgegnete Coco gedankenversunken. Sie sah nach rechts. Der Zentralfriedhof tauchte auf, und sie konnte ein Schaudern nicht unterdrücken.

Dorian trat rücksichtslos aufs Gaspedal. Den Friedhof würdigte er keines Blickes mehr. Er hatte unwahrscheinliches Glück gehabt, dass er dieses Abenteuer überlebt hatte.

Die Fahrt verlief ohne Zwischenfälle.

Sie erreichten Schwechat und nach einigen Minuten die Zufahrt zum Flughafen.

»Ich begreife nicht, wieso alles so ruhig bleibt«, murmelte Coco. »Hoffentlich ist das nicht nur die Ruhe vor dem Sturm.«

Dorian zuckte mit den Schultern. Er machte einen sorglosen Eindruck, doch seine Nerven waren zum Zerreißen gespannt. Am Flughafen gab er den Wagen zurück und zahlte. Coco war bleich, als sie zur Abfertigung gingen. Er ergriff ihre rechte Hand. Sie war eiskalt. Die ehemalige Hexe fröstelte. Unruhig sah sie sich um. Ihre Nervosität steckte Dorian an. Jedes plötzliche Auftauchen eines Menschen ließ sie zusammenfahren, jedes Geräusch schien eine Warnung zu sein. Sie atmeten erleichtert auf, als sie endlich das Flugfeld betraten.

»Dort steht unsere Maschine«, sagte Dorian und zeigte auf das Flugzeug, dessen weiße Hülle in der Sonne glitzerte. Es war völlig windstill. Cocos Hand verkrampfte sich in der seinen.

»Ich spüre Gefahr«, sagte sie. »Ich kann nichts Genaueres sagen, aber sie geht vom Flugzeug aus. Mit jedem Schritt spüre ich sie stärker.«

Es kostete sie sichtlich Überwindung weiterzugehen. Große

Schweißtropfen bildeten sich auf ihrer Stirn. Sie erreichten das Flugzeug und stiegen die Treppe hoch. Dorian verschwand als Erster in der Eingangsluke. Er sah wieder Coco an. Sie lächelte plötzlich.

»Was immer es war – jetzt ist es verschwunden«, sagte sie erleichtert und trat neben Dorian.

»Was hat das zu bedeuten?«, fragte er.

»Ich weiß es nicht. Ich kann es mir nicht erklären.«

Der Pilot kam Dorian entgegen. »Wir sind startbereit, Sir«, sagte er. »Mr. Barrett und Ihre Frau sind bereits an Bord. Ihre Frau wurde unruhig, deshalb hat er ihr eine Beruhigungsinjektion und ein Schlafmittel gegeben. Sie sollen bitte noch einige Minuten warten, ehe sie den Schlafraum betreten.«

»Hat sich ein Fremder dem Flugzeug genähert?«, fragte Dorian.

»Nein, Sir, niemand. Ist irgendetwas nicht in Ordnung?«

»Ich weiß nicht«, antwortete Dorian. Er konnte dem Piloten schlecht die Wahrheit sagen. »Ich will nur sichergehen. In letzter Zeit habe ich mehrere Drohungen erhalten.«

»Nun, mit dem Flugzeug ist jedenfalls alles in Ordnung. Wir haben es heute Vormittag gründlich überprüft.«

Die Worte des Piloten beruhigten Dorian ein wenig, obwohl sie seine Besorgnis nicht völlig zu zerstreuen vermochten. Ohne einen konkreten, stichhaltigen Grund konnte er jedoch schlecht eine Verschiebung des Starts und eine neuerliche Inspektion des Flugzeugs verlangen.

Zusammen mit Coco setzte er sich in den großen Wohnraum des Flugzeugs. Links und rechts standen ein Dutzend bequemer, dunkler Lederstühle. Sie schnallten sich fest und warteten auf den Start. Langsam setzte sich das Flugzeug in Bewegung und rollte auf die Startbahn zu.

Dorian und Coco schwiegen und starrten sich ängstlich an. Dann schloss Coco die Augen, und Dorian ballte die Hände zu Fäusten. Fast rechnete er damit, dass die Maschine jeden Augenblick explodieren würde. Das Flugzeug hob ab und gewann rasch an Geschwindigkeit. Coco schlug die Augen auf.

»Wir sind in der Luft«, sagte sie. »Und nichts ist geschehen. Anscheinend habe ich mich doch geirrt.«

Dorian schnallte sich erleichtert ab. Ihre Unruhe war aber noch nicht gewichen. Erst als sie Linz überflogen, entspannte er sich.

»In neunzig Minuten sind wir in London. Dann kann uns deine Familie nichts mehr anhaben.«

»Das stimmt nicht«, sagte Coco, »und das weißt du auch. Wir werden immer in Gefahr sein. Wir sind eine Bedrohung für die Schwarze Familie. Sie werden alles daransetzen, um uns zu vernichten.«

Dorian stand auf und trat an die Bar. »Du hast recht, Coco. Wir werden keine Ruhe haben, solange die Schwarze Familie nicht vernichtet ist. Überall kann Gefahr lauern. Wir müssen vorsichtig sein. Trinkst du einen Whisky?«

Coco nickte.

»Trinken Sie auch einen mit, Mr. Barrett?«, wandte Dorian sich an den Psychiater, der gerade in das Wohnzimmer trat.

»Gern«, sagte er und setzte sich neben Coco. »Das ist aber eine Überraschung, Miss Zamis, Sie hier zu sehen.«

Dorian kehrte mit den Gläsern zurück. »Wie geht es meiner Frau?«, erkundigte er sich.

»Sie schläft, Mr. Hunter«, sagte Barrett und griff nach dem Glas. »Sie führte sich ganz eigenartig auf, als wir das Flugzeug betraten.« Nachdenklich runzelte er die Stirn.

»Inwiefern? Wie verhielt sie sich, Mr. Barrett?«, fragte Coco aufgeregt.

»Sie wurde fast ohnmächtig und zitterte am ganzen Leib. Schaum stand vor ihrem Mund. Sie schrie leise und weigerte sich, das Flugzeug zu betreten. Es kam mir so vor, als würde sie entsetzliche Angst haben.«

Dorian und Coco wechselten rasch einen Blick. Plötzlich war wieder die Angst da. Ein kalter Schauer rann Dorian über den Rücken.

»Der Pilot musste mir helfen, Ihre Frau ins Flugzeug zu bringen, Mr. Hunter. Sie beruhigte sich einfach nicht mehr. Sie schlug um sich und stieß mir mit den Schuhen gegen das Schienbein. Ich musste ihr ein Schlafmittel geben. Es dauerte verhältnismäßig lange, bis sie endlich einschlief.«

Die Gefahr war wieder körperlich spürbar. Sie ging vom Flugzeug aus.

»Entschuldigen Sie mich bitte einen Augenblick«, sagte Barrett lächelnd und stand auf.

Dorian blickte ihm nachdenklich hinterher. Der Psychiater durchquerte den Raum und öffnete die Tür zum Waschraum.

»Was meinst du, Coco?«, fragte Dorian.

»Ich kann die Gefahr wieder spüren«, sagte sie. »Immer deutlicher.« Ihr Gesicht verzerrte sich plötzlich, dann stieß sie einen Schrei aus und sprang auf. »Hast du es gehört?«, fragte sie.

Dorian nickte. Aus der Toilette war ein lautes Geräusch zu hören. Der Psychiater schrie. »Helfen Sie mir, Mr. Hunter! Ich werde …!« Seine Worte endeten mit einem gurgelnden Laut.

Dorian riss seine Pistole heraus und stürmte zur Toilette. Coco folgte ihm. Sie waren noch zwei Meter von der Tür entfernt, als diese geöffnet wurde. Entsetzt blieben sie stehen. Bruno Guozzi, der Untote, grinste sie an. Der kleine, knochige Totenkopf mit den stumpf dreinblickenden Augen bildete einen unheimlichen Kontrast zu dem bulligen Körper. Das Ungeheuer verzog das Gesicht, und die breite Narbe, die sich auf seiner linken Gesichtshälfte von der Stirn bis zum Kinn hinunterzog, leuchtete dunkelrot. Dorian erkannte hinter dem Untoten den Psychiater, der tot im Waschraum lag. Sein Gesicht war eingefallen. Bruno Guozzi hatte ihm das Leben ausgesaugt. Dorian trat einen Schritt zurück und schoss auf den Untoten. Die Kugel drang in die Brust des Unheimlichen ein, doch Guozzi lachte nur böse. Er stand ruhig da und ließ seinen Blick von Dorian zu Coco gleiten.

»Diesmal gibt es kein Entkommen für dich, Bruder«, sagte das Ungeheuer. »Du bist verloren. Und du auch, verdammte Verräterin. Dich nehme ich mir zuerst vor, Coco. Ich soll dir noch einen Gruß von deinem Vater bestellen. Er hat deine Seele verflucht.«

Dorian trat einen weiteren Schritt zurück. Die drohende Gefahr war Wirklichkeit geworden. Sie stand vor ihnen in der Gestalt des Untoten, der nicht zu töten war, zumindest nicht mit herkömmlichen Waffen.

Der Dämonenkiller zweifelte nicht daran, dass sie verloren waren. Sein Blick suchte Coco, die wiederum den Untoten nicht aus den Augen ließ und jetzt ein paar Schritte zur Seite trat. Dorian folgte ihr. Er warf ihr einen verständnislosen Blick zu, als sie weiter zurückwich. Was hatte sie vor? Ein leichtes Lächeln umspielte ihre Lippen. War sie verrückt geworden?

Der Untote lachte noch immer. »Ihr könnt mir nicht davonlaufen«, rief er kichernd. »Ich habe Zeit. Das Flugzeug landet erst in einer Stunde. Komm zu mir, kleine Coco!« Er steuerte grunzend auf sie zu.

Dorian suchte fieberhaft nach einem Ausweg, doch ihm fiel keiner ein. Coco schob ungeduldig Dorians Koffer und seine Reisetasche zur Seite und packte den Karton, den ihr Helnwein gegeben hatte. Das Schwert!, schoss es Dorian durch den Kopf. Coco versuchte an das geweihte Henkersschwert heranzukommen. Vielleicht war das ihre Rettung. Coco riss den Karton auf und holte die Schatulle heraus. Der Untote war bis auf wenige Schritte herangekommen. Das Mädchen öffnete den Verschluss und nahm das Schwert heraus.

Guozzi heulte wütend. »Das Schwert nützt euch auch nichts.« Er fasste nach Coco, die behände zur Seite sprang. Sie schlug zu, doch der Untote reagierte überraschend schnell. Er duckte sich, so dass der Schlag ins Leere ging. Durch die Wucht des Hiebes wurde sein Körper mitgerissen. Der Untote versetzte Coco einen gewaltigen Schlag in den Nacken. Das Schwert fiel ihr aus den Händen. Guozzi lachte zufrieden und wandte sich jetzt Hunter zu, der sich nach dem Schwert bücken wollte. Ein Stoß schleuderte ihn zur Seite. Diese Sekunde nutzte Coco, um die Waffe wieder zu ergreifen. Vielleicht traute der Untote ihr weniger zu als Dorian; das war auf jeden Fall ein entscheidender Fehler. Sie hob das Schwert und schlug zu. Guozzi hob abwehrend die rechte Hand, und Coco trennte den Arm des Monstrums ab. Schwarzes Blut spritzte hervor.

Dorian attackierte den Wiedergänger von der anderen Seite, wurde jedoch von der unverletzten Hand in einen stahlharten Würgegriff genommen. Mit bloßen Händen war gegen dieses Wesen nichts auszurichten. Verzweifelt trommelte Dorian mit beiden Fäusten gegen den Kopf des Monstrums, während sein Gesicht langsam blau anlief.

Wieder schlug Coco zu. Diesmal traf sie die Schulter. Knochen splitterten. Der Untote heulte wütend auf und ließ Dorian los. Cocos Gesicht war gerötet, und ihre Augen blitzten. Ihre weiße Bluse war voll schwarzer Blutspritzer. Guozzi hatte sich halb aufgerichtet, als das Schwert wieder auf ihn niedersauste. Diesmal spaltete es dem Monster den Schädel bis zum Nasenbein. Guozzi stieß einen fürchterlichen Schrei aus und rollte zur Seite, doch er lebte immer noch. Trotz der fürchterlichen Verletzung stand er wieder auf. Schwarzes Blut rann über sein Gesicht, ein Auge hing aus der Höhle.

Jetzt aber hatte Coco endgültig die Oberhand gewonnen. Der Untote stand schwankend vor ihr und griff mit beiden Händen nach ihr. Doch die ehemalige Hexe gab sich keine Blöße mehr. Sie umtänzelte das Ungeheuer und wartete auf ihre Chance. Sie wollte sich nicht noch einmal in die Reichweite der langen Arme begeben. Immer wieder deutete sie einen Schlag an, wich aber blitzschnell zur Seite.

»Du musst ihn ablenken!«, rief sie Dorian zu.

Er sah sich suchend um, dann fiel sein Blick auf die Bar. Er holte einige Gläser und Flaschen heraus, die er dem Untoten ins Gesicht warf. Schließlich taumelte Guozzi zurück. Auf diese Gelegenheit hatte Coco gewartet. Sie hob das Schwert und ließ es niederkrachen. Sie hatte alle Kraft in den Schlag gelegt, so dass es ihr fast aus der Hand fiel, als es den Hals des Untoten durchschnitt. Guozzi brach zusammen, und der Kopf kullerte über den Spannteppich. Coco ließ schwer atmend das Schwert fallen. Dorian trat neben sie und legte schweigend seine Hände auf ihre Schultern. Wenn er noch einen letzten Beweis gebraucht hatte, dass Coco auf seiner Seite stand, hatte er ihn hiermit erhalten.

Er schaute sich um. Der Wohnraum des Flugzeuges sah fürchterlich aus. Die Wände waren mit Blut bespritzt, der Spannteppich ruiniert, Flaschen und zerbrochene Gläser lagen herum.

»Wir werden einige Schwierigkeiten haben, deinem Freund zu erklären, was hier geschehen ist«, sagte Coco.

Dorian nickte. Er wusste noch nicht, ob er Jeff die Wahrheit sagen würde. Parker glaubte gewiss nicht an die Existenz von Geistern und Dämonen.

»Wir werden einfach sagen, dass sich ein blinder Passagier auf der Toilette versteckt hat und dann gewalttätig geworden ist.«

»Ob du mit dieser Erklärung durchkommen wirst?«

»Es wird schon gehen«, sagte Dorian. »Die beiden Toten sind schließlich Beweis genug. Ich verständige die Piloten.«

Langsam ging er durch das Flugzeug. Coco würde bei ihm bleiben. Er vertraute ihr jetzt – und hoffte, dass sie ihm seinen Ausraster auf dem Roten Berg irgendwann würde verzeihen können. Er brauchte ihre Hilfe. Auch wenn sie ihre Fähigkeiten verloren hatte, so wusste sie doch über viele Zusammenhänge innerhalb der Schwarzen Familie Bescheid, von denen Dorian keine Ahnung hatte.

Während er zum Cockpit ging, fragte er sich, ob es wohl noch anderen Brüdern gelungen war, aus der brennenden Hexenburg zu entkommen. Es war sehr wahrscheinlich, und er war sicher, dass er ihnen noch begegnen würde. Es wartete viel Arbeit auf ihn. Zu viel für einen Einzelnen. Es musste ihm gelingen, noch weitere Mitstreiter für seine Aufgabe zu gewinnen. Sein Leben war von nun an ständig in Gefahr. Er würde keinen Augenblick mehr Ruhe haben. Jeder konnte sein Feind sein. Die Dämonen waren mächtig. Viele der einflussreichsten Leute gehörten der Schwarzen Familie an. Sie lebten ein Leben nach eigenen Gesetzen. Seine Aufgabe war es, den Dämonen die Maske herunterzureißen und sie zu vernichten.

Er war der Dämonenkiller.

Drittes Buch

Der Puppenmacher

von Ernst Vlcek

»Komm, komm, meine Puppe!«, lockte der Mann.

Das Mädchen wollte den dunklen Raum nicht betreten, aber ebenso willenlos, wie sie dem Mann über die Treppe und durch die Korridore hierher gefolgt war, näherte sie sich auch der offenstehenden Tür, hinter der er wie ein Schemen lauerte. Wie ein Polyp mit unzähligen Armen. Alles in ihr drängte danach, umzukehren und davonzulaufen, aber sie kam nicht gegen die Kraft an, die von ihm ausging und sie zwang, den Weg weiterzugehen, den sie einmal beschritten hatte. Es war ein Weg ins Verderben, das wusste sie. Zaghaft und widerstrebend setzte sie einen Fuß vor den anderen, und als sie dann die offene Tür erreicht hatte und in den Raum eintrat, da war es ihr, als betrete sie in eine andere Welt, eine Welt voller Geheimnisse, über der die Stille unheilvoll lastete und in deren Schatten das Grauen lauerte. Hinter ihr fiel die Tür ins Schloss. Der Knall verhallte, und dann war es wieder bedrückend still; nur der keuchende Atem des Mannes und ihre eigenen Schritte waren zu hören.

Ihre langen, schlanken Beine waren schlaff, aber der Mann gab ihr die Kraft, sich bis in die Mitte des Zimmers vorzutasten. Dort blieb sie stehen. Durch das breite Fenster fiel ein Lichtschein vom Park herein und zauberte ein gespenstisches Muster an die Decke. Einen Moment lang kamen ihr die sich bewegenden Schatten schrecklicher vor als alles andere; sie sahen aus wie Ungeheuer, die mit dürren Armen und scharfen Krallen nach ihr griffen. Aus ihrer Kehle löste sich ein Schrei, der ihr unsägliche Erleichterung verschaffte, doch die feuchte, heiße Hand des Mannes verschloss sofort ihren Mund und erstickte den Schrei. Die Furcht war in ihr gefangen, die Beklemmung lähmte ihren Körper.

Es war ein schöner, jugendlicher Körper, den nur eine leichte Bluse und ein kurzes Röckchen einhüllten; ihre langen makellosen Beine steckten bis zu den Knien in eng anliegenden Lederstiefeln.

»Still, meine Puppe!«, flüsterte der Mann ihr mit rauer Stimme ins Ohr. »Du wirst jetzt ganz still und artig sein.«

Die feuchte Hand löste sich langsam von ihrem Mund, wanderte an ihrem Hals hinunter und strich dann leicht wie ein Windhauch über ihre Brustspitzen. Als sie die Berührung durch die dünne Bluse spürte, erschauerte sie. Sie wollte kratzen und um sich schlagen, schreien und davonlaufen, aber der Mann hatte verlangt, dass sie still und artig sein sollte, und sie musste ihm gehorchen. Sie war zu keiner Bewegung fähig. Auch als sie wieder die schweißnassen Hände spürte, die sie von hinten umschlangen und an den Knöpfen ihrer Bluse nestelten, hatte sie nicht die Kraft, sich zu wehren. Sie stand nur da, von Ekel und Furcht geschüttelt. Deutlich spürte sie den leichten Luftzug, der über ihre nackte Brust strich. Sie merkte, wie die kalte Seide über ihre Schultern zurückgezogen wurde und langsam ihre Arme hinunterglitt. Es entstand ein kaum wahrnehmbares raschelndes Geräusch, als die Bluse zu Boden fiel. Dann rutschte das kurze Röckchen ihre Beine hinunter. Ihr Höschen zerriss, und die Fetzen fielen neben die Bluse.

»Du bist schön, meine Puppe«, keuchte der Mann hinter ihr. »Du wirst die schönste aller meiner Puppen sein. Ich muss nur noch deinen Widerstand brechen, damit du mir ganz, mit Leib und Seele, gehörst.«

»Niemals!«, schrie das Mädchen, das für einen Moment seine Stimme wiederfand. »Ich werde niemals …« Sie verstummte gegen ihren Willen. Die Stimme versagte ihr einfach.

Der Mann kicherte. »Ich werde dich schon noch zurechtbiegen, meine widerspenstige Puppe.« Er suchte in der Dunkelheit ihre Hand und führte sie durch den Raum zu einer Wand. Von der Einrichtung nahm sie überhaupt nichts wahr, bis auf ein seltsames Gebilde. Es erschien ihr im ersten Augenblick wie ein kleiner Altar oder wie ein Tabernakel, aber irgendwie erinnerte es sie auch an ein Haus – an ein kleines, mit viel Liebe und Akribie gebautes Spielzeughaus.

»Das Puppenhaus«, hörte sie den Mann wie aus weiter Ferne sagen. Seine Hände erschienen in ihrem Blickfeld und klappten die Vorderfront des Häuschens wie eine Doppeltür auf. Sie konnte in das erleuchtete Innere blicken und sah, dass das Puppenhaus in vier Etagen unterteilt war und dass jede Etage aus mehreren kleinen Abteilen bestand, die mit winzigen Möbeln eingerichtet waren.

In einigen Abteilen befanden sich Puppen. Es waren wunderschöne Figuren, keine kleiner als dreißig Zentimeter. Sie trugen hübsche Flitterkleider, hatten rosig geschminkte Gesichter und funkelnde Augen – als seien sie aus kostbaren Diamanten gearbeitet. Die Puppen waren Menschen so naturgetreu nachgebildet, dass es schien, als würden sie leben.

»Tanzt, meine Puppen, tanzt!«, sagte der Mann.

Tatsächlich begannen sich die Puppen zu bewegen. Sie drehten ihre zierlichen Körper, trippelten mit den Beinen und vollführten mit den winzigen Armen graziöse Bewegungen. Es waren fünf, nein, sechs Puppen, die nach einer unhörbaren Melodie tanzten. Das Mädchen starrte fasziniert auf die Szene. Als jedoch eine der Puppen ihr das Gesichtchen zuwandte und zwei Reihen schwarzer Zähne entblößte, schrie sie auf.

Fast augenblicklich verhallte ihre Stimme wieder. Ihr Mund blieb weit geöffnet, aber kein Laut kam heraus. Es war, als würde die Stille alle Geräusche schlucken.

»Das ist der Begrüßungstanz, meine Puppe«, sagte der Mann. »Auf diese Art und Weise wollen dich deine Schwestern willkommen heißen. Sieh, meine Puppe, das Puppenhaus wird dein neues Zuhause sein!«

Sie wich entsetzt einen Schritt zurück, doch der Mann versperrte ihr den Weg. Als sie wieder zu dem Puppenhaus hinüberblickte, war ihr, als sei es gewachsen. Es überragte sie jetzt, und die Puppen erschienen ihr plötzlich groß. Sie wandte den Kopf dem Mann zu, musste aber hoch zu ihm hinaufsehen. Sein Gesicht entschwand immer weiter zur Decke empor.

Sie musste die Augen schließen, um gegen das Schwindelgefühl anzukämpfen, das sie befiel. Als sie die Lider erneut öffnete, sah sie das Gesicht des Mannes wieder vor sich, aber es war jetzt so groß wie ein Felsmassiv, in dem jede einzelne Pore einem tiefen Krater glich. Sie presste die Hände gegen ihre Brust, um ihren rasenden Herzschlag zu beruhigen. Als sie an sich hinunter blickte, erfasste sie ein neues Schwindelgefühl. Sie stand barfuß auf der schweißnassen Handfläche des Mannes! Er öffnete jetzt den Mund, und es schien ihr, als würde sich der Rachen eines Ungeheuers öffnen und sie verschlingen.

»Meine Puppe!«, sagte der Mann jedoch nur, dann stellte er sie zart und behutsam in das Puppenhaus. »Du bekommst Kleider, damit du nicht frierst«, sagte er. »Ich werde dich mit Essen und Trinken versorgen. Und ich werde dich zähmen. Der Tag ist nicht mehr fern, da du mir zu Willen sein wirst, genau wie meine anderen lieblichen Puppen. Du wirst den anderen vergessen und nur noch mich lieben.«

Die Vorderfront des Puppenhauses fiel zu. Sie war gefangen – gefangen in einem winzigen Körper, unterdrückt von der unheimlichen Willenskraft dieses Dämons. Aber ihr Widerstand war noch lange nicht gebrochen.

Donald Chapman wartete in seinem Wagen mit laufendem Motor vor der O'Hara-Stiftung. Es war ein kalter, nasser Dezembertag, und die Kälte und Nässe drang einem durch die Kleider bis in die Knochen. Er hatte zusätzlich zur Heizung das Warmluftgebläse eingeschaltet, damit die Scheiben nicht beschlugen. Es schien, als starre er durch die Windschutzscheibe ins Leere; in Wirklichkeit ließ er jedoch den Eingang der Stiftung nicht aus den Augen. Er prägte sich alle Einzelheiten jeder Person ein, die herauskam oder hineinging. Das hatte keinen besonderen Grund; er tat es aus reiner Angewohnheit. Das brachte sein Beruf als Secret-Service-Agent nun einmal so mit sich.

Donald Chapman war trotz seiner mittlerweile dreiundfünfzig Jahre noch immer kräftig und durchtrainiert, und er wirkte wesentlich jünger, obwohl sein dunkles Haar von Silberfäden durchzogen war. In seinem Bekanntenkreis zog man ihn damit auf. Man sagte, er hätte sich die Haare nur gefärbt, um mit seinen graumelierten Schläfen eine größere Wirkung auf Frauen zu erzielen. In der Tat war er ein Frauenheld, und sein Alter tat dieser Leidenschaft nicht den geringsten Abbruch, aber er bezweifelte, dass es etwas mit seinen Haaren zu tun hatte. Er gefiel den Frauen, und sie gefielen ihm.

Jetzt jedoch hatte er gänzlich andere Dinge im Kopf. Er ließ seinen Blick über die hohe, von Efeu überwucherte Steinmauer der O'Hara-Stiftung wandern. Niemand kam bei diesem Anblick auf die Idee, dass hinter der Eingrenzung ein Irrenhaus lag. Freilich, die O'Hara-Stiftung war kein staatlich geleitetes Haus, in dem renitente Patienten in Zwangsjacken schmoren mussten oder durch mittelalterliche Methoden zur Räson gebracht wurden. Sie war ein Privatsanatorium, in dem psychisch Gestörte nach den neuesten Erkenntnissen der Psychoanalyse behandelt wurden – und das mit beachtlichem Erfolg, wie man hörte. Dennoch blieb es für Chapman letztlich eine Klapsmühle.

In den zehn Minuten, in denen er in seinem Wagen vor dem Sanatorium gewartet hatte, waren drei Personen – zwei Frauen und ein Mann – herausgekommen und vier Frauen hineingegangen. Jetzt kam wieder ein Mann durch das Tor heraus. Er war ein Meter neunzig groß, hatte dunkle, stechende Augen und auf der Oberlippe einen dichten Bart, dessen Spitzen über die Mundwinkel nach unten hingen. Er hatte die Hände tief in die Taschen seines Trenchcoats vergraben, die Schultern eingezogen und den breiten Kragen aufgestellt.

Dorian wird nie lernen, sich richtig zu kleiden, dachte Chapman, der selbst größten Wert auf ein korrektes Aussehen legte. Er öffnete die linke Vordertür seines Rovers. Der Dämonenkiller blickte herüber, zögerte, dann spiegelte sein Gesicht Erkennen. Er kam mit großen Schritten zum Wagen und ließ sich auf den Beifahrersitz sinken.

»Sauwetter!«, schimpfte er inbrünstig und wandte sich dann erst Chapman zu. »Sie hätte ich hier nicht erwartet, Don!«

»Natürlich – weil Sie keinen sechsten Sinn haben, Dorian«, erwiderte Chapman und legte den ersten Gang ein. Der Wagen fuhr langsam und ruckfrei an. »Wie geht es Lilian?«

»Ihr Zustand hat sich ein wenig gebessert«, antwortete Dorian stirnrunzelnd. »Aber nach den anfänglichen Erfolgen ist eine Stagnation eingetreten. Der Professor meint, ich müsse mich mit dem Gedanken vertraut machen, dass Lilian für längere Zeit in Behandlung bleibt. Er hat ziemlich um den heißen Brei herumgeredet, aber ich habe schnell gemerkt, dass er nicht recht an eine endgültige Heilung glaubt.«

Chapman schaltete die Scheibenwischer ein und starrte betreten durch die Windschutzscheibe. Noch immer war er sich nicht sicher, ob er Hunter für voll nehmen sollte. Die Geschehnisse in Asmoda und Wien waren längst Gegenstand geheimer Untersuchungen des Secret Service geworden, und ihm, Chapman, hatte man undankbarerweise die Leitung des Projektes anvertraut. Dabei hätte beim Service niemand auch nur einen Gedanken daran verschwendet, sich einzuschalten, wenn Dorian Hunter nicht seine eigene, höchst sonderbare Version der Geschichte zu Protokoll gegeben hätte. Vampire und Dämonen kamen in der offiziellen Akte, für die man sich irgendeine halbwegs plausible Geschichte zusammengereimt hatte, natürlich nicht vor.

Chapman selbst grübelte schon seit Tagen darüber nach, ob er Hunters Schilderungen für bare Münze nehmen sollte. Dämonen auf einer Hexenburg, der Kampf gegen den Fürsten der Finsternis und schließlich die Enthauptung seines untoten Bruders Bruno Guozzi – das war nichts für schwache Nerven. Vor allem Letzteres erschien eher wie ein perfider Racheakt gegenüber einem Unschuldigen. Dorian Hunter jedoch bestand darauf, dass er keine andere Möglichkeit gehabt hätte, Guozzi unschädlich zu machen.

»Kommen Sie bei Ihren Nachforschungen voran, Don?«, riss der Dämonenkiller Chapman in die Wirklichkeit zurück.

Der Agent seufzte. »Sie haben mir da vielleicht etwas eingebrockt, Dorian. Ehrlich gesagt, ich glaube kein Wort von Ihren Schauermärchen.«

Der Dämonenkiller lächelte bitter. »Ich weiß Ihre Ehrlichkeit zu schätzen. Aber welche andere Erklärung für das Vorgefallene könnte es sonst geben?«

»Nun, ganz einfach«, entgegnete Chapman. »Sie kennen Coco in Wahrheit schon seit einiger Zeit. Schließlich wurden Sie Lilians überdrüssig und tüftelten mit Miss Zamis einen teuflischen Plan aus, sie aus dem Weg zu räumen. Für einen Mord waren Ihre Skrupel zu groß, und so nutzten Sie den labilen Geisteszustand

Lilians, um sie endgültig zu verwirren. Das ist eine ganz simple Dreiecksgeschichte – und eine für mich durchaus akzeptable Erklärung. Nur …«

»Ja?«

»Ich traue Ihnen ein so abscheuliches Verbrechen einfach nicht zu«, meinte Chapman seufzend. »Aber mit Untoten und Dämonen kann ich noch weniger anfangen.«

»Sie können Gift darauf nehmen, dass ich Sie eines Tages von der Existenz der Dämonen überzeugen werde«, sagte Dorian leidenschaftlich. »Wenn wir ihnen nicht bald Einhalt gebieten und rigoros gegen sie vorgehen, dann werden sie eines Tages die Erde beherrschen.«

Die beiden Männer sahen einander kurz an. Dorian Hunter mit ernstem Blick, Chapman dagegen mit leichtem Spott in den Augen.

»Nun, wie dem auch sei«, meinte der Secret-Service-Agent schließlich. »An mich ist ein Fall herangetragen worden, der Sie interessieren wird. Es sieht aus, als falle er genau in Ihr Gebiet. Es geht um einen Jungen, der nach Ansicht seines Vaters von Dämonen besessen ist. Ich habe versprochen, einen Fachmann hinzuziehen. Deshalb wende ich mich an Sie.«

Eine Weile fuhren sie wieder schweigend dahin. Schließlich brach Dorian das Schweigen. »Sie glauben also daran, dass es so etwas wie Besessenheit gibt?«

Chapman schüttelte den Kopf. »Der Vater des Jungen glaubt es. Das ist ein Unterschied.«

»Und warum nehmen Sie sich dieser Geschichte dennoch an?«

Chapman seufzte. »Lord Elmer Scott Hayward ist ein Diplomat im Ruhestand. Er hat immer noch gute Beziehungen zu Regierungskreisen. Sie wissen, wie das ist, Dorian. Man kann solche Leute nicht einfach vor den Kopf stoßen. Also mache ich gute Miene zum bösen Spiel und verspreche, alles zu tun, um Phillip Hayward von den Dämonen zu befreien.«

»Erzählen Sie weiter!«, verlangte Dorian. Er glaubte Chapman nicht recht, wollte sich aber ein abschließendes Urteil erst bilden, nachdem er ihn angehört hatte.

»Lord Hayward war früher in Hongkong im diplomatischen Dienst tätig«, erzählte Chapman, während sie am Hyde Park vorbei und dann auf den Grosvenor Place in Richtung Themse fuhren. »Er heiratete vor fünfundzwanzig Jahren eine um achtundzwanzig Jahre jüngere Chinesin, mit der er auch heute noch zusammenlebt. Sie gebar ihm einen Sohn, Phillip, der jetzt dreiundzwanzig Jahre alt ist. Ich hatte vor zehn Jahren einmal wegen einer Spionagegeschichte in Hongkong zu tun. Damals lernte ich Lord Hayward kennen. Es war eher eine flüchtige Bekanntschaft, aber sie dürfte dafür ausschlaggebend sein, dass man mich jetzt plötzlich mit diesem Fall betraut hat.«

»Er kam einfach zum Secret Service und behauptete, dass sein Sohn von Dämonen besessen sei?«, fragte Dorian skeptisch.

Chapman lächelte. »Nein, so weltfremd ist nicht einmal dieser exzentrische Alte. Er sagte nicht, worum es ging, sondern forderte einfach einen tüchtigen Mann zu seiner Unterstützung an. Vielleicht nannte er sogar meinen Namen. Hayward rückte lange nicht mit der Sprache heraus. Erst bei meinem zweiten Besuch in seiner Villa ließ er die Katze aus dem Sack. Vorher ließ er mich schwören, dass ich zu niemandem auch nur ein Sterbenswörtchen darüber sage. Er tat überhaupt sehr geheimnisvoll und wollte nicht einmal, dass seine Frau davon erfuhr, dass er sich an den Secret Service gewandt hatte. Ich musste mich als Versicherungsagent ausgeben und sollte so tun, als ginge es um eine Lebensversicherung für Phillip.«

»Jetzt weiß ich wenigstens, wohin die Fahrt geht«, meinte Dorian.

»Haywards Villa liegt am Ende der Baring Road«, erklärte Chapman. »Das ist auf der anderen Seite der Themse. Am südöstlichen Stadtrand. Ich flehe Sie an, Dorian, gehen Sie auf das Spiel des Alten ein! Mir ist aufgefallen, dass er vor irgendetwas ganz erbärmliche Angst hat. Außerdem scheint er felsenfest an das zu glauben, was er sagt. Offenbar befürchtet er eine schreckliche Katastrophe, falls herauskommt, an wen er sich gewandt hat. Versprechen Sie mir, dass Sie bei seiner Geheimnistuerei mitmachen und ihn nicht vor den Kopf stoßen?«

»Schon geschehen«, antwortete Dorian. Sie überfuhren gerade

die Themse auf der Vauxhall Bridge. »Aber können Sie mir nicht nähere Angaben über den Grund unseres Besuches machen?«

Chapman schüttelte bedauernd den Kopf. »Viel mehr gibt es nicht zu erzählen. Lord Hayward erklärte, dass er sich auf eine Sache eingelassen hätte, die ihm nun über den Kopf zu wachsen drohe. Einzelheiten wollte er nicht preisgeben. Vielleicht ist er Ihnen gegenüber redseliger. Schließlich sind Sie der Dämonenaustreiber.«

»Mir scheint, Sie wollen sich über mich lustig machen«, sagte Dorian unwirsch.

Chapman streckte beide Hände abwehrend von sich und ergriff dann schnell wieder das Lenkrad, als der Wagen dem Straßenrand zustrebte.

»Ich will Ihnen kein faules Ei verkaufen, Dorian«, versicherte er. »Alles hat sich so zugetragen, wie ich es sagte. Aber nehmen Sie es mir nicht übel, wenn ich selbst die Angaben Lord Haywards bezweifle.«

»Und weil Ihnen die Angelegenheit suspekt erscheint, wollen Sie sie auf mich abwälzen«, sagte Dorian.

Chapman schüttelte den Kopf. »Ganz so ist es nicht. Ich muss sagen, dass ich nahe dran war, dem Alten zu glauben, nachdem ich seinen Sohn gesehen hatte. Zumindest kamen mir leise Zweifel an meiner Überzeugung, es gäbe keine Dämonen. Aber inzwischen habe ich wieder etwas Distanz gewonnen und sehe die Sache nüchterner.«

»Sie haben Phillip Hayward gesehen?«, fragte Dorian. »Welchen Eindruck hatten Sie von ihm?«

»Ich … Es schien mir fast so, als sitze irgendetwas an ihm fest und sauge ihm langsam aber unerbittlich das Leben aus«, sagte Chapman bedächtig. »Er sprach konfuses Zeug, das keinen Sinn ergab. Ich schätze, dass er geistesgestört ist. Phillip Hayward bietet einen schrecklichen Anblick. Er ist ein Sterbender. Mein Wort, Dorian, der Junge hat nicht mehr lange zu leben. Allerdings glaube ich nicht, dass Dämonen dafür verantwortlich sind, sondern ich vermute ein Verbrechen.«

Dorian nickte gedankenverloren. Wenn tatsächlich ein konventionelles Verbrechen vorlag, dann interessierte es ihn nicht. Deshalb ging er von der Voraussetzung aus, dass Dämonen mit im Spiel waren. Er spürte, wie ihn eine seltsame Erregung erfasste. Sein Plan, einflussreiche Persönlichkeiten und Politiker von der Existenz der Dämonen zu überzeugen, nahm langsam Formen an. Der Secret Service war nur ein erster Schritt dahin. Wenn Phillip Hayward tatsächlich von Dämonen gequält wurde, dann würde er sich die Chance nicht entgehen lassen, die Regierungsstellen davon zu unterrichten. Er würde den Verantwortlichen die Augen öffnen und ihnen beweisen, dass zwischen Himmel und Erde Dinge passierten, von denen sie nichts ahnten, und Donald Chapman sollte sein Verbindungsmann sein. Dorian lächelte grimmig. Er freute sich fast diebisch auf den Moment, in dem der Secret-Service-Agent erkennen musste, dass er, Dorian, die Wahrheit gesprochen hatte.

Der Dämonenkiller war so in Gedanken versunken, dass er gar nicht merkte, wie lange sie schon unterwegs waren. Als Chapman den Wagen plötzlich abbremste und an den Bordstein fuhr, schreckte er hoch.

»Wir sind da«, sagte Chapman. Er deutete auf das nur wenige Meter entfernte Tor eines Grundstücks. »Leider hat mir Lord Hayward untersagt, in seinen Park zu fahren – auch so eine Schrulle von ihm –, so dass wir das letzte Stück zu Fuß zurücklegen müssen.« Chapman zog den Zündschlüssel ab und ermahnte Dorian noch einmal: »Sprechen Sie zu niemandem über den wahren Grund unseres Hierseins! Wir sind Angestellte von Lloyds.«

»Und wenn wir uns ausweisen müssen?«, fragte Dorian.

Chapman winkte ab. »Das würde nur Lord Hayward verlangen – oder seine Frau. Aber von ihr ist nichts zu befürchten. Die beiden Male, die ich hier war, habe ich sie nicht zu Gesicht bekommen. Hayward sagte, dass sie durch eine Krankheit vorübergehend ans Bett gebunden sei.«

Sie schickten sich gerade an, aus dem Wagen zu steigen, als die Pforte neben der Toreinfahrt geöffnet wurde. Eine Frau in Schwarz trat heraus und wandte sich nach links. Sie trug einen langen, schwarzen Mantel und einen Hut mit einem Schleier, der ihr ganzes

Gesicht verbarg. Als sie in den Lichtschein der Straßenlaterne trat, sprang Chapman wie von der Tarantel gestochen aus dem Wagen und rief: »Lady Hayward, Lady Hayward, darf ich …«

Die Frau reagierte nicht auf den Zuruf. Sie überquerte die Straße mit schnellen, trippelnden Schritten und verschwand in der nächsten Querstraße. Chapman war unschlüssig stehengeblieben.

»Sagten Sie nicht eben, Lady Hayward sei bettlägerig?«, fragte Dorian, der ebenfalls ausgestiegen war.

»Ich hätte schwören können, dass sie es war«, murmelte der Agent irritiert und hob die Schultern. »Wahrscheinlich habe ich mich geirrt. Kommen Sie, Dorian, Lord Hayward wird uns bereits erwarten.«

Der Mann öffnete die Vorderfront, und im Puppenhaus gingen die Lichter an. Die Puppen waren in ihren kurzen Flitterröckchen und mit den enganliegenden Oberteilen zur Leblosigkeit erstarrt. Nur eine einzige Puppe bewegte sich. Sie war nackt und verbarg ihre Blöße mit den zierlichen Händen. Aber obwohl in ihr mehr Leben war als in den anderen sechs, wirkte auch ihr Gesicht leer und ausdruckslos; die Augen blitzten nicht wie Diamanten, sondern waren stumpf.

»Seht nur, wie sie sich schämt, meine widerspenstige Puppe!«, sagte der Mann amüsiert und spöttisch. »Oder ist ihr etwa kalt?«

Die nackte Puppe erschauerte.

»Ich habe dir etwas mitgebracht«, sagte der Mann und ließ ein Flitterkleidchen am Schulterträger von seinem Zeigefinger baumeln. »Willst du es nicht anziehen?«

Die nackte Puppe rührte sich nicht. Der Mann führte den Zeigefinger, an dem das winzige Kleid hing, näher an sie heran. Als seine Fingerkuppe nur noch zwei Zentimeter von der Puppe entfernt war, fauchte sie plötzlich und bleckte ihre schwarzen Zähne. Noch ehe der Puppenmacher seinen Finger zurückziehen konnte, hatte ihn die Puppe gebissen. Der Mann gab einen unterdrückten Wutschrei von sich, schlenkerte die Hand und sog das Blut aus der Wunde. Dann hatte er sich wieder gefasst und sagte mit lüsterner

Stimme: »Du kleine Rebellin willst doch deinen Herrn und Meister nicht verärgern? Mir scheint, du kommst mit deinen Gedanken nicht von deinem ehemaligen Liebhaber los. Das muss sich ändern. Ich werde dich lehren, nur noch mich zu lieben.«

Die nackte Puppe erschauerte wieder. Ihre Augen wurden auf einmal von einem inneren Feuer erhellt, glitzerten wie zwei sprühende Diamanten. Ihre Arme begannen konvulsivisch zu zucken; es war, als habe ein anderer die Kontrolle über ihren Körper übernommen. Sie breitete die Hände aus, riss sie nach hinten und stützte sich auf dem Boden auf. Dann spreizte sie die Beine. Ihr Körper hob und senkte sich, als würde ein Gewicht auf ihm lasten, von dem sie sich befreien wollte. Der Puppenmacher atmete schneller, während die Bewegungen des kleinen, nackten Puppenkörpers immer rhythmischer wurden; er passte sich ihnen an, atmete im gleichen Rhythmus wie die Puppe. Und als sie plötzlich wild und in heftiger Abwehr fauchte, kam ein befreiendes Gurgeln aus seiner Kehle. Dann endlich sank die Puppe erschöpft zurück und blieb reglos liegen. Der Puppenmacher leckte sich über die Lippen und wischte sich den Schweiß von der Stirn. Lächelnd sagte er: »Du wirst noch lernen, mich zu lieben, meine leidenschaftliche Puppe.«

Zärtlich und behutsam streifte er ihr das Flitterkleidchen über den reglosen Körper, in der Überzeugung, ihren Widerstand ein für alle Mal gebrochen zu haben. Er glaubte nun ihr Herr und Meister zu sein und sie nach seinem Willen lassen zu können, doch er irrte sich. Er hatte keine Ahnung von dem Feuer, das in ihrem kleinen Herzen loderte; das Feuer der Liebe zu ihrem Gefährten – und das Feuer des Hasses für den Puppenmacher.

Während Chapman die drei Stufen zum Eingang der Villa hinaufging und so heftig an der Türglocke zog, dass das Gebimmel bis zu ihnen herausdrang, blickte sich Dorian um. Der Park, durch den sie gekommen waren, wirkte verwahrlost. Auf dem Weg spross zwischen dem Kies Unkraut hervor, das Laub vom Herbst lag noch herum, und die Ziersträucher waren verwildert. Die Villa selbst befand sich in einem ähnlichen Zustand. Obwohl in der

Dunkelheit keine Einzelheiten zu erkennen waren und das Licht aus den Fenstern des Erdgeschosses ihn blendete, entging ihm nicht, dass an vielen Stellen der Verputz abblätterte. Einst mochte die Villa ein imposanter Bau gewesen sein. Sie stammte aus der Jahrhundertwende und wies typische Merkmale des Jugendstils auf – eine Stilrichtung, die in England weniger gepflegt worden war als in vielen Ländern auf dem Kontinent. Jetzt aber war davon nicht mehr viel zu sehen. Zwar wies die Vorderfront noch die Schlangenlinie auf, und die Fenster zierten Verschnörkelungen mit Medusenhäuptern und anderen Masken, aber da der Großteil abgebröckelt war, benötigte man einige Phantasie, um die einstige Pracht des Bauwerkes zu erahnen.

Ungefähr eine Minute nachdem Chapman geläutet hatte, wurde die Tür von einem jungen Mann geöffnet. Er mochte so alt wie Dorian sein, und er war schlank, wirkte gepflegt und trug einen dunklen Abendanzug mit Fliege. In seinen Lackschuhen, die unter der Hose mit den hohen Stulpen hervorsahen, spiegelte sich das Licht eines Kristalllüsters. Als er die beiden Männer sah, runzelte er die Stirn.

»Wie sind Sie denn hier hereingekommen?«, herrschte er die beiden an.

Chapman blieb ungerührt. »Die Gartenpforte war offen. Anscheinend hat Lady Hayward vergessen, sie abzuschließen, als sie das Anwesen verließ«, sagte er und beobachtete sein Gegenüber dabei scharf. »Im Übrigen sind wir bei Lord Hayward angemeldet. Mein Name ist Donald Chapman – ich komme von Lloyds. Und das ist …«

»Dorian Holborn«, sagte Dorian, einer plötzlichen Eingebung folgend. Er fand, dass es nichts schaden konnte, wenn er einen falschen Namen nannte.

»Ich wusste gar nicht, dass Lord Hayward heute Besuch erwartet«, meinte der junge Mann und gab den Weg ins Haus widerstrebend frei.

»Es ist auch nicht anzunehmen, dass Lord Hayward seine Bediensteten in seine Privatangelegenheiten einweiht«, entgegnete Chapman kühl und trat ein.

Der junge Mann machte ein Gesicht, als hätte man ihn geschlagen, dann sagte er würdevoll: »Ich bin Gast in diesem Haus. Wenn ich Ihnen geöffnet habe, dann nur, weil die Diener im Augenblick nicht verfügbar sind.« Mit diesen Worten wandte er sich ab und überließ es Dorian, die Tür zu schließen.

»Wer ist da, Henry?«, fragte eine schrille Frauenstimme aus einem Raum zur Linken.

Der junge Mann warf den Besuchern einen abfälligen Blick zu und antwortete: »Niemand, Mutter. Nur zwei Hausierer. Angeblich sind sie mit Lord Hayword verabredet.«

»Tatsächlich?«, fragte die Frauenstimme. »Nun, wenn Sie es sagen, wird es schon stimmen. Scotty verkehrt ja mit den seltsamsten Leuten. Führe die beiden doch in den Salon, bis er kommt. Ich möchte sie sehen.«

Henry machte ein säuerliches Gesicht und bedeutete Dorian und Chapman mit einer Handbewegung, ihm zu folgen. Sie betraten den Salon, aus dem die Frauenstimme erklungen war. Eine ältere Dame blickte ihnen aus einem mit Brokat bezogenen Ohrensessel entgegen. Ihr Gesicht war von einer dicken Puderschicht bedeckt, die ihre Falten noch stärker zur Geltung brachte, statt sie zu vertuschen. Ihre gekräuselten Haare waren gefärbt, die wulstigen, spröden Lippen grellrot geschminkt. Ihr tiefes Dekolleté enthüllte außer einem goldenen, mit Edelsteinen besetzten Halsband viel verwelkte Haut.

Sie nähte gerade an einem Puppenkostüm. Jetzt legte sie ihre Arbeit in den Schoß und blickte den beiden Neuankömmlingen entgegen.

»Henry ist ein unausstehlicher Lausebengel. Er muss immer übertreiben. Als er von Hausierern sprach, da habe ich natürlich an verwahrloste, heruntergekommene Gestalten gedacht. Sicherlich sind Sie gar keine Vertreter, die Scotty – ich meine, Lord Hayward – irgendwelchen Nonsens verkaufen wollen.«

»So ist es«, antwortete Chapman. »Wir sind Angestellte der Lloyds Versicherungen und durchaus ehrenwert.«

»Dass Sie ehrenwert sind, das sehe ich Ihnen an. Ich habe einen

Blick für Menschen«, sagte die alte Dame und streckte Chapman ihre abgemagerte Hand zum Kuss hin. »Ich bin Lady Hurst.«

»Sehr angenehm«, sagte Chapman und nannte seinen Namen. Dorian stellte er als Mr. Holborn vor.

Lady Hurst nahm es ziemlich gelassen auf, dass der Dämonenkiller ihre Hand nicht küsste, sondern nur kräftig schüttelte.

»Ich will ja nicht neugierig sein«, sagte sie mit kokettem Lächeln, »aber Sie kommen sicher wegen der Lebensversicherung, die Scotty für seinen bedauernswerten Sohn abschließen möchte.«

Chapman räusperte sich diskret. »Wenn Sie ohnehin darüber informiert sind, kann ich es wohl zugeben.«

Die alte Dame wandte sich Dorian zu. »Dann sind Sie bestimmt der Arzt, der die Untersuchung des armen Jungen vornehmen soll?«

»So kann man wohl sagen«, antwortete er. »Sie sprechen von Lord Haywards Sohn, als würde ihm Ihr ganzes Mitgefühl gehören, Lady Hurst. Steht es so schlecht um ihn?«

»Ja, wissen Sie denn nicht …«

»Mutter!«, fuhr Henry Hurst dazwischen.

»Oh!«, machte Lady Hurst betroffen. »Habe ich etwas gesagt, was sich ungünstig auf den Versicherungsabschluss auswirken könnte?«

»Wenn Phillip Hayward leidend ist, dann könnte das schon eine Rolle spielen«, meinte Dorian.

Lady Hurst lachte und machte eine wegwerfende Handbewegung. »Etwas Ernstes ist es bestimmt nicht. Er hat in den letzten Tagen nur etwas kränklich ausgesehen, aber im Grunde ist er kerngesund. Sie werden sich selbst davon überzeugen können.«

»Das werde ich tun«, sagte Dorian.

Lady Hurst nahm ihre Handarbeit wieder auf. »Das ist meine Lieblingsbeschäftigung«, erklärte sie augenzwinkernd. »Ich nähe, häkle und stricke Puppenkostüme.«

»Für Henrys Puppen?«, fragte Chapman scheinheilig und erntete dafür einen giftigen Blick des jungen Hurst.

»Nein«, sagte Lady Hurst lachend. »Henry spielt schon längst nicht mehr mit Spielzeug. Dafür interessiert er sich für eine andere Art von Puppen.« Sie deutete mit den Händen üppige Formen an. Dann blickte sie Chapman prüfend in die Augen und sagte anzüglich: »Sie sehen mir ganz so aus, als würden Sie sich ebenfalls sehr intensiv mit jungen Püppchen beschäftigen. Habe ich recht, Mr. Chapman, dass Sie kein Kostverächter sind?«

Chapman wurde der Kragen eng. Zu seiner Erleichterung wurde er einer Antwort enthoben, denn in diesem Augenblick erschien Lord Hayward. Er war mittelgroß, etwa ein Meter achtzig, fast mager und trug langes, wirres Haar, das ihm schlohweiß bis in den Nacken hinunterfiel. Um seine Augen zuckte es nervös, als er seinen Blick über die Anwesenden wandern ließ.

»Du hast Besuch, Scotty«, rief Lady Hurst, als sie ihn sah.

»Ich weiß«, sagte Lord Hayward und knetete nervös seine Hände. Er hielt den Blick gesenkt, um niemandem in die Augen sehen zu müssen. Mit einer fahrigen Bewegung in Chapmans Richtung fügte er hinzu: »Wollen Sie mir bitte in mein Arbeitszimmer folgen, meine Herren?«

Lord Haywards Arbeitszimmer legte Zeugnis darüber ab, dass er in früheren Jahren viel durch asiatische Länder gereist war: Buddhafiguren auf den Schränken und auf dem Tisch, chinesische Drachenmasken an den Wänden, ein Schrumpfkopf polynesischer Kopfjäger und tausenderlei andere Souvenirs füllten den holzgetäfelten Raum. In dieser erdrückenden Fülle von Erinnerungsstücken stach Dorian ein kleiner Bilderrahmen ins Auge, der in einem Regal stand. Er nahm ihn in die Hand und blickte auf das Foto eines etwa zehnjährigen Jungen, der ein schmales Gesicht und große, ausdruckslose Augen besaß, die in unbekannte Fernen starrten. Sein Mund war voll und sinnlich und besaß einen fein geschwungenen Amorbogen. Eigentlich hätte es viel eher das Bildnis eines Mädchens sein können, aber wegen des kurzen Haarschnitts und weil Lord Hayward einen Sohn und keine Tochter hatte, nahm Dorian automatisch an, dass es sich um Phillip handelte.

»Ja, das ist mein Sohn«, antwortete Lord Hayward auf seine Frage. Er ging hinter seinen beladenen Schreibtisch und deutete auf die beiden bequemen Besuchersessel. »Nehmen Sie doch bitte Platz!« Er setzte sich ebenfalls und spielte nervös mit einem Briefbeschwerer, der die Form eines malaiischen Dolches besaß. Kaum dass Dorian und Chapman saßen, sprudelte es nur so über Haywards Lippen. »Sie sind also Dorian Hunter. Und Sie glauben, dass Sie meinem Sohn helfen können? Ich würde alles dafür geben, wenn Ihnen das gelänge. Sie ahnen gar nicht, was wir schon alles versucht haben, um Phillip … Aber das gehört nicht hierher. Hat Ihnen Mr. Chapman meine Befürchtungen mitgeteilt? Schön. Dann kann ich mir lange Erklärungen sparen. Was meinen Sie, Mr. Hunter, werden Sie Erfolg mit Ihrer Teufelsaustreibung haben?«

Dorian holte Atem und sagte: »Sie schätzen mich falsch ein, Lord Hayward. Ich bin kein Exorzist, denn das, was man unter Teufelsaustreibung versteht, gehört in den Bereich der Scharlatanerie.«

»Was sind Sie dann?«, fragte Hayward scharf und warf Chapman einen rügenden Blick zu. »Glauben Sie etwa nicht an Dämonen?«

Dorian erwiderte nüchtern: »Ich glaube an Dämonen, weil ich weiß, dass es sie gibt. Aber man kann sie nur sehr schwer mit weißer Magie bekämpfen, und besiegen kann man sie nur, indem man sie tötet. Die Magie ist das Element der Dämonen, und jeder Mensch, der sich in dieser Disziplin versucht, wird den kürzeren ziehen. Einen Vampir kann ich vielleicht mit Knoblauch und einem Kruzifix in die Flucht schlagen, aber wenn ich ihn töten will, dann muss ich ihm einen Pfahl durchs Herz bohren. Das Gleiche gilt für alle dämonischen Gestalten. Ich kann sie mit Hilfsmitteln – wie einem Drudenkreuz und magischen Formeln – in Schach halten, aber wenn ich für alle Zeiten von ihnen erlöst sein möchte, dann muss ich sie aufspüren und töten.«

»Ich sehe, Sie verstehen etwas von der Materie, Mr. Hunter«, sagte Hayward beeindruckt. »Aber gibt es neben diesen drastischen Maßnahmen nicht auch Möglichkeiten, die Dämonen zu verbannen, so dass sie nie mehr wiederkommen?«

»Das kommt auf den speziellen Fall an«, antwortete Dorian. »Die Beispiele sollten eigentlich nur dazu dienen, Ihnen die Situation zu illustrieren. Dämonen sind keine Gespenster, sondern Wesen aus Fleisch und Blut – schwarzem Blut natürlich. Sie können aussehen wie Menschen und sich auch so benehmen, wenngleich ihr Denken und Fühlen in ganz anderen Bahnen verläuft. Sie sind eben in jeder Beziehung dämonisch, unmenschlich und in unserem Sinne böse. Aber es sind Wesen mit einem Körper. Keine Schemen.«

»Das ist mir nicht unbekannt«, erwiderte Hayward nach einer Pause. Er blickte auf die Platte seines Arbeitstisches und spielte mit dem Briefbeschwerer. Nach kurzem Schweigen blickte er Dorian in die Augen und sagte: »Ich vertraue Ihnen, Mr. Hunter. Wollen Sie jetzt Phillip sehen und ihn untersuchen? Danach möchte ich von Ihnen hören, welche Gegenmaßnahmen zu ergreifen wären.«

»Bevor ich Ihren Sohn aufsuche, möchte ich noch einiges klären«, sagte Dorian. »Es interessiert mich, weshalb Sie annehmen, dass Phillip von Dämonen besessen ist.«

»Das war nicht schwer zu erkennen«, antwortete Hayward und wich abermals Dorians Blick aus. »Er hatte plötzlich Alpträume. Er schrie des Nachts und phantasierte am Tage. Und er verfiel sichtlich. Phillip war schon immer ein kränklich wirkender Junge, aber seit er von Alpträumen geplagt wird, verschlechtert sich sein Zustand von Tag zu Tag. Er nimmt kaum noch etwas zu sich und ist zu schwach, das Bett zu verlassen.«

»Das sind aber alles noch keine Symptome, die auf Dämonen schließen lassen«, entgegnete Dorian.

»Es passierten auch noch andere Dinge.« Lord Hayward begann plötzlich zu zittern. Er öffnete den Mund, um fortzufahren, aber seine Stimme versagte ihm. Erst beim zweiten Versuch konnte er weitersprechen. »Phillip begann wie im Fieber zu phantasieren. Das sagte ich schon. Dabei schilderte er in schrecklichen Einzelheiten die Vorgänge, wie sie in früheren Zeiten bei Schwarzen Messen passiert sind. Ersparen Sie es mir, die Details wiederzugeben! Es war furchtbar für mich, denn Phillips Schilderung war so realistisch, als wäre er selbst dabei gewesen, als hätte er an einer solchen Messe teilgenommen. Das ist jedoch noch nicht alles. Als er eines Nachts wieder schrie, suchte ich ihn auf. In seinem Zimmer herrschte ein Chaos. Sein Bett war zerwühlt, er selbst lag auf dem Boden und schlug um sich, und auf seiner Brust hockten schwarze Gestalten, die ihn traktierten, als wollten sie ihm die Seele aus dem Körper reißen. Seit damals weiß ich, dass Phillip ein Opfer der Dämonen ist.« Lord Hayward hielt erschöpft inne. Er lehnte sich in seinem Sessel zurück und wartete gespannt auf Dorians Reaktion.

»Weitere Hinweise auf die Existenz von Dämonen haben Sie nicht?«, erkundigte sich dieser.

»Die benötige ich nicht, Mr. Hunter.« Hayward beugte sich wieder vor. »Ich weiß, welches Schicksal meinen Sohn ereilt hat. Was ich gesehen und gehört habe, ist mir Beweis genug. Wenn meine Angaben Ihnen nicht reichen, dann bedauere ich es sehr. Aber mehr kann ich Ihnen nicht sagen. Trotzdem hoffe ich, dass Sie noch immer bereit sind, meinem Sohn zu helfen.«

»Ich werde es versuchen, aber ich benötige in jedem Fall Ihre vollste Unterstützung«, sagte Dorian fest.

»Die werde ich Ihnen im Rahmen meiner Möglichkeiten geben«, versicherte Lord Hayward nicht sehr überzeugend.

Dorian und Chapman wechselten einen schnellen Blick. Sie waren sich darin einig, dass Hayward etwas verschwieg. Dorian unternahm noch einen Versuch, etwas mehr Licht in das Dunkel zu bringen. »Welche Rolle spielen denn eigentlich Lady Hurst und ihr Sohn bei dieser Sache?«, fragte er rundheraus.

Hayward zuckte zusammen, aber er fasste sich schnell und sagte empört: »Lady und Henry Hurst sind alte Freunde. Ich möchte, dass sie und meine anderen Gäste nicht von unserer Abmachung betroffen werden.«

»Welche anderen Gäste?«, erkundigte sich Dorian.

»Das geht Sie nichts an!«, krächzte Hayward, ließ sich dann aber doch noch zu einer näheren Erklärung herab und fügte in gemäßigtem Tonfall hinzu: »Es handelt sich um insgesamt sieben Personen. Alles Freunde der Familie. Sie genießen mein vollstes Vertrauen. Ich verbiete Ihnen, sie zu belästigen.«

»Wenn diese Personen Ihr Vertrauen genießen, warum mussten wir uns dann als Versicherungsagenten ausgeben?«, wollte

Chapman wissen, der die Führung des Gesprächs bislang Dorian überlassen hatte.

»Weil …« Hayward unterbrach sich, hob dann ruckartig den Kopf und fuhr mit fester Stimme fort: »Ich möchte mich nicht lächerlich machen. Das können Sie doch verstehen, Mr. Chapman?«

Der Agent nickte. Das war genau das, was er hatte hören wollen. Dorian jedoch war mit dieser Antwort weniger zufrieden. Er war überzeugt, dass Hayward log – nicht nur in diesem Punkt.

»Ich möchte Sie bitten, dass Sie mich den anderen gegenüber nicht bei meinem richtigen Namen nennen«, sagte er deswegen. »Ich habe mich als Dorian Holborn ausgegeben. Das hat keine besondere Bedeutung, sondern ist nur eine vorbeugende Maßnahme. Ich möchte mich nämlich ebenfalls nicht lächerlich machen. Und jetzt führen Sie uns bitte zu Phillip!«

Chapman mischte sich zum zweiten Mal ein. »Ich hätte noch eine Frage an Sie, Lord Hayward. Erinnern Sie sich noch, um welche Zeit Ihre Frau heute Abend das Haus verlassen hat?«

»Heute Abend?«, wiederholte Hayward nachdenklich. »Meine Frau hat schon seit Tagen das Haus nicht mehr verlassen. Warum stellen Sie diese unsinnige Frage, wo Sie doch wissen, dass Sie das Bett hüten muss? Sie befindet sich selbstverständlich auf ihrem Zimmer.«

»Würden Sie mir erlauben, sie zu sehen?«, fragte Chapman.

»Nein«, lehnte Hayward kategorisch ab. »Sie benötigt absolute Ruhe, und ich kann nicht zulassen, dass sie gestört wird. Folgen Sie mir jetzt bitte.«

Sie verließen das Arbeitszimmer und gingen über die Treppe ins Obergeschoss, dabei mussten sie am Salon vorbei. Dorian sah, dass sich jemand zu Lady Hurst und ihrem Sohn gesellt hatte. Es war ein Mann, von dem er jedoch keine Einzelheiten erkennen konnte, weil der Fremde mit dem Rücken zur Tür stand.

»Wo haben Sie eigentlich Ihre Dienerschaft?«, erkundigte sich Chapman.

»Hören Sie endlich auf, mir ständig Fragen zu stellen, die nichts mit dem eigentlichen Problem zu tun haben!«, stieß Hayward ärgerlich hervor.

Sie erreichten die zweite Etage, und der Lord steuerte auf eine Tür nahe der Treppe zu. Er öffnete sie leise und gab den anderen beiden zu verstehen, dass sie sich still verhalten sollten. Dorian trat hinter Hayward ein und blieb erschrocken stehen, als er Phillip aufrecht im Bett sitzen sah. Der Junge schien nur noch aus Haut und Knochen zu bestehen.

Als Chapman seinen Fuß über die Türschwelle setzte, wurde er von einem Schüttelfrost erfasst und stammelte: »Tod … Todgeweihter … Totenkopf … Todesmal … vom Tode gezeichnet …«

»Phillip!« Lord Hayward eilte ans Bett und fasste besorgt nach der Hand des Jungen. »Sag mir, was los ist! Sind sie wieder da? Kommen sie, um dich zu quälen? Sag es mir!«

Der Junge starrte ins Leere. Seine Augen lagen tief in den Höhlen und waren blutunterlaufen. Seine knochige Rechte deutete nach vorn auf einen imaginären Punkt. »Der Totenkopf!«, sagte er mit gespenstisch hohler Stimme.

»Da ist kein Totenkopf, Phillip«, sprach Hayward beruhigend auf ihn ein und drückte ihn sanft auf die Kopfkissen zurück. »Hier sind nur zwei Freunde. Ich habe sie mitgebracht, damit sie dir helfen.«

»Das Todesmal!«, wiederholte Phillip und deutete diesmal auf Donald Chapman, der inzwischen das Fußende des Bettes erreicht hatte.

Der Agent wand sich in gespieltem Unbehagen. »Ich bekomme es direkt mit der Angst zu tun«, meinte er.

Dorian warf ihm einen zurechtweisenden Blick zu, worauf Chapman ein zerknirschtes Gesicht machte.

Hayward ließ seinen Sohn los, trat einen Schritt zurück, wischte sich über die Augen und sagte: »Das hat nichts zu bedeuten. Phillip geriet durch Ihr Erscheinen nur etwas in Aufruhr, aber jetzt hat er sich wieder beruhigt.«

Dorian hatte nun Gelegenheit, den Jungen näher zu betrachten. Phillip Hayward hatte eine unglaublich blasse Haut. Die vollen, sinnlichen Lippen leuchteten wie ein rotes Signal aus seinem schmalen, kalkweißen Gesicht. Das blondgelockte Haar hing ihm ungekämmt bis auf die schmalen Schultern hinunter. Er hatte das glatte, feine Gesicht eines Engels, wenngleich es jetzt vom Tode gezeichnet war. Obwohl seine Wangen blutleer und die Augen von schwarzen Ringen unterlaufen waren, so war sein Gesicht immer noch schön. Er hatte etwas von einem Mädchen an sich; sein ganzes Gehabe, jede seiner Bewegungen wirkten feminin. Seine tief in den Höhlen liegenden Augen hatten einen goldenen Glanz. Dorian hatte noch nie solche Augen gesehen. Er versuchte, ihren Blick auf sich zu lenken, um in ihnen lesen zu können, aber selbst als Phillip sich ihm zuwandte, blickte er durch ihn hindurch in unbestimmte Fernen.

Der Junge hatte die schlanken, grazilen Hände eines Künstlers. Sie ruhten nie, sondern waren ständig in Bewegung. Mal strichen sie über die Bettdecke, wobei sie jeder Falte, die der Stoff warf, nachfuhren, dann wieder liebkosten sie einander, wanderten weiter zum Bettrand, kamen zurück und betasteten seinen Körper, als wollten sie fühlen, ob er noch da war. Es schien, als besäßen die Hände ein Eigenleben. Ja, sie waren tatsächlich voll Leben, obwohl ihr Besitzer in den letzten Atemzügen dalag. Dorian war fasziniert und erschüttert zugleich. Phillip war eine außergewöhnliche Persönlichkeit. Der Dämonenkiller musste sich gewaltsam in die Wirklichkeit zurückzwingen. Er betrachtete Phillip wieder nüchterner und glaubte festzustellen, dass sich unter seinem Nachthemd zwei kleine mädchenhafte Brüste abzeichneten.

»Täusche ich mich«, fragte er verwirrt, »oder besitzt Phillip wirklich weibliche Geschlechtsmerkmale?«

Hayward griff schnell nach der Bettdecke und zog sie Phillip bis zum Hals hinauf. »Das hat nichts zu bedeuten«, sagte er. »Es kommt in gewissen Zeitabständen vor, dass sich bei Phillip Brüste wie bei einer Frau entwickeln. Das ist auf die vielen Hormonspritzen zurückzuführen, die ihm die Ärzte gegeben haben. Sie haben ihn total verpfuscht. Aber was kümmert Sie das? Sehen Sie ihn sich an, wie er leidet. Die Dämonen saugen das Leben aus ihm heraus. Er verwelkt wie eine Blume. Tun Sie endlich etwas, Mr. Hunter!«

Dorian gab keine Antwort. Er schob Hayward sanft, aber bestimmt beiseite und setzte sich auf den Bettrand. Für einen Moment schien es, als würde Phillip ihn ansehen, aber dann blickte der Junge wieder durch ihn hindurch. Dennoch musste er Dorian bemerkt haben und sich seiner Anwesenheit bewusst sein, denn plötzlich kam wieder Bewegung in seine Hände, sie glitten, nein, schwebten über die Bettdecke und tasteten sich an Dorian hoch. Phillip richtete sich im Bett auf, um seinen Händen nachzugeben, die bei dem Fremden auf Entdeckungsreise gingen.

»Überanstrenge dich nicht, Phillip!«, ermahnte Hayward ihn.

»Lassen Sie ihn!«, sagte Dorian, und an Phillip gewandt fuhr er fort: »Mein Name ist Dorian Hunter, Phillip. Dein Vater hat mich gerufen, weil er glaubt, dass du von Dämonen gequält wirst. Weißt du etwas darüber, Phillip?«

Die Hände des Jungen hatten Dorians Gesicht erreicht. Sie betasteten sein Kinn und den Unterkiefer und zuckten zurück, als sie mit Dorians Lippen in Berührung kamen. Aber die Finger verloren schnell die Furcht vor den weichen, feuchten Wölbungen und kamen wieder, um ihre Entdeckungsreise fortzusetzen. Dabei war Phillips Gesicht entspannt. Er wirkte entrückt.

»Kannst du die Dämonen wahrnehmen, wenn sie an dein Bett kommen, Phillip?«, fragte Dorian wieder.

Phillips Hände erstarrten, dann zogen sie sich langsam und zögernd, fast widerwillig zurück. Er winkelte die Arme ab und presste sie gegen die Brust.

»Du hast mich verstanden«, sagte Dorian. Es war eine Feststellung. »Du musst an die schrecklichen Dämonen denken und dich fröstelt. Kannst du sie auch jetzt sehen?«

Phillip entspannte sich wieder. Er öffnete den Mund und sagte mit schwacher, entrückter Stimme: »Wenn der Tag vergangen ist und der Mond die Sonne ablöst, dann kommt ihre Zeit. Dann triumphieren die Mächte der Finsternis. Sie streifen ihre Masken ab und zeigen ihre wahren Gesichter. Das Böse bricht aus ihnen hervor und stürzt sich auf die ahnungslosen Kreaturen. Ach, Alina!« Er schluchzte auf. Sein ganzer Körper wurde wie von einem Weinkrampf geschüttelt.

»Wer ist Alina?«, fragte Dorian.

Phillip gab keine Antwort. Stattdessen streckte er wieder den Arm aus und deutete in Chapmans Richtung. »Das Todesmal!«, rief er erschrocken.

»Wer ist Alina?«, wiederholte Dorian, diesmal drängender.

»Alina!« Ein neuerliches Schluchzen entrang sich der Kehle des Jungen. »Alina! Alina!«

»Quälen Sie ihn doch nicht!«, mischte sich Hayward ein. »Sehen Sie nicht, dass Sie ihm mit Ihren Fragen Schmerzen zufügen?«

»Ihn quält seine eigene Erinnerung«, entgegnete Dorian, ohne Phillip aus den Augen zu lassen. »Aber ich muss sie wachrufen, denn sie könnte der Schlüssel für das Geheimnis sein. Ich nehme an, dass Alina der Name eines Mädchens ist. Phillip muss in irgendeiner Beziehung zu ihr stehen.«

»Phillip kennt kein Mädchen namens Alina«, behauptete Hayward bestimmt. »Er hat das Haus seit einer Ewigkeit nicht mehr verlassen. Ich müsste es wissen, wenn er eine Alina kennengelernt hätte.«

»Da bin ich gar nicht so sicher«, erwiderte Dorian. »Ich komme immer mehr zu der Ansicht, dass Sie Ihren Sohn überhaupt nicht kennen. Sie wissen im Grunde genommen nichts über ihn, nichts über seine Sorgen, Nöte und Empfindungen.« Dorian erstickte Haywards Einwand mit einer Handbewegung. Er wandte sich wieder Phillip zu und fragte: »Wo hast du Alina kennengelernt, Phillip? Erinnerst du dich daran?«

Für einen Moment schien es, als würde Phillip ruhig bleiben, aber dann überkam ihn wieder ein Schüttelfrost. Seine Zähne klapperten so stark aufeinander, dass alle im Raum es hören konnten. »Die Mächte der Finsternis kommen – an einen Ort. Black Sabbath! Alina!« Es war der Aufschrei eines Verzweifelten.

Lord Hayward fasste Dorian an der Schulter und zerrte ihn vom Bett weg. »Jetzt ist es aber genug«, herrschte er ihn an. »Sie sollen Phillip helfen und ihn nicht noch mehr quälen.«

Dorian ließ sich widerstandslos wegbringen. Für den Anfang hatte er genug erfahren. »Kennen Sie einen Ort, der Black Sabbath heißt?«, erkundigte er sich bei Hayward.

Dieser machte eine wegwerfende Handbewegung. »So einen Ort gibt es wahrscheinlich gar nicht. Haben Sie denn nicht bemerkt, dass Phillip nur phantasiert?«

»Diesen Eindruck hatte ich überhaupt nicht«, sagte Dorian und fasste sein Gegenüber fest ins Auge. »Im Gegenteil, ich glaube, dass diese Art, sich mitzuteilen, bei Phillip vollkommen natürlich ist.«

Hayward starrte ihn an. »Was wollen Sie damit sagen?«

»Sie haben mich schon verstanden«, sagte Dorian. »Ich vermute, dass Phillips angebliches Phantasieren nichts mit Dämonen zu tun hat. Ist es nicht so, dass er auch früher nicht in der Lage war, sinnvoll und zusammenhängend zu sprechen, Lord Hayward?«

Der Lord starrte ihn sekundenlang an, dann senkte er den Blick und ließ die Schultern hängen. »Sie haben recht«, sagte er leise. »Phillip war schon immer anders als die anderen. Er fand zu keinem Menschen Kontakt, weil er nicht mit ihnen sprechen konnte. Er sprach immer schon in Rätseln, redete ausschließlich solch ungereimtes Zeug wie eben. Ich habe ihn von den anderen isoliert und versucht, ihn durch Privatlehrer unterrichten zu lassen, aber alles, was ich für ihn tun wollte, scheiterte. Ich bin mit ihm um die ganze Welt gereist, habe Hunderte von Ärzten konsultiert, aber keiner von ihnen konnte Phillip helfen.« Lord Hayward schluchzte plötzlich. Als er zu Dorian aufblickte, schimmerten Tränen in seinen Augen. »Glauben Sie mir nicht, dass ich nur das Beste für Phillip will?«

Dorian musste erst den Kloß hinunterschlucken, der in seiner Kehle steckte, bevor er sagen konnte: »Doch, ich glaube Ihnen. Und weil ich überzeugt bin, dass Sie in echter Sorge um Ihren Sohn sind, werde ich alles daransetzen, ihm zu helfen.«

»Was wollen Sie unternehmen?«

»Ich werde jemanden schicken, der die Nacht über in Phillips Zimmer Wache hält. Vorausgesetzt, Sie haben nichts dagegen.«

»Nein, ganz bestimmt nicht. Nur möchte ich nicht, dass irgendjemand etwas davon erfährt. Im Arbeitszimmer finden Sie ein Telefon, um ungestört zu sprechen.«

Bevor sie den Raum verließen, warf Dorian noch einen letzten Blick auf Phillip. Er lag ausgestreckt in seinem Bett, die goldfarbenen Augen starrten an die Decke. Seine Lippen bewegten sich in einem stummen Selbstgespräch.

Dorian rief in seiner Wohnung an. Nach dem dritten Läuten hob Coco Zamis ab und meldete sich mit ihrer tiefen, rauchig klingenden Stimme. Seit der Rückkehr nach London wohnte sie bei ihm.

Ohne nähere Erklärungen kam er sofort auf den Grund seines Anrufs zu sprechen und bat Coco, während der nächsten Nacht an Phillips Bett Wache zu halten. Sie stellte keine unnötigen Fragen und war sofort einverstanden.

Hayward raunte ihm etwas zu, und Dorian fuhr fort: »Lord Hayward möchte nicht, dass du sofort ins Haus kommst, sondern dass du dich mit ihm am Golfplatz triffst, der an sein Grundstück grenzt. Er wird dich am Eingang des Starklubs erwarten. Kannst du in anderthalb Stunden dort sein?«

»Wirst du ebenfalls da sein?«

»Nein. Don ist bei mir, und wir wollen noch einiges besprechen. Da fällt mir ein: Sagt dir der Name Black Sabbath etwas?«

»Konkret nicht. Vielleicht eine Art Hexenklub. Als ich vor einigen Tagen all jene Vereinigungen genauer unter die Lupe genommen habe, die sich mit Hexenkult und Schwarzen Messen befassen, war das eine Pleite. In letzter Zeit sind diese Klubs wie Pilze aus dem Boden geschossen, aber die Vorgänge, die sich dort abspielen, haben mit wirklichem Hexenkult nichts zu tun. Es handelt sich meist um Jugendliche, die auf der Suche nach dem nächsten Tabubruch sind. Manchmal kommt es auch zu Orgien, aber das ist höchstens etwas für Voyeure und fällt nicht in unser Interessengebiet. Bei einem meiner Streifzüge fiel jedoch auch der Name Black Sabbath.«

»Hast du die Adresse erfahren?«

»Ich habe mich nicht weiter darum gekümmert, weil ich mir nichts davon versprach, aber ich kann es nachholen.«

Dorian sah, wie Chapman ihm ein Zeichen gab, und sagte: »Nicht nötig. Don wird sich darum kümmern. Das wäre dann alles. Bis morgen also!« Er hängte ein und wandte sich an Hayward. »Vergessen Sie nicht, dass Sie in eineinhalb Stunden vor dem Starklub eine Verabredung mit einer jungen Dame haben. Coco ist zweiundzwanzig Jahre alt, ein Meter einundsiebzig groß, hat schwarzes Haar und dunkelgrüne Augen. Wahrscheinlich trägt sie einen schwarzen Ledermantel mit weißem Kragen.«

»Wird sie Phillip wirklich helfen können?«, fragte Hayward.

»Sie kann die Dämonen zumindest in Schach halten. Morgen werden wir dann mehr wissen.«

»Ich danke Ihnen«, antwortete Hayward und schüttelte Dorian und Chapman zum Abschied die Hände. »Betrachten Sie es nicht als Unhöflichkeit, wenn ich Sie nicht hinausbegleite, aber ...«

»Wir finden den Weg schon allein«, versicherte Chapman.

Sie begegneten keiner Menschenseele. Das Haus schien verlassen. Vor dem Salon war der Vorhang zugezogen; kein Geräusch drang zu ihnen heraus. Als sie ins Freie traten, seufzte Chapman.

»Eine seltsame Geschichte«, meinte er und sah Dorian von der Seite her an. »Aber es gibt wohl keinen Zweifel daran, dass Sie dem Alten glauben.«

»Ganz im Gegenteil«, sagte Dorian. »Ich genieße ihn mit äußerster Vorsicht und bin überzeugt, dass jedes zweite Wort von ihm gelogen war und dass er uns darüber hinaus eine Menge verschweigt. Aber eines ist sicher: Phillip schwebt in Gefahr.«

»Mag sein. Aber die Gefahr droht ihm sicher nicht von Dämonen«, behauptete Chapman.

»Und wenn ich Sie vom Gegenteil überzeuge?«

»Lassen Sie sich nur nicht aufhalten!« Chapman lachte. »Ich werde Sie selbstverständlich unterstützen, da ich Sie in diese Geschichte hineingezogen habe. Ist es Ihnen recht, wenn ich einen meiner Leute ausschicke, damit er Erkundigungen über diesen Black-Sabbath-Klub einholt?«

Dorian deutete plötzlich nach vorn und rief: »Da! Sehen Sie, Don! Dort im Gras bewegt sich etwas!«

Chapman sah die Bewegung ebenfalls und sagte ungerührt: »Wahrscheinlich nur eine Ratte.«

Aber Dorian hörte nicht auf ihn. Er hatte sich bereits in Bewegung gesetzt und verfolgte das Etwas, das verhältnismäßig langsam durchs Gras lief.

Wegen der herrschenden Dunkelheit konnte er jedoch keine Einzelheiten erkennen. Plötzlich verschwand das Ding unter einem Busch. Dorian teilte die Äste, und noch ehe er eine Abwehrbewegung machen konnte, sprang ihn ein etwa fußgroßer Schemen an und biss ihn durch die Hose ins Bein. Er taumelte mit einem Schmerzensschrei zurück. Als er sich wieder gefasst hatte, war das Ding verschwunden.

»Es hat mich gebissen«, sagte Dorian, nachdem Chapman herangekommen war. Er krempelte sich die Hose hoch und deutete auf die Wunde an seinem Schienbein.

Chapman lachte. »Ratten beißen eben, wenn man sie in die Enge treibt.«

Dorian schüttelte den Kopf. »Das war keine Ratte. Ich konnte es nicht genau erkennen, aber es war fleischfarben – und schimmerte silbrig.«

Der Alte im Dufflecoat mit dem weißen, fliehenden Haar war Coco unheimlich. Sie hatte zwar einen Großteil ihrer magischen Fähigkeiten eingebüßt, nachdem sie aus dem Schwarzen Kreis ausgestoßen worden war, aber sie besaß nach wie vor die Gabe, das Dämonische intuitiv zu spüren. Deshalb nahm sie deutlich wahr, dass von Lord Hayward etwas Dämonisches ausging. Coco konnte es nicht klar fassen, aber sie war überzeugt, dass Haywards Schicksal unlösbar mit den Mächten der Finsternis verstrickt war. Dennoch folgte sie ihm durch das kleine Tor in der Steinmauer, das er aufgeschlossen hatte.

»Ich habe Sie gleich erkannt«, sagte Hayward, während er das Tor hinter ihnen wieder absperrte. Er nahm sie am Arm und führte sie entlang der Mauer durch Sträucher zu dem etwa dreihundert Yard entfernten Haus, in dem auf der ihr zugewandten Seite nur ein Fenster im zweiten Stock erhellt war. »Ihr Freund hat Sie mir ausgezeichnet beschrieben.«

»Warum machen Sie solche Umstände, um mich in Ihr Haus zu bringen?«, erkundigte sich Coco unbehaglich.

»Es darf Sie niemand sehen«, antwortete Hayward. »Mr. Hunter weiß über alles Bescheid. Er wird Sie aufklären.«

Sie erreichten den Hintereingang der zweistöckigen Villa, die sich drohend vor ihnen erhob. Einst mochte sie ein imposanter Herrschaftssitz gewesen sein, aber jetzt wirkte sie verwahrlost. Nachdem Coco und der Lord durch die Hintertür in einen schmalen Gang getreten waren, gebot Hayward ihr zu schweigen. Er schlich bis zum Ende des Ganges, blickte durch das Guckloch in einer Pendeltür und winkte ihr dann zu. »Niemand da«, sagte er aufatmend.

Sie kamen in eine dunkle Vorhalle. Es war geradezu unheimlich still. Hayward führte sie an der Hand zu einer im Bogen nach oben führenden Treppe und bat sie beim Hinaufgehen, sich nahe des Stiegengeländers zu halten. Am Rande knarrten die Holzstufen weniger als in der Mitte. Im zweiten Stockwerk angelangt, deutete Hayward auf eine Tür nahe der Treppe, unter der ein schwacher Lichtschein in den Korridor fiel.

»Das ist Phillips Zimmer«, raunte er ihr zu. »Gehen Sie zu ihm und bewachen Sie ihn gut! Beschützen Sie ihn in Gottes Namen vor den Dämonen!«

Coco erschauerte. Obwohl sie selbst bekehrt war und nicht mehr zu dem Kreis der Mächte der Finsternis gehörte, bereitete es ihr Unbehagen, wenn jemand den Namen Gottes aussprach. Sie wusste, dass es eine Sache der Gewöhnung war. Da der Name Gottes so fließend über Lord Haywards Lippen kam, konnte er selbst unmöglich der Schwarzen Familie angehören.

Irgendwo knarrte eine Tür. Coco sah, dass am Ende des Korridors ein schmaler Lichtschein – flackernd und unruhig, als stamme er von einer Kerze – auftauchte und langsam breiter wurde.

»Meine Frau!«, sagte Hayward erschrocken. »Gehen Sie schon in Phillips Zimmer! Sie darf Sie hier nicht sehen.«

Coco kam der Aufforderung sofort nach. Sie öffnete die Tür vorsichtig, schlüpfte lautlos durch den Spalt und drückte sie hinter sich zu. Draußen hörte sie eine lockende Frauenstimme sagen: »Willst du nicht auf mein Zimmer kommen und mir Gesellschaft leisten, Scotty?«

»Nein, um Gottes willen, nein!«, rief Lord Hayward entsetzt.

»Versündige dich nicht in meiner Gegenwart!«, antwortete die Frauenstimme scharf.

Danach hörte Coco nichts mehr. Sie hatte die Tür hinter sich geschlossen. Die ehemalige Hexe spürte die Bedrohung fast körperlich, noch ehe sie sah, wie sich Phillip in seinem Bett unruhig hin und her wälzte. Auf dem Nachttisch stand neben dem Telefon eine Leselampe, die ein angenehmes, warmes Licht spendete. Außerhalb des Lichtkegels jedoch begann der Reigen der dunklen Mächte. Das Böse kam in Form von wirbelnden Schatten, sprühenden Irrwischen und nebelartigen Gebilden ins Zimmer. Es tanzte in den finsteren Winkeln, huschte über die Decke und drang durch die Fensterritzen herein. Phillip wimmerte leise vor sich hin, als sich eine Nebelschwade auf seine Brust legte. Seine feingliedrigen Hände griffen in das körperlose Gebilde, versuchten es zu verscheuchen, zuckten jedoch sofort wieder zurück, als hätten sie sich daran verbrannt.

Coco nahm das silberne Kreuz ab, das sie an einer Kette um den Hals trug, und streckte es dem Nebelgebilde entgegen. So schritt sie langsam und bedächtig auf Phillips Lager zu. Der Nebel wurde wie von einer Sturmbö durcheinandergewirbelt und verschwand in irgendeinem Winkel des Zimmers. Ein Raunen und Keifen erhob sich; unflätige, obszöne Worte drangen an Cocos Ohren, aber sie ließ sich nicht beirren. Sie wusste, dass sie sich eine Blöße gab, wenn sie auf die Beschimpfungen der Dämonen reagierte. Als sie das Bett erreicht hatte, ergriff sie Phillips Hand und legte das silberne Kreuz hinein. Aber anstatt sich an dem Kreuz festzuklammern, zuckte Phillips Hand zurück, und aus seiner Kehle löste sich ein gurgelnder Angstschrei. Das war im höchsten Grade erstaunlich. Kein Sterblicher – schon gar nicht jemand in dieser verzweifelten Lage – würde so reagieren. Coco betrachtete Phillip eingehender. Sie sah einen jungen Mann in ihrem Alter, der vom

Tode gezeichnet war, aber sie bemerkte auch, dass er einen ungewöhnlich grazilen Körper besaß, und unter seinem Nachthemd zeichneten sich kleine, feste Brüste ab. War Phillip ein Junge oder ein Mädchen? Oder keines von beidem? War er ein Hermaphrodit? Ein Geschöpf, nicht Mensch, nicht Dämon, ein Wesen, das eine Mischung aus beidem war? Nicht Mann, nicht Frau, sondern zweigeschlechtlich oder geschlechtslos? Er hatte das Engelsgesicht, die weiblichen Geschlechtsmerkmale, die feinen Hände – und er besaß die Übersensibilität, die ihn gegen alle Einflüsse von außen empfindlich machte und für alles zugleich empfänglich.

Coco wusste aus den Erzählungen ihrer Familie, dass alle hundert Jahre ein Wesen geboren wurde, das jenseits von Tag und Nacht, abseits von Gut und Böse stand. Es war kein Mensch und kein Dämon, sondern fast göttlich zu nennen. Die Dämonen fürchteten diese Hermaphroditen. Schon dreimal waren solche Astralgeschöpfe geboren worden, aber sie konnten bald nach der Geburt von den Dämonen getötet werden. Es hieß, dass mit der Geburt eines Hermaphroditen die Dämmerung für die Dämonen begann. Niemand, vielleicht nicht einmal der Fürst der Finsternis, wusste, welche Fähigkeiten ein Hermaphrodit genau besaß und welche Bedrohung für die Mächte der Finsternis von ihm ausging, und deshalb fürchteten die Dämonen diese Zwitterwesen.

Coco war überzeugt, in Phillip Hayward einen Hermaphroditen vor sich zu haben. Plötzlich war alles für sie klar. Die Dämonen würden alles daransetzen, um Phillip aus dem Weg zu räumen. Ihr erster Gedanke war, Dorian anzurufen und ihn zu veranlassen, Phillip von hier fortzubringen. Im Haus des Dämonenkillers, das mit seinen vielen magischen Gegenständen ein Bollwerk gegen die Dämonen bildete, wäre Phillip viel sicherer. Sie wollte schon nach dem Telefonhörer greifen, überlegte es sich dann aber anders. Die Dämonen würden nicht zulassen, dass man Phillip von hier entfernte. Sie musste wenigstens diese eine Nacht durchstehen. Tagsüber mochte es möglich sein, den Hermaphroditen in Sicherheit zu bringen.

Coco spürte die Anwesenheit der Dämonen, die entlang der

Wände lauerten. War Lord Hayward, Phillips Vater, einer von ihnen? Oder seine Frau? Nein, wohl kaum, denn dann hätten sie Phillip gleich nach der Geburt getötet und ihn nicht erst mehr als zwanzig Jahre alt werden lassen. Aber es war möglich, dass die Dämonen, die Phillip Nacht für Nacht heimsuchten, ihren Sitz in diesem Haus hatten. Am Tage würden sie von anderen Menschen kaum zu unterscheiden sein; nur nachts, wenn das Böse in ihnen durchbrach, wurde ihre unheimliche Veranlagung offenbar. Dann wurden sie zu Druden und Trollen, Schatten und Nebeln, die sich auf ahnungslose Opfer stürzten und ihnen das Leben aussaugten. Diese Quälgeister konnten Phillip aber nicht wirklich etwas anhaben, wenn er ein Hermaphrodit war. Die Dämonen konnten nur Menschen oder ihresgleichen vernichten, nicht aber ein Zwittergeschöpf, das zwischen den Dimensionen stand. Die Dämonen mussten sich schon der Hilfe der Menschen bedienen und sich eine List einfallen lassen, um einen Hermaphroditen zu Fall zu bringen. Magische Kräfte allein nützten nichts; damit konnte Phillip nur in Schach gehalten werden.

Coco zuckte zusammen, als irgendetwas gegen das Fenster stieß und die Scheiben klirren ließ. Im selben Moment ließen sich von der Decke drei dunkle, bucklige Kobolde fallen und krallten sich in Phillips Brust fest. Der Hermaphrodit schrie auf. Seine Arme vollführten rudernde Bewegungen, seine Hände versuchten die Dämonen zu packen, doch sie griffen durch sie hindurch. Coco schleuderte ihnen das silberne Kreuz entgegen, und über ihre Lippen sprudelten die Namen aller Heiligen, die ihr in den Sinn kamen. Doch damit richtete sie bei den Kobolden nichts aus. Die ehemalige Hexe resignierte erschöpft. Es hatte sie viel Überwindung und Kraft gekostet, die Heiligen anzurufen. Nun gab es nur noch eine Möglichkeit, Phillip wenigstens vorübergehend zu schützen. Sie ergriff eine schwere Bronzefigur, die auf einer Anrichte stand, und schlug damit gegen die Wand, bis der Verputz abbröckelte. Dann ergriff sie einen der größeren Brocken und begann, um das Bett einen magischen Kreis zu ziehen. Sie malte die magischen Schriftzeichen aus der Kabbala auf den Boden und zeichnete alle jene Formeln daneben, über die Dämonen stolperten oder in denen sie sich fingen. Als sie endlich fertig war, atmete sie schwer. Sie war selbst noch zu sehr der schwarzen Magie verfallen, als dass die magischen Abschreckungsmittel keinerlei Wirkung auf sie mehr gehabt hätten. Trotzdem hatte sie sich überwunden, aber es hatte sie viel Kraft gekostet. Erschöpft ließ sie sich auf den Bettrand sinken.

Phillip war wieder ruhiger geworden. Sein Atem ging zwar schwach, aber regelmäßig. Seine feingliedrigen Hände schlugen nicht mehr in wilder Panik um sich, sondern streichelten liebevoll seinen Körper. Die Hände des Hermaphroditen führen ein eigenes Leben, durchzuckte es Coco. Noch während sie den verführerischen Tanz der schlanken Finger beobachtete, kam Bewegung in Phillips Körper. Er richtete sich auf, öffnete die golden schimmernden Augen und starrte ins Leere. Seine Rechte kam in die Höhe und deutete aufs Fenster.

»Alina!«, kam es krächzend über seine Lippen.

Coco begriff nicht sofort. »Es ist alles wieder in Ordnung, Phillip«, sagte sie beruhigend und versuchte, ihn auf das Kissen zurückzudrücken. »Die Dämonen können den magischen Kreis nicht überwinden – noch nicht jedenfalls.«

Im gleichen Moment jedoch sah sie, wie eine der magischen Formeln wie von Zauberhand ausgelöscht wurde. Schnell ergriff sie den Mauerbrocken und zeichnete eine neue Formel auf die freie Stelle im Kreis. Die Antwort war ein wütendes Schimpfen, das aus den düsteren Winkeln und anderen Unterschlupfen der Quälgeister kam.

»Versuche zu schlafen!«, sagte Coco und drückte Phillip wieder aufs Bett.

Dieser jedoch stemmte sich gegen sie und rief voller Verzweiflung wieder den gleichen Namen: »Alina!« Und nochmals: »Alina!« Dabei wies seine zitternde Hand aufs Fenster.

Jetzt erst erkannte Coco, dass er ihr ein Zeichen geben wollte. Sie versuchte nicht, Phillip zu befragen, denn aus der Überlieferung wusste sie, dass Hermaphroditen nicht in der Lage waren, klare

Antworten zu geben. Das hatten schon die alten Griechen gewusst und für die Hermaphroditen den Begriff Orakel geprägt. Die ehemalige Hexe erhob sich und ging zum Fenster. Als sie durch die Scheibe blickte, konnte sie jedoch nichts Außergewöhnliches entdecken.

»Alina! Komm, komm! Lass Alina herein!«, forderte Phillip verzweifelt.

Coco blickte zu ihm hin. Er wand sich wie unter Schmerzen, aber diesmal waren es nicht die Dämonen, die ihn quälten. Zögernd öffnete die ehemalige Hexe das innere Fenster. Als sie wieder zu Phillip blickte, wirkte er schon gelöster. Sie hatte ihn also richtig verstanden. Ohne länger zu überlegen, öffnete sie auch einen der beiden äußeren Fensterflügel. Ein kühler Luftzug schlug ihr entgegen, und mit der Brise kam ein winziges Geschöpf ins Zimmer. Es sprang vom Fensterbrett, rannte quer durchs Zimmer und verschwand unter Phillips Bettdecke. Als Coco mit drei langen Sätzen sein Bett erreichte, traute sie ihren Augen nicht. Phillip schien in tiefem Schlaf dazuliegen; sein Gesichtsausdruck war entspannt, um seine vollen Lippen spielte ein seliges Lächeln. Und seine Hände hielten liebevoll eine fußgroße Puppe. Aber es war keine gewöhnliche Puppe, kein Spielzeug aus Plastik und Stoff, sondern ein lebendes Wesen; ein Mädchen mit blondem Haar und Augen, die wie Diamanten funkelten, wohlproportioniert und mit einem wunderschönen Gesicht – nur eben höchstens dreißig Zentimeter groß.

»Bist du Alina?«, erkundigte sich Coco verwirrt.

Als Antwort wurde sie von der Puppe angefaucht. Die ehemalige Hexe zuckte zurück, als sie die zwei Reihen schwarzer Zähne erblickte. Sie fröstelte. Ein kalter Lufthauch strich ihr über den Nacken, und sie wurde sich bewusst, dass das Fenster immer noch offenstand. Sie schickte sich an, es zu schließen, doch da kamen schon weitere Puppen durch das Fenster. Drei, vier, fünf – es waren insgesamt sechs Puppen, die vom Fensterbrett ins Zimmer sprangen. Jede von ihnen trug ein kurzes Röckchen und ein enganliegendes Oberteil; beides war mit Flitter besetzt.

Bevor Coco ihre erste Überraschung überwinden konnte, hatten die Puppen sie erreicht. Die erste biss in ihre Wade. Die ehemalige Hexe ging mit einem Schmerzensschrei in die Knie. Dann sprangen die anderen fünf Puppen zu ihr hinauf. Sie verbissen sich mit ihren schwarzen Zähnen in ihrem Nacken, in ihren Oberarmen und in ihrer Brust. Coco schwindelte. Sie spürte, wie eine bleierne Müdigkeit sie überkam. Das Zimmer drehte sich um sie, sie stürzte zu Boden. Schmerz verspürte sie keinen. Kurz bevor sie ohnmächtig wurde, begriff sie noch, dass die Zähne der Puppen vergiftet waren.

Nur wenige Minuten, nachdem Coco das Bewusstsein verloren hatte, wurde die Tür geöffnet, und der Puppenmacher trat ins Zimmer. Er blickte sich um und nickte zufrieden. »Brav, meine Puppen! Sehr brav!«, sagte er, ging zu Coco und lud sie sich auf die Arme. Die sechs Puppen scharten sich wie gut gedrillte Zinnsoldaten um seine Beine. Nur die siebte Puppe, die in Phillips Händen Schutz gesucht hatte, rührte sich nicht.

»Willst du schon wieder ungehorsam sein?«, fragte der Puppenmacher mit sanftem Tadel in der Stimme.

Die Alina-Puppe erschauerte. Er starrte sie mit stechenden Augen an. Die Puppe reckte sich. Phillips Finger verstärkten den Druck, aber sie wand sich aus seinem Griff. Mit hölzernen Schritten ging sie zum Bettrand und sprang hinunter. Während sie sich zu den anderen Puppen gesellte, bäumte sich Phillip in seinem Bett auf.

»Alina!«

Der Puppenmacher lachte spöttisch. »Alina gehört mir«, schleuderte er Phillip entgegen. »Aber eines Tages werde ich sie an dich zurückgeben – nur wird sie dann entweiht, geschändet und seelenlos sein. Ich werde sie dir ins Jenseits nachschicken, Hermaphrodit!«

Teuflisch lachend verließ der Puppenmacher mit Coco auf den Armen Phillips Zimmer. Zurück blieb ein völlig gebrochenes Wesen, das keinen Platz in dieser Welt hatte – und dem man eben das Einzige genommen hatte, das ihm etwas bedeutete: Alina.

An einen Pranger gebunden war Dorian Hunter gezwungen, einer Auspeitschung als Zeuge beizuwohnen. Der Delinquent war halb Mann, halb Frau, ausgestattet mit überdimensionalen Brüsten. Es wurde von einem Alten ausgepeitscht, der Schlitzaugen und schlohweißes Haar hatte, das ihm in Büscheln nach allen Seiten vom Kopf abstand.

Plötzlich schrillte irgendwo eine Glocke. Das Bild verblasste, und Dorian fand sich in dem ledernen Fauteuil in seiner Bibliothek wieder. Die Leselampe brannte noch. Auf dem Tisch lag ein aufgeschlagenes Buch. Dorian erinnerte sich wieder, dass er letzte Nacht etwas hatte nachschlagen wollen, das mit Phillip Hayward in Zusammenhang stand. Offensichtlich war er über seiner Lektüre eingeschlafen.

Erneut schrillte die Haustürglocke. Der Dämonenkiller fuhr sich mit der Hand durch das Haar und band seinen Morgenmantel zu. Beim dritten Läuten war er hellwach. Ein Blick zu der Wanduhr, die inmitten von Folterinstrumenten, Urkunden aus der Zeit der Hexenverbrennungen und anderen schaurigen mittelalterlichen Reliquien an der Wand hing, zeigte ihm, dass es sechs Uhr morgens war. Wer mochte ihn zu so früher Stunde schon besuchen? Eigentlich konnte es nur Donald Chapman sein, der mit seinen Nachforschungen Erfolg gehabt hatte.

Gähnend schlurfte Dorian durch den Korridor und öffnete die Tür. Draußen war es noch finster, Nebel hüllte das Haus ein. Die Sichtweite betrug keine zehn Meter.

Vor der Tür stand niemand, doch als Dorian zu Boden blickte, entdeckte er ein Paket, das jemand dort abgelegt hatte. Es handelte sich um einen würfelförmigen, braunen Karton mit einer Seitenlänge von etwas mehr als einem Fuß. Dorian hob ihn vorsichtig auf und betrachtete ihn von allen Seiten. Der Karton war verhältnismäßig leicht und wies eine recht eigenartige Verschnürung auf. Das mit schwarzer Farbe getränkte Band war kein einziges Mal überkreuzt, sondern nur über die Ecken gebunden worden; quer über die Flächen gewickelte Schnüre hielten die Eckverbindungen zusammen; darüber hinaus war das Band in Abständen von drei

Zentimetern immer wieder verknotet. Dorian schüttelte den Karton und horchte sogar daran, aber kein Geräusch wies auf den Inhalt hin, dabei hätte es ihn nicht einmal verwundert, das Ticken einer Zeitbombe zu hören.

»Das ist ein Gruß vom Puppenmacher!«, ertönte eine krächzende Stimme aus dem Nebel.

Dorian fuhr hoch. Der Dunst hatte sich etwas gelichtet, und er sah die Gestalt eines Mannes in abgerissenen Kleidern vor sich. Er konnte sogar Einzelheiten in seinem Gesicht erkennen: die eingefallenen Backen, tief in den Höhlen liegende Augen, eine scharf hervorspringende Nase. Im nächsten Augenblick war die Erscheinung jedoch wieder verschwunden. Dorian sah ein, dass bei dem dichten Nebel eine Verfolgung keinen Sinn hatte, noch dazu im Morgenmantel und in Pantoffeln. Er warf die Eingangstür zu und kehrte in die Bibliothek zurück, die durch die mittelalterlichen Reliquien an ein Museum erinnerte. Lilian hatte die Bibliothek immer nur als Gruselkabinett bezeichnet.

Dorian stellte den verschnürten Karton auf den Tisch und starrte ihn an. Er würde ihn öffnen, das war klar, aber bevor er es tat, wollte er einige Vorsichtsmaßnahmen treffen. Er zog mit weißer Kreide einen Kreis um den Karton und malte innerhalb und außerhalb Schriftzeichen und Formeln auf die Platte, die der Abschreckung und Bannung von Dämonen dienten. Dann erst durchschnitt er die Verschnürung. Nichts geschah. Er wartete dennoch eine volle Minute, bevor er den Deckel abhob.

Dann aber schrie er entsetzt auf und hob abwehrend die Hand hoch. Etwas sprang ihn direkt aus der Schachtel an. Das Ding prallte gegen seinen Unterarm und verbiss sich im Stoff seines Morgenmantels. Jetzt erst erkannte Dorian, dass es sich um eine menschenähnliche Puppe handelte, eine Puppe in einem Flitterkleid. Sie lebte. Aus funkelnden Augen blitzte sie ihn an, fletschte ihr schwarzes Gebiss und wollte noch einmal zubeißen. Dorian schleuderte die Puppe von sich. Sie flog quer durch den Raum, prallte gegen die Wand und fiel zu Boden. Als Dorian sich ihm wieder näherte, regte sie sich nicht mehr. Er stieß die Puppe vorsichtig mit dem Zeigefinger an und drehte sie auf den Rücken.

»Coco!«, entfuhr es ihm entsetzt.

Es dauerte ein paar Sekunden, bis er erkannte, dass er sich getäuscht hatte. Die Puppe ähnelte Coco verblüffend, aber es gab auch einige Unterschiede. Erleichtert atmete Dorian auf. Er hätte es nicht ertragen, wenn er Coco getötet hätte.

Einen Moment lang überlegte er, was er tun sollte, dann ergriff er die Puppe und legte sie in den Karton zurück. Anschließend rief er Chapman an und teilte ihm mit, dass etwas Wichtiges passiert wäre und sie sich unbedingt treffen müssten. Einzelheiten erwähnte er nicht. Der Secret-Service-Agent war über die frühe Störung nicht gerade erfreut, versprach aber, sofort zu kommen.

Die Zeit bis zu seinem Eintreffen nutzte Dorian, um eine Dusche zu nehmen und sich anzuziehen. Als er fertig war, wartete er ungeduldig, bis es endlich an der Tür klingelte.

»Da bin ich«, erklärte Chapman überflüssigerweise, als Dorian öffnete. »Was ist denn nun eigentlich passiert? Ich hoffe, Sie haben einen guten Grund dafür, dass Sie mich so früh aus dem Bett gescheucht haben.«

»Den habe ich«, erwiderte Dorian. Sie gingen zusammen in die Bibliothek. Während Dorian an die Bar trat und zwei Drinks mixte, schilderte er, was sich zugetragen hatte.

»Die Puppe sah Coco so ähnlich, dass ich im ersten Moment geglaubt habe, sie wäre es«, schloss er. »Und das war sicherlich kein Zufall. Es muss ein anderes Mädchen gewesen sein, das der Puppenmacher absichtlich so formte, dass ich es für Coco hielt. Das bedeutet, dass er unser Versteckspiel durchschaut hat. Es muss zwischen Phillip Hayward und den Puppen ein Zusammenhang bestehen.«

»Einen Moment«, fiel ihm Chapman ins Wort. »Sie machen mir zu große Gedankensprünge. Wenn ich Sie richtig verstanden habe, dann behaupten Sie also, dass ein Bote Ihnen einen Karton gebracht hat, in dem sich eine fußgroße Puppe aus Fleisch und Blut befunden hat?«

Dorian deutete lächelnd auf den Karton, den er auf den Tisch gestellt hatte. »Überzeugen Sie sich selbst«, sagte er. »Dann werden Sie mir endlich glauben.«

Chapman blieb skeptisch, aber er kam Dorians Aufforderung nach. Er nahm den Deckel ab und starrte in die Schachtel. »Hm«, machte er, und griff mit spitzen Fingern hinein. Er beförderte ein Puppenkleid zutage. Weiter befand sich nichts im Karton.

Dorian sprang überrascht von seinem Sitz hoch, packte die Schachtel und kippte sie um. Nur etwas Staub rieselte auf die Tischplatte. »Verdammt, ich hätte es mir denken können«, sagte er dumpf. »Die Opfer und Sklaven der Dämonen zerfallen nach ihrem Tod zu Staub. Das ist bei den Vampiren so, warum soll es bei den Puppen anders sein?«

»Ich habe mir gleich gedacht, dass Sie nichts Konkretes haben«, meinte Chapman verärgert. »Wenn Sie das nächste Mal die O'Hara-Stiftung betreten, sollte man Sie direkt dort behalten.«

»Sie sind ein Ignorant, Don!«, rief Dorian heftig. »Was muss denn noch alles passieren, damit Sie merken, was um Sie her vorgeht? Sind Sie denn blind?«

»Keineswegs«, antwortete Chapman kühl. »Ich habe sogar ein sehr scharfes Auge. Zumindest für die realen Dinge.« Er nahm wieder das Puppenkleid zwischen zwei Finger und hob es hoch. »Zum Beispiel das hier. Erinnern Sie sich noch, dass Lady Hurst ein ganz ähnliches Kleidchen nähte, als ich mit Ihnen in Haywards Villa war?«

Dorian schlug sich gegen die Stirn. »Natürlich! Daran habe ich noch gar nicht gedacht.«

»Sehen Sie, wie verblendet Sie inzwischen sind? Sie verlieren ganz den Sinn für die Realität. Und das kann gefährlich werden. Ich glaube nicht, dass in diesem Kleid eine lebende Puppe gesteckt hat, aber vielleicht erhielten Sie tatsächlich eine Puppe, die Coco nachempfunden war. Haben Sie sie schon angerufen und sich erkundigt, ob es ihr gutgeht?«

»Bislang nicht. Ich dachte …«

Chapman hörte ihm nicht zu. Er ging zum Telefon und wählte Haywards Nummer.

»Hier ist Chapman von Lloyds«, meldete er sich, als am anderen Ende abgehoben wurde. »Ich möchte Lord Hayward sprechen. Es ist sehr dringend.« Er verdeckte die Muschel und raunte Dorian erklärend zu: »Einer dieser Gäste, die wir noch nicht kennengelernt haben. Es hört sich an, als würde Dracula persönlich sprechen.« Er zwinkerte Dorian belustigt zu. »Hallo? Lord Hayward? – Hatten Sie eine ruhige Nacht? – Und in Phillips Zimmer ist alles in Ordnung? – Ja, das wäre sehr freundlich.« Chapman hielt wieder die Sprechmuschel zu und sagte zu Dorian: »In Phillips Zimmer gibt es einen Telefonanschluss. Hayward verbindet mich. Coco, sind Sie es? Einen Moment! Dorian möchte mit Ihnen sprechen.« Chapman überreichte ihm den Hörer.

»Hier ist Dorian. Ist bei dir alles in Ordnung?«

»Ja«, antwortete Coco knapp.

»Warum bist du so einsilbig? Kannst du nicht frei sprechen?«

»So ist es.«

»Soll ich zu dir kommen?«

»Nein, das ist nicht nötig. Es ist alles in Ordnung.«

»Dann werde ich im Laufe des Tages vorbeischauen. Ist dir das recht?«

»Ja.«

Bevor Dorian noch etwas sagen konnte, wurde die Verbindung unterbrochen, und das Besetztzeichen ertönte. Er legte den Hörer langsam auf die Gabel.

»Stimmt etwas nicht?«, erkundigte sich Chapman.

»Es ist sicher nichts Besonderes«, meinte Dorian leichthin. »Coco schien nicht besorgt. Wenn es Schwierigkeiten gäbe, hätte sie etwas gesagt oder zumindest angedeutet.«

»Das ist beruhigend.« Chapman ging zur Bar und schenkte Dorian und sich selbst nach. »Dann können wir auf realistischere Dinge zu sprechen kommen. Sie wollten etwas über den Black-Sabbath-Klub in Erfahrung bringen. Nun, ich habe ein paar Hebel in Bewegung gesetzt und einiges herausbekommen.«

»So rasch?«

»Der Secret Service arbeitet vierundzwanzig Stunden am Tag«, behauptete Chapman. »Viel gibt es allerdings nicht zu berichten. Sie wissen ja, dass Satanismus, Hexenklubs und Schwarze Messen bei der Jugend im Augenblick groß in Mode sind, aber nicht alle Hexenklubs haben das gleiche Niveau. Es gibt solche und solche. Eingeweihte schwören jedoch, dass der Black Sabbath absolute Spitze ist. Wer in sein will, muss an einer Orgie im Black Sabbath teilgenommen haben. Allerdings sind nur wenige auserwählt. Die meisten geben nur an, wenn sie behaupten, schon dort gewesen zu sein und dem Teufel den Hintern geküsst zu haben. Tatsächlich scheint aber niemand zu wissen, wo sich dieser Klub befindet. Aber wenn er existiert, dann werden meine Leute die Adresse herausbekommen. Darauf können Sie sich verlassen.«

»Ich setze eher auf Phillip«, meinte Dorian. »Er muss etwas über diesen Klub wissen. Wenn er auch nicht in der Lage ist, vernünftige Antworten zu geben, so hoffe ich doch, von ihm einen Hinweis zu erhalten. Es muss einen Grund haben, dass er ständig vom Black Sabbath phantasiert.«

»Er hat auch noch einen anderen Namen genannt«, fügte Chapman hinzu. »Alina. Dieser Anhaltspunkt erschien mir noch wichtiger, deshalb bin ich der Sache nachgegangen. Ich habe zuerst routinemäßig alle Vermisstenanzeigen des letzten Monats durchgesehen. Darunter befand sich eine, die uns vielleicht auf eine heiße Spur führen könnte. In jenem Distrikt, zu dem auch Haywards Villa gehört, wurde das Verschwinden einer Alina Burdon gemeldet. Das war vor einer Woche. Das Mädchen ist bis heute nicht wieder aufgetaucht. Es wohnte bei seinen Eltern, die Adresse habe ich. Wenn Sie wollen, können wir sofort hinfahren.«

»Zu dieser frühen Stunde?«

»Sie wissen doch, der Secret Service arbeitet vierundzwanzig Stunden am Tag. Wenn es sein muss, störe ich selbst den Teufel beim Hexensabbat und verhöre ihn.«

»Vielleicht kommt es noch dazu«, meinte Dorian düster.

Die Burdons wohnten in der Dawson Road. Hier reihte sich ein Einfamilienhaus an das andere, und alle sahen sie gleich aus. Am

Anfang der Straße verkündete eine Gedenktafel, dass ein Architekt mit Namen Lee Cook für sie verantwortlich zeichnete. Nach Dorians Meinung hätte dieser Architekt nicht geehrt, sondern gelyncht gehört für dieses Musterbeispiel an Einfallslosigkeit und Monotonie. Chapman hielt den Rover vor dem Haus Nummer 73 an. Sie stiegen aus, gingen durch den schmalen Vorgarten und klingelten an der Tür. Nach einer knappen Minute ertönten schlurfende Schritte, und die Tür wurde geöffnet. Eine Frau erschien, die um die Fünfzig sein mochte und so grau und nichtssagend wie die ganzen Häuser wirkte. Sie wischte sich eine Haarsträhne aus dem Gesicht, zog den grauen Morgenmantel enger und blickte abwechselnd Chapman und Dorian an.

»Ja?«, fragte sie einsilbig.

»Mrs. Burdon?«, erkundigte sich Chapman.

»Das bin ich.«

»Mein Name ist Donald Chapman. Ich arbeite beim Secret Service. Und das ist Mr. Hunter. Wir kommen wegen Ihrer verschwundenen Tochter Alina.«

Für einen Moment erhellte sich das Gesicht der Frau, und ein Hoffnungsschimmer glomm in ihren ausdruckslosen Augen auf. »Haben Sie sie gefunden?«

Als Chapman den Kopf schüttelte, sank die Frau wieder in sich zusammen. »Kommen Sie doch bitte herein«, sagte sie matt und gab ihnen den Weg in den Flur frei.

»Wer ist's denn?«, fragte eine tiefe Männerstimme aus der Küche.

»Polizei«, antwortete Mrs. Burdon. »Es ist wegen Alina. Man hat noch keine Spur von ihr gefunden.«

»Dann sollen sie sich zum Teufel scheren!«

»Hören Sie nicht auf ihn«, sagte Mrs. Burdon und führte sie in ein Wohnzimmer, das einfach eingerichtet, aber sauber war.

Dorian konnte sich vorstellen, dass diese Frau im Moment andere Sorgen hatte, als sich um den Haushalt zu kümmern. Umso höher war es ihr anzurechnen, dass sie sich nicht einfach gehen ließ. Er revidierte seine Meinung, die er sich nach dem ersten Eindruck von ihr gemacht hatte. Mrs. Burdon war vom Unglück gezeichnet, das sie getroffen hatte, aber sie ließ sich von der Verzweiflung nicht überwältigen. Sie bot ihnen Platz an und erkundigte sich, ob sie schon gefrühstückt hätten. Chapman und Dorian hatten den Eindruck, dass sie die Frau kränken würden, wenn sie ablehnten, deshalb baten sie um eine Tasse Tee.

Während Mrs. Burdon in der Küche verschwand, erschien ihr Mann im Wohnzimmer. Er war nur mit einer Hose und einem Unterhemd bekleidet, hatte die Daumen unter die Hosenträger gehakt und wippte auf den Zehenballen.

»Was wollt ihr denn noch von uns?«, fragte er angriffslustig.

Dorian, der ihm näher saß, roch eine leichte Alkoholfahne. Im Laufe des Tages würde sie sicherlich noch intensiver werden. Dabei machte Mr. Burdon nicht den Eindruck eines Trinkers. Bestimmt hatte ihn nur das ungewisse Schicksal seiner Tochter zur Flasche greifen lassen.

»Es haben sich einige neue Aspekte ergeben«, sagte Chapman freundlich. »Wir möchten Ihnen deshalb einige Fragen stellen.«

»Neue Aspekte! Fragen!«, rief Mr. Burdon abfällig. »Bringen Sie uns besser Alina zurück!«

»Ich kann Sie natürlich nicht zwingen, meine Fragen zu beantworten, aber wenn Sie schweigen, helfen Sie Ihrer Tochter am wenigsten«, meinte Chapman.

Burdon senkte den Kopf und ließ sich langsam in einen Sessel sinken. »Was wollen Sie denn noch? Haben wir denn nicht schon alles gesagt?«

»Wissen Sie, ob Ihre Tochter einen jungen Mann namens Phillip Hayward gekannt hat?«

»Alina hat mit uns nie über ihre Freunde gesprochen. Sie war völlig verstockt und hat sich uns nie mitgeteilt. Abgesehen von den paar Jugendfreunden aus der Umgebung – alles Jungens, mit denen sie aufgewachsen ist – wissen wir nichts über ihren Bekanntenkreis.«

»Sind Sie sicher, dass sie den Namen Phillip nie erwähnt hat?«, bohrte Chapman weiter.

»Mir gegenüber bestimmt nicht.«

»Einmal hat sie schon etwas von Phillip erzählt«, sagte Mrs. Burdon, die mit einem Tablett aus der Küche kam, auf dem neben der Teekanne und den Tassen auch eine Flasche Whisky stand – billiger Scotch. Sie wischte sich die Hände am Morgenmantel ab und fuhr fort: »Ich erinnere mich noch, dass sie gesagt hat, Edgar würde ganz schön in Rage kommen, wenn er erfahren würde, dass sie mit Phillip Freundschaft geschlossen hat.«

»Wer ist Edgar?«

Mr. Burdon antwortete für seine Frau. »Edgar Palmer. Er war einer jener Herumtreiber, die nichts Besseres zu tun haben, als in miesen Kellerlokalen herumzulungern und Rauschgift zu nehmen. Er stellte Alina dauernd nach, aber sie wollte nichts von ihm wissen. Einmal habe ich ihn dabei erwischt, wie er ihr unter den Rock …«

»Jack!« Mrs. Burdon sah ihn strafend an. »Das gehört nicht hierher. Außerdem schickt es sich nicht, von Toten schlecht zu reden.«

»Edgar Palmer ist nicht mehr am Leben?«, hakte Chapman sofort nach. »Wie ist er gestorben?«

Mr. und Mrs. Burdon wechselten schnell einen Blick. »Wahrscheinlich hat er eine Überdosis genommen«, sagte der Mann schließlich. »So ähnlich enden sie ja alle mal.«

»Aber sicher sind Sie nicht?«

»Die genaue Todesursache hat nicht einmal in der Zeitung gestanden. Jedenfalls war sein Hals voller Einstiche.«

»Sein Hals?«, wunderte sich Dorian. »Das ist seltsam. Ich habe noch nie gehört, dass sich jemand Rauschgift in den Hals spritzt.«

»Aber bei Edgar war es so«, behauptete Mr. Burdon. »Ich habe es in der Zeitung gelesen.«

»Und hatte Alina zu diesem Edgar immer noch Kontakt?«, fragte Chapman wieder. »Ging sie mit ihm aus oder besuchte sie zumindest einmal mit ihm eines jener Kellerlokale?«

Mr. Burdon nickte. »Er verschleppte sie einmal in einen Klub. Wie hieß er denn noch? Es war ein ganz verrückter Name.«

»Vielleicht Black Sabbath?«, vermutete Chapman.

»Genau. Black Sabbath hieß der Klub. Als ich davon erfuhr, habe ich Alina eine runtergehauen und ihr verboten, noch einmal dorthinzugehen. Sie war – sie ist erst siebzehn.«

»Aber sie muss noch einmal hingegangen sein«, sagte Mrs. Burdon. »Denn dort lernte sie diesen Phillip kennen.«

»Haben Sie auch von ihr erfahren, wo dieser Klub liegt?«, fragte Chapman und beobachtete die beiden gespannt.

Mr. Burdon schüttelte den Kopf. »Ich bin ihr zwar nachgeschlichen, weil ich wissen wollte, mit wem sie sich herumtreibt – das war an dem Abend, als sie verschwand –, aber sie muss es gemerkt haben und hängte mich ab. Das habe ich alles schon zu Protokoll gegeben.«

»Und weiter haben Sie nichts zu berichten?«

Mr. und Mrs. Burdon schwiegen verbissen und schüttelten nur die Köpfe. Dorian merkte den beiden an, dass sie etwas verheimlichten. Da er die Angelegenheit aus einer ganz anderen Perspektive betrachtete als Chapman, glaubte er zu wissen, welcher Art das Wissen war, das die Burdons für sich behielten. Er sah den Zeitpunkt gekommen, sich einzuschalten.

»Ich könnte mir vorstellen, dass etwas vorgefallen ist, das Sie sich nicht erklären können«, sagte Dorian bedächtig. »Es muss etwas so Ungewöhnliches, etwas so Mysteriöses gewesen sein, dass Sie sich scheuen, darüber zu sprechen, weil Sie annehmen, niemand würde Ihnen glauben.«

Dorian sah, wie Mrs. Burdon die Hand ihres Mannes ergriff und sie fest drückte. Sie biss sich auf die Lippen und schloss die Augen. Mr. Burdon wich Dorians Blick aus. Er presste die Zähne so fest aufeinander, dass seine Wangenmuskeln hervortraten. Dorian wusste, dass er richtig getippt hatte. »Ich würde Ihnen bestimmt glauben«, sagte er, und als Mr. Burdon ihm das Gesicht zuwandte, fuhr er fort: »Ich weiß aus Erfahrung, dass auf dieser Erde Dinge passieren, die man mit dem Verstand nicht erklären kann und deshalb nicht wahrhaben will. Und doch kann man sie nicht aus der Welt schaffen, wenn man sich ihnen verschließt. Wenn mir jemand sagt, dass er an Teufel und Dämonen glaubt, würde ich ihn nicht auslachen, denn ich selbst habe sie schon gesehen. Ich wurde von ihnen gejagt und habe viele von ihnen getötet. Und ich habe die berechtigte Vermutung, dass auch in diesem Fall überirdische Mächte eine Rolle spielen.«

Mrs. Burdon gab einen erstickten Laut von sich und barg das Gesicht in den Händen. Ihr Mann legte ihr behutsam den Arm um die Schultern und drückte sie an sich.

»Nun? Haben Sie uns immer noch nichts zu sagen?«, fragte Dorian.

»Sag es ihm, Jack!«, bat Mrs. Burdon mit leiser Stimme.

Ihr Mann schüttelte den Kopf. »Wir müssen uns geirrt haben. Es kann nicht wahr sein, denn Edgar ist tot. Ich war an seinem Grab.«

Mrs. Burdon schüttelte nur den Kopf und schluchzte leise vor sich hin.

»Es muss ein Irrtum gewesen sein, Martha«, fuhr ihr Mann eindringlich fort. »Ich bin sicher, dass sich jemand nur einen makabren Scherz erlaubt hat. Vielleicht hat sogar Alina selbst …«

»Sprich nicht weiter, Jack!« Mrs. Burdon wischte sich mit dem Ärmel ihres Morgenmantels über die Augen. Dann sah sie Dorian an. »Vor drei Tagen läutete es um Mitternacht an unserer Tür. Jack und ich dachten, Alina sei zurückgekommen und eilten beide hin, um sie zu empfangen, aber als wir öffneten, stand dort – Edgar Palmer.«

»Edgar ist tot«, warf ihr Mann ein. »Er kann es nicht gewesen sein. Bestimmt haben sich seine Freunde einen dummen Scherz erlaubt. Ich bin sicher, dass Alina dahintersteckt.«

»Was wollte Edgar von Ihnen?«, fragte Dorian, ohne sich seine Erregung anmerken zu lassen. Durch die Wiedergeburt Edgar Palmers wurde der Fall in ein neues Licht gerückt.

»Er überbrachte uns etwas«, sagte Mr. Burdon gepresst. »Ein Foto von Alina. Aber es ist ebenso eine Fälschung, wie Edgar Palmer nicht echt war.«

»Dürfte ich das Foto mal sehen?«, bat Dorian.

Mrs. Burdon nickte und ging wie in Trance zu einer Kommode. Sie öffnete die oberste Lade und kam mit zwei Fotografien zurück. Eine davon überreichte sie Dorian mit den Worten: »Das ist Edgar Palmer mit Alina. So hat er vor einem Jahr ausgesehen. Aber er hat sich kaum verändert. Als er an unsere Tür kam, wirkte er nur verwahrloster, als hätte er seit Tagen nicht geschlafen und nichts gegessen. Er sah aus wie … wie ein Gespenst.«

Dorian starrte auf das Foto. Es zeigte ein hübsches blondhaariges Mädchen mit einem Burschen in Hemd und Jeans. Er kannte den jungen Mann. Es war derselbe, der ihm letzte Nacht das Päckchen mit der Puppe überbracht hatte.

»Ich glaube, Sie sind keiner Täuschung zum Opfer gefallen«, sagte er bedächtig. »Edgar Palmer dürfte noch am Leben sein. Ich habe ihn vor wenigen Stunden selbst gesehen.«

Mrs. Burdon schrie auf. Ihr Mann beugte sich vor und hielt Dorian seine große Faust drohend entgegen. »Wenn Sie sich über uns lustig machen wollen, dann schlage ich Ihnen die Zähne ein.«

Dorian blickte ihm ruhig in die Augen. »Ich meine es ernst. Ein Irrtum ist ausgeschlossen. Edgar Palmer hat mir vor wenigen Stunden einen Besuch abgestattet.«

»Wissen Sie, was Sie da sagen, Dorian?«, rief Chapman.

Der Dämonenkiller gab keine Antwort. Er nahm Mrs. Burdon das andere Foto aus den kraftlosen Fingern und betrachtete es. Es war quadratisch und offensichtlich mit einer Sofortbildkamera geschossen worden.

Es zeigte das gleiche Mädchen wie auf dem anderen Foto, nur stand es auf der Handfläche eines Mannes, von dem sonst nichts zu sehen war. Wenn man die Männerhand als Maßstab nahm, so war Alina nicht größer als dreißig Zentimeter. Dorian begann vor unterdrückter Wut zu zittern. Es war nicht so sehr der Anblick des Puppenmädchens, der ihn erregte, sondern die Hand; besser gesagt, die Narbe, die sich von der Daumenwurzel an strahlenförmig über den Handrücken verbreitete. Er hatte diese Narbe vor zwei Monaten schon einmal gesehen. Er hatte sie nur flüchtig wahrgenommen, aber jetzt erinnerte er sich wieder genau. Roberto Copello, einer seiner Brüder, hatte die gleiche Narbe besessen. Also hatte nicht nur Bruno Guozzi das flammende Inferno auf Schloss Lethian überlebt, sondern auch der Argentinier. Möglicherweise sogar noch andere. Roberto Copello jedenfalls hielt sich hier in London auf.

Der Argentinier, der sich in Asmoda als Kriminologe ausgegeben hatte und nach eigener Aussage von seinen Gegnern

Schrumpfköpfe anfertigte, war der Puppenmacher. Daran konnte es keinen Zweifel geben.

Ein paar Sekunden herrschte Schweigen, dann räusperte Chapman sich. »Wenn Sie keine weiteren Fragen mehr haben, Dorian, dann können wir wohl gehen.«

Hunter nickte, und sie verabschiedeten sich von den Burdons. Als sie schon auf der Straße waren, rief Mrs. Burdon ihnen nach: »Bitte, bringen Sie mir Alina zurück!«

»Wir werden unser Bestes geben«, versprach Dorian mit rauer Stimme. Dabei wusste er, dass keine Macht der Welt Alina helfen konnte. Als sie den Wagen erreichten, hielt Chapman Dorian am Arm zurück.

»Warum haben Sie diese Leute in dem Glauben bekräftigt, dass Edgar Palmer noch lebt?«, fragte er verärgert.

»Weil ich ihn mit eigenen Augen gesehen habe.«

»Das ist vollkommener Unsinn!«

»Meinen Sie?« Dorian starrte Chapman mit verkniffenem Gesicht an. »Ihre Ignoranz wird langsam nervig, Don. Edgar Palmer lebt! Genauer gesagt, er ist ein lebender Leichnam, denn er starb durch den Biss eines Vampirs. Die Einstiche an seinem Hals, für die niemand eine Erklärung fand, stammen von Vampirzähnen. Dessen bin ich mir sicher. Wer das Opfer eines Vampirs wird, stirbt nicht wirklich, sondern erlebt eine Wiedergeburt und wird selbst zum Blutsauger. Genau das ist mit Edgar Palmer geschehen.«

Chapman schwieg eine Weile, dann sagte er: »Ich muss zugeben, Ihre Art, Gruselgeschichten vorzutragen, geht einem unter die Haut. Ich weigere mich auch weiterhin, sie für bare Münze zu nehmen, aber eine Chance will ich Ihnen noch geben. Ich werde zu Palmers Grab fahren und, falls nötig, die Exhumierung seiner Leiche erwirken. Sollte sich dabei nichts ergeben, dann rühre ich jedoch keinen Finger mehr für Sie.«

Dorian lächelte dankbar. »Sie geben sich wirklich alle Mühe, Don. Ich bin sicher, dass es diesmal gelingt. Während Sie sich Palmers Grab ansehen, werde ich den Haywards einen Besuch abstatten.

Vielleicht hat Coco Neuigkeiten für mich. Sie brauchen mich nicht hinzufahren. Die paar hundert Meter bis zu Haywards Villa schaffe ich zu Fuß. Ein Morgenspaziergang schadet mir bestimmt nicht.«

Sie trennten sich, ohne sich für einen bestimmten Zeitpunkt zu verabreden. Dorian versicherte, dass er entweder in seinem Haus oder bei Lord Hayward zu erreichen sein würde. Chapman fuhr zum nächsten Polizeirevier. Von dort aus setzte er sich telefonisch mit seiner Dienststelle in Verbindung und verlangte eine Exhumierung der Leiche Edgar Palmers. Zuerst versprach man ihm die Erlaubnis für die Exhumierung bis morgen früh. Als Chapman jedoch ein wenig Druck ausübte, wurde ihm die Erledigung der Formalitäten für den frühen Nachmittag garantiert. Das war immer noch reichlich spät, aber schneller ging es nicht einmal für einen Secret-Service-Agenten. Er beschloss, die verbleibende Zeit mit einer Besichtigung des Grabes zu verbringen.

Der St. Anthony Friedhof war nicht besonders groß. Er war von einer verfallenden Steinmauer umgeben und lag eingebettet in einen Wald. Es führte nur eine gewundene Schotterstraße zu dem einzigen Eingang. Der Parkplatz, der maximal dreißig Autos fasste, war leer. Nachdem Chapman den Wagen abgestellt hatte, ging er zum Pförtnerhaus. Es war abgeschlossen. Er blickte durch das staubige Fenster, konnte jedoch niemanden erblicken. So betrat er auf gut Glück den Friedhof. Vielleicht begegnete er einem Gärtner oder einem Besucher, der ihm den Weg zu Edgar Palmers Grab zeigen konnte. Gemächlich schritt er die breite Allee entlang, sah sich immer wieder um, konnte aber zwischen den Grabreihen keine Menschenseele entdecken. Außer dem Krächzen der Krähen war nichts zu hören. Die Luft war frostig kalt, die Bäume und Sträucher waren mit Raureif überzogen. Alles deutete darauf hin, dass es bald schneien würde.

Keine dreißig Meter links von Chapman erhob sich inmitten von kahlen Sträuchern und niedrigen Nadelbäumen die Aufbahrungshalle, dahinter lag eine kleine Kapelle. Vielleicht befand sich jemand in der Halle, der ihm Auskunft geben konnte. Chapman schritt darauf zu. Als er nur noch wenige Meter von der Eingangstür entfernt war, stutzte er. Ihm war, als hätte er ein Geräusch gehört. Er wirbelte herum und griff automatisch nach seiner Waffe, zog sie jedoch nicht. Das Geräusch war nur von einer Krähe verursacht worden. Chapman lächelte erleichtert und wandte sich wieder der Aufbahrungshalle zu. Die Tür war nicht abgeschlossen und öffnete sich quietschend. Noch bevor der Agent die schattenhaften Umrisse des Mannes hinter der Schwelle erkennen konnte, sprach ihn dieser an.

»Sie sind früher als erwartet eingetroffen, Mr. Chapman«, sagte der Unbekannte mit leicht südländischem Akzent.

Chapman zog blitzschnell seine Waffe. Seine Augen gewöhnten sich nur langsam an das Dämmerlicht. Der Mann vor ihm war klein und drahtig. Er hatte einen dunklen Teint, und sein schwarzes Haar war pomadisiert.

Er war Chapman auf Anhieb unsympathisch. Der Agent spürte die Gefahr, die von ihm ausging. Und dann fiel ihm noch etwas auf. Das Kruzifix an der Wand war verformt und die Inschrift – I.N.R.I. – bis zur Unkenntlichkeit verstümmelt. Vom Gekreuzigten waren nur noch die festgenagelten Hände und Füße übrig. Rund um das deformierte Kreuz waren Schriftzeichen und eine Reihe von obszönen Schimpfworten hingekritzelt.

»Aber, aber, Mr. Chapman! Was wollen Sie denn mit der Pistole?«, fragte der Unbekannte. Er näherte sich langsam und fuhr mit gesenkter Stimme fort: »Sie werden doch nicht schießen, ohne mich anzuhören? Ich habe Ihnen einen Vorschlag zu machen. Schließen wir einen Pakt. Helfen Sie mir, Dorian Hunter zur Strecke zu bringen, und ich schenke Ihnen die Freiheit.«

Chapman schoss. Er hatte noch nie in seinem Leben an die Existenz von Dämonen und Gespenstern geglaubt, nicht einmal als Kind, aber jetzt spürte er das Böse, das von diesem unscheinbaren Mann ausging. Er wusste plötzlich, dass Dorian Recht hatte. Es gab die Mächte der Finsternis, und dieser Mann gehörte zu ihnen. Immer wieder drückte der Agent ab, bis das Magazin leer war, aber der Unbekannte lachte ihn nur aus.

»Wie Sie wollen, Mr. Chapman. Dann werden Sie eben nicht

mein Verbündeter, sondern mein Sklave sein. Halte ganz still! Sei artig, mein stolzer, energischer Puppenmann!«

Lord Hayward beobachtete Dorian Hunters Ankunft aus einem Fenster im zweiten Stock der Jugendstilvilla. Inzwischen zweifelte er, ob es klug gewesen war, sich mit Hunter einzulassen. Dieser Mann verstand zweifellos etwas von der Materie, aber er begnügte sich nicht damit, Phillip zu helfen, sondern schnüffelte überall und in allem herum. Hayward ging zur Tür, schob die beiden schweren Riegel beiseite, die er vor einer Woche selbst montiert hatte, schloss auf und lauschte. Im Haus war es vollkommen still. Er nahm an, dass seine Gäste noch nicht wach waren. Sie schliefen meistens bis spät in den Tag hinein. Auf leisen Sohlen schlich er in den Korridor hinaus. Als er an Phillips Schlafzimmer vorbeikam, horchte er erneut. Kein Laut drang an sein Ohr. Seine Hand griff instinktiv zur Klinke, aber er drückte sie dann doch nicht hinunter. Die Stille in Phillips Zimmer musste nicht unbedingt etwas zu bedeuten haben. Er durfte nicht gleich das Schlimmste annehmen. Immerhin war diese Coco Hunters Vertraute. Sie hatte keine Veranlassung, sich an Phillip zu vergreifen. Hayward biss sich auf die Lippen und eilte geräuschlos die Treppe hinunter. Darin besaß er schon einige Übung. Wie oft war er in den letzten Tagen durch sein Haus geschlichen! Noch bevor der Dämonenkiller zum Glockenzug greifen konnte, hatte er die Tür aufgerissen.

»Ich habe Sie vom Fenster aus gesehen«, erklärte er entschuldigend, als Hunter erstaunt zurückzuckte. »Es ist besser, wenn niemand etwas von Ihrem Besuch bemerkt.«

»Sind Ihre Gäste denn noch nicht wach?«, fragte Dorian verwundert.

»Ich mache ihnen keine Vorschriften«, antwortete Hayward gereizt. »Sie können in meinem Haus tun und lassen, was sie wollen. Stört Sie das etwa?«

Dorian hob nur die Schultern und ging an Hayward vorbei ins Haus. »Wie geht es Phillip?«, erkundigte er sich. »Können wir zu ihm gehen?«

Hayward stieg vor Dorian die Treppe hinauf. Er hielt sich automatisch ganz nahe an der Wand des Stiegenaufganges, um kein unnötiges Geräusch zu verursachen. Er hat Angst, durchzuckte es Dorian. Ganz erbärmliche Angst. Doch vor wem?

Ohne Zwischenfall gelangten Sie in die zweite Etage. Hayward lauschte wieder an der Tür von Phillips Zimmer, bevor er sie abrupt aufstieß und wie angewurzelt stehenblieb. Dorian sah über seine Schulter, dass das Zimmer leer war. Die Bettdecke lag zerknüllt auf dem Boden, die Kissen waren zerschlissen und die Daunen durch das ganze Zimmer verstreut.

»Was hat das zu bedeuten?«, fragte Hayward tonlos.

»Es sieht so aus, als hätte ein Kampf stattgefunden«, sagte Dorian. »Haben Sie keine verdächtigen Geräusche gehört? Ihr Zimmer ist doch gleich nebenan.«

Hayward gab ihm keine Antwort. »Phillip«, flüsterte er nur. »Wo ist Phillip?« Er rannte ziellos durch das Zimmer, schaute unter das Bett und aus dem Fenster und wandte sich dann wieder Dorian zu. »Wo ist mein Sohn?«

»Ich habe doch erst vor einer knappen Stunde mit Coco telefoniert«, meinte Dorian.

Hayward nickte. »Ich weiß, da war noch alles in Ordnung.«

»Wo ist das Telefon?« Dorian blickte sich suchend um. Gestern hatte es noch auf dem Nachttisch gestanden. Der Blick des Dämonenkillers folgte Haywards ausgestreckter Hand und entdeckte das Telefonkabel, das von der Wand aus zu einem niedrigen Wäscheschrank führte und darin verschwand. Mit drei schnellen Schritten war er dort und öffnete eine der beiden Türen. Phillip hockte zusammengekrümmt zwischen den Wäschestücken und hielt den Telefonapparat umklammert. Er blickte nicht auf, sondern presste den Kopf gegen die Brust.

»Was machst du hier, Phillip?«, fragte Dorian erschüttert.

»Ja«, sagte Phillip mit verstellter Stimme. »Ja, das stimmt. Nein, das ist nicht nötig. Es ist alles in Ordnung.«

Dorian schwindelte, als er erkannte, dass Phillip mit Cocos Stimme sprach. Sie hatte dieselben Worte gebraucht, als sie mit ihm gesprochen hatte. Nun begriff er, dass er in Wahrheit mit Phillip telefoniert hatte. Er kniete vor dem Jungen nieder und fragte mit bebender Stimme: »Phillip, wo ist Coco? Erinnerst du dich, was passierte, als du mit ihr allein warst?«

»Alina«, murmelte Phillip und krümmte sich noch mehr zusammen. »Alina, komm zu mir zurück!«

»Wir können Phillip nicht da drin lassen«, sagte Hayward hinter Dorian. »Helfen Sie mir, ihn ins Bett zurückzutragen!«

Dorian nahm das Telefon aus Phillips verkrampften Händen, schob die Linke unter seine Kniekehlen und legte den anderen Arm um Phillips Rücken. Der Junge war leicht wie eine Feder; er konnte nicht mehr als hundert Pfund wiegen. Dorian trug ihn ins Bett. Hayward hatte inzwischen die Decke geholt und breitete sie nun über seinen Sohn, aber Phillip strampelte sie sofort wieder ab, legte sich auf die Seite und nahm wieder die Embryostellung ein. Seine Lippen bewegten sich, aber kein Laut kam darüber.

»Phillip, kannst du mich hören?«, drang Dorian in ihn.

Der Junge erschauerte und hielt seine gekrümmten Finger vor den Mund.

Dorian fuhr mit eindringlicher Stimme fort: »Willst du uns nicht helfen, Coco wiederzufinden? Sie war deine Freundin. Sie wollte dich beschützen. Weißt du nicht, was aus ihr geworden ist?«

Phillip begann am ganzen Körper zu zittern.

»Lassen Sie ihn in Ruhe!«, herrschte Hayward Dorian an. »Sehen Sie nicht, dass Sie ihn quälen?«

»Ich versuche nur herauszufinden, was vorgefallen ist«, entgegnete Dorian ungehalten. »In diesem Haus ist ein Mensch verschwunden. In Ihrem Haus, Lord Hayward. Es wäre auch Ihre Sache, alles zu unternehmen, Coco wiederzufinden.« Er wandte sich wieder an Phillip. »Warum hast du dich im Schrank verkrochen? Nenn mir den Grund, Phillip! Vielleicht könnte uns das weiterhelfen.«

»Alina!« Das war alles, was Phillip antwortete. Aber plötzlich löste sich seine Verkrampfung. Er richtete sich im Bett auf und schwang seine Beine heraus.

»Leg dich wieder hin!«, bat Hayward weinerlich. »Du brauchst nach den vergangenen Strapazen Ruhe.« Er drückte seinen Sohn gewaltsam auf das Bett zurück, aber Phillip richtete sich sofort wieder auf und versuchte, das Bett zu verlassen.

Einer plötzlichen Eingebung folgend, sagte Dorian: »Lassen Sie ihn, Lord Hayward! Vielleicht möchte er uns auf seine Art und Weise einen Hinweis geben.«

Hayward ließ zögernd von seinem Sohn ab. Phillip schwang die Beine aus dem Bett und stand auf. Einige Sekunden lang stand er unschlüssig da. Seine golden schimmernden Augen durchforschten das Zimmer. Dann blieben seine Blicke an der Tür hängen, und er ging darauf zu.

Lord Hayward versperrte ihm den Weg. »Ich kann nicht zulassen, dass er sein Zimmer verlässt.«

»Lassen Sie ihn!«, befahl Dorian schneidend. »Phillip scheint zu begreifen, was wir von ihm wollen. Zeige uns den Weg zu Coco, Phillip! Führe uns zu ihr!«

Der Dämonenkiller öffnete die Tür, und Phillip ging wie ein Schlafwandler auf den Korridor hinaus und strebte der Treppe zu.

»Er wird sich erkälten«, jammerte der Lord.

Dorian entledigte sich seines Trenchcoats und hängte ihn Phillip um die Schultern. Der Hermaphrodit schritt unbeirrt weiter die Treppe hinunter, Stufe um Stufe. Hayward eilte in Phillips Zimmer zurück und kam kurz darauf mit knöchelhohen Kamelhaarhausschuhen zurück. Inzwischen hatte Phillip den Treppenabsatz im obersten Stock erreicht. Er blieb stehen, als müsste er sich orientieren. Sein Vater ergriff die Gelegenheit, um ihm die Schuhe überzustreifen.

Der Dämonenkiller stützte Phillip, der diese Prozedur nur widerwillig über sich ergehen ließ. Nachdem Dorian und Hayward wieder von dem Hermaphroditen abließen, stieg dieser weiter ins Erdgeschoss hinunter. Dabei gab er seltsame Laute von sich. Es war ein Schmatzen, das von leisen Seufzern unterbrochen wurde. Plötzlich sagte er laut: »Stört die Ruhe der Tagschläfer!«

»Was hat das zu bedeuten?«, fragte Hayward.

Dorian hob die Schultern. »Keine Ahnung.«

Phillip hatte jetzt das Erdgeschoss erreicht und strebte auf den Eingang zu.

»Er will das Haus verlassen!«, rief Hayward erschrocken.

Noch ehe er einen Einwand geltend machen konnte, hatte Dorian die Eingangstür geöffnet. Phillip schritt ins Freie. Draußen zögerte er wieder und wandte sich dann nach links.

»Was kann er denn hier nur wollen?«, fragte Hayward und zog seine Hausjacke fröstelnd enger. »Mr. Hunter, das alles ergibt doch keinen Sinn! Wir sollten Phillip ins Haus zurückbringen.«

»Ich habe die Vermutung, dass alles, was Phillip sagt oder tut, einen verborgenen Sinn hat«, erklärte Dorian. »Er kann sich nur nicht verständlich ausdrücken. Seine Botschaften sind verschlüsselt. Sehen Sie, er strebt auf das Dickicht zu.«

»Dahinter ist doch nur ein alter Geräteschuppen. Lassen Sie uns umkehren, Mr. Hunter. Hören Sie? Ich möchte, dass wir sofort ins Haus zurückkehren!«

»Warum denn plötzlich diese Panik?«, erkundigte sich Dorian und blickte Hayward prüfend an.

Dieser leckte sich verlegen über die Lippen. »Wir dürfen nicht weitergehen«, schrie er fast und beschleunigte seinen Schritt. Er überholte den Hermaphroditen und versperrte ihm den Weg. »Hier geht es nicht weiter, Phillip! Du musst umkehren!«

Ohne ihn weiter zu beachten, wich der Junge ihm aus und ging in der ursprünglichen Richtung weiter. Hayward lief ihm wieder nach und ergriff ihn am Arm.

Dorian gab ihm einen Stoß, dass er zurücktaumelte. »Ich habe den leisen Verdacht, dass Sie etwas vor mir verbergen wollen, Lord Hayward.«

Hayward schüttelte hilflos den Kopf. »Hören Sie auf mich, Mr. Hunter! Kehren wir um! Wenn Sie nicht auf mich hören, stürzen Sie uns alle noch tiefer ins Verderben.«

Phillip schien von der Auseinandersetzung der beiden Männer nichts zu bemerken. Er bahnte sich einen Weg durch die Büsche und erreichte die halbverfallene Holzscheune. Ohne nach links und rechts zu blicken, marschierte er auf die Tür los, rannte dagegen und gab einen unterdrückten Aufschrei von sich. Er schrie aus Wut darüber, dass ihm der Weg versperrt wurde. Auf den Gedanken, die Klinke herunterzudrücken, kam er nicht. Dorian tat es für ihn.

»Bleiben Sie draußen, Mr. Hunter!«, rief Hayward ihm noch nach, aber der Dämonenkiller hatte die Scheune bereits betreten. Im ersten Augenblick sah er nur Gerümpel, alte, ausgediente Gartengeräte, einen Schrank, dessen beide Türen schief in den Angeln hingen, einige Pferdehalfter, eine Deichsel und die eisenbereiften Räder eines Karrens. Plötzlich jedoch erstarrte er. Sein Blick fiel auf drei Särge. Das also hatte Hayward vor seinen Blicken verbergen wollen. Dorian setzte mit einem Sprung über das Gerümpel hinweg, erreichte die Särge, hob den Deckel des ersten hoch und erblickte einen jungen Mann darin, der die Hände vor der Brust verschränkt hatte. Es war niemand anderer als Edgar Palmer. Zwei lange Vampirzähne ragten ihm über die Unterlippe. Als Hayward interessiert näherkam und den Jungen im Sarg erblickte, stieß er einen überraschten Ausruf aus.

»Das … das habe ich nicht gewusst«, stammelte er.

Dorian hörte ihm nicht zu. Er hatte inzwischen die Deckel der beiden anderen Särge hochgehoben. In einem lag ein junges Mädchen. Ihr Gesicht war wächsern und ausgemergelt wie das einer uralten Frau. Im dritten Sarg lag wieder ein Junge. Als Dorian seine Unterlippe herunterzerrte, sah er auch hier zwei lange Eckzähne. Sein Hass auf die Dämonen wurde übermächtig. Das hier waren keine Mitglieder der Schwarzen Familie, sondern nur ihre bedauernswerten Opfer. Durch den Biss des Vampirs waren sie selbst zu Blutsaugern geworden. Sie konnten durch keine Macht der Welt mehr gerettet werden. Es gab nur noch eine Möglichkeit, ihnen zu helfen. Der Dämonenkiller blickte sich suchend um. Sein Blick fiel auf einen alten Billardtisch mit nur drei Beinen. Die Filzauflage war so stark abgewetzt, dass der Holzboden durchschimmerte. Er steuerte darauf zu.

»Was haben Sie vor?«, rief Hayward ihm nach.

Dorian brach drei Queues über seinem Knie auseinander und kehrte mit den verdünnten Enden zu den Särgen zurück. »Einen

Hammer!«, verlangte er. Seine Stimme bebte vor Erregung. »Ich brauche einen Hammer.«

Mit zitternden Händen überreichte Hayward ihm einen schweren Eisenhammer.

»Du zuerst, Edgar Palmer«, sagte Dorian. Sein Gesicht war zu einer furchterregenden Fratze verzerrt, als er dem Vampir die Spitze des Queues auf die Brust setzte. Er holte weit aus und ließ den Hammer niedersausen. Einmal, zweimal, dreimal, bis das stumpfe Ende des Queues nur noch wenige Zentimeter aus der Brust ragte. Edgar Palmer – oder das, was aus ihm geworden war – öffnete seinen Mund zu einem Schrei, aber nur ein trockenes Krächzen kam aus seiner Kehle. Seine Hände zuckten an die Brust und verkrallten sich über der Wunde.

»Mr. Hunter!«, schrie Hayward von Grauen geschüttelt. Er packte Dorian von hinten, aber dieser wimmelte ihn ab und wandte sich dem Mädchen zu. »Deine Seele ruhe in Frieden!«, sagte er und trieb ihr den zweiten abgebrochenen Queue tief ins Herz. Sie bäumte sich in einem letzten Reflex auf und gab einen markerschütternden Schrei von sich. Als der Dämonenkiller sah, dass sich der Vampir im dritten Sarg rührte, wandte er sich ihm blitzschnell zu. Er schlug ihm den Hammer gegen den Schädel, dass er zurückgeworfen wurde, dann erst pfählte er ihn. Lord Hayward hatte sich abgewandt und übergab sich. Phillip war zu Boden gesunken und krümmte sich. Es schien, als hätte er selbst gespürt, wie sich die Pfähle in die Herzen der Vampire bohrten. Für den Hermaphroditen konnte Dorian nichts tun, deshalb ging er zu Lord Hayward und legte ihm die Hand auf die Schulter.

»Geht es Ihnen wieder besser?«, erkundigte er sich mitfühlend.

»Sie Scheusal!«, rief Hayward voller Abscheu. »Was haben Sie nur getan? Sie sind ein Mörder!«

»Sie tun mir unrecht, Lord Hayward!«, sagte Dorian milde. »Ich konnte nicht anders handeln. Die drei jungen Leute in den Särgen waren keine Menschen mehr. Seit sie von Vampiren gebissen wurden, waren sie blutsaugende Ungeheuer. Tote, die nicht sterben konnten und durch ihren Biss andere unschuldige Menschen infiziert hätten. Ich habe sie von ihrem schrecklichen Dasein erlöst. Vielleicht findet man eines Tages ein Mittel, um die Opfer der Vampire zu heilen und in die menschliche Gesellschaft zurückzuführen, aber vorher müssten sich Wissenschaftler finden, die an die Existenz der Vampire glauben. Bis dahin gibt es keine andere Möglichkeit, als diese bedauernswerten Kreaturen zu töten.«

»In meinen Augen sind Sie dennoch ein bestialischer Mörder«, sagte Lord Hayward keuchend.

»Blicken Sie in die Särge! Sehen Sie irgendwo Leichen?«

Hayward kam der Aufforderung nur zögernd nach. Als er sah, dass in jedem der Särge nur noch ein Häufchen Asche lag, weiteten sich seine Pupillen. »Aber …«

»Vampire zerfallen nach ihrem Tod zu Staub«, erklärte Dorian. »Ohne Leiche kein Mord. Dieses Problem hat sich also von selbst erledigt. Es gibt indessen noch einige Dinge, die einer Klärung bedürfen. So würde mich zum Beispiel interessieren, wieso sich die drei Vampire ihren Unterschlupf ausgerechnet auf Ihrem Grundstück gesucht haben. Mir ist von Anfang an nicht entgangen, dass Sie mir etwas verschweigen, Lord Hayward. Glauben Sie nicht, dass es an der Zeit ist, endlich die Karten aufzudecken?«

»Ich kann nicht«, sagte Hayward leise. »Um Phillips willen, lassen Sie mich in Ruhe! Vergessen Sie, dass ich Sie um Hilfe gebeten habe. Ich konnte nicht ahnen, dass Sie alles nur noch schlimmer machen würden. Sagen Sie mir, was ich Ihnen schulde, aber dann verlassen Sie mein Haus und lassen Sie sich nicht mehr blicken! Sie würden nur Verderben über Phillip bringen. Bitte gehen Sie!«

Der Dämonenkiller schüttelte den Kopf. Er hatte durchaus Mitleid mit dem Alten, aber diesen Wunsch konnte er ihm nicht erfüllen. Es ging nicht allein um Phillip, sondern zunächst vor allem um Cocos Schicksal.

»So leicht werden Sie mich nicht mehr los, Lord Hayward«, sagte Dorian mit fester Stimme. »Ich werde diese Sache aufklären, ob Sie mir helfen oder nicht. Es liegt ganz an Ihnen.«

Verzweifelt blickte Hayward ihn an.

Dorian hatte sich mit Phillip auf dessen Zimmer zurückgezogen, um hier auf Donald Chapman zu warten. Zwei Stunden waren vergangen, seit er die drei Vampire getötet hatte, als es an der Tür klopft. Dorian öffnete. Draußen stand eine attraktive rothaarige Frau Mitte der Dreißig. Sie hielt ein Tablett mit Sandwiches in den Händen. Bei Dorians Anblick lächelte sie kokett.

»So attraktiv hätte ich Sie mir gar nicht vorgestellt, Mr. Hunter«, meinte sie. »Sie haben so etwas – Dämonisches an sich, das mir den Atem raubt.«

Er registrierte verwundert, dass sie ihn mit seinem richtigen Namen ansprach, obwohl er sich als Holborn vorgestellt hatte. Also wusste man bereits über seine wahre Identität Bescheid. »Sind Sie eine Angestellte Lord Haywards oder gehören Sie zu den Gästen des Hauses?«, erkundigte er sich. »Ich habe Sie hier noch nicht gesehen.«

»Ich heiße Pamela Bancroft. Ich trete nur selten in Erscheinung, denn ich bin eine richtige Schlafmütze. Nur aufregende Männer muntern mich auf.« Sie reichte ihm das Tablett. »Hier, nehmen Sie! Damit Sie bei Kräften bleiben.«

Dorian zögerte. »Ich habe eigentlich keinen Hunger.«

»Sie können die Sandwiches unbekümmert essen. Sie sind nicht vergiftet.« Sie warf einen Blick auf Phillip und fügte hinzu: »Ich würde Ihnen gern beim Essen Gesellschaft leisten. Aber Phillip kann mich nicht besonders leiden.«

Dorian blickte auf den Hermaphroditen. Er wälzte sich auf der Matratze von einer Seite auf die andere und stöhnte leise. Als der Dämonenkiller sich wieder umdrehte, eilte Pamela Bancroft bereits die Treppe hinunter. Er stieß die Tür mit dem Fuß zu und brachte das Tablett zum Tisch. Phillip hatte sich wieder beruhigt. Er lag mit offenen Augen auf dem Rücken, nur seine Hände bewegten sich. Die grazilen Finger tanzten über die Bettdecke und liebkosten einander. Dorian überlegte. Wer war Pamela Bancroft? Nach Phillips Reaktion zu schließen, gehörte sie der Schwarzen Familie an.

Dennoch glaubte er ihr, dass die Sandwiches nicht vergiftet waren. Er nahm eines und biss herzhaft hinein. Es schmeckte. Er war hungriger, als er geglaubt hatte. Gedankenversunken aß er. Es wurde Zeit, eine Entscheidung herbeizuführen. Der Kreis begann sich zu schließen. Noch begriff er die Zusammenhänge nicht ganz, aber er war nun mehr denn je überzeugt, dass Phillip Hayward die Schlüsselfigur war. Phillip – der Hermaphrodit. Etwas Ähnliches hatte Dorian von Anfang an vermutet. Aber erst nachdem ihn Phillip zu den Särgen der drei Vampiropfer geführt hatte, besaß er Gewissheit. Phillip war ein Zwittergeschöpf mit hellseherischen Fähigkeiten. Die Dämonen mussten ihn wie die Pest hassen, denn er konnte ihre Existenz gefährden. Der Hermaphrodit war ein Wesen, das zwischen den Menschen und den Mächten der Finsternis stand, deshalb konnten ihn die Dämonen auch nicht mit ihren magischen Fähigkeiten bekämpfen. Um ihn zu vernichten, mussten sie sich anderer Mittel bedienen.

Jetzt wusste Dorian auch, welche Rolle die Puppen spielten. Die Druden, Alpe und Trolle konnten Phillip nur in Schach halten, ihn quälen und verwirren. Töten konnten sie ihn nicht. Diese Aufgabe würden wahrscheinlich die Puppen übernehmen, wenn die Zeit gekommen war. Dorian war jedoch entschlossen, den Dämonen einen Strich durch die Rechnung machen.

Nachdem er sich sattgegessen hatte, schob er das Tablett zurück. Wenn er nur Phillip dazu bringen könnte, ihm zu sagen, wo sich der Black-Sabbath-Klub befand! Es gab für Dorian keinen Zweifel mehr, dass dort alle Fäden zusammenliefen. Dennoch blieb ihm nichts anderes übrig, als zu warten. Er wünschte sehnlichst Don Chapman herbei. Die Exhumierung von Edgar Palmers Leiche hatte sich inzwischen erübrigt, aber es konnte nur von Nutzen sein, wenn Don bei der Aushebung des Grabes auf einen leeren Sarg stieß. Vielleicht würde er dann endlich von der Existenz der Dämonen überzeugt sein, und Dorian hätte damit einen starken Verbündeten gewonnen.

Die Zeit verstrich nur langsam. Es war bereits nach vier Uhr nachmittags, und Nebel senkte sich über den Park. In wenigen Minuten würde es dunkel werden. Phillip schlief, doch gerade als sich Dorian wieder von ihm abwenden wollte, richtete er sich in seinem Bett auf. Er schnappte nach Luft wie ein Fisch auf dem Trockenen und gab unartikulierte Laute von sich.

»Du brauchst dich nicht aufzuregen, Phillip!«, sagte Dorian beruhigend. »Es ist alles in Ordnung. Ich bin bei dir.«

Der Hermaphrodit vollführte heftige Bewegungen mit den Armen, als wollte er Dorian zum Schweigen bringen, dann verbarg er sein Gesicht in den Händen. »Viel Schwärze«, flüsterte er. »Schwärze überall.«

»Du musst dich irren, Phillip«, besänftigte Dorian ihn.

»Finsternis kommt. Finsternis triumphiert, Finsternis spricht und lacht. Alles liegt im Dunkeln. Was das Auge sieht, ist Trug. Es ist da! Es ist gegenwärtig!« Seine Worte klangen wie ein gequälter Aufschrei. Phillip fiel auf sein Lager zurück und begann erneut, sich unruhig hin und her zu wälzen.

Dorian blickte sich im Zimmer um, sah aber keine drohenden Schatten und keine Irrwische. Vielleicht hatte Phillip gar nicht von diesem Zimmer gesprochen, sondern irgendeinen anderen Raum des Hauses gemeint? Sollte er bleiben und warten, bis die Dämonen hierher kamen? Er fühlte sich plötzlich wie in einer Falle gefangen. Ohne richtig nachzudenken, riss er die Tür auf und rannte auf den Korridor hinaus. Rasch warf er noch einen Blick auf Phillip, der sich lautlos auf dem Bett hin und her warf. Es würde schon nichts passieren, wenn er ihn einige Minuten allein ließ.

Stimmen dröhnten durch das Stiegenhaus aus dem Erdgeschoss zu ihm herauf. Sich an der Wand haltend, wie er es bei Lord Hayward beobachtet hatte, stieg er die Treppe hinunter. Wenn er jemandem begegnete, konnte er immer noch irgendeine Ausrede erfinden. Schließlich hatte ihm Lord Hayward zugestanden, dass er sich im Haus frei bewegen konnte. Ungehindert erreichte er die erste Etage. Die Stimmen waren noch lauter geworden, blieben aber unverständlich. Sie schienen aus dem Salon zu kommen. Tatsächlich – dort saß wieder Lady Hurst in ihrem Sessel. Hinter ihr stand ihr Sohn Henry. Er blickte zu einem Mann auf, der noch in Hut und Mantel gekleidet war. Es war Don Chapman. Dorian vernahm seine Stimme.

»Es entspricht vielleicht nicht den Gepflogenheiten, dass Versicherungsagenten im Haus ihrer Kunden übernachten, aber Sie müssen zugeben, dass Phillip Hayward völlig aus der Norm schlägt.«

»Sie haben recht, Mr. Chapman«, hörte Dorian eine Frau sagen. Der Stimme nach schien es sich um Pamela Bancroft zu handeln. »Dieser ungewöhnliche Fall verdient eine besondere Behandlung.«

»Ihr werdet mir sicherlich alle zustimmen, dass Mr. Chapman zweifellos der rührigste Versicherungsvertreter ist«, sagte Lady Hurst, ohne ihre Näharbeit zu unterbrechen.

»Danke«, sagte Chapman geehrt. »Ich sehe, dass Sie schon wieder an einem neuen Puppengewand arbeiten.«

Lady Hurst seufzte vernehmlich. »Ich komme kaum noch mit der Arbeit nach. Diesmal wird es ein Smoking für einen Puppenmann. Das verlangt viel mehr Geschicklichkeit und Konzentration als ein Ballettröckchen. Das können Sie mir glauben, Mr. Chapman.«

Dorian hatte das Ende der Treppe erreicht und steuerte auf den Salon zu. Henry Hurst erblickte ihn als Erster.

»Da kommt ja Ihr Partner, Mr. Chapman!«, sagte er spöttisch.

Als Pamela Bancroft Dorian sah, zwinkerte sie ihm zu und meinte lächelnd: »Glauben Sie mir nun, dass die Sandwiches nicht vergiftet waren?«

Chapman hatte sich umgedreht. »Ich freue mich, Sie wohlbehalten vorzufinden, Dorian«, rief er so überschwänglich, als hätte er den Freund schon seit Wochen nicht mehr zu Gesicht bekommen.

»Mir fällt ebenfalls ein Stein vom Herzen, dass Sie wieder hier sind, Don«, sagte Dorian. »Was haben Ihre Recherchen ergeben?«

»Ich würde sagen, dass sie zu einem erfreulichen Ergebnis geführt haben – obwohl Sie wahrscheinlich anderer Meinung sein werden. Wir können uns später darüber unterhalten. Ich habe nämlich beschlossen, diese Nacht in Lord Haywards Haus zu verbringen. Was sagen Sie dazu Dorian?«

»Keine schlechte Idee.« Der Dämonenkiller fühlte sich plötzlich seltsam beklommen. Die ganze Szene mutete ihm seltsam an.

Lady Hurst hob den mit groben Stichen zusammengehefteten

Frack in die Höhe, der für eine etwa dreißig Zentimeter große Puppe gedacht war. »Wie gefällt er Ihnen, Mr. Holburn?«, fragte sie erwartungsvoll.

Dorian erschauerte. »Er ist sehr schön«, sagte er mit belegter Stimme.

Chapman legte ihm den Arm um die Schulter und sagte zu den Anderen: »Verzeihen Sie, wenn wir uns jetzt zurückziehen, aber wir haben noch einiges miteinander zu besprechen.«

»Sie werden uns heute Abend doch Gesellschaft leisten?«, fragte Pamela Bancroft hoffnungsvoll.

»Falls es unsere Arbeit gestattet, gern.« Chapman verneigte sich leicht und zog sich mit Dorian zurück.

Als sie im ersten Stock waren, konnte Dorian seine Neugierde nicht mehr bezähmen. »Was haben Sie bei Palmers Grab herausgefunden?«

»Ich fürchte, ich muss Sie wieder einmal einer Illusion berauben. Edgar Palmer lag in seinem Grab, so wie es sich gehört.«

»Aber das ist unmöglich!«, entfuhr es Dorian. Er versteifte sich. Chapman log ganz offensichtlich. Warum tat er das? Er wirkte überhaupt vollkommen verändert. Was war der Grund dafür?

»Nehmen Sie es nicht tragisch, Dorian!«, redete ihm der Agent zu. »Sie haben sich da in eine Sache verrannt, die jeglicher Grundlage entbehrt, aber vielleicht war alles doch nicht ganz umsonst. In diesem Haus ist ein Verbrechen geschehen, das ich in der kommenden Nacht zu klären hoffe.«

Sie hatten Phillips Zimmer erreicht. Dorian war wie benommen. Er öffnete die Tür und trat ein. Chapman wollte ihm folgen, doch kaum hatte er einen Fuß über die Schwelle gesetzt, als Phillip sich in seinem Bett aufbäumte und markerschütternd schrie. Chapman wich auf den Korridor zurück. »Was ist nur in ihn gefahren?«, fragte er verwundert.

»Mir scheint fast, dass Ihre Anwesenheit ihn zu dieser Reaktion veranlasst hat«, meinte Dorian.

»Seltsam.« Chapman schüttelte den Kopf. »Dann ist es wohl besser, wenn ich das Zimmer nicht betrete.«

Plötzlich kam Lord Hayward auf den Korridor gestürzt. »Was ist passiert?«, erkundigte er sich entsetzt.

»Nichts von Bedeutung«, erklärte Dorian. »Mr. Chapman wird es Ihnen erklären. Wir sehen uns dann später, Don.«

Er schloss Phillips Zimmertür hinter sich und lehnte sich dagegen. Er wusste, dass er nun ganz auf sich gestellt war. Chapman hatte sich verändert, war nicht mehr er selbst. Warum hätte er sonst die offensichtliche Lüge vorbringen sollen, dass Edgar Palmer friedlich in seinem Grab lag? Und warum hatte Phillip bei Chapmans Anblick einen hysterischen Anfall bekommen?

Plötzlich erinnerte sich der Dämonenkiller an das Puppenkostüm, das Lady Hurst nähte. Einen Frack. Es war ein schrecklicher Gedanke, Donald Chapman damit in Zusammenhang zu bringen, aber er durfte sich der Realität nicht verschließen. Er stand allein gegen eine Horde von Dämonen, die ihm und Phillip Hayward nach dem Leben trachteten.

Der Puppenmacher öffnete das Puppenhaus.

»Komm heraus, Alina, mein Püppchen!«, lockte er.

Aber die Alina-Puppe rührte sich nicht. Das Gesicht des Puppenmachers verzerrte sich vor Wut. »Bist du immer noch störrisch?« Er lachte wild. »Muss ich dich wieder bestrafen, damit du folgsam wirst?«

Die Alina-Puppe zuckte zusammen. Widerstrebend gehorchte sie.

»So ist es schon besser«, lobte der Puppenmacher.

Alina stand aufrecht da. Auf ihren winzigen Schultern hatte sich eine Gänsehaut gebildet, und während sie ins Halbdunkel starrte, begannen ihre Augen auf einmal zu funkeln. Ein Feuer glomm in ihnen auf, das sie wie zwei Diamanten erstrahlen ließ.

»Nimm meine Kraft, Alina! Nähre dich davon!«, raunte der Puppenmacher. »Meine magische Gabe belebt dich. Mein Gedanke beherrscht dich. Ich bin dein Meister, und du musst mir dienen. Meine Feinde sind die deinen.« Er streckte die Handfläche aus, und Alina stieg darauf. Er hielt sie ganz nahe an sein Gesicht. »Küss mich zum Zeichen deiner Demut!«, sagte er und spitzte die Lippen.

Alina kam mit ihrem Gesichtchen ganz nahe heran, fletschte jedoch plötzlich die schwarzen Zähne und biss zu. Der Puppenmacher ballte die Hand zur Faust, aber Alina sprang zu Boden und verschwand unter dem Bett, bevor er sah, in welche Richtung sie flüchtete.

»Nun gut, du widerspenstige Teufelin«, sagte er knurrend. »Du sollst deinen Willen haben. Deine Zuneigung für Phillip ist stärker als meine Macht. Ich sehe ein, dass ich dich wohl nie beherrschen werde. Du willst die Freiheit? Gut, du sollst sie haben.« Er lachte höhnisch, ging zum Fenster und öffnete es. »Da hast du deine Freiheit!«, rief er. »Laufe zu deinem unfähigen Geliebten und verkrieche dich bei ihm! Ich lasse dich ziehen.«

Der Puppenmacher wich vom Fenster zurück. Als er die Mitte des Raumes erreicht hatte, kam Alina unter dem Bett hervor, lief zum Fensterbrett, sprang hinauf und war gleich darauf verschwunden.

»Lauf nur zu deinem Geliebten!«, rief der Puppenmacher ihr nach, »und ziehe ihn und Dorian Hunter mit ins Verderben! Heute wird die Nacht der Entscheidung sein.«

Er ging zum Spiegel und betrachtete sich darin. Kurz überlegte er, ob er seine Maske beibehalten oder wieder sein ursprüngliches Aussehen annehmen sollte, und entschied sich für ersteres. Selbst wenn er Dorian Hunter nicht als Roberto Copello entgegentrat, würde dieser erkennen, wer ihm den Todesstoß versetzte, und Alina, diese rebellische Puppe, würde ihm, ohne es zu ahnen, den Weg ebnen.

Dorian hätte am liebsten sofort gehandelt, aber ihm waren die Hände gebunden. Er musste in der Nähe des Hermaphroditen bleiben, weil er nur dort vor den Dämonen sicher war. Außerdem musste er Phillip vor den Puppen schützen, die ihm im Gegensatz zu den Dämonen durchaus gefährlich werden konnten. Der Dämonenkiller hatte sich ein Stuhlbein zurechtgelegt, mit dem er die kleinen Quälgeister bekämpfen wollte, und er besaß immer noch seine Pistole. Gegen einen Dämon richtete eine Kugel zwar nichts aus, aber eine Puppe konnte sie in Stücke reißen.

Das Warten zermürbte Dorian. Alles wäre ihm lieber gewesen, als hier zu sitzen und tatenlos der kommenden Ereignisse zu harren. Es war schon spät, beinahe zweiundzwanzig Uhr, und nichts hatte sich bisher ereignet – nicht einmal Lord Hayward hatte sich blicken lassen. Dorian wurde aus dem Alten nicht klug. Er war selbst kein Dämon, aber er schien ihnen weitgehend verfallen zu sein.

Der Dämonenkiller zuckte zusammen, als etwas gegen das Fenster schlug. Er schaute hinaus, konnte aber nichts sehen. Als er die schweren Vorhänge zuziehen wollte, gab Phillip einen krächzenden Laut von sich. Er hatte sich aufgerichtet und fuchtelte verzweifelt mit den Händen in Dorians Richtung. Hunter verstand ihn. Er ließ vom Vorhang ab und begab sich zu Phillips Bett.

»Alina«, kam es abgehackt über Phillips Lippen. Und wieder: »Alina!«

»Sie muss wohl deine größte Liebe und Enttäuschung zugleich gewesen sein«, sagte Dorian mitfühlend.

Phillip fuchtelte weiter mit den Händen vor seinem Gesicht herum. Dann kletterte er plötzlich aus dem Bett und kam stolpernd auf die Beine. Dorians Hände schüttelte er ab. Er schritt geradewegs auf das Fenster zu. Als er es erreicht hatte, suchten seine tastenden Hände nach dem Hebel, um es zu öffnen. Er war noch schlimmer dran als ein Blinder, ihm fehlte auch jeglicher Tastsinn. Phillip lebte in einer anderen Welt. Vor Wut über sein Unvermögen stieß er einen Schrei aus. Gleich darauf war Dorian an seiner Seite und öffnete das Fenster für ihn. Phillip schien zufrieden. Er atmete die kalte Luft in tiefen Zügen ein. Da nahm Dorian auf dem Fensterbrett plötzlich eine Bewegung wahr. Er hob automatisch den Prügel, als er die blonde Puppe entdeckte, und schlug zu, aber er war zu langsam. Dumpf krachte das Stuhlbein auf das Fensterbrett.

Der Dämonenkiller verfolgte, wie das winzige Wesen durch die Luft auf Phillip zuflog. Sie bekam sein Nachthemd in Hüfthöhe zu fassen, krallte sich daran fest und kletterte an ihm hoch. Dorian holte aus, um die Puppe mit einem Hieb davonzuschleudern, doch noch bevor er zuschlagen konnte, bekam er einen Stoß vor den Kopf, der ihn einen Schritt zurücktaumeln ließ. Es war niemand anderes als Phillip, der sich gewehrt hatte. Jetzt umschloss er die Puppe schützend mit seinen Händen und presste sie an seinen kleinen Busen.

»Alina!« Es klang wie ein Seufzer der Erlösung.

Dorian wagte nicht, sich zu rühren. Er erwartete jeden Augenblick, dass die Puppe Phillip biss, aber stattdessen schmiegte sie sich zärtlich an ihn. Es handelte sich zweifellos um Alina Burdon, das hatte Dorian sogleich erkannt; dennoch hätte er seine Seele verwettet, dass sie Phillip töten würde. Sie war ein Werkzeug des Puppenmachers. In diesem außergewöhnlichen Fall schien ihre Zuneigung zu dem Hermaphroditen jedoch stärker als alle Schwarze Magie. Dorian atmete auf. Wahre Liebe konnte die Macht der Dämonen brechen. Plötzlich sah er die Chance gekommen, das lange Warten zu beenden.

»Alina, ich bin Phillips Freund«, sagte er zu der Puppe. »Ich möchte ihm helfen. Führe mich zum Puppenmacher, damit ich ihn zur Strecke bringen kann! Nur wenn ich ihn töte, ist Phillip in Sicherheit.«

Die Antwort war ein wütendes Fauchen. Dorian hatte leidenschaftlich mit den Händen gestikuliert, um seine Worte zu unterstreichen. Dabei war er der Puppe zu nahe gekommen. Sie musste ihn missverstanden haben, denn plötzlich zuckte ihr Kopf nach vorn, und ihre Zähne gruben sich in die Kuppe von Dorians Daumen. Er ignorierte den Schmerz.

»Willst du mich nicht dabei unterstützen, Phillip zu helfen?«, beschwor er Alina, aber sie wandte sich ab und klammerte sich noch fester an Phillip. Dorian resignierte. Wenn ihm die Puppe den Weg gezeigt hätte, wäre es vielleicht möglich gewesen, zusammen mit dem Hermaphroditen Roberto Copello zur Strecke zu bringen, aber er konnte sie nicht zwingen. Ihre Angst vor dem Mann, der sie zu diesem Zwergendasein verdammt hatte, war verständlich.

Während Dorian noch überlegte, was nun zu tun war, setzte sich plötzlich Phillip in Bewegung. Mit der Alina-Puppe in den Händen strebte er der Tür zu. Als Dorian hinter ihm auf den Korridor trat, kam Lady Hayward aus ihrem Zimmer. Sie war so gekleidet wie am Vortag, als Dorian und Chapman mit dem Wagen vor Haywards Grundstück vorgefahren waren und sie gerade auf die Straße getreten war. Wieder trug sie den langen, schwarzen Mantel und den Hut mit dem schwarzen Schleier.

Als sie Phillip und den Dämonenkiller sah, blieb sie stehen. Eine Weile standen sich die drei schweigend gegenüber, dann rief sie mit schriller Stimme: »Schau, schau! Mein Sohn Phillip mit seinem Freund Hunter.«

Langsam kam sie näher. Ihr Sohn wollte zur Treppe hin ausweichen, aber sie schnitt ihm den Weg ab. Phillips Körper wurde von heftigen Zuckungen befallen.

Dorian schluckte und sagte: »Ich dachte, Sie müssen das Bett hüten, Lady Hayward.«

Sie kicherte. »Tagsüber, Hunter. Nur tagsüber. Bei Nacht werde ich munter.«

Dorian nickte. Kalte Wut befiel ihn. »Bei Nacht schwärmen Sie aus, um sich in den dunklen Straßen Ihre Opfer zu suchen«, sagte er bedächtig und ballte die Hände zu Fäusten.

Lady Hayward lachte wieder. »Wollen Sie mir nicht Gesellschaft leisten, Hunter? Ich liebe junge starke Männer. Phillip ist leider recht ausgetrocknet. So blutleer, ohne Feuer. Für Sie jedoch könnte ich mich erwärmen, Hunter.«

Sie war nur noch zwei Meter von ihm entfernt. »Ich bin nicht abgeneigt«, meinte er lauernd, »aber zuerst müssten Sie Ihren Schleier abnehmen.«

Sie kicherte wieder abstoßend. »Tun Sie es doch selbst, Hunter!«

Dorian machte eine unerwartete, ruckartige Bewegung und riss ihr den Schleier vom Gesicht. Ihr Hut segelte durch den Korridor. Lady Hayward zeigte ihre Vampirzähne. In ihren blutunterlaufenen Augen glitzerte die Wollust. Gierig streckte sie die Arme nach Dorian aus, doch noch bevor sie ihn fassen konnte, trat er kräftig gegen den Leib. Sie verlor das Gleichgewicht und stürzte rückwärts die Treppe hinunter. Nach dem zweiten Überschlag hatte sie sich jedoch schon wieder aufgerafft und kam in lauernder Haltung die Treppe hoch.

»Jetzt hole ich mir dein Blut, du Bastard!«, schrie sie geifernd.

Phillip heulte markerschütternd, die Alina-Puppe fest an seinen Busen gepresst. Dorian wartete, bis Lady Hayward auf anderthalb Meter heran war und zum entscheidenden Sprung ansetzte. Dann zog er die Pistole und drückte zweimal ab. Laut hallten die Detonationen durch das Haus. Eine Kugel zerschlug Lady Hayward das Gesicht, die andere traf ihre Schulter. Sie wurde von der Wucht der Geschosse herumgerissen und gegen die Wand des Treppenhauses geschleudert. Ihr Gesicht war eine breiige, unkenntliche Masse aus Fleisch und zersplitterten Knochen. Kopfüber rollte sie die Treppe bis in die untere Etage hinab. Ihr Schrei, aus Schmerz und Wut geboren, gellte gespenstisch durchs Haus.

Plötzlich tauchte Lord Hayward auf dem unteren Treppenabsatz auf. Seine Frau rollte ihm geradewegs vor die Beine. Er schrie entsetzt, als er ihr zerstörtes Gesicht sah. Schaudernd wich er ihren zuckenden Armen aus und kam die Treppe herauf. In seinen Augen war ein irres Leuchten.

»Das waren Sie, Hunter!«, rief er anklagend. »Sie haben meine Frau auf dem Gewissen.«

Er kam drohend näher. Dorian erwartete ihn gelassen. »Sie ist nicht tot«, sagte er ruhig. »Aber mir wäre wohler, wenn ich sie von ihrem grauenvollen Dasein hätte erlösen können. Ihre Frau ist ein Blutsauger, Lord Hayward.«

»Haben Sie denn noch nicht genug Unheil angerichtet?«, schrie Hayward und wollte sich auf ihn stürzen.

Der Dämonenkiller erwartete ihn ruhig, packte ihn am Genick und schleuderte ihn gegen die Wand. Dann suchte er mit den Blicken nach Lady Hayward, doch sie hatte die Zeit genutzt, um zu verschwinden. Dorian wandte sich wieder Hayward zu. Der Lord war an der Wand zusammengesunken und schluchzte jämmerlich.

»Ich habe nur das Beste für Phillip gewollt«, sagte er weinerlich und blickte auf seinen Sohn, der sich verschreckt an seine

Zimmertür zurückgezogen hatte. »Ich wollte dir nur helfen, Phillip. Nur deshalb habe ich mich an diese Leute gewandt. Ich konnte doch nicht ahnen, dass alles so schrecklich enden würde.«

»Sie haben die Dämonen gerufen und wurden sie nicht mehr los«, sagte Dorian mitleidlos.

Hayward schüttelte den Kopf, als könnte er das alles nicht begreifen. »Sie müssen mich verstehen, Mr. Hunter«, sagte er.

»Dann reden Sie endlich, Lord!«, beschwor Dorian ihn.

Hayward schien ihn nicht gehört zu haben. Er starrte blicklos vor sich hin. Dann aber begann er zu erzählen. Zuerst stockend, doch nachdem er sich überwunden hatte, sprudelten die Worte nur so über seine Lippen. Es schien, als sei er froh, endlich beichten zu können.

»Ich wusste in meiner Verzweiflung nicht mehr, was ich tun sollte. Nur deshalb ließ ich mich auf diesen Handel mit dem Teufel ein. Ich habe dreiundzwanzig Jahre hindurch versucht, Phillip das Leben so einfach wie möglich zu gestalten. Ich habe sämtliche namhaften Ärzte und Spezialisten aufgesucht, um Rat zu erhalten. Zuletzt war ich ein armer Mann und wusste weder ein noch aus. Phillip war jedoch nicht geholfen worden. Schließlich kam ich durch die Lektüre eines Buches auf den Gedanken, den Teufel anzurufen. Er war der Einzige, der mir noch helfen konnte. Ich war immer ein gläubiger Mann gewesen und hatte nichts von Geisterbeschwörung gehalten, aber meine Verzweiflung trieb mich dazu, mich darin zu versuchen. Ich war skeptisch, glaubte nicht an einen Erfolg, doch ich wollte keine Chance ungenützt lassen, Phillip zu helfen. Vor etwa sechs Wochen betrat Lady Hurst eines Tages mein Haus. Sie sagte, dass mein Rufen gehört worden sei und dass mir geholfen werden könne. Sie brachte einen Mann mit, einen Argentinier, der sich Roberto Copello nannte. Er versprach, Phillip zu helfen, doch nur, wenn ich mein Haus der Schwarzen Familie zur Verfügung stelle. Ich willigte ein. Aber wenn ich geahnt hätte … Lady Hurst nistete sich mit ihrem Sohn, Roberto Copello und weiteren vier Personen in meinem Haus ein. Am Tage verhielten sie sich normal, aber in der Nacht veranstalteten sie im Keller schreckliche Orgien mit Tieropfern und wüsten Ausschweifungen. Ich wurde einmal Zeuge dieser Szenen, und mir graute. Ich wollte die Leute aus meinem Haus weisen, aber sie lachten mich nur aus und trieben es daraufhin noch ärger. Sie veranstalteten immer mehr Schwarze Messen in den Kellerräumen und luden dazu unschuldige junge Leute ein.«

»War Ihnen denn nicht klar, was mit diesen jungen Leuten dort unten passierte?«, fragte Dorian vorwurfsvoll.

Hayward schüttelte den Kopf. »Ich wollte nicht daran denken. Ich klammerte mich immer noch an die Hoffnung, dass diese schrecklichen Dinge nötig waren, um Phillip Heilung zu bringen. Aber dann passierte die Sache mit Alina. Phillip schlich sich einmal unbemerkt in den Keller und nahm an einer Orgie teil. Das war vor zwei Wochen. Daraufhin begab er sich jede Nacht in den Keller. Ich merkte es erst, als er vom Black Sabbath zu phantasieren begann – so nennt Roberto Copello den Hexenklub. In der nächsten Nacht beobachtete ich Phillip, als er in den Keller stieg, und ich wurde Zeuge, wie er dort unten ein fremdes Mädchen küsste. Ich glaubte, wahnsinnig zu werden, denn Phillips Gebrechen erlaubt es ihm nicht, mit Mädchen intim zu sein. Er würde in der ewigen Verdammnis schmoren, wenn er weiterhin Unzucht trieb. Wieder wandte ich mich an Copello um Hilfe, und damit lieferte ich mich ihm völlig aus. Alina verschwand, und Phillips Zustand verschlechterte sich rapide. Er verfiel von Tag zu Tag. Ich stellte Copello und die anderen zur Rede, aber sie lachten mich nur aus. Da wusste ich, dass die Dämonen ein falsches Spiel mit mir getrieben hatten. Ich sah keinen anderen Ausweg mehr, als mich an den Secret Service um Hilfe zu wenden. Von früher her hatte ich noch gute Beziehungen zu Regierungskreisen. Ich bat die zuständigen Stellen, Donald Chapman zu mir zu schicken, den ich von Hongkong her als tüchtigen Mann in Erinnerung hatte. Den Rest kennen Sie.«

Erschöpft hielt Hayward inne. Er war ein völlig gebrochener Mann, und Dorian hatte jetzt trotz allem Mitleid mit ihm.

»Sie haben eine Menge Fehler begangen und viel Unheil angerichtet, Lord Hayward«, sagte er milde. »Aber ich will nicht Ihr Richter sein. Stehen Sie auf und führen Sie mich zu Donald Chapmans Zimmer. Ich werde versuchen zu retten, was noch zu retten ist.«

Hayward war in das untere Stockwerk vorausgegangen. Dorian packte Phillip am Oberarm und zwang ihn, ihnen zu folgen. Der Lord hatte eine Tür erreicht und klopfte zaghaft dagegen. »Mr. Chapman!«, rief er verhalten. »Mr. Chapman, können Sie mich hören?«

Dorian stieß ihn zur Seite und trat die Tür mit dem Fuß ein. Sie sprang krachend auf und knallte gegen die Zimmerwand. Der Dämonenkiller trat ein und betätigte den Lichtschalter. Der Raum war ähnlich eingerichtet wie Phillips Zimmer, nur stand hier außer den normalen Einrichtungsgegenständen noch ein Puppenhaus.

»Bleiben Sie mit Phillip vor der Tür und rufen Sie mich, wenn jemand kommt!«, trug Dorian Hayward auf und näherte sich dem Puppenhaus. Es war an seiner höchsten Stelle anderthalb Meter hoch, einen Meter breit und ebenso tief, bestand aus Holzplatten und wies weder Fenster noch Türen auf. Die Außenseiten waren vollkommen schmucklos. Das leicht schräge Giebeldach bestand ebenfalls nur aus einfachen, farblos lackierten Brettern. Als Dorian davor stand, erkannte er, dass sich die Vorderseite wie ein Schrank öffnen ließ und nur durch einen einfachen Riegel von außen versperrt war. Zögernd langte er nach dem Riegel, schob ihn zurück und klappte die beiden Flügel auf. Obwohl er geahnt hatte, welcher Anblick sich ihm bieten würde, stockte ihm der Atem. Das Puppenhaus bestand aus vier Etagen, die wiederum durch Trennwände abgeteilt waren. Die Zimmer waren nie mehr als vierzig Zentimeter breit, dafür aber einen Meter tief; sie waren mit winzigen Stühlen und Betten eingerichtet. Taschenlampenbirnen beleuchteten die Räume, die von Puppen bewohnt wurden. Die zwergenhaften Wesen waren durchwegs ehemalige Menschen, die der Puppenmacher mit seiner magischen Gabe geschrumpft hatte. Es waren sieben an der Zahl, sechs Puppenmädchen und ein Puppenmann. Dorian krampfte es das Herz im Leibe zusammen, als er in der männlichen Gestalt Donald Chapman erkannte. Er hatte jenen Frack an, an dem Lady Hurst am Nachmittag noch genäht hatte.

Wenn Chapman in eine Puppe verwandelt worden war, dann bedeutete das, dass Roberto Copello auch die Fähigkeit besaß, sein Aussehen zu verändern. Er selbst musste es gewesen sein, der vorhin in der Maske des Agenten mit Dorian gesprochen hatte.

Die Puppen standen allesamt erstarrt da. Ihre Gesichter waren ausdruckslos, die Augen blicklos und ohne Glanz. Plötzlich aber begannen sie sich zu regen. Es schien, als hätte eine unsichtbare Kraft ihnen den nötigen Funken eingegeben. Im gleichen Maße, in dem ihre Augen zu leuchten begannen, kam auch Leben in ihre Körper. Am Anfang waren ihre Bewegungen noch abgehackt, marionettenhaft, aber dann wurden sie immer geschmeidiger, bis sie ganz natürlich wirkten. Langsam kamen sie auf Dorian zu, und ihre Augen funkelten wie Edelsteine. Dorian wich unwillkürlich einen Schritt zurück.

Jetzt hatten Donald Chapman und die sechs Puppenmädchen den Rand des Puppenhauses erreicht.

»Don, ich bin es«, rief Dorian, um den Freund aus der Trance zu reißen. »Kommen Sie zu sich! Sie müssen sich aus dem Bann des Puppenmachers befreien!«

Chapman reagierte nicht auf seine Worte. Er fletschte die schwarzen Zähne und fauchte tierisch. Gleichzeitig sprang die erste Puppe Dorian an. Er hob blitzschnell die Waffe, zielte kurz und schoss. Die Kugel traf die Puppe in der Luft, zerriss sie und schleuderte die Überreste in das Puppenhaus zurück. Dann setzte auch Donald Chapman zum Sprung an. Dorian hob erneut die Waffe, aber er brachte es nicht fertig, auf den Freund zu schießen, auch wenn er von einem Dämon besessen war. Deshalb wandte er sich zur Flucht, rannte aus dem Zimmer und schlug die Tür hinter sich zu. Ein leiser Aufschrei ließ ihn zu Boden blicken. Eine Puppe war in der Tür eingeklemmt. Unter unsäglichen Schmerzen hauchte sie ihr Leben aus. Dorian wandte sich schaudernd ab und suchte vergeblich nach Phillip. Der Hermaphrodit war verschwunden. Dann fiel der Blick des Dämonenkillers auf den am Boden liegenden Lord Hayward. Über ihn war eine Frauengestalt gebeugt. Als sie den Kopf hob, erkannte Dorian das von der Pistolenkugel entstellte Gesicht von Lady Hayward. Das Gebiss und die untere Gesichtshälfte waren mit frischem Blut besudelt. Sie ließ von ihrem Mann ab und flüchtete mit einem schaurigen Schrei.

Dorian ging zu Hayward, der mit einem seligen Gesichtsausdruck dalag. Er setzte ihm die Pistole an die Schläfe, aber er konnte auch diesmal nicht abdrücken. Im Moment hätte er ihn noch erschießen können, denn die Metamorphose hatte noch nicht eingesetzt. In einigen Stunden jedoch würde Hayward selbst zum Blutsauger werden. Trotzdem scheute Dorian sich, das Todesurteil zu vollstrecken, wandte sich abrupt ab und rannte die Treppe ins Erdgeschoss hinunter. Er fand die Kellertür sofort und begab sich in den dahinterliegenden Raum. Er war eng und fünf Meter lang. Es roch nach Pech und verbranntem Wachs. In die eine Wand waren Nägel eingeschlagen. Daran hingen schwarze Mäntel mit Kapuzen. Die Zeremonienkleidung der Teufelsanbeter.

Dorian schlüpfte in einen der Mäntel, zog sich die Kapuze tief ins Gesicht und stieg die enge Treppe in den Keller hinunter. Das Erste, auf das er stieß, war ein brennendes Holzkreuz, das von der Decke hing. Er wusste nicht recht, wie er sich verhalten sollte, und da es ohne weiteres sein konnte, dass ihn jemand aus der Dunkelheit beobachtete, spuckte er in die Flammen. Es entstand ein zischendes Geräusch. Der Dämonenkiller trat tiefer in das dunkle Gewölbe. Es brannten vereinzelte Fackeln. In dem spärlichen Licht waren die Gestalten in den Kapuzenmänteln nur schemenhaft zu erkennen. Das passte Dorian ausgezeichnet, so konnte er wenigstens nicht leicht entdeckt werden.

Von der Treppe aus gingen drei Gänge ab; einer führte nach links, einer geradeaus und einer im rechten Winkel nach rechts. Die beiden Gänge seitlich von ihm machten nach zehn Metern einen Knick, der Gang vor ihm wurde nach vier Metern von einem quer laufenden Korridor unterbrochen und mündete nach zehn Metern in ein größeres Gewölbe. Dorian vermutete, dass auch die anderen Gänge dorthin führten. Er war noch unschlüssig, in welche Richtung er sich wenden sollte, als eine kleine Gestalt aus dem Schatten vor ihn hintrat und ihn ansprach: »Bruder, willst du den Teufel küssen?«

An der Stimme erkannte er, dass es sich um ein junges Mädchen handelte. »Ja, Schwester«, sagte Dorian beklommen.

»Dann nimm mich! In mir steckt der Teufel!«, kreischte sie und hielt plötzlich ein verbogenes und in Blut getränktes Kreuz in der Hand. Blitzschnell hob sie ihren Rock und presste es zwischen ihre Schenkel. »Jetzt, Bruder, nimm mich!«, keuchte sie.

Dorian versetzte ihr einen Schlag ins Gesicht, der sie gegen die Wand schleuderte. Da er erwartete, dass sie einen hysterischen Anfall bekam, presste er ihr rasch die Hand auf den Mund. Sie hielt ganz still. Die Kapuze war ihr ins Genick gerutscht, und Dorian erkannte, dass ihre Augen einen glasigen Ausdruck hatten. Sie war nicht Herrin ihrer Sinne.

Plötzlich spürte er ihre feuchte Zunge auf seiner Handfläche. Als der Speichel seine Haut benetzte, zuckte er angewidert zurück. Er ließ die Frau stehen und betrat den Seitengang, in dem keine Fackel brannte. Dabei stolperte er beinahe über ein Pärchen, das es hemmungslos auf der Erde trieb. Bisher sah alles noch so aus, als wäre er in einen Kreis junger Leute geraten, die die Teufelsanbetung nur vorschoben, um ihre Ausschweifungen zu rechtfertigen, aber er wusste, dass hinter allem die Dämonen steckten. Sie benutzten die Menschen, machten sie willenlos und gefügig. Dorian bezweifelte, dass einer der hier Anwesenden noch wusste, was um ihn herum vorging.

Er trat auf etwas Glitschiges und wäre beinahe zu Fall gekommen, wenn er sich nicht rechtzeitig an der Wand abgestützt hätte. Als er zu Boden blickte, sah er den Kadaver eines Tieres in einer Blutlache liegen. Er wollte weitergehen, doch da tauchte in dem Längsgang vor ihm eine Gestalt auf, die ihm irgendwie bekannt vorkam. Als die Gestalt für einen Moment vom Schein der Fackel beleuchtet wurde, glaubte Dorian unter der Kapuze das Gesicht Henry Hursts zu erkennen. Der Mann war jetzt nicht mehr der arrogante Geck, als den Dorian ihn kennengelernt hatte. Sein

Gesicht war zu einer Fratze entstellt; über seine Unterlippe ragten Vampirzähne.

»Bruder, willst du den Teufel küssen?«, erklang wieder die Stimme des Mädchens.

Henry wandte sich um. »Ja, Schwester«, sagte er erregt. »Mich dürstet nach der Berührung einer Teufelslippe.«

»Dann nimm mich!«

Henry breitete die Arme aus, und das Mädchen näherte sich ihm mit verzücktem Gesicht. Der Vampir umarmte sie, und eng umschlungen glitten sie in den unbeleuchteten Gang, in dem Dorian vor Schreck wie gelähmt stand. Was sollte er tun? Er konnte doch nicht zusehen, wie dieses blutjunge Geschöpf von dem Vampir ausgesaugt wurde.

Als Dorians Hände die Tür eines Kellerabteils ertasteten, riss er sie auf. Henry ließ sich von dem Geräusch nicht ablenken. Er hielt mit der einen Hand das Kinn des Mädchens fest und zog ihr mit der anderen den Umhang von der Schulter. Ihre Lippen bebten vor unterdrückter Erregung.

Dorian drang in das Kellerabteil ein. Draußen hörte er Henry sagen: »Du wirst die Verzückung kosten, Schwester. Du wirst von einem Rausch erfasst werden, der dir die Freuden der Hölle verheißt, wenn ich dein süßes Blut zum Quellen gebracht habe.«

Dorian tastete sich durch die Dunkelheit und fand unter dem Gerümpel eine Axt, deren Griff mit einem Streifen Stoff umwickelt war. Er löste den Fetzen vom Griff und spannte ihn zwischen den Händen. So näherte er sich Henry von hinten. Als sich der Vampir über die freigelegte Halsschlagader des Mädchens beugte, warf er ihm die Stoffschlinge über den Kopf und zog sie wie einen Knebel fest. Der Vampir stieß einen erstickten Laut aus und schlug um sich. Dorian zog ihn jedoch mit übermenschlicher Anstrengung in das Kellerabteil und warf ihn zu Boden. Dann ergriff er die Axt und ließ sie auf Henry niedersausen. Er spaltete ihm auf Anhieb den Schädel, doch dadurch wurde der Vampir nur vorübergehend ausgeschaltet. Dorian holte zum zweiten Schlag aus. Diesmal sauste das Beil auf Henrys Brustkorb hinunter und ließ die Knochen über dem Herzen zersplittern. Mit einem armdicken Holzscheit pfählte Dorian den Vampir. Dann erhob er sich erschöpft, verließ das Kellerabteil und drückte den Verschlag hinter sich zu.

Er hatte eben die Welt von einem Dämon befreit und ein junges Mädchen vor einem grauenvollen Schicksal bewahrt. Aber was hatte er damit erreicht? Hier unten lauerten noch weitere Vampire, die sich beim Höhepunkt der Schwarzen Messe auf die Teufelsanbeter stürzen würden. Aus dem Hauptgewölbe drang lautes Geschrei zu ihm herüber. Bald würde der Höhepunkt erreicht sein.

»Asmodi, Fürst der Finsternis, wir rufen dich an!«, hallte es aus dem Gewölbe durch die Gänge des Kellers. Die Teufelsanbeter ließen alles stehen und liegen und drängten in die Richtung, aus der die Stimme kam. »Wir verehren den Fürsten der Finsternis!«, fielen sie in die Beschwörung ein.

Ein Mädchen begann hysterisch zu schreien, riss sich die Kleider vom Leib und brüllte mit sich überschlagender Stimme Gotteslästerungen. Ein junger Mann ging vor ihr in die Hocke, wippte von einem Bein auf das andere und klatschte in die Hände. Eine Hand mit einem Kelch erschien hinter dem Mädchen und entleerte den Inhalt auf sie. Mit dem Blut, den Innereien, Krallen und Augen eines Huhnes besudelt, sank das Mädchen mit zuckenden Gliedern zu Boden.

»Die Mächte der Finsternis haben uns erhört!«, rief eine fanatische Stimme.

Dorian hatte das Gewölbe erreicht. Jetzt sah er den Zeremonienmeister, der die Jünger des Teufelskults mit seiner Stimme aufpeitschte und sie zur Raserei brachte. Er stand auf einem Podest und war von einem Dutzend Gestalten in Kapuzenmänteln umringt. Insgesamt waren nicht mehr als sechzehn Teufelsanbeter anwesend, dennoch war es eine erschreckend hohe Zahl, wenn man bedachte, dass sie als Opfer für die Vampire auserkoren waren. Jetzt reckte der Zeremonienmeister die Arme in die Höhe. In seiner einen Hand blitzte ein langer, gekrümmter Dolch, in der anderen hielt er einen Totenschädel. Der Größe nach zu urteilen, handelte es sich um den Schädel eines Kindes. Der Vermummte stieß die Arme gegen den Himmel und rief den Fürsten der Finsternis an. Dabei fiel ihm die Kapuze ins Genick, und Dorian erkannte, dass es sich um Roberto Copello handelte. Schon im nächsten Augenblick jedoch hatte der Puppenmacher wieder das Aussehen Don Chapmans angenommen. Dorian musste an sich halten, um sich nicht blindlings auf den Dämon zu stürzen. Als für den Bruchteil einer Sekunde eine Lücke in der Menge entstand, erkannte er, dass vor Copello der nackte Körper eines Menschen auf einem Opferstein lag.

»Bringen wir den Mächten der Finsternis dieses Menschenkind als Opfer dar, auf dass sie uns ihre Gunst schenken«, rief Copello und senkte den Dolch. »Ich ritze jetzt das Zeichen Asmodis in deinen zuckenden Körper, du verräterisches Weib, und lasse mich von deinem hervorquellenden Blut berauschen.«

Dorian überlief es eiskalt bei diesen Worten. Er stellte sich auf die Zehenspitzen, um besser sehen zu können, und da wurde seine Befürchtung zur Gewissheit. Es war niemand anderes als Coco, die dort auf dem Opferstein festgeschnürt worden war! Auf ihrer linken Brust konnte er eine Reihe blutiger Schnitte erkennen.

»Kommt, Brüder, und trinkt das gallige Blut dieser Abtrünnigen, auf dass es euch stärke«, rief Copello. »Diese Dirne hat den Fürsten der Finsternis verraten und muss geopfert werden. Stürzt euch auf sie, solange noch Leben in ihr ist! Schlürft ihren Lebenssaft, solange er quillt! Asmodi wird es wohlwollend vermerken.«

Die Jünger des Hexenkults gerieten in regelrechte Verzückung. Einer hatte plötzlich ein Messer in der Hand und sprang auf den Opferstein zu. Er kniete auf Coco, vollführte rhythmische Körperbewegungen und senkte den Dolch auf ihre Brust, um ihr eine Schnittwunde zuzufügen. In diesem Augenblick sah Dorian rot. Alle Vorsicht vergessend, stürmte er vor, wobei er die Teufelsanbeter rücksichtslos zur Seite stieß.

Mit geschlossenen Augen lag Coco da. Als verbannte Hexe wusste sie, welches Schicksal sie erwartete. Der Teufelsanbeter senkte seinen spitzen Dolch langsam und genüsslich auf sie herab. Als die

Dolchspitze nur noch wenige Millimeter von ihrem Körper entfernt war, hatte Dorian den Altar erreicht. Von einem Faustschlag getroffen, wurde der Teufelsanbeter vom Opferstein heruntergeschleudert. Der Dämonenkiller zerrte an Cocos Stricken, doch sie waren zu fest, als dass er sie auch nur lockern konnte. Roberto Copello lachte satanisch.

»Wusste ich es doch, dass du dich beim Anblick deiner Geliebten zu erkennen geben würdest, Dorian!«, rief er. Dann wandte er sich an die Teufelsanbeter: »Packt ihn, der es wagt, die Riten der Schwarzen Messe zu stören!«

Die Menschen hatten sich schnell von ihrer ersten Überraschung erholt. Dorian spürte plötzlich den Griff unzähliger Hände. Füße traten nach ihm, Fäuste schlugen ihm in den Nacken, in die Seiten und in den Unterleib. Er krümmte sich vor Schmerz. Die Umgebung verschwamm vor seinen Augen, und er meinte, sich übergeben zu müssen. Aber die Übelkeit schwand rasch und machte einem stechenden Schmerz im Unterleib Platz. Jemand drückte ihm das Knie ins Kreuz, so dass er gezwungen wurde, sich zu strecken und Copello anzublicken.

»Kann ich dich endlich meinem Fürsten opfern, Dorian?«, höhnte der Puppenmacher. Er streckte Dorian den Dolch entgegen, bis die Spitze nur wenige Zentimeter vor seinen Augen tanzte. »Du hast einen meiner Brüder auf dem Gewissen. Aber du wirst Bruno Guozzis Tod tausendfach sühnen.«

»Ich werde dich genauso zur Hölle schicken wie ihn!«, schrie Dorian und wollte sich aus dem Griff der unzähligen Hände befreien, aber die berauschten Teufelsanbeter entwickelten geradezu übermenschliche Kräfte und hielten ihn eisern fest.

»Du zappelst nicht mehr lange«, versicherte Copello. »Bindet ihn zu dieser Dirne an den Opferstein! Und zwar so, dass sein Kopf zu ihren Füßen liegt. Sie sollen einander beim Sterben zusehen können.«

Dorian wurde auf das Podest gezerrt. Die Hände drückte man ihm auf den Rücken, seine Beine wurden hochgehoben. Über ihm tauchte das Gesicht des Mädchens auf, das er vor dem Vampir gerettet hatte. Sie trank aus einem Kelch Blut und spie es ihm anschließend ins Gesicht.

»Gott wird dir vergeben«, sagte Dorian. »Du weißt nicht, was du tust.«

Das Mädchen kreischte auf und zerkratzte ihm mit ihren Nägeln das Gesicht. Der Dämonenkiller spürte bereits den kalten Stein in seinem Rücken, und die Arme wurden ihm so heftig nach unten gezogen, als wollte man sie ihm brechen. Er kämpfte gegen den Schmerz an und hob den Kopf, um Coco ansehen zu können. Sie hatte die Augen geöffnet und erwiderte seinen Blick.

»Coco?«, fragte er.

Sie reagierte nicht. Ihr Lebenswille schien gebrochen. Auch Dorian wurde jetzt von tiefer Resignation befallen. Er glaubte nicht mehr, dass es noch eine Rettung für sie gab, doch plötzlich ging mit den Teufelsanbetern eine Wandlung vor sich. Sie ließen von Dorian ab und wichen zurück.

Copello schrie vor Wut auf. »Tötet sie alle!«, rief er, aber seine Jünger gehorchten ihm nicht mehr. Etwas anderes hatte sie in Bann geschlagen, das mächtiger zu sein schien als die suggestive Kraft des Dämons.

Dorian wandte den Kopf. Eine hoch aufragende Gestalt, schlank, grazil und so unwirklich wie ein Wesen aus einem Traum war in das Gewölbe getreten. Es hatte die Augen geschlossen, aber es bewegte sich mit traumwandlerischer Sicherheit. Phillip, der Hermaphrodit!

Die Teufelsanbeter wichen vor ihm an die Wände zurück, so dass sich eine Gasse bildete, durch die er schreiten konnte. Auch Copello zog sich zurück, bis er mit dem Rücken gegen die Wand stieß. Der Dolch entfiel seiner Hand und prallte klirrend zu Boden. Dann glitt ihm der Totenschädel aus den klammen Fingern.

Dorian sprang vom Opferstein, griff nach einem Dolch, den ein Teufelsanbeter verloren hatte, und schnitt Cocos Stricke durch. Weitere Zeit, sich um sie zu kümmern, fand er nicht. Plötzlich nahm er eine Bewegung zu Phillips Füßen wahr. Dort schritt eine schweigende Prozession kleiner Wesen einher – allen voran die Alina-Puppe. Es war offensichtlich, dass sie die Führung über die anderen fünf verbliebenen Puppen übernommen hatte. Dorian blickte kurz zu Roberto Copello hinüber. Sein Gesicht, das ständig das Aussehen änderte, war eine Maske des Schreckens. Vor Entsetzen zu keiner Bewegung mehr fähig, starrte er den Puppen entgegen. Er hatte endgültig die Gewalt über sie verloren. Jetzt hatten die Puppen das Podest erreicht und sprangen behände hinauf. Sie formierten sich zu einer Linie und marschierten auf ihren früheren Herrn und Meister zu. Dieser hatte nichts Dämonisches mehr an sich. Er war nur noch ein vor Angst zitterndes Bündel, dem die Todesangst ins Gesicht geschrieben stand.

»Geht weg! Verschwindet! Asmodi, zertritt diese Ratten!«

Aber Asmodi, der Fürst der Finsternis, erhörte ihn nicht. Die Puppen hatten ihn beinahe erreicht, als sich Dorian hinunterbeugte und die Chapman-Puppe ergriff. Der Agent wehrte sich verzweifelt, aber Dorian ließ ihn nicht los.

Inzwischen hatten die anderen fünf Puppen ihren Schöpfer erreicht. Sie stießen sich wie auf ein unhörbares Kommando gleichzeitig vom Boden ab und sprangen ihn an. Copello versuchte sich ihrer zu erwehren, aber sie waren zu wendig und flink für ihn. Zwei verkrallten sich in seiner Kehle, eine dritte saugte ihm ein Auge aus. Die anderen krochen ihm unter die Kleider. Der Puppenmacher bäumte sich noch einmal auf.

»Asmodi, hilf mir!«, flehte er mit schauriger Stimme.

Diesmal erhörte ihn der Fürst der Finsternis. Ein Blitz loderte aus dem Nichts auf und vernichtete den Puppenmacher mitsamt seinen Geschöpfen. Stille lastete sekundenlang über dem Gewölbe, dann brach unvermittelt die Hölle los. Mit dem Tod Copellos war der Bann vollends von den Teufelsanbetern abgefallen. Hatte sie der Schreck im ersten Augenblick noch gelähmt, so beflügelte er sie jetzt. In wilder Panik flüchteten sie in Richtung des Ausgangs. Das furchtbare Geheul der Vampire, die sich um ihre Opfer geprellt sahen, verfolgte sie, bis sie das Anwesen Lord Haywards verlassen hatten.

Dorian atmete auf. Er hatte einen neuerlichen Sieg im Kampf gegen die Dämonen errungen, aber wieder hatte er einige Opfer gekostet. Da war Donald Chapman, der nie mehr ein normales Leben würde führen können. Nicht einmal der Tod des Puppenmachers hatte ihm sein ursprüngliches Aussehen zurückgegeben. Er würde auf Lebenszeit ein fußgroßer Zwerg bleiben. Der Dämonenkiller öffnete seine Hand und stellte den Puppenmann auf den Opferstein.

»Alina!«, rief Phillip verzweifelt und irrte suchend durch den Keller, doch das Mädchen existierte nicht mehr. Dorian konnte nur hoffen, dass Phillip den Verlust ohne Schaden überwand, denn immerhin war Alina das einzige Wesen gewesen, zu dem er je engeren Kontakt gehabt hatte. Der Hermaphrodit konnte im Kampf gegen die Dämonen unschätzbare Dienste leisten. Vielleicht heilte die Zeit seine Wunden. Das größte Opfer jedoch war mit Lord Hayward zu beklagen, der nur das Beste für seinen Sohn gewollt hatte, dabei aber den falschen Weg gegangen war. Er war nicht mehr zu retten. Man musste ihm so schnell wie möglich einen Pfahl durch das Herz treiben, um seine Auferstehung zu verhindern.

Eine schwache, wie von Ferne kommende Stimme riss Dorian aus seinen Gedanken. »Ich habe immer an der Wahrheit Ihrer Behauptungen gezweifelt, Dorian, aber jetzt glaube ich Ihnen. Bei Gott, ich glaube Ihnen.«

»Sie haben einen hohen Preis zahlen müssen, um zu dieser Überzeugung zu gelangen, Don«, meinte Dorian bedrückt.

»Wem sagen Sie das.« Chapman schwieg eine Weile, dann straffte er sich zu seiner vollen Größe von dreißig Zentimetern. »Ich werde mich mit meinem Los abfinden müssen, aber ich werde nicht resignieren, sondern alles daransetzen, damit Sie im Kampf gegen die Dämonen jene Unterstützung finden, die man Ihnen bisher verweigert hat. Es sollte mir möglich sein, meine Dienststelle dafür zu gewinnen.«

Dorian nickte. »Ich weiß auch schon, wie«, murmelte er. Die Lethargie, die ihn für kurze Zeit beinahe überwältigt hatte, war von ihm abgefallen. Er war der Dämonenkiller. Er holte eine Fackel aus der Halterung und durchstreifte den Keller. In den verschiedenen Abteilen fand er insgesamt sieben Särge. Sie waren leer, weil die

Insassen die Nacht für die Jagd nach Menschenblut nutzten. Aber im Morgengrauen würden die Blutsauger zurückkehren.

Vor der Einfahrt zu Lord Haywards Grundstück hielten zwei schwarze Wagen. Dorian beobachtete vom Tor aus, wie sieben Männer ausstiegen. Kein unbefangener Beobachter hätte vermutet, dass es sich um Secret-Service-Agenten handelte; und schon gar nicht, dass der kleine, fast unscheinbar wirkende Mann an ihrer Spitze einer der führenden Männer des Geheimdienstes war.

Dorian ging ihm entgegen. »Sind Sie Mr. Hunter?«, fragte der andere knapp. »Was ist das für eine Sache, in die Sie da hineingeschlittert sind?«

»Zweifeln Sie an Mr. Chapmans Bericht, obwohl sie mit eigenen Augen gesehen haben, was man ihm angetan hat?«, fragte der Dämonenkiller.

Der kleine Mann wirkte verunsichert. In einer hilflos anmutenden Geste hob er die Arme und ließ sie anschließend wieder sinken. »Ich weiß nicht mehr, was ich noch glauben soll.«

»Nun, ich habe Sie hergebeten, um Ihnen einen weiteren Beweis zu liefern, Sir«, entgegnete Dorian. »Allerdings würde ich vorschlagen, dass Sie Ihre Leute zurücklassen. Die Gründe für diese Maßnahme dürften Ihnen klar sein.«

»In Ordnung.« Er gab seinen Männern die entsprechenden Befehle und folgte dem Dämonenkiller anschließend auf das Grundstück. Während sie über den Kiesweg zur Villa gingen, meinte der Agent: »Wir müssen äußerstes Stillschweigen bewahren, Mr. Hunter – egal wie sich diese Sache entwickelt. Wenn etwas an die Öffentlichkeit dringt, wird man uns für verrückt halten. Und selbst wenn wir Beweise für die Existenz übernatürlicher Mächte vorlegen könnten, würden wir damit höchstens ein unbeschreibliches Chaos auslösen.«

Dorian war derselben Ansicht. Als sie die Rückseite der Villa erreicht hatten, deutete er auf die sieben Särge, die er aus dem Haus geschafft hatte. Der Agent nickte. »Machen wir es kurz«, sagte er gepresst und zog seine Pistole.

Dorian ging zu den Särgen und öffnete sie. Die sieben Vampiropfer, die nach ihrem Tode dazu verdammt waren, als Blutsauger durch die Nächte zu geistern, stiegen aus ihren Särgen. Als sie sich plötzlich schutzlos dem Tageslicht preisgegeben sahen, hoben sie stöhnend die Hände vor das Gesicht und strebten dem nahen Wald und dem Haus zu, um der tödlichen Helligkeit zu entfliehen, aber der Weg war zu weit. Ihre Todesschreie klangen schaurig durch den Park. Das Sonnenlicht versengte sie, trocknete ihre Körper aus. Sie verbrannten wie Stroh, schrumpften und wurden zu Staub. Sekunden später war von Lord Hayward, seiner Frau und den fünf anderen Vampiropfern nichts mehr übrig. Nur ihre über einen Umkreis von vierzig Metern verstreuten Kleidungsstücke waren zurückgeblieben.

Der Mitarbeiter des Secret Service stand so sehr unter dem Eindruck des eben Erlebten, dass er lange kein Wort über die Lippen brachte.

»Es … ist schrecklich«, sagte er schließlich stockend. »Sie haben mich davon überzeugt, dass wir wirksame Maßnahmen ergreifen müssen, Mr. Hunter.«

»Das hoffe ich, Sir.«

Dorian Hunter war mit sich und der Welt zufrieden. Er hatte sein vorläufiges Ziel erreicht: die organisierte Bekämpfung der Dämonen.

Viertes Buch

Das Wachsfigurenkabinett

von Neal Davenport

Miriam Corbey ging schneller. Die Neonreklamen spiegelten sich verwaschen in den Pfützen und bildeten seltsame Muster, die schemenhaft Gestalt annahmen und nach ihr greifen wollten. Sie lief die wenigen Schritte zum DiamondKlub, als wäre der Teufel hinter ihr her. Endlich hatte sie den Eingang des Klubs erreicht und blieb erschöpft vor der Kasse stehen. Zwei Jugendliche verhandelten mit Joe wegen der Mitgliedskarte; die fünfzig Pence Eintritt waren ihnen zu viel. Sie drehten sich um und warfen Miriam einen kurzen Blick zu.

Joe, ein kleiner, stets freundlicher Schwarzer, verließ das Kassenhäuschen und blieb neben Miriam stehen. »Was hast du, Mädchen?«, fragte er besorgt.

Sie schüttelte erschöpft den Kopf. Ihr Gesicht war bleich, die Augen glänzten fiebrig. »Ich weiß es nicht«, sagte sie keuchend und griff mit der rechten Hand an ihre Brust. »Es ist so seltsam. Ich sehe Schatten, überall Schatten. Sie verfolgen mich.«

»Du solltest mal ausspannen«, sagte er lächelnd.

»Geht nicht«, sagte Miriam. »Das ist nicht im Vertrag vorgesehen.« Sie ging an ihm vorbei auf die Wendeltreppe zu, die ins Innere des Klubs führte. Von drinnen hörte sie laute Musik, das Lachen von Männern. Am lautesten aber schallte Henrys Stimme herüber: »Zieh dich aus, Puppe! Ja, so ist es gut, Rita.«

Miriam blieb sekundenlang stehen und schloss die Augen. Ich halte es nicht mehr aus, dachte sie bei sich. Ich halte es einfach nicht mehr aus. Sie stieg die Treppe weiter hinunter und ging langsam durch die dichten Rauchschwaden zur Garderobe. Nebenbei warf sie einen kurzen Blick zur Bühne. Die rothaarige Stripperin wandte dem Publikum gerade den Rücken zu und nestelte an ihrem Büstenhalterverschluss herum.

»Mach schon, Süße!«, hörte Miriam Henry abermals rufen. Automatisch drehte sie sich um und warf einen kurzen Blick in das Publikum. Rund fünfzehn Männer saßen auf den ausgedienten Kinosesseln und tranken Tee oder Cola; alkoholische Getränke wurden nicht ausgeschenkt, da der Klub keine Lizenz dafür hatte.

Wie tief bin ich gesunken, dachte Miriam. Tag für Tag sah sie dieselben Gesichter: Männer, die ein halbes Pfund gezahlt hatten und dafür mittelmäßige Darbietungen abgetakelter Stripperinnen vorgesetzt bekamen. Miriam wollte den Raum verlassen. Sie ging zur Zwischentür und griff nach der Klinke. Plötzlich schwindelte ihr. Die Klinke bewegte sich. Miriam schloss die Augen. Als sie sie wieder öffnete, war alles wieder normal. Sie stieß die Tür auf und taumelte den schmalen Gang entlang, der zu den Garderoben führte. Max kam ihr entgegen. Sein rotes Gesicht glänzte.

»Mach schon, Miriam!«, fauchte er. »Rita ist gleich mit ihrem Auftritt fertig!«

Sie nickte mechanisch, schlüpfte aus dem Mantel und setzte sich vor den Spiegel. Dann nahm sie das Kopftuch ab und kämmte ihr schulterlanges, weißblond gefärbtes Haar. Sie vermied es jedoch, in die Scheibe zu sehen. Seit einigen Tagen hatte sie den Eindruck, der Spiegel wolle sie fressen; es war, als würde sie ein unsichtbarer Sog in das Glas hineinziehen.

Irgendwo tropfte ein Wasserhahn. Die Musik war nur schwach zu hören. Sie stand auf und blieb vor dem Waschbecken stehen. Der Wasserhahn wurde länger und dicker. Ein Wassertropfen löste sich und fiel ins Becken. Er kullerte die gebogene Fläche hinunter und änderte die Farbe. Plötzlich war es ein roter Blutstropfen, der im Abfluss verschwand. Immer mehr Tropfen fielen ins Becken; große, schwere Blutstropfen. Dann war der Abfluss plötzlich verstopft. Blut füllte das Becken, quoll über den Rand und rann auf den Boden. Miriam schloss die Augen. Ihr Körper zitterte. Sie trat einen Schritt zurück und versuchte sich von dem unheimlichen Anblick zu lösen.

»Mach schon!«, brüllte Max von draußen. »Rita ist fertig.«

Miriams Lippen bebten. Sie schlug die Augen auf. Die Musik war lauter geworden. Das Blut im Waschbecken war von einem Augenblick zum anderen verschwunden. Mühsam verließ sie die Garderobe. Rita kam ihr entgegen, sie hatte einen dünnen Morgenrock übergeworfen.

»Ein fader Betrieb heute«, sagte sie. Dann fiel ihr Blick auf die blassen Gesichtszüge ihrer Kollegin. »Was ist mit dir, Miriam?«

»Mir geht es nicht gut«, sagte das Mädchen und ging hinter die Bühne. Jede Nacht zog Miriam sich hier sechsmal aus, und in zwei anderen Lokalen ebenfalls sechsmal. Das war üblich in den billigen Klubs in Soho.

»Na endlich!«, seufzte Max. »Mit euch beiden mach ich vielleicht was mit! Raus mit dir!«

»Und nun, meine Herrschaften«, hörte sie Henrys Stimme, »kommt die süße Miriam.«

Das Mädchen schob den Vorhang zur Seite und trat auf die Bühne. Das Publikum reagierte wie immer äußerst gelangweilt. Miriam versuchte ein Lächeln, doch es wurde nur ein bitteres Grinsen daraus. Der Scheinwerfer wechselte von Grün auf Blau. Sie fixierte einen Punkt über der Bar, um den Leuten nicht ins Gesicht sehen zu müssen. Ihr Mund war noch immer zu einem Lächeln verzogen.

»Zieh dich aus, Puppe!«, grölte Henry, der hinter der Bar stand, wie immer anzüglich.

Miriam öffnete ihr knallrotes Kleid und bewegte sich dabei aufreizend. Diese Nummer führte sie seit einem halben Jahr vor; jeder Schritt, jede Bewegung, alles war Routine. Sie schlüpfte aus dem Kleid. Der Scheinwerfer wechselte alle zehn Sekunden die Farbe, doch dann erwachte der Lichtstrahl auf einmal zum Leben und griff nach ihr. Als sie aus dem Lichtkegel heraustreten wollte, folgte er ihr selbständig, in welche Richtung sie sich auch bewegte. Nein, bitte nicht!, dachte sie. Nicht schon wieder! Sie schloss die Augen, doch nichts änderte sich. Der Lichtstrahl packte sie und wollte sie hochziehen. Sie kämpfte dagegen an. Schweiß perlte auf ihrer Stirn.

»Das ist mal was Neues«, hörte sie eine brutal klingende Stimme. »Schau mal, wie sich die Puppe bewegt!«

Plötzlich kam sogar so etwas wie Stimmung auf. Henry, der hinter der Bar stand, sah das Mädchen fasziniert an. Die zieht ja eine richtig neue Nummer ab, dachte er. Als würde sie sich gegen etwas wehren. Wie sie sich windet! Gar nicht schlecht.

Unsichtbare Arme griffen nach dem Mädchen. »Nein«, schrie es und schlug um sich. »Nicht!«

Das Publikum sah gebannt zu, wie Miriam sich gegen den unsichtbaren Feind zur Wehr setzte. Ein Träger ihres Büstenhalters war verrutscht, und die Brustspitze lugte hervor. Sie ging und tanzte wie in Trance und versuchte verzweifelt, dem Scheinwerfer zu entkommen. Der rote Vorhang, der die Bühne abschloss, begann sich zu bewegen. Seltsame Gestalten erschienen darauf, Fratzen, die nach ihr schnappten, Mäuler, die spitze Zähne entblößten, die immer länger und furchtbarer wurden. Miriam keuchte und wand sich – und plötzlich war der Spuk wieder vorbei. Ihr Körper war schweißgebadet. Für Sekunden stand sie regungslos mitten auf der Bühne, dann setzte sie ihr Programm fort. Ihre Hände zitterten, als sie den Büstenhalter löste, sich dem Publikum zuwandte und die Hände von ihren nackten Brüsten nahm. Sie zog ihre Nummer blitzschnell ab und raste hinter die Bühne. Schwer atmend blieb sie stehen.

»Das war gar nicht schlecht«, sagte Max grinsend. »So ist deine Nummer viel besser. Das kannst du von jetzt an jedes Mal so durchziehen!«

Sie nickte schwach und ging in die Garderobe. Dort setzte sie sich und legte den Kopf auf den Schminktisch. Es war ihr ein Rätsel, was dort draußen wirklich geschehen war. Ich muss zu einem Arzt gehen, sagte sie sich. Ich werde sonst noch wahnsinnig. Überall sah sie seltsame Dinge, Gegenstände verwandelten sich, in jeder Ecke lauerten Schatten, die nur darauf warteten, sie zu verschlingen. Sie schlüpfte in ihr Kleid und stand auf. Ihr Blick fiel in den Spiegel, und sie erstarrte. Dann trat sie einen Schritt näher. Der Spiegel warf ihr Bild nicht zurück – als sei sie unsichtbar geworden. Sie erblickte ihr Kleid, den Ring, den sie an der linken Hand trug, doch ihr Gesicht und die Hände waren nicht zu sehen. Ich bin verrückt, sagte sie sich. Das kann es einfach nicht geben. Sie trat noch näher heran und presste beide Hände gegen die Scheibe. Der Anblick änderte sich nicht. Sie warf kein Spiegelbild.

Und dann spürte sie den Sog, der sie in den Spiegel zerren wollte. Ihre Hände verschwanden in der glatten Fläche, Eiseskälte umfing sie. Sie ließ sich rückwärts zu Boden fallen und stand dann keuchend wieder auf. Ihre Hände waren blaugefroren und völlig steif. Der Sog war noch immer zu spüren. Ein eisiger Lufthauch ging von der Scheibe aus und griff nach ihr. Miriam sprang auf und rannte hinaus. Sie ließ ihren Mantel, das Kopftuch und den kleinen Koffer liegen; sie wollte nur rasch aus dem Lokal. Wie eine Irre raste sie durch den Saal. Ein eisiger Windhauch blies in ihren Nacken und trieb sie unerbittlich vorwärts. Schweiß rann über ihr Gesicht. Sie raste an der Kasse vorbei und auf die Straße. Ein junger Mann sah sie erstaunt an, denn ihr Kleid stand halb offen. Sie kam an einer Peitschenlampe vorbei. Ihr eigener Schatten war riesig. Plötzlich war ein zweiter da, dann ein dritter. Die Eiseskälte hüllte sie ein. Verzweifelt schrie das Mädchen auf und blieb unbeweglich stehen. Es gab keinen Zweifel, sie hatte drei Schatten, von denen sich einer langsam zu bewegen begann! Er löste sich und schwebte über ihr, dann stürzte er sich auf sie herab und umklammerte ihren Körper, hüllte ihn völlig ein. Miriam erstarrte und fiel steif wie ein Brett um.

Joe war ihr gefolgt. Er kniete neben ihr nieder und drehte sie auf den Rücken. Ihr Körper fühlte sich wie gefroren an. Erschreckt stand er auf. Das Mädchen sah wie eine Statue aus. Die Augen waren weit aufgerissen, der Mund zu einem Schrei geöffnet. Miriams Hände waren seltsam verkrampft. Sie war tot.

»Wir sind da«, sagte Dorian Hunter und stellte den Motor des Wagens ab. Er warf einen Blick auf die zweistöckige Villa, die von seinem Standort aus deutlich zu sehen war. Die Straße war schmal. Sie führte ein Stück in den Marble Hill Park hinein. Bis vor wenigen Stunden hatte Dorian gar nicht gewusst, dass es eine Beaufor Road in London gab. Zwei weitere Wagen blieben in der Nähe des Hauses stehen, doch niemand stieg aus.

»Es ist soweit, Don«, sagte der Dämonenkiller. Der fußgroße Agent reckte sich auf dem Sitz und nickte. Die Ereignisse um den Puppenmacher waren gerade einmal ein paar Wochen her, doch Chapman hatte sich mit seinem Schicksal außergewöhnlich gut abgefunden. Er steckte eine Menge Zeit in die Arbeit mit Dorian

Hunter, um nicht allzu viel über seine eigene Situation nachdenken zu müssen. Zwischen ihm und dem Dämonenkiller hatte sich während der letzten Tage fast so etwas wie eine Freundschaft entwickelt.

»Du dringst ins Haus ein und schaust dich um! Aber geh kein Risiko ein!« Dorian beugte sich vor und öffnete die Tür einen Spalt. Chapman kroch über den Sitz und sprang auf die Straße. Er blieb einige Sekunden im Schatten des Wagens, dann überquerte er die Straße und blieb vor dem Eisenzaun stehen, der das Grundstück umsäumte. Sekunden später war er nicht mehr zu sehen.

Dorian steckte sich eine Zigarette an und öffnete das Fenster zwei Fingerbreit. Seine Gedanken kreisten um den Secret Service, den er nach den Ereignissen in der Villa Lord Haywards tatsächlich für eine Zusammenarbeit hatte gewinnen können. Die zuständigen Leute hatten endlich den Ernst der Lage erkannt und binnen weniger Tage die Inquisitionsabteilung auf die Beine gestellt, die fortan die Mitglieder der Schwarzen Familie unter den Menschen entlarven und unschädlich machen sollte. Dorian Hunter war selbst überrascht gewesen, wie reibungslos und schnell sich die Details ergeben hatten. Er selbst war zum Großinquisitor ernannt worden, dem wiederum eine Reihe einfacher Exekutor Inquisitoren im Kampf gegen die Dämonen zur Seite standen. Der Leiter der Abteilung wurde als Observator Inquisitor bezeichnet; nicht einmal Dorian kannte seinen wahren Namen. Er vermutete allerdings, dass es der Mann war, dem er kürzlich auf dem Gelände der Jugendstilvilla begegnet war.

Noch ehe das Aufgabenfeld der Inquisitionsabteilung im bürokratischen Sinne vollständig festgelegt worden war, hatte man Dorian Hunter schon den ersten offiziellen Fall übertragen. Nach Lady Hursts Tod hatte man auf Verdacht ihren Bekanntenkreis innerhalb Londons abgeklopft und festgestellt, dass etwa vierzig Personen praktisch über Nacht spurlos verschwunden waren. Der Dämonenkiller vermutete, dass sie ebenfalls zu Vampiren geworden waren, die nach der Zerschlagung des Black-Sabbath-Klubs in der Jugendstilvilla untergetaucht waren. Jetzt galt es, diese Blutsauger einzeln aufzuspüren und zu vernichten.

Vor einigen Stunden hatten Mitarbeiter der Abteilung einen Hinweis erhalten, dass sich im Haus in der Beaufor Road einige der gesuchten Vampire aufhalten sollten. Um ganz sicherzugehen, hatte Dorian jetzt den nur dreißig Zentimeter großen Chapman als Späher ausgeschickt.

»Ich bin im Garten«, vernahm er die Stimme des Puppenmannes durch das Sprechgerät. »Ich muss ein Fenster zerschneiden. Es gibt keinen anderen Weg, um ins Haus einzudringen. Ich melde mich später wieder.«

Dorian warf den Zigarettenstummel auf die Straße und wartete. Er ließ das Haus nicht aus den Augen, doch kein Licht war zu sehen, kein Fenster war erleuchtet.

Chapman war es gelungen, ins Haus einzudringen. Er trug einen schwarzen Overall, der unzählige Taschen besaß, in denen sich eine Reihe speziell für ihn angefertigte Gegenstände befanden. Er blieb auf dem Fensterbrett stehen und lauschte. Nichts war zu hören. Das Zimmer war völlig dunkel. Er holte eine winzige Taschenlampe hervor und knipste sie an. Der Lichtstrahl huschte durch den Raum, der nur spärlich eingerichtet war. Es gab einige Stühle, einen runden Tisch und einen Schrank.

Chapman klammerte sich an den Vorhang und kletterte zu Boden. Geräuschlos schlich er zur Tür und blieb wieder stehen. Die Tür war geschlossen, doch auf solche Fälle war er vorbereitet. Er nahm einen dünnen, teleskopartigen Stab aus einer seiner Taschen und zog ihn in die Länge. An der Spitze befand sich eine Schlinge, die er über die Türklinke warf. Dann zog er mit aller Kraft. Die Tür glitt auf. Vor ihm lag ein hellerleuchteter Gang. Er steckte den Stab ein, ließ die Tür offen und drückte sich eng an die Wand.

Plötzlich wurde eine andere Tür geöffnet, und er versteckte sich blitzschnell unter einer Kommode. Zwei Männer kamen an ihm vorbei. Einer blieb kurz stehen und ging dann rasch weiter. Chapman verharrte in seinem Versteck. Eine halbe Minute später kamen wieder zwei Männer vorbei. Danach rührte sich nichts mehr.

Zögernd kroch der zwergenhafte Agent unter der Kommode

hervor und ging weiter. Die Tür, hinter der die Männer verschwunden waren, hatten sie bedauerlicherweise hinter sich wieder geschlossen, und er konnte nicht das Risiko eingehen, sie zu öffnen. Stattdessen presste er den Kopf gegen die Türfüllung und hörte Stimmen. Rasch holte er ein winziges Gerät aus der Tasche und drückte es gegen die Türfüllung, dann versteckte er sich wieder unter der Kommode und setzte Kopfhörer auf. Das Miniaturmikrophon ermöglichte es ihm, die Unterhaltung mit anzuhören.

»Unsere Lage wird immer schlimmer«, hörte er eine helle Stimme sagen. »Es ist einfach eine Schande, dass wir uns verstecken müssen, und wir dürfen hier nicht einmal lange bleiben. Wir müssen uns ein anderes Versteck suchen. Der Schatten ist hinter uns her. Nur wir sechs sind übriggeblieben. Aber wie lange noch?«

Sekundenlang herrschte Schweigen, dann war eine heisere Stimme zu hören. »Wir müssen uns wehren. Es muss eine Möglichkeit geben, den Schatten auszuschalten. Die Familie kann uns nicht helfen. Wir sind auf uns selbst angewiesen.«

»Wir sind zu schwach, um etwas unternehmen zu können«, schaltete sich eine Frauenstimme ein. »Viel zu schwach. Für eine Beschwörung sind wir nicht genügend Personen. Außerdem habe ich keine Ahnung, wie wir den Schatten vernichten können.«

»Das ist nicht besonders schwierig«, sagte die helle Stimme. »Es gibt eine Möglichkeit. Die Catania-Beschwörung könnte uns weiterhelfen. Dazu benötigen wir aber frisches Eselsblut. Noch besser wäre das Blut einer Jungfrau, eines ganz jungen Mädchens. Das müsste doch zu beschaffen sein.«

Chapman war so vertieft, dass er die sich nähernde Gefahr nicht bemerkte. Er hielt die Augen halb geschlossen und hörte aufmerksam zu, als etwas Schwarzes die Kellerstufen hochsprang und durch die geöffnete Tür in den Flur drang. Es war eine Katze, deren Fell gesträubt war. Sie machte einen Buckel und schnüffelte am Boden, dann stellte sie den Schweif auf und näherte sich Chapman. Als der Agent den Kopf hob, fuhr er erschrocken zusammen. Die Katze schlich auf ihn zu. Ihre grünen Augen funkelten. Er presste sich eng gegen die Wand und entging so einem Tatzenhieb des Tieres, doch es schlug immer wieder nach ihm. Schließlich holte er eine winzige Pistole aus der Tasche, ein ungewöhnliches Modell, das nicht Kugeln, sondern kleine vergiftete Bolzen verschoss. Er entsicherte die Waffe und feuerte. Der Bolzen bohrte sich in die Brust der Katze. Es war ein schnell wirkendes Pflanzengift. Innerhalb einer halben Minute lag die Katze leblos auf dem Boden.

Dennoch musste das Fauchen des Tieres gehört worden sein. Die Tür wurde geöffnet, und zwei Männer traten heraus. Einer beugte sich über die Katze und untersuchte sie. »Sie wurde vergiftet«, sagte er und hob das Tier hoch. »Mit einem Bolzen. Es muss sich jemand im Haus befinden.«

Chapman hielt unwillkürlich den Atem an und steckte die Kopfhörer in die Tasche. Vielleicht war es besser, einen Fluchtversuch zu unternehmen. Er robbte über den Boden, und als die beiden Männer den Gang verlassen hatten, richtete er sich rasch auf und rannte auf das Zimmer zu, durch das er ins Haus eingedrungen war, doch er hatte erst die Hälfte des Weges zurückgelegt, als ein weiterer Mann in den Gang trat. Chapman hechtete auf die Tür zu, aber der Mann hatte die Bewegung gesehen und stieß einen Schrei aus. Chapman riss sein Sprechgerät hervor.

»Gefahr!«, schrie er. »Ich bin entdeckt worden. Es sind sechs Vampire im Haus. Hilfe!«

Der kleine Mann raste durch das Zimmer, klammerte sich am Vorhang fest und hangelte sich hoch. Nur noch ein paar Bewegungen, dann würde er das Fensterbrett erreicht haben. Da flammte das Licht im Zimmer auf. Ein Mann stürzte auf Chapman zu und packte ihn.

»Hiergeblieben!«, schrie er und hob den sich heftig wehrenden Agenten hoch. Chapman starrte in ein unglaublich hässliches Gesicht mit buschigen Brauen und einer gekrümmten Nase.

»Wer bist du?«, fragte der Vampir.

Der Agent gab keine Antwort. Die Hand, die ihn umklammert hielt, drückte stärker zu, und er glaubte, sein Brustkorb würde eingedrückt werden. »Rede!«, sagte der Vampir. »Sonst zerquetsche ich dich. Wer bist du und was willst du hier?«

Als er abermals zudrückte, wurde Chapman vor Schmerz ohnmächtig.

Dorian Hunter handelte blitzschnell. Er sprang aus dem Wagen und winkte seinen Agenten, ihm zu folgen. Mit wenigen großen Schritten hatte er die Straße überquert. Das Gartentor war geschlossen. Ohne zu überlegen, kletterte er über den Zaun. Die fünf Agenten folgten ihm. Als er das Haustor erreichte, musste er erkennen, dass es abgesperrt war.

»Drei warten im Garten«, rief er seinen Männern zu. »Umstellt das Haus! Zwei folgen mir!« Er schlug eine Fensterscheibe ein, kroch ins Zimmer und zog eine Stablampe und eine riesige Luftdruckpistole hervor – eine Spezialanfertigung, die zwanzig Zentimeter lange Holzbolzen verschoss.

Das Zimmer war leer. Dorian riss die Tür auf und kam in einen schmalen Gang. Ein Vampir trat ihm entgegen. Dorian riss die Pistole hoch und feuerte. Er hatte gut getroffen. Der daumendicke Bolzen bohrte sich in die Brust des Vampirs, der sofort in die Knie ging und entsetzlich aufstöhnte. Seine Lippen glitten zurück und entblößten die spitzen Eckzähne. Seine Augen waren blutunterlaufen. Beide Hände umklammerten das kleine Stück des Bolzens, das noch zu sehen war. Dann fiel er zu Boden und bewegte sich nicht mehr. Der Dämonenkiller nahm sich die Türen auf der linken Seite des Ganges vor, Daniel Shorter die rechts liegenden, und Ronny Murray blieb im Gang stehen. Dorian stopfte einen neuen Bolzen in seine Waffe und riss eine Tür nach der andern auf, doch alle Zimmer waren leer, bis auf das vorletzte. Er sprang in den hellerleuchteten Raum und hob die Waffe. Vor ihm stand ein grauhaariger Mann, der den ohnmächtigen Donald Chapman in der rechten Hand hielt und ihn vor seine Brust presste.

»Stehenbleiben!«, sagte der Vampir und seine buschigen Brauen sträubten sich. »Keine Bewegung, sonst reiße ich dem Kleinen den Kopf ab!«

Aus dem Garten war Geschrei zu hören. Wahrscheinlich waren einige Vampire ausgebrochen. Dorian überlegte fieberhaft, wie er

Chapman retten konnte. Der grauhaarige Vampir zog den Vorhang zur Seite, öffnete das Fenster und warf einen Blick in den Garten. Sein Gesicht verzerrte sich vor Wut, als er einen von Hunters Männern erkannte, der eben seine Luftdruckpistole abfeuerte und einem schwarzhaarigen Vampir den Bolzen ins Herz schoss. Der Blutsauger brach tot zusammen. Jetzt war auch Geschrei auf dem Gang zu hören. Der grauhaarige Vampir sah sich gehetzt um. Chapman bewegte sich leicht.

»Jetzt geht es Ihnen an den Kragen«, sagte Hunter kalt.

Der Vampir starrte ihn hasserfüllt an. »Lassen Sie mich frei«, sagte er. »Und befehlen Sie Ihren Männern, dass sie das Schießen einstellen sollen!«

Hunter zögerte, dann aber siegte die Vernunft, und er trat auf den Gang hinaus. Ein hübsches blondes Mädchen stand in einer Tür. Sie hatte einen Colt in der rechten Hand und wollte auf Shorter und Murray schießen. Bevor Hunter etwas sagen konnte, reagierte Shorter. Er zog den Abzug durch, und der Bolzen bohrte sich dem Mädchen in die Brust. Der Colt fiel aus ihrer Hand, und sie torkelte den Gang entlang und brach zusammen.

»Murray, Sie gehen hinaus und sagen den Männern, sie sollen nicht mehr auf die Vampire schießen!«, befahl Dorian. »Einer von ihnen hat Chapman gefangengenommen.« Er zeigte auf das Zimmer und gab dem Exekutor Inquisitor heimlich ein Zeichen. Murray begriff und machte sich auf den Weg.

Dorian kehrte zum grauhaarigen Vampir zurück. Dieser hatte das kurze Gespräch mit angehört und nickte jetzt. Er stand noch immer mit dem Rücken zum offenen Fenster. Hunter kam einige Schritte näher.

»Bleiben Sie stehen!«

Dorian folgte augenblicklich. Chapman schlug die Augen auf. Die linke Hand des Vampirs umklammerte seinen Kopf. Wenn er wollte, würde er ihn mühelos töten können.

Jetzt betrat Shorter das Zimmer. »Zu spät. Die anderen Blutsauger sind bereits tot.«

Der grauhaarige Vampir stieß einen Wutschrei aus.

»Das werden Sie büßen!«, schrie er.

Hunter grinste. »Das glaube ich nicht. Sie haben keine Chance.«

»Das werden wir sehen!«, keuchte der Grauhaarige. »Das werden wir sehen!«

Er achtete nicht auf das Fenster hinter sich, in dessen Rahmen jetzt Murrays Gesicht auftauchte. Hinter ihm standen zwei weitere Agenten. Sie handelten augenblicklich, brachten ihre Waffen in Anschlag, und drei Bolzen drangen dem Vampir in den Rücken. Dorian sprang auf den tödlich getroffenen Blutsauger zu und entriss ihm Donald Chapman. Der Zwerg fiel zu Boden, landete auf Händen und Füßen und rollte sich zur Seite. Der grauhaarige Vampir richtete sich noch einmal auf. Seine Hände verkrallten sich in seiner Brust. Ein Zucken ging durch seinen ganzen Körper. Seine Augen traten aus den Höhlen und wurden glutrot, dann brach er zusammen. Chapman und Dorian verfolgten, wie eine erschreckende Veränderung mit ihm vor sich ging. Seine Haut wurde faltig und verschwand. Das Fleisch und die Muskeln waren nur für Sekunden zu sehen. Die Luft flimmerte, dann löste sich der Körper endgültig auf. Nur ein winziges Aschehäufchen blieb von dem Blutsauger zurück. Dorian hatte eine solche Verwandlung schon einige Male gesehen, doch sie beeindruckte ihn immer wieder. Sie war der sicherste Beweis, dass man es mit einem Vampir zu tun gehabt hatte. Innerhalb einer halben Minute zerfiel der Körper zu Staub.

»Bringt ihre Kleider ins Haus!«, sagte er jetzt. »Wir nehmen sie mit. Und kehrt die Asche zusammen, die von den Monstern übriggeblieben ist.«

Nachdem alle Spuren der Vampire beseitigt waren, fuhren die Agenten zurück zur Jugendstilvilla in der Baring Road, in der die Inquisitionsabteilung nach dem Tod von Lord Hayward ihr Domizil aufgeschlagen hatte. Dorian Hunter hatte man zusätzlich als Vormund für Phillip, den Hermaphroditen, eingesetzt.

Im vordersten Wagen befanden sich Dorian Hunter und Chapman. Eine Weile herrschte Schweigen, dann sagte Don: »Die Vampire sprachen von einem Schatten. Sie hatten Angst vor ihm. Um ihn auszuschalten, hat einer von ihnen eine Catania-Beschwörung vorgeschlagen. Weißt du, was das ist, Dorian?«

Der Dämonenkiller schüttelte den Kopf. »Vielleicht kann uns Coco weiterhelfen. Als ehemaliges Mitglied der Schwarzen Familie weiß sie über viele Dinge Bescheid, von denen wir keine Ahnung haben.«

»Die Vampire behaupteten weiter, dass sie die Einzigen seien, die noch nicht unter dem Bann des Schattens stünden. Wer oder was ist dieser Schatten?«

»Keine Ahnung«, sagte Dorian.

Vor der Villa hielt er an und stieg aus. Chapman folgte ihm. Nach Haywards Tod hatte Dorian einige Gärtner bestellt, die damit begonnen hatten, den verwahrlosten Garten des Grundstücks in Ordnung zu bringen. In den vergangenen Tagen war das Laub entfernt worden, doch wirkte der Garten noch immer verwildert. Auch die Villa selbst befand sich in einem schlechten Zustand. An vielen Stellen war der Verputz abgeblättert, und die Ziegel darunter sahen wie blutrote Wunden aus. Früher war die Villa ein imposanter Jugendstilbau gewesen, jetzt machte sie einen eher trostlosen Eindruck. Sie wirkte wie ein Überbleibsel aus einer längst vergangenen Zeit.

Nachdem Dorian und Chapman eingetreten waren, begab sich der Dämonenkiller gleich ins Obergeschoss. Er war sicher, dass sich Coco bei Phillip aufhalten würde. In der zweiten Etage öffnete er eine Tür nahe der Treppe – und blieb überrascht stehen.

»Was hat denn das zu bedeuten?«, fragte er und trat näher.

Die Wände des Zimmers waren von Farbklecksen übersät. Inmitten des Chaos hockte Phillip, der Hermaphrodit, und rührte mit einem geschwärzten Pinsel in einer Farbdose herum. Ihm gegenüber stand Coco und schaute dem Treiben ratlos zu. Sie trug ein tiefausgeschnittenes rotes Minikleid, das ihre Figur betonte und viel von ihren makellosen langen Beinen sehen ließ.

Als sie Dorians fragenden Blick bemerkte, zuckte sie mit den Schultern. »Seit mehr als zwei Stunden macht er nichts anderes«, erklärte sie. »Ich vermute, dass er uns etwas mitteilen will.«

Phillip saß jetzt reglos in der Mitte des Zimmers und hielt die Augen geschlossen. Nur seine Lippen bewegten sich, formten Worte, die nicht zu verstehen waren. Dorian stupste ihn an, doch Phillip reagierte nicht. Schließlich widmete der Dämonenkiller seine Aufmerksamkeit den Formen, die der Hermaphrodit auf die Wände und den Fußboden geschmiert hatte. Nachdenklich strich er sich über den Oberlippenbart und sah Coco an. Plötzlich kam ihm eine Idee, und er knipste das Deckenlicht an.

»Tatsächlich«, meinte er, »Phillip hat überall dort Farbkleckse hingemalt, wo Gegenstände Schatten werfen.«

Jetzt fiel es auch Coco wie Schuppen von den Augen. Der Dämonenkiller hatte recht.

Dorian machte die Probe aufs Exempel, packte die Stehlampe und rückte sie etwas zur Seite. Sofort kam Leben in den Hermaphroditen. Er stöhnte auf, kroch über den Boden, packte den Pinsel, tauchte ihn in die Lackdose und zog eine Linie, die genau mit dem Schatten abschloss, den das Bett warf. Dorian veränderte nochmals die Stellung der Lampe. Diesmal zog Phillip einen langen Strich.

»Es hat etwas mit Schatten zu tun«, sagte Dorian nachdenklich. »Und das ist sehr seltsam. Chapman hat die Unterhaltung der Vampire belauscht. Sie sprachen von einem Schatten. Will Phillip uns vielleicht etwas dazu sagen? Aber was?« Er starrte den Jungen an, der wieder ruhig auf dem Boden saß und stumm die Lippen bewegte.

»Phillip, sag mir, was du uns mitteilen willst«, bat Coco, doch der Junge reagierte nicht.

»So kommen wir nicht weiter!«, meinte Dorian. »Ich rufe den Observator Inquisitor an.« Er hob den Hörer ab, setzte sich aufs Bett und wählte eine Nummer. In kurzen Worten gab er seinen Bericht durch.

Der O. I. hörte schweigend zu. Als Dorian geendet hatte, sagte er: »Ich habe etwas für Sie, Hunter. Fahren Sie ins Grosvenor Hospital. Einer meiner Männer wird Sie erwarten. Tony Burnett, Sie kennen ihn bereits. Er wird Ihnen eine Frau zeigen, deren

Leiche vor kurzem dort eingeliefert wurde. Ich möchte, dass Sie sich mit dem Fall beschäftigen.«

»Woran starb sie?«

»Das kann ich Ihnen nicht sagen. Die Ärzte stehen vor einem Rätsel. Fahren Sie hin und sehen Sie selbst! Burnett wird Sie unterstützen.« Mit diesen Worten legte der O. I. auf.

Dorian starrte ratlos den Hörer an, dann legte er ihn auf die Gabel zurück. »Coco, weißt du, was eine Catania-Beschwörung ist?«, fragte er nach kurzem Überlegen.

Sie nickte. »Sie dient dazu, ein Schattenwesen zu vernichten. Man benötigt das Blut eines Esels, besser noch das einer Jungfrau. Weiterhin müssen bestimmte Voraussetzungen geschaffen werden, soll die Beschwörung Erfolg haben. Man braucht dreizehn Personen, einen völlig dunklen Raum sowie den Schädel eines Mannes, der mindestens hundert Jahre tot ist.«

»Und was ist so ein Schattenwesen?«, fragte Dorian weiter.

Coco hob die Schultern. »Das ist schwer zu sagen«, meinte sie. »Es gibt unzählige Arten von Schattenwesen. Es kann der Geist eines Ermordeten sein, aber auch ein lebender Mensch, der sich in einen Schatten verwandeln oder andere Menschen zu schattenlosen Wesen machen kann. Ich müsste wissen, welche Art von Schattenwesen vernichtet werden soll.«

»Ich habe leider selbst keine Ahnung«, sagte Dorian nachdenklich. »Phillip überdeckt die Schatten jedenfalls mit schwarzer Farbe, aber ich weiß nicht, was er damit ausdrücken will.« Er wandte sich zur Tür. »Ich werde jetzt erst einmal ins Grosvenor Hospital fahren. Der O. I. will, dass ich mir dort etwas ansehe.«

Es war kurz nach elf Uhr, als Dorian losfuhr. Eisiger Wind wehte in dieser Januarnacht durch die Straßen Londons, und immer wieder regnete es. Es herrschte wenig Verkehr, und er kam rasch vorwärts. So gesehen war ihr Schlupfwinkel in der Baring Road recht günstig gewählt; der Nachteil war nur, dass sich die Villa am Stadtrand von London befand und es einige Zeit dauerte, bis man das Zentrum erreicht hatte.

Er überquerte die Westminster Bridge, fuhr an den Houses of Parliament vorbei und bog dann in die Millbank Street ein, die parallel zur Themse verlief. Nach einigen Minuten erreichte er die Grosvenor Road und blieb kurz vor dem Dolphin Square stehen. Er stieg aus und eilte das Dutzend Stufen hoch, die zum Besuchseingang des Spitals führten. Neben der Portierloge erwartete ihn bereits Tony Burnett. Er faltete die Evening News zusammen und kam Dorian entgegen. Der Exekutor Inquisitor trug einen hoffnungslos veralteten Mantel und einen zerbeulten Hut und war alles andere als das, was man sich gemeinhin unter einem Geheimagenten vorstellte. Er war klein und kugelrund und lächelte ununterbrochen; seine Stimme war zart und wohlklingend.

»Hallo, Mr. Hunter!«, sagte er. »Kommen Sie bitte mit.« Er ging vor, und sein Gang erinnerte Dorian an eine watschelnde Ente. Unwillkürlich musste er grinsen. Sie gingen einen langen Korridor entlang und stiegen dann einige Stufen hinunter. Niemand kam ihnen entgegen. Schließlich zog Burnett eine Stahltür auf, und sie betraten die Leichenkammer.

»Hier ist das Mädchen«, meinte er, nachdem er vor einer fahrbaren Bahre stehen geblieben war. Ein Tuch war über die Leiche gebreitet worden. Ein weiß gekleideter Mann kam aus einer kleinen Kammer, nickte Dorian flüchtig zu und zog den Stoff zurück. Der Dämonenkiller trat einen Schritt näher. Das Mädchen war völlig nackt. Ihre Haut wirkte wie uraltes Pergament; sie war faltig und schimmerte seltsam. Zögernd streckte Dorian seine Hand aus und berührte den Bauch des Mädchens. Erschrocken fuhr er zurück. Der Körper des Mädchens schien fast gefroren. Dorian hatte schon oft Tote gesehen und sie auch berührt, aber so etwas hatte er noch nie gespürt. Der Körper des Mädchens war wie ein Eisblock.

»Versuchen Sie, die Hände der Toten zu bewegen!«, sagte Burnett.

Dorian ergriff den Unterarm der Toten. Es gelang ihm nicht. Der Körper war hart wie eine Statue.

»Woran ist sie gestorben?«, wandte sich Dorian an Burnett.

Der dicke Mann hob die Schultern. »Keine Ahnung. Die Ärzte stehen vor einem Rätsel. Das ist aber noch längst nicht alles.« Mit diesen Worten ergriff Burnett ein Skalpell, das auf der Bahre lag, und strich damit über die Haut der Toten. »Sehen Sie? Die Schneide dringt keinen Millimeter tief ein!« Er legte das Skalpell wieder zur Seite und fuhr sich mit der Hand über die Stirn.

»Wer ist die Tote?«, erkundigte sich Dorian.

»Miriam Corbey, eine Stripteasetänzerin. Fünfundzwanzig Jahre alt. Sie trat in drei Lokalen in Soho auf. Seit einiger Zeit soll sie sich seltsam verhalten haben. Vor kurzem verschwand eine Freundin von ihr, mit der sie gemeinsam eine Wohnung gemietet hatte. Nach einem Auftritt rannte die Corbey heute Abend plötzlich aus einem Klub und brach tot auf der Straße zusammen.«

Aufmerksam betrachtete Dorian die Tote. Sie musste einmal recht hübsch gewesen sein, doch jetzt war ihr Gesicht nur noch eine verzerrte, hässliche Fratze.

»Ich möchte mir die Wohnung des Mädchens ansehen«, sagte der Dämonenkiller.

Burnett nickte, und gemeinsam verließen sie das Hospital. Nur wenige Minuten später erreichten sie ein neu erbautes Haus am Belgrave Square. Das Haustor stand offen. Mit dem Aufzug fuhren sie in den vierten Stock. Ein uniformierter Polizist stand vor der Wohnungstür. Burnett zeigte seinen Ausweis vor, und der Beamte ließ sie ein. Die Wohnung besaß drei Zimmer und war überraschend geschmackvoll eingerichtet. Die beiden Mädchen hatten viel Geld in die Einrichtung investiert. Dorian ging durch alle Räume und sah sich flüchtig um. Die Polizei hatte alles auf den Kopf gestellt. Schließlich ging er systematisch vor. Er begann mit der Diele, öffnete alle Kästen und Schränke, fand aber nichts Besonderes. Nur die üblichen Dinge, die in einem Vorzimmer aufbewahrt werden. Die Küche und das Badezimmer untersuchte er nur flüchtig.

»Rufen Sie mal bei Scotland Yard an, Burnett«, sagte Dorian, »und fragen Sie, ob etwas Besonderes entdeckt wurde!«

Während der Agent zum Telefon ging, nahm sich Dorian das Schlafzimmer vor. Er sah in die Schränke, fand aber nur Kleidungsstücke und Wäsche. Im Wohnzimmer entdeckte er eine erstklassige Hi-Fi-Anlage und unzählige Platten und CDs. Erstaunt registrierte er, dass die beiden Frauen offenbar klassische Musik bevorzugt hatten. Neben den Büchern in der Schrankwand lagen einige Prospekte, die er flüchtig durchsah und auf den Tisch legte, um sie später genauer anzusehen. Die Bücher waren hauptsächlich Taschenbuchausgaben von Bestsellern der vergangenen Jahre.

Burnett kam ins Zimmer zurück. »Scotland Yard hat nichts Besonderes entdeckt«, meldete er. »Sie haben auch nichts mitgenommen.«

»Was ist mit der Freundin des toten Mädchens?«

»Sie heißt Kathy Boucher und arbeitete ebenfalls als Stripperin. Vor drei Wochen ist sie spurlos verschwunden. Scotland Yard beschäftigt sich nicht mehr mit dem Fall. Er wurde uns offiziell übertragen.«

Dorian zog einige Laden der Schrankwand auf. In einer entdeckte er ein Fotoalbum und eine Dokumentenmappe. Die Fotos zeigten hauptsächlich Miriam und ein anderes Mädchen, von dem er vermutete, dass es sich um Kathy Boucher handelte. Auch die Dokumente waren nicht besonders aufschlussreich. Die beiden Mädchen hatten ihre Geburtsurkunden, Zeugnisse etc. gemeinsam in dieser Mappe aufbewahrt. Miriam stammte aus Liverpool und Kathy aus Bristol. Die Wohnung hatten sie vor zwei Jahren gekauft. Dorian fand einige Möbelrechnungen. Die Mädchen hatten tatsächlich viel Geld investiert. Auf einem Sparbuch, das auf Corbeys Namen lief, befanden sich trotzdem noch mehr als tausend Pfund. Ein Adressbuch, Briefe, ein Tagebuch oder sonst etwas, das ihm über die Familie der Mädchen oder ihre Bekannten und Freunde hätte Auskunft geben können, fand er nicht. Als Letztes nahm er sich den Stoß Prospekte vor, die er auf den Tisch gelegt hatte, und blätterte sie durch. Hauptsächlich handelte es sich um Werbeschriften von Wintersportorten in Frankreich, der Schweiz und Österreich. Dazwischen lag ein Prospekt, der überhaupt nicht dazu passte. Er war auf schlechtem Papier gedruckt. DAS WACHSFIGURENKABINETT DER MADAME PICARD stand in großen Blockbuchstaben auf der Vorderseite. Auf die Rückseite hatte jemand mit Bleistift das Datum des gestrigen Tages geschrieben und darunter SONDERFÜHRUNG. Das Wort war dreimal unterstrichen, und dahinter stand ein Fragezeichen. Dorian steckte den Prospekt ein.

»Ich möchte alle verfügbaren Unterlagen über das Wachsfigurenkabinett der Madame Picard haben, Burnett. Es befindet sich in Forest Hill. Scheint ein ziemlich müdes Ding zu sein, nach der Gegend zu schließen. Dorthin verirrt sich doch kaum ein Fremder.«

»Das würde ich nicht sagen. Immerhin liegt da auch das Horniman Museum, das recht interessant ist. Es ist durchaus möglich, dass einige Touristen sich auch dieses Wachsfigurenkabinett ansehen.«

»Ich habe jedenfalls noch nie davon gehört. Haben Sie die Adressen der Lokale, in denen Miriam aufgetreten ist?«

Burnett reichte Dorian ein Blatt Papier. Der Dämonenkiller steckte es ein und sah sich noch einmal flüchtig um. In einer Lade entdeckte er noch einen Fotoapparat. Es waren erst fünf Aufnahmen gemacht worden.

»Nehmen Sie das mit und lassen Sie den Film entwickeln, Burnett.«

Damit gab er die Suche auf. Vielleicht war der Prospekt ein Anhaltspunkt. Er würde auf jeden Fall morgen diesem Wachsfigurenkabinett einen Besuch abstatten.

»Ich nehme mir jetzt den DiamondKlub vor«, sagte er und sah auf die Uhr. Es war kurz nach eins. »Dieses Lokal hat bis zwei Uhr geöffnet, die beiden anderen sind schon zu. Ich brauche Sie nicht mehr, Burnett. Die Bilder und die Unterlagen über Madame Picard schicken Sie mir bitte in die Baring Road!«

Es regnete noch stärker, als Dorian durch die Charing Cross Road ging.

Er bog nach rechts ab und kam an einigen Sexläden vorbei, die aber schon geschlossen hatten. Nur wenige Leute befanden sich auf den Straßen. Die Touristensaison war vorüber, und den Einheimischen bot Soho nur noch wenig Reize. Eine Spielhalle war offen, und lautes Lachen drang auf die Straße heraus, doch die meisten der billigen Nachtlokale, von denen es oft mehr als zehn in den kurzen Gassen gab, waren dunkel. Endlich erreichte Dorian den DiamondKlub. Er blieb vor dem Schaufenster stehen, das sich in nichts von denen anderer Klubs unterschied. Einige dürftig bekleidete Schönheiten sollten zum Besuch des Lokals animieren.

Dorian steckte sich eine Player's an und sah sich um. Die Straße war menschenleer. Er trat an die Kasse. Der Schwarze hinter der Scheibe grinste ihn freundlich an. »Fünfzig Pence«, sagte er und schob eine Eintrittskarte durch die Öffnung.

Dorian holte eine Einpfundnote heraus und schob sie dem Farbigen hin. Als dieser ihm das Wechselgeld herausgeben wollte, winkte Dorian ab. Dann stieg er die schmale Treppe hinunter, die ins Lokal führte. Es war einige Jahre her, seit er das letzte Mal so eine miese Bude betreten hatte. Sie war absolut letztklassig. Früher war mit solchen Lokalen noch ein Geschäft zu machen gewesen. Inzwischen war das Publikum jedoch einigermaßen verwöhnt und hatte kaum noch etwas für billigen Striptease übrig. Der Dämonenkiller setzte sich an den Tresen und bestellte eine Tasse Tee mit Milch. Auf der Bühne entblätterte sich gerade gelangweilt ein blondes Mädchen. Außer Dorian waren nur noch vier Gäste im Lokal, die sich spöttisch über die nicht vorhandenen Qualitäten der Stripperin unterhielten. Die Frau störte sich daran allerdings wenig. Dorian goss etwas Milch in seinen Tee, rührte um und trank die Tasse dann in einem Zug leer.

»Ich möchte Max Shulburg sprechen«, sagte er zum Barkeeper.

»So, Sie wollen Max sprechen«, entgegnete der Mann und beugte sich vor. »Weshalb, wenn ich fragen darf?«

Der Dämonenkiller blickte ihn nur kurz an; das reichte, um den Fettsack ängstlich zusammenzucken zu lassen. Dorian kannte seine Wirkung auf andere Menschen. Nicht selten machte er auf Fremde einen kalten, wenn nicht sogar unheimlichen Eindruck.

»Sagen Sie Shulburg, dass ich einige Fragen habe, Miriam Corbey und Kathy Boucher betreffend.«

»Polizei?«, fragte der Barkeeper. »Dann folgen Sie mir!«

Sie gingen durch das Lokal und verschwanden im Gang, der zu

den Garderoben der Stripperinnen führte. Vor einer Tür blieb der Barkeeper stehen und klopfte. Als sie eintraten, erblickte Dorian einen Mann, der hinter einem kleinen Schreibtisch saß. Er schien nicht gerade erfreut über die Störung zu sein.

»Was gibt es, Henry?«, fragte er knurrend.

»Polizei«, erwiderte Henry lapidar.

Max stand auf. Er war ein kleiner Mann, der Dorian kaum bis ans Kinn reichte. Sein Schädel war völlig kahl, sein Gesicht aufgedunsen und feuerrot. »Polizei?«, fragte er erschrocken.

»Es geht um Miriam und Kathy«, sagte der Barkeeper.

Max nickte und zeigte auf einen alten Stuhl. »Setzen Sie sich doch.« An Henry gewandt fuhr er fort. »Du kannst verschwinden.«

Dorian nahm Platz, während sich der Barkeeper zurückzog. Der Raum war spartanisch eingerichtet. Das Mobiliar musste von einem Altwarenhändler stammen. Die Wände waren mit Mädchenbildern beklebt. Max verlangte keinen Ausweis, und Dorian wunderte sich nicht darüber. Er beugte sich vor und fixierte den Klubbesitzer, dem sein Erscheinen einen gehörigen Schreck eingejagt zu haben schien. Dorian konnte ein Grinsen kaum unterdrücken. Er wusste über diese schmierigen Typen Bescheid. Sie waren meist nur kleine Fische und hatten alle Angst vor der Polizei. Fast jeder hatte seine Hände in irgendwelchen schmutzigen Geschäften.

»Wir wollen zunächst eines klarstellen, Shulburg«, sagte der Dämonenkiller. »Mich interessiert nicht, was Sie so alles treiben, auch nicht, wenn es illegal ist. Ich bin nur an Informationen über Kathy und Miriam interessiert. Wenn ich aber den Eindruck gewinne, dass Sie nicht ehrlich zu mir sind, dann kann ich auch anders. Dann nehmen wir Sie und Ihren Saftladen genauestens unter die Lupe, verstanden?«

Max wurde blass, Schweiß perlte auf seiner Stirn. »Verstanden.«

»Schön. Seit wann waren die Mädchen bei Ihnen beschäftigt?«

»Kathy seit etwa einem Jahr, Miriam erst seit einem halben. Die beiden waren befreundet. Sie hatten eine gemeinsame Wohnung.«

Dorian nickte. »Erzählen Sie mir alles, was Sie über die Mädchen wissen.«

»Das ist nicht viel«, meinte Max. »Sie waren anders als die anderen Mädchen und beachteten diese kaum. Die meisten Stripperinnen sind Huren und gehen nach der Vorstellung mit einem der Gäste ins Bett, aber nicht so Kathy und Miriam. Für Männer haben sie sich nie interessiert. Vielleicht waren sie ja lesbisch, ist mir auch egal. Jedenfalls passten sie im Grunde überhaupt nicht in diesen Laden.«

»Sind Ihnen die Mädchen in letzter Zeit verändert vorgekommen?«

»Allerdings. Es fing mit Kathy an. Sie war oft völlig geistesabwesend. Wenn ich sie ansprach, zuckte sie zusammen. Und dann verschwand sie. Vor drei Wochen. Sie hat nichts mitgenommen. Alle ihre Kleider, ihren Schmuck, alles, was ihr gehörte, ließ sie zurück. Seitdem war Miriam ebenfalls verändert. Sie fühlte sich schwach und sah überall Gespenster. Sie behauptete, dass verschiedene Gegenstände zum Leben erwachen würden und sie packen wollten. Hirngespinste, ich weiß, aber sie sagte es. Vielleicht hat sie irgendwelche Drogen genommen. Heute, bei ihrem zweiten Auftritt, wirkte sie besonders seltsam. Sie brachte eine neue Nummer, doch wenn ich es mir jetzt so überlege, könnte das gar kein Theater gewesen sein.«

»Was meinen Sie damit?«

Max presste die Lippen zusammen. »Das ist schwer zu sagen. Ich kann es nicht in Worte fassen. Zuerst lief alles normal. Sie zog sich aus, wie immer halt. Aber plötzlich wurden ihre Bewegungen heftiger. Es schien so, als würde sie mit einem Unsichtbaren kämpfen, verstehen Sie? Sie wand sich und rief immer wieder, dass man sie in Frieden lassen solle. Klar, dass die Leute darauf abfuhren. Mal was anderes. Aber vielleicht steckte doch mehr dahinter. Ich lese gern Geisterstorys und da – na ja, da passieren auch so seltsame Dinge. Ich weiß natürlich, dass es so was nicht gibt, aber sie verhielt sich so anders, so ganz anders. Und alles begann mit dem Verschwinden von Kathy. Vielleicht war sie wahnsinnig. Ich kann es nicht sagen.« Max schwieg.

»Erzählen Sie weiter!«, drängte Dorian.

»Das war eigentlich alles. Miriam sagte, sie sehe Schatten, überall Schatten, die in allen Ecken lauerten und sie verschlingen wollten. Das ist natürlich Unsinn.« Er schwieg. »Oder vielleicht doch nicht?«

Er sah Dorian an, der interessiert zugehört hatte. Überall stieß er auf Schatten. Die Vampire machten sich Sorgen wegen eines Schattens, Phillip überpinselte die Schatten mit schwarzer Farbe, und der Klubbesitzer sprach nun ebenfalls von Schatten. Dorian war ziemlich sicher, dass zwischen diesen Vorfällen ein Zusammenhang bestand.

»Ich möchte mit einer der Striptease-Tänzerinnen sprechen«, sagte er.

»Das lässt sich machen«, meinte Max und stand auf. Fünf Minuten später kam er mit dem Mädchen zurück, das bei Dorians Eintritt mit ihrer Nummer begonnen hatte. Sie war eine dreißigjährige Frau, deren Gesicht auch die dick aufgetragene Make-up-Schicht keinen Reiz verlieh. Unter dem Puder zeichneten sich die Tränensäcke und tiefen Falten deutlich ab. Die Haarwurzeln waren dunkel, die Spitzen jedoch blond gefärbt. Sie trug einen weißen, schmutzigen Morgenrock, der über dem Busen weit offenstand und ihre schweren Brüste sehen ließ. Als sie sich Dorian gegenübersetzte, versuchte sie, einen möglichst gleichgültigen Eindruck zu machen.

»Was gibt's, Süßer?«, fragte sie und überkreuzte lässig ihre Beine.

»Was können Sie mir über Miriam und Kathy erzählen?«

»Über die beiden wollen Sie was wissen?« Sie verzog verächtlich die Mundwinkel. »Ich kannte sie kaum. Die hatten doch nur Augen für sich. Waren ganz schön scharf aufeinander. Ich überraschte sie mal in ihrer Garderobe. Sie trieben es ganz schön bunt. Wollen Sie Einzelheiten wissen?«

Dorian schüttelte den Kopf. »Nein, aber mich interessiert, wie sie zu den anderen Mädchen standen.«

»Da kann ich Ihnen nicht helfen, Mister«, sagte sie. »Keine Ahnung. Sie grüßten uns zwar, aber sonst wollten sie nichts mit uns zu tun haben. Waren ziemlich eigenartig, die beiden. Sie passten überhaupt nicht zu uns. Tut mir leid, ich kann Ihnen nicht helfen. Ich habe in all der Zeit kaum zehn Worte mit ihnen gewechselt.«

Dorian bedankte sich und verließ den Klub. Nachdenklich fuhr er in die Baring Road zurück.

Als Dorian am nächsten Morgen um kurz nach neun Uhr das Frühstückszimmer betrat, lag ein dicker Briefumschlag auf dem Tisch. Er setzte sich und riss das Kuvert auf. Obenauf lag ein Bericht über das Wachsfigurenkabinett der Madame Picard, den er vorerst zur Seite legte. Außerdem war mit einer Büroklammer ein Zettel an fünf Farbfotos befestigt. *Schauen Sie sich die Bilder an. Sie sind sehr interessant. O. I.*, stand darauf.

Dorian nahm sich die Fotos vor. Das erste war eine Porträtaufnahme von Miriam, das zweite eine von Kathy. Beim dritten Bild hielt Dorian unwillkürlich den Atem an. Es zeigte Kathy vor einem Haus. Sie stand neben einer Laterne, die einen deutlichen Schatten warf.

Nur Kathys Schatten fehlte.

Auf dem nächsten Foto war wieder das Mädchen zu sehen. Diesmal hatte sie drei Schatten, von denen einer höchst seltsam geformt war. Das letzte Foto jedoch brachte die größte Überraschung. Nach dem Kleid zu urteilen, musste es sich wieder um Kathy handeln, doch dort, wo sich ihr Kopf hätte befinden sollen, war nichts außer einem hellen Fleck, und durch diesen Fleck konnte man undeutlich den Hintergrund erkennen.

Nachdem er die Fotos nochmals durchgesehen hatte, nahm er sich den Bericht über Madame Picard vor. Mit richtigem Namen hieß sie Suzanne Fletcher und war vor achtundzwanzig Jahren in London geboren. Das Wachsfigurenkabinett hatte sie vor einem halben Jahr eröffnet. Es fand aber nicht viel Zuspruch, da die Wachsfiguren nicht die Qualität von Madame Tussaud's erreichten. Suzanne Fletcher war noch nie mit dem Gesetz in Konflikt gekommen. Ein Foto von ihr war dem Bericht beigefügt. Es zeigte eine hübsche schwarzhaarige Frau mit großen, nachtschwarzen Augen.

Dorian lehnte sich nachdenklich zurück. Er konnte sich zwar nicht vorstellen, was dieses Wachsfigurenkabinett mit dem Schatten zu tun hatte, dennoch würde er der Spur nachgehen. Als die Tür geöffnet wurde, sah er überrascht auf. Coco kam mit einem großen Tablett ins Zimmer.

»Guten Morgen«, sagte sie fröhlich, stellte das Geschirr ab und gab Dorian einen Kuss.

»Sieh dir das an«, sagte er und schob ihr die Fotos hin.

Coco studierte die Bilder aufmerksam. Als sie fertig war, hob sie den Kopf. »Wir haben es mit einem gefährlichen Gegner zu tun«, meinte sie. »Er kann Menschen zu Schatten verwandeln, und diese Schattengeschöpfe sind kaum zu töten. Es ist eine seltene Fähigkeit, die unglaublich viel Kraft und Kenntnis erfordert. Unser Gegner ist stark. Wir müssen aufpassen, sonst könnten wir einige unliebsame Überraschungen erleben.«

Dorian gab ihr einen kurzen Bericht über das tote Mädchen und das Wachsfigurenkabinett. Coco schlug vor, ihn zu begleiten, aber er lehnte ab. Er vermutete, dass ihr Name innerhalb gewisser Kreise der Schwarzen Familie bekannt war, und er wollte als harmloser Besucher bei Madame Picard erscheinen.

Dorian parkte den Wagen ein Stück von dem Museum entfernt. Er rauchte noch eine Zigarette, dann stieg er aus und schlenderte die Honor Oak Road entlang. Das Wachsfigurenkabinett befand sich in einem Backsteinhaus in der Benson Road. Er ging langsam darauf zu, durchquerte den Vorgarten und stieg die zwei Stufen zum Eingang hinauf. Hinter einer Kasse saß eine alte Frau mit weißen Ringellöckchen und einem schönen Spitzenkragen. Die Brille war ihr weit über die Nase gerutscht, und sie strickte. Jetzt sah sie auf und lächelte.

»Einmal«, sagte Dorian und nahm das Billett in Empfang. Ein weißer Pfeil wies auf eine Tür. *Zum Wachsfigurenkabinett*, stand darauf. Die alte Frau mit den Ringellöckchen blickte dem Besucher zufrieden nach. Als dieser verschwunden war, nahm sie einen Zettel und schrieb ein paar Worte darauf. Dann steckte sie das Notizblatt in eine Schublade und nahm ihre Strickerei wieder auf.

Dorian gelangte in einen großen Raum, der in mehrere Gänge unterteilt war. Er sah sich kurz um, doch was er zu sehen bekam, entzückte ihn nicht. Die Figuren waren dilettantisch ausgeführt.

Neben der Tür standen einige Monster, die allesamt aus einem SF-Roman der Dreißiger Jahre hätten stammen können. Der Dämonenkiller ging weiter. Der abgehackte Kopf von Robespierre grinste ihm aus einer blutbeschmierten Schale entgegen, daneben kniete Maria Stuart auf dem Schafott. In einer Nische stand ein ausgestopfter Gorilla, der ein nacktes Wachsmädchen auf den Armen trug. Beide Figuren waren besonders schlecht gearbeitet.

Dann aber blieb Dorian plötzlich überrascht stehen. Auf einem Bett lag ein alter Mann, die Hände wie in Abwehr ausgestreckt, die Augen weit aufgerissen, mit einem Ausdruck, der das Grauen widerspiegelte. Seine Kehle war durchgebissen. Über ihn gebeugt stand Dracula. Der Vampir sah erschreckend echt aus. Fasziniert starrte Dorian die zwei Gestalten an. Sie passten gar nicht zu den anderen Wachsfiguren. Rasch blickte er sich um und trat dann näher. Er berührte die Hand des Vampirs und kratzte mit den Fingernägeln daran, doch er bekam kein Wachs herunter. Er probierte es bei einer der anderen Figuren. Dort löste sich augenblicklich etwas Wachs ab. Nachdenklich ging er weiter, fand aber nichts Besonderes mehr. Aus der ganzen Sammlung ragte nur die Darstellung des Vampirs und seines Opfers heraus.

Ein junges Paar betrat den Raum und betrachtete die Figuren. Ihren Kommentaren entnahm Dorian, dass beide von den Schaustücken ebenfalls wenig begeistert waren. Er selbst verließ den Raum und blieb vor der Kasse stehen.

»Ich würde gern mit Madame Picard sprechen«, sagte er zu der Alten. »Lässt sich das machen?«

Die Frau nickte und drückte auf einen Knopf, der vor ihr aus der polierten Tischplatte ragte. »Sie wird sofort kommen.«

Eine halbe Minute später trat eine hochgewachsene Frau aus einer Tür und näherte sich dem Dämonenkiller. Er drehte sich um und musterte sie genau. Die Ähnlichkeit mit der Person auf dem Foto, das er vom O. I. erhalten hatte, war nur gering. Madame Picard trug einen weiten schwarzen Rock, der bis zum Boden reichte. Ein schwarzes Mieder spannte sich um ihre festen Brüste, darüber trug sie eine tief ausgeschnittene, schneeweiße Bluse mit weiten Ärmeln. Schwere Ringe funkelten an ihren Fingern. Um den Hals wand sich eine geflochtene Goldkette mit einem riesigen Medaillon. Das pechschwarze Haar hatte sie in ihrem Nacken zu einem großen Knoten geschlungen, in dem eine Goldnadel steckte. An ihren Ohren baumelten große Goldringe. Ihr Gesicht war dunkel, aber die Tönung wurde durch Schminke hervorgerufen. Ihre Lippen waren mit einem blassen Stift nachgezogen, die Wimpern und Brauen dunkel geschminkt, was ihre großen schwarzen Augen noch mehr betonte. Die Frau strahlte Sinnlichkeit aus, obgleich sie unzweifelhaft ordinär wirkte. Sie blieb vor Dorian stehen und lächelte.

»Madame Picard?«, erkundigte er sich.

»Ja«, erwiderte sie mit tiefer, rauchiger Stimme.

»Mein Name ist Dorian Hunter«, sagte er. »Ein Freund erzählte mir etwas von einer Sonderführung.«

Sie betrachtete ihn von oben bis unten, dann nickte sie. »In Ordnung, kommen Sie bitte mit!«

Dorian folgte ihr. Das Zimmer, das sie betraten, zog sich einige Meter in die Länge und war für Dorians Geschmack zu aufdringlich eingerichtet. Die Wände waren mit dunklen Holzplatten belegt, wozu die weiße Ledergarnitur einen zu starken Kontrast bildete, und der hohe giftgrüne Spannteppich wirkte geschmacklos.

»Nehmen Sie Platz!« Er setzte sich. Madame Picard blieb stehen und musterte ihn genau. »Im Augenblick finden keine Sonderführungen statt«, sagte sie dann und setzte sich Dorian gegenüber nieder. »Sie waren doch schon im Kabinett, oder? Was halten Sie von den Figuren?«

Dorian überlegte, was für eine Antwort sie erwartete. »Der Vampir und sein Opfer sind großartig gelungen«, sagte er. »So etwas habe ich bisher noch nie gesehen.«

Sie lächelte. »Und die anderen Figuren?«

Er entschied sich, mit der Wahrheit nicht hinter dem Berg zu halten. »Sie sind dilettantisch«, sagte er. »Kitsch. Misslungene Gebilde.«

Die Frau lachte auf. »Sie haben völlig recht. Diese Figuren stammen auch nicht von mir. Nur der Vampir und sein Opfer. Ich bin eine Künstlerin und will nicht, dass irgendwelche Banausen meine Kunstwerke begaffen. Die wahren Kostbarkeiten zeige ich nur bei Sonderführungen. Aber es dürfen nur Leute daran teilnehmen, die ich längere Zeit kenne, die bewiesen haben, dass sie Kunstverständnis besitzen.«

»Stimmt es, dass Sie auch auf Bestellung Wachsfiguren anfertigen?«

Sie hob die Schultern. »Nur, wenn mir das Modell gefällt. Andernfalls können Sie mir noch so viel Geld anbieten; das Finanzielle spielt bei mir erst in zweiter Linie eine Rolle. Wichtig ist die Freude an der Arbeit.«

Dorian dachte an Phillip, den Hermaphroditen. Vielleicht erreichte er etwas, wenn er den Jungen hierher brachte. »Wann darf ich mit dem Modell vorbeikommen? Es ist ein Junge.«

»Morgen Vormittag würde es gut passen. Wissen Sie was, Mr. Hunter? Sie gefallen mir. Ich hoffe, wir werden uns noch öfter sehen.«

Nachdenklich verließ Dorian das Wachsfigurenkabinett und ging zu seinem Wagen. Irgendetwas störte ihn an dieser Madame Picard. Er stieg ins Auto und fuhr am Wachsfigurenkabinett vorbei. Das Haus war größer, als er angenommen hatte; es erstreckte sich fast bis zur Tyson Road und hatte einen zweiten Eingang an der Seite. Vielleicht war es gar keine so schlechte Idee, das Gebäude einige Zeit beobachten zu lassen.

»Ich habe eine Aufgabe für Sie, Shorter«, erklärte Dorian, nachdem er in die Villa zurückgekehrt war und seine beiden Mitarbeiter hatte rufen lassen. »Und auch für Sie, Murray.«

Die beiden Männer setzten sich. Daniel Shorter war siebenundvierzig Jahre alt; ein verschlossener Mann, der immer einen bitteren Zug um den Mund trug. Er war groß und kräftig, und Dorian hatte festgestellt, dass er unglaublich brutal vorgehen konnte. Er schien keine Angst zu kennen; es war ihm egal, ob er einen schwierigen Auftrag überlebte oder nicht. Ronny Murray schien hingegen das genaue Gegenteil zu sein: ein mittelgroßer junger Mann, der das Leben liebte und gern und oft lachte; ein fröhlicher Bursche von vierundzwanzig, mit langem, dunkelblondem Haar und weit auseinanderstehenden, braunen Augen. Dorian hatte den Eindruck, dass er sein ganzes Geld für modische Kleidung ausgab.

»Ich möchte, dass Sie ein Haus beobachten und von allen Personen, die es betreten, Fotos machen. Es handelt sich um das Wachsfigurenkabinett der Madame Picard.«

Shorter wurde plötzlich blass und beugte sich angespannt vor. »Das Wachsfigurenkabinett?«, fragte er und ballte die Hände zu Fäusten.

Dorian nickte. »Was ist daran so besonders?«

Shorter stieß rasselnd den Atem aus. Er schloss die Augen und seine Lippen bebten. »Sie wissen es nicht, Dorian«, sagte er leise. »Ich habe es kaum jemandem erzählt, aber … vor mehr als vier Monaten war ich mit meiner Frau und meiner siebenjährigen Tochter in diesem Kabinett. Als wir es verlassen wollten, kam die Besitzerin gerade aus einem Zimmer. Sie sah meine Tochter fasziniert an und bat mich, Susi modellieren zu dürfen. Meine Frau war begeistert, doch ich wollte nicht. Ich weiß nicht, weshalb ich ablehnte. Vielleicht weil die meisten der anderen Figuren so erbärmlich gestaltet waren. Meine Frau lag mir danach die ganze Zeit in den Ohren, ich solle doch mit Susi hingehen, aber ich wollte nicht. Dann aber, eine Woche später, verschwanden meine Frau und Susi spurlos. Sie sind seither nicht mehr aufgetaucht.«

Jetzt wurde Dorian das seltsame Verhalten des Mannes klar. Anscheinend hatte er mit diesem Fall direkt in ein Wespennest gestochen. »Und Sie glauben, dass Madame Picard etwas mit dem Verschwinden Ihrer Familie zu tun hat, Daniel?«

Shorter schüttelte den Kopf. »Nein, das will ich nicht unbedingt sagen. Aber die Erinnerung … Ich bemühe mich seit Monaten nur, über den Schmerz hinwegzukommen. Jetzt wurde alles wieder aufgewühlt.«

Dorian nickte und lehnte sich zurück. Kathy Boucher war ebenfalls spurlos verschwunden. Er überlegte, ob er Shorter und Murray etwas von seiner Vermutung erzählen sollte, ließ es dann aber sein. Er wollte nicht, dass Shorter vielleicht etwas Unüberlegtes tat, und das war bei ihm nicht ausgeschlossen. Dorian instruierte die beiden, dann machten sie sich auf den Weg.

Während des Mittagessens unterhielt sich Dorian mit Coco über das Wachsfigurenkabinett. Sie hörte ihm interessiert zu, und als er geendet hatte, meinte sie: »Ich werde am Nachmittag vorbeisehen und mich mit Madame Picard unterhalten.«

»Und was versprichst du dir davon?«, fragte Dorian.

»Ich möchte wissen, ob sie zur Schwarzen Familie gehört. Auch wenn ich die meisten meiner Fähigkeiten verloren habe, dürfte ich das immer noch sehr schnell feststellen können. Und mein Besuch kann auf keinen Fall schaden, oder?«

Dorian schüttelte den Kopf. »Das Kabinett ist bis jetzt der einzige Anhaltspunkt. Bis auf Phillip jedenfalls.«

An dem Verhalten des Hermaphroditen hatte sich nichts geändert. Er kleckste immer noch in seinem Zimmer herum, und jedes Mal wenn Coco oder Dorian das Licht verstellten, sprang er auf, um die veränderten Schatten an den Wänden und auf dem Boden nachzumalen. Das Zimmer sah inzwischen entsetzlich aus. Es war über und über mit schwarzem Lack beschmiert.

»Wenn ich nur wüsste, was er uns sagen will«, meinte Dorian. »Es muss mit dem Schatten zu tun haben, aber in welcher Form?«

Das Läuten des Telefons unterbrach ihr Gespräch. Als Dorian abhob, meldete sich der O. I. am anderen Ende der Leitung. Schweigend nahm er den Bericht des Dämonenkillers entgegen und meinte schließlich: »Ich glaube auch, dass diese Madame Picard eine wichtige Rolle spielt. Ich lasse alle Vermisstenmeldungen durchgehen. Aber ich habe noch etwas, das Sie interessieren wird, Hunter.« Er machte eine kurze Pause und meinte dann: »Der Leichnam Miriam Corbeys ist spurlos verschwunden.«

Dorian verschluckte sich fast. »Aber wie ist das möglich?«, fragte er überrascht.

»Das kann ich Ihnen leider nicht sagen«, meinte der O. I. »Heute Morgen, als die Ärzte sich die Tote nochmals vornehmen wollten, war sie fort. Die Leichenkammer war abgesperrt gewesen. Ein Einbruch scheidet also aus. Da steckt mehr dahinter. Viel mehr.«

»Das glaube ich auch«, sagte Dorian nachdenklich. »Konnten Sie etwas über die Vampirfamilien herausfinden?«

»Leider nicht. Sie bleiben verschwunden. Vielleicht war es doch unklug von Ihnen, gestern alle sechs Vampire zu töten. Wenn Sie einen am Leben gelassen hätten, wären wir jetzt möglicherweise schon schlauer.«

Dorian biss sich auf die Lippen. Der O. I. hatte recht; er musste noch viel lernen.

»Aber grämen Sie sich deswegen nicht, Hunter!«, sagte der O. I. lachend. »Sie sind kein ausgebildeter Geheimagent. Beschäftigen Sie sich inzwischen mit dem Wachsfigurenkabinett. Aber keine Einzelaktionen, wenn ich bitten darf!«

»Coco möchte am Nachmittag dort vorbeisehen«, sagte Dorian. »Ich verspreche mir zwar nicht viel davon, aber es kann nichts schaden.«

»Dieser Meinung bin ich auch«, meinte der O. I. »Bis später, Hunter.«

Nachdem der Dämonenkiller aufgelegt hatte, blickte er Coco an. Sie konnte ihm einen leichten Vorwurf nicht ersparen. »Du gehst wirklich zu brutal vor. Du musst lernen, dich besser zu beherrschen.«

»Um Himmels willen!«, sagte er verärgert. »Bitte fang nicht auch du noch damit an. Ich weiß selbst, dass ich einen Fehler begangen habe. Die Vampire zu vernichten, war nicht besonders gescheit, aber jetzt ist es nicht mehr zu ändern.«

Sein Oberlippenbart sträubte sich. Vielleicht war es besser, gar nichts mehr zu sagen, sonst würde er noch explodieren. Er steckte sich eine Zigarette an und rauchte hastig. Nach einigen Zügen drückte er den Stummel aus, sprang auf und raste die Stufen zu Phillips Zimmer hinauf.

Coco folgte ihm. Oben angekommen, riss er die Tür auf und blickte auf das Bett. Der Hermaphrodit saß regungslos da und stierte auf eine Zeitung, die er vor sich ausgebreitet hatte.

Er hatte gründliche Arbeit geleistet; das Zimmer war fast völlig beschmiert.

»Phillip, hörst du mich? Ich will mit dir sprechen.«

Der Junge reagierte nicht, sondern pfiff nur vergnügt vor sich hin. Unvermittelt griff er nach der Zeitung und ließ seine feingliedrigen Hände über das Papier streifen. Er blätterte ein paar Seiten um, dann blickte er Dorian auffordernd an. »Farbe.«

Der Dämonenkiller warf Coco einen verständnislosen Blick zu. Sie aber ergriff den Farbeimer und reichte ihn Phillip. Der Hermaphrodit stellte ihn auf das Bett und tauchte den Pinsel ein. Anschließend hielt er ihn über die Zeitung. Einige Tropfen Farbe fielen auf das Papier. Er bewegte die Hand stärker und tauchte den Pinsel zwischendurch immer wieder ein. Nach etwa einer Minute war die Zeitungsseite fast vollständig mit schwarzen Tupfern bedeckt. Phillip ließ den Pinsel in den Eimer fallen und hielt Dorian und Coco die Zeitung hin. Es war nichts mehr zu lesen – außer einer Anzeige für ein Musical im Saville. Heute war Galapremiere.

»Was hältst du davon?«, fragte der Dämonenkiller.

Coco zuckte die Achseln. »Ziemlich eindeutig. Ich würde sagen, wir sollten hingehen.«

Dorian nickte. »Ich werde versuchen, Karten zu bekommen.« Er wandte sich wieder dem Hermaphroditen zu. Vielleicht ließ er sich noch einen weiteren Hinweis entlocken. »Phillip, sieh mich an!«, verlangte er, doch der Junge folgte nicht. Sein Blick war wieder nach innen gerichtet. Er war für Dorian immer noch ein Rätsel. Manchmal war er völlig normal, doch dann kamen Zeiten, in denen er wie ein Wahnsinniger wirkte. Er reagierte auf nichts und saß oft stundenlang nur da und starrte die Wand an, als würde er einem interessanten Fernsehprogramm zusehen.

»Zwecklos«, sagte Coco und wandte sich seufzend ab.

Eine Stunde später betrat die ehemalige Hexe das Wachsfigurenkabinett in der Benson Road. Die alte Dame mit den weißen Ringellöckchen stand wortlos auf, als Coco sie bat, Madame Picard zu holen. Kurz darauf tauchte die Besitzerin des Kabinetts auf.

Die beiden Frauen musterten einander und waren sich auf Anhieb unsympathisch. Madame Picard führte Coco in ihr Zimmer, und Coco setzte sich. Sie spürte augenblicklich, dass die Frau nicht zur Schwarzen Familie gehörte, wohl aber beeinflusst worden war, ebenso wie die alte Frau mit den Ringellöckchen. Coco spürte die Ausstrahlung ganz deutlich. Sie schaute sich unauffällig um und erblickte auf dem Fußboden einige schwarze Haare, die nur Madame Picard gehören konnten. Sie bückte sich, hob eines von ihnen auf und drehte es zwischen Daumen und Zeigefinger. Dann hob sie die Hand und fuhr mit dem Haar über die Lippen.

»Was wollen Sie von mir?«, fragte Madame Picard und setzte sich.

Coco lächelte und ließ sich nicht stören. Sie murmelte etwas völlig Unverständliches, und plötzlich begann das Haar zu glühen, zuerst dunkelrot, dann weiß. Sie hielt es Madame Picard vors Gesicht. Die Augen der Frau weiteten sich und wurden immer starrer. Dass die Besitzerin des Wachsfigurenkabinetts durch diese schwache Magie zu hypnotisieren war, stellte für Coco den endgültigen Beweis dar, dass sie nicht der Schwarzen Familie angehörte. Die ehemalige Hexe stand auf und ging zur Tür, die zum Kabinett führte. Sie drehte den Schlüssel herum und wollte sie schon aufstoßen, doch dann zuckte sie erschrocken zurück. Es war, als hätte sie einen elektrischen Schlag bekommen. Die Tür war verhext, und mit normalen Mitteln konnte sie den Bannspruch nicht aufheben. Also setzte Coco sich wieder. Immerhin wusste sie nun, dass es hier wirklich nicht mit rechten Dingen zuging.

Madame Picard saß noch immer reglos auf der Couch.

»Kennen Sie Miriam Corbey und Kathy Boucher?«, fragte Coco.

»Ja«, erwiderte Madame Picard tonlos.

»Sie wissen, dass Miriam Corbey tot ist? Und Kathy Boucher ist spurlos verschwunden.«

»Ja, das weiß ich.«

»Wo finde ich Kathy? Antworten Sie!«

Madame Picards Lippen bewegten sich. Sie wollte etwas sagen, doch kein Wort kam aus ihrem Mund. Schweiß perlte auf ihrem Gesicht. Sie stöhnte. »Nein«, rief sie. »Nein! Ich darf nichts verraten.«

Es war so, wie Coco vermutet hatte: Die Frau stand unter einem fremden Einfluss, und dieser Einfluss war zu stark. Coco konnte ihn mit ihren bescheidenen Mitteln nicht außer Kraft setzen. »Was hat es mit der Sonderführung auf sich?«, bohrte die ehemalige Hexe weiter.

»Das darf ich nicht sagen.«

Coco stellte noch einige weitere Fragen, doch sie bekam keine vernünftige Antwort mehr. Madame Picards Gesicht war rot geworden. Ihre Augen flackerten. Coco stand auf. So kam sie nicht weiter. Sie überlegte kurz. Vielleicht würde eine Beschwörung helfen, aber die konnte sie hier nicht durchführen; dazu benötigte sie einige magische Gegenstände. Sie beugte sich über Madame Picard und riss ihr einige Haare aus. Sie mussten besonders lang sein, damit die Beschwörung sicher ihre Wirkung erzielte. Anschließend schnitt sie der Frau mit einer Schere, die sie in der Schublade des Schreibtisches gefunden hatte, einige winzige Stücke ihrer Fingernägel ab und verstaute diese gewissenhaft in einem Briefumschlag.

Bevor sie den Raum verließ, durchsuchte sie noch rasch die Schreibtischschubladen, fand aber nichts Besonderes. In einem Schrank entdeckte sie Unterwäsche und stopfte diese in eine Plastiktragetasche. Schließlich blieb sie abermals vor Madame Picard stehen und befahl ihr zu vergessen, dass Coco jemals hiergewesen war. Der Bann des fremden Dämons war nicht sonderlich stark, so dass die ehemalige Hexe keine Mühe hatte, Madame Picard zu beeinflussen. Danach verließ sie das Zimmer, ging unbeachtet an der Kasse vorbei und auf die Straße.

Ihr Besuch war nicht so verlaufen, wie sie es sich erhofft hatte, aber immerhin hatten sich einige Hinweise ergeben. Madame Picard hatte auf jeden Fall etwas mit den geheimnisvollen Vorfällen zu tun. Als sie das Grundstück verließ, erblickte sie auf der gegenüberliegenden Straßenseite Daniel Shorter, der in seinem Wagen saß und das Haus beobachtete.

Dorian war es gelungen, Karten für die Galapremiere zu bekommen. Interessiert hörte er sich Cocos Bericht an. »Was hast du jetzt vor?«, erkundigte er sich.

»Ich möchte eine Beschwörung vornehmen«, sagte die ehemalige Hexe. »Ein Versuch kann nicht schaden. Vielleicht kann ich die Sperre durchbrechen und Madame Picard in meinen Bann ziehen.«

Dorian fühlte sich immer unbehaglich, wenn er an Cocos Vergangenheit erinnert wurde. Nur zu deutlich entsann er sich seines Erlebnisses in Wien, als Coco ihm mittels ihrer Hexenkräfte den Kopf verdreht hatte. »Muss das wirklich sein?«, fragte er.

»Ja«, sagte sie fest. »Es ist ein Versuch. Wir wissen, dass Madame Picard etwas mit diesen Fällen zu tun hat. Möglicherweise kann die Beschwörung uns weiterhelfen.«

Ohne ihm Gelegenheit zu weiterem Widerspruch zu geben, zog sich Coco in ihr Zimmer zurück. Dort holte sie ein Stück Stearin aus einer Tasche, nahm es zwischen beide Hände und wartete, bis es weich geworden war. Dann begann sie eine kleine Statue zu formen, die einen übergroßen Kopf, unglaublich breite Hände und riesige Brüste hatte. Sie stellte die Figur auf einen Tisch, über den sie ein schwarzes Tuch gebreitet hatte, holte das Kuvert hervor, presste die fünf Haare in den Kopf der Statue und bohrte schließlich auch die abgeschnittenen Fingernagelstücke in den Leib der Wachsfigur. Schließlich verdunkelte sie den Raum und zündete eine dicke Kerze an. Sie kauerte vor dem Tisch nieder, spreizte die Beine, legte die Handflächen nach oben auf den Tisch und stieß seltsame Worte aus. Mehr als eine halbe Stunde lang konzentrierte sie sich auf die Figur, bis diese von innen heraus zu leuchten begann. Auf dem Höhepunkt der Anstrengung zog Coco wie in Trance ein Pentagramm um die Figur. Ihre Kräfte reichten tatsächlich aus. Die Figur strahlte immer stärker und schmolz dann langsam zu einem formlosen Klumpen zusammen. Der erste Teil der Beschwörung hatte geklappt, den zweiten Teil wollte sie um Mitternacht durchführen.

Das Saville war ein altes Theater. Es war kein besonders großes, aber dafür ein sehr ehrwürdiges Haus, das von der glorreichen Vergangenheit jedoch kaum mehr leben konnte. Es hatte sich deshalb dem Trend angepasst. Fast ausschließlich moderne Stücke und Musicals, die den größten Erfolg hatten, wurden gespielt.

Dorian hatte beschlossen, nicht mit Coco ins Theater zu gehen. Zwei Agenten begleiteten sie, das musste reichen. Einer hatte einen Platz im Parterre, der andere einen im ersten Rang. Coco saß in einer Loge des Balkons. Sie war eine halbe Stunde vor Beginn der Vorstellung gekommen und hatte sofort Ihren Platz eingenommen. Mit ihrem Opernglas beobachtete sie genau die ankommenden Besucher, doch ihr fiel nichts Verdächtiges auf. Das Theater füllte sich langsam. Von ihrem Platz aus konnte sie auch die beiden Agenten sehen.

Die ehemalige Hexe trug ein hübsches Abendkleid, zu dem ihre große Handtasche sehr schlecht passte. Irgendwo aber musste sie schließlich die fünfundzwanzig Zentimeter lange Spezialpistole und ein kleines Funkgerät unterbringen, mit dem sie mit den beiden Agenten in Verbindung treten konnte. Dabei versprach sie sich eigentlich nicht allzu viel von diesem Abend. Es konnte auch Zufall gewesen sein, dass Phillip gerade diese Anzeige nicht bekleckst hatte. Und selbst wenn nicht, so wusste sie immer noch nicht, worauf sie wartete.

Das Stück interessierte sie herzlich wenig. Musical war nicht der richtige Ausdruck dafür, Pop-Oper auch nicht. Es war eines jener modernen Gesangsstücke, eine Anklage der Jugend gegen die Alten; ein Stück, das möglichst progressiv wirken sollte, es aber nicht war; ein Stück mit ein paar recht netten Liedern, von denen eines sogar ein Hit geworden war. Die Darsteller und auch der Autor waren so damit beschäftigt, den Spießbürgern einen Spiegel vors hässliche Gesicht zu halten, dass sie gar keine Zeit fanden zu bemerken, dass sie selbst sich von ihren Feindbildern nur noch in Nuancen unterschieden. Einige von ihnen waren im Jaguar vor das Theater gefahren, und der Autor hatte sich mit seinen kritischen Stücken bereits ein Landhaus und einen Rolls Royce zusammengeschrieben.

Plötzlich zuckte Coco zusammen. Ein Dämon hatte den Zuschauerraum betreten. Sie spürte die Ausstrahlung. Gerade ging die Deckenbeleuchtung langsam aus, und der Vorhang hob sich. Nur ein dünner Lichtstrahl zuckte über die Bühne; der Zuschauerraum war dunkel. Die ehemalige Hexe beugte sich vor und starrte durch das Opernglas. Leise Musik erklang, die allmählich lauter wurde. Coco konzentrierte sich. Sie wollte die Richtung bestimmen, aus der die Ausstrahlung kam. Die Musik störte sie ein wenig, doch schließlich gelang es ihr, den Ausgangspunkt festzulegen. Der Dämon musste sich im zweiten Rang befinden. Von ihrem Platz aus war er jedoch nicht zu erkennen. Die Loge öffnete sich, und ein Paar und ein junger Mann traten ein. Der junge Mann setzte sich neben Coco und warf ihr einen Blick zu. Unauffällig rückte er näher; offenbar fand er an ihr mehr Gefallen als an dem Stück. Coco war nicht gerade glücklich darüber.

Der Dämon musste sich schräg unter ihr befinden. Sie beugte sich weiter vor, presste das Glas an ihre Augen und versuchte Einzelheiten zu erkennen, doch es war zu dunkel. Die Gesichter waren nur weiße Flecken. Der Mann neben ihr ließ wie zufällig seine Hand auf ihren Schenkel fallen, doch Coco schob sie sofort zur Seite. Das hat mir gerade noch gefehlt, dachte sie. Muss ich ausgerechnet so einen zudringlichen Kerl als Nachbarn bekommen?

Sie überlegte, was sie unternehmen sollte, um den Dämon zu erkennen. Es blieb ihr wohl nichts anderes übrig, als die Loge zu verlassen und im zweiten Rang nach ihm zu suchen. Sie wartete noch zehn Minuten, dann stand sie auf und ging hinaus. Am Ausgang traf sie auf einen uniformierten Wächter, der ihr neugierig nachstarrte. Ein schmaler Gang führte rund um den Zuschauersaal. Sie kam zu den Toiletten und erreichte die Stufen, die in den zweiten Rang führten. Die Treppe war leer. Je höher sie stieg, desto stärker wurde die Ausstrahlung des Dämons. Er musste sich in der sechsten Loge befinden, daran gab es keinen Zweifel mehr.

Rasch ging sie zurück, verschwand in der Toilette und holte ihr Sprechgerät hervor. Zusätzlich steckte sie sich einen Knopf ins Ohr, über den sie Henrys Stimme vernehmen konnte. »Ein Dämon befindet sich im Theater«, sagte sie leise. »Zweiter Rang, links, Loge sechs. Henry, werfen Sie mal einen Blick hinüber und geben Sie mir eine Beschreibung der Leute, die dort sitzen. Bevor Sie mich anfunken, gehen Sie am besten auf die Toilette. Ende.«

Fast fünf Minuten musste sie warten, bis der Agent sich wieder meldete. »Zwei Frauen und ein Mann sitzen in der Loge«, sagte er. »Es ist jedoch zu dunkel. Ich konnte kaum Details erkennen. Der Mann ist groß, trägt einen dunkelblauen Smoking und ist unheimlich mager und blass.«

»Gut. Beobachten Sie ihn weiter. Sobald sich etwas Verdächtiges ereignet, geben Sie mir sofort Bescheid.« Sie steckte das Sprechgerät in ihre Tasche, kehrte in ihre Loge zurück und tat so, als würde sie dem Stück interessiert folgen. In Wirklichkeit jedoch war sie mit den Gedanken ganz woanders. Was wollte der Dämon hier? War er nur gekommen, um sich die Vorstellung anzusehen, oder steckte mehr dahinter?

Endlich war der erste Akt vorbei. Coco verließ kurz die Loge, doch Henry meldete sich nicht. Der zweite Akt des Stückes begann mit schriller Musik.

»Dürfte ich Sie bitten, mit mir den Platz zu tauschen?«, bat sie ihren Nachbarn. Es kostete sie Überwindung, mit ihm zu sprechen, doch von seinem Sitz aus hatte sie einen weit besseren Überblick. Der junge Mann war nur zu gern bereit. Sie setzte sich auf seinen Platz und richtete das Opernglas auf die Loge des Dämons. Sie konnte sich nicht erinnern, ihn schon einmal gesehen zu haben. Rechts neben ihm saß eine junge blonde Frau, links eine wesentlich ältere. Unwillkürlich hielt Coco den Atem an. Die Frau kannte sie. Es war Lady Hurst. Das gekräuselte, grellrot gefärbte Haar war unverkennbar. Die wulstigen Lippen hatten die Farbe der Haare. Sie trug ein giftgrünes Abendkleid, das viel welke Haut entblößte.

Ehe die ehemalige Hexe sich weitere Gedanken machen konnte, spürte sie eine Bewegung neben sich. Der Mann wurde zudringlicher. Er hatte ihre Bitte anscheinend falsch verstanden und sich unnötig geschmeichelt gefühlt. Jetzt wollte er eine Hand auf ihren Schenkel legen, doch sie schlug seine Finger beiseite. Selbst das brachte ihn nicht zur Besinnung. Schließlich hatte sie genug, nahm eine Spraydose aus ihrer Tasche und sprühte ihm einen hauchfeinen Strahl mitten ins Gesicht. Er sackte bewusstlos zusammen. Coco stützte ihn, damit er nicht vom Sitz rutschte.

Als sie sich wieder auf die Loge konzentrierte, sah sie gerade noch, wie das blonde Mädchen aufstand. Wenig später folgte ihr Lady Hurst. Der Dämon blieb weiterhin in der Loge sitzen. Coco erhob sich ebenfalls und ging nach draußen. Sie lief die Stufen zum zweiten Rang hinunter und sah, wie die zwei Frauen um eine Biegung des Ganges verschwanden. Die ehemalige Hexe nahm das Sprechgerät aus der Tasche. »Henry, kommen Sie sofort in den zweiten Rang! Die beiden Frauen haben die Loge verlassen. Sie gehen auf die rechte Seite. Versuchen Sie ihnen den Weg abzuschneiden.« Den Vampirinnen zu folgen, war nicht gerade einfach, da Coco immer wieder an Platzanweisern vorbeikam.

Plötzlich vernahm sie Henrys Stimme in ihrem Kopfhörer. »Die beiden Frauen sind mir eben entgegengekommen. Sie gehen die Stufen zum ersten Rang hinunter. Ich warte einstweilen.«

Coco lief rascher. Sie erreichte die Treppe und hastete hinunter. »Fred«, sagte sie in das Gerät. »Kommen Sie auch herauf!« Eine knappe Antwort sagte ihr, dass er verstanden hatte. Inzwischen erreichte sie Henry Collins. Gemeinsam liefen sie weiter.

»Sie sind nach rechts gegangen«, sagte er. »Haben Sie eine Ahnung, was sie vorhaben?«

»Leider nicht«, keuchte Coco. »Aber sicherlich nichts Gutes.«

Sie liefen den Gang entlang. Die Frauen waren verschwunden. Plötzlich blieb Collins stehen. »Sehen Sie!« Er zeigte auf einen auf dem Boden liegenden Platzanweiser. Bei näherer Betrachtung stellten sie fest, dass er nur ohnmächtig war. Coco und Henry huschten jetzt von Loge zu Loge. Vor der Ehrenloge hörte sie ein Keuchen. Ohne zu zögern, riss Coco die Tür auf, griff in ihre Handtasche und holte die Spezialwaffe heraus. Lady Hurst umklammerte gerade eine füllige Frau. Eine Hand hatte sie auf deren Mund gepresst, und ihr Mund näherte sich ihrer Kehle. Neben dem Opfer saß ein kleiner, froschäugiger Mann mit einer Halbglatze. Die jüngere

Vampirin hielt auch ihm den Mund zu und versuchte mit ihren Zähnen seine Kehle zu erreichen. Da tauchte Henry Collins neben Coco auf. Er zog sofort seine Pistole und schoss. Der dicke Bolzen drang Lady Hurst in die Brust. Sie ließ die füllige Frau los, die ohnmächtig zu Boden fiel.

Die andere Vampirin hatte die Kehle des Mannes so stark zusammengedrückt, dass auch er bewusstlos zusammenbrach. Coco hob ihre Waffe und drückte ab. Sie hatte gut getroffen. Der Bolzen bohrte sich genau ins Herz der blonden Frau. Sie torkelte durch die Wucht des Aufpralls zurück, zeigte aber sonst keine Reaktion.

»Das gibt es nicht«, keuchte Collins.

Auch Lady Hurst brach nicht tot zusammen. Die beiden Frauen rissen sich die Bolzen aus den Leibern und stürmten vor. Sie beachteten Coco und Henry jedoch gar nicht weiter, sondern flohen aus der Loge. Coco warf dem Ohnmächtigen einen Blick zu und erkannte, dass es sich um einen bekannten Politiker handelte. Vermutlich hatten die Vampire ihn zu ihrer Marionette machen wollen. Während Collins den Blutsaugern folgte, sah Coco zu der Loge hinüber, in der der Dämon gesessen hatte. Er hatte die Flucht ergriffen. Die ehemalige Hexe rannte auf den Gang hinaus und folgte Collins. Während des Laufens holte sie das Sprechgerät hervor.

»Fred! Sofort zum Ausgang! Verfolgen Sie den hageren Mann! Er hat seine Loge verlassen.«

»Verstanden.«

Henry Collins war ihr etwa fünfzig Schritte voraus. Nur noch wenige Meter trennten ihn von den beiden Frauen, die jetzt das Foyer erreichten. Weder vom Dämon noch von Fred Martens war etwas zu sehen. Collins erreichte Lady Hurst und packte sie an der Schulter. Er riss sie herum und schlug ihr die geballte Faust unters Kinn. Sie fiel zu Boden. Er rannte weiter und erreichte die blonde Vampirin kurz vor der Ausgangstür. Mit beiden Händen packte er sie und warf sich auf sie. Das Mädchen wehrte sich heftig, aber plötzlich erlosch ihre Gegenwehr. Ihr Körper sackte in sich zusammen, und sie löste sich unter Collins' Händen auf. Mit weit aufgerissenen Augen verfolgte der Agent das unheimliche Schauspiel, während Lady Hurst hinter ihm dasselbe Schicksal ereilte. Ihr Blick begann zu flackern, dann wurde auch ihr Körper durchsichtig und verschwand. Coco und Henry wechselten einen Blick. Die ehemalige Hexe holte sich ihren Mantel von der Garderobe und nahm anschließend mit Fred Martens Verbindung auf.

»Ich folge dem Dämon«, sagte er. »Wir fahren gerade die Tottenham Court Road in Richtung Norden entlang.«

»Wir kommen nach. Geben Sie uns laufend ihre Position durch!«

Eilig machten sich Coco und Henry Collins auf den Weg.

Daniel Shorter beobachtete noch immer das Wachsfigurenkabinett in der Benson Road. Er hatte sich mit Ronny Murray abgewechselt und dabei auch den zweiten Eingang nicht aus den Augen gelassen. Es waren nicht viele Besucher gekommen, und er hatte jeden von ihnen fotografiert. Jetzt war es kurz nach zehn. Alle Fenster waren dunkel, doch Madame Picard befand sich noch im Haus.

Shorter war das Warten gewöhnt; es gehörte zu seinem Beruf. Er hing seinen Gedanken nach, die sich heute besonders mit seiner verschwundenen Frau und seiner Tochter beschäftigten. Er vermisste die beiden sehr. Sein Leben war ohne sie leer und inhaltslos geworden. Er hoffte noch immer, dass sie irgendwann wieder auftauchen würden, aber insgeheim wusste er, dass er damit einer Illusion nachhing. Vermutlich waren sie einem Verbrechen zum Opfer gefallen. Er hatte mit dem Leben abgeschlossen, doch nicht den Mut zum Selbstmord aufgebracht. Jetzt saß er im Wagen, hatte den Sitz weit zurückgeschoben und rauchte eine Zigarette nach der anderen. Gelegentlich stellte er das Radio an, und jede halbe Stunde setzte er sich über Funk mit Ronny Murray in Verbindung.

Zehn Minuten nach zehn Uhr meldete sich sein Partner plötzlich. »Eben verlässt Madame Picard das Haus. Sie steht vor der Tür und sieht sich um. Jetzt sperrt sie ab und geht auf einen weißen Morris zu. Sie steigt ein. Ich werde ihr folgen. Du kannst jetzt nach Hause fahren.«

»Verstanden«, sagte Shorter, doch er dachte gar nicht daran, das

Feld zu räumen und starrte weiter das Haus an. Zwar hatte er von Dorian Hunter keinen Auftrag erhalten, das Kabinett zu durchsuchen, doch die Gelegenheit konnte kaum günstiger sein. Außerdem war er sich inzwischen sicherer denn je, dass Madame Picard etwas mit dem Verschwinden seiner Familie zu tun hatte. Er wartete noch einige Minuten, dann stieg er aus. Die Straße war leer. Kein Mensch war zu sehen, kein Auto fuhr vorbei. Er hatte auch die anderen Häuser in der schmalen Straße beobachtet; alle Fenster waren dunkel.

Shorter überquerte die Straße und blieb vor der Tür des Wachsfigurenkabinetts stehen. Er sah sich nochmals um und nahm sich dann das Türschloss vor. Es dauerte eine halbe Minute, bis er es geknackt hatte. Vorsichtig stieß er die Tür auf und huschte in den Vorraum. Er zog die Tür hinter sich zu, blieb stehen, holte seine Stablampe heraus und schirmte den Lichtstrahl mit der Hand ab. Die Kasse war leer. Völlige Ruhe herrschte; nur seine Schritte hallten in der Stille. Die Tür zum Kabinett war nur angelehnt. Er stieß sie auf, ließ den Strahl der Lampe durch die Gänge huschen und ging dann an den Figuren vorbei. Gelegentlich blieb er stehen und betrachtete die eine oder andere Gestalt genauer. In Schein der Lampe wirkten sie alle recht eindrucksvoll.

Bald erreichte er die nächste versperrte Tür. Sekundenlang überlegte er, ob er sie öffnen oder das Wachsfigurenkabinett wieder verlassen sollte, und entschied sich gegen einen Rückzieher. Diesmal bereitete ihm das Schloss allerdings erhebliche Schwierigkeiten. Er brauchte mehr als fünf Minuten, bis die Tür endlich aufsprang.

Im gleichen Moment hörte er ein Geräusch hinter sich. Blitzschnell drehte er sich um. Nichts war zu sehen, und auch das Geräusch war verstummt, doch er wusste, dass er sich nicht getäuscht hatte. Shorter blieb regungslos stehen, schaltete die Taschenlampe aus und lauschte mit angehaltenem Atem. Nach wenigen Sekunden erklang das Geräusch erneut. Er knipste die Lampe wieder an – und stieß einen überraschten Schrei aus.

Der Vampir, der über den Mann gebeugt gestanden hatte, war zum Leben erwacht. Er schlich den Gang entlang, und seine roten Augen funkelten wie Rubine. Über seinen Schultern trug er ein schwarzes Cape, das seine hohe Gestalt völlig einhüllte. Er ging langsam; es sah so aus, als müsse er erst Gewalt über seine Glieder bekommen. Shorter zog seine Spezialwaffe und wartete, bis der Vampir noch fünf Schritte entfernt war, dann zog er den Abzug durch. Der dicke Holzbolzen bohrte sich in die Brust des Monstrums. Er hatte gut getroffen, dennoch ging der Vampir unbeirrt weiter.

Shorter ging rückwärts durch die Tür, die er soeben mühsam aufgesperrt hatte. Der Vampir bewegte sich jetzt schneller, und seine Augen leuchteten stärker. Shorter wich weiter zurück und blickte sich gehetzt um. Die Wachsfiguren in diesem Raum waren wesentlich besser ausgeführt. Sie sahen fast wie erstarrte Menschen aus; wie Figuren, von denen man erwartete, dass sie jeden Moment zum Leben erwachten.

Der Vampir riss das Maul noch weiter auf, gab aber keinen Laut von sich. Shorter lud die Waffe nach und schoss einen weiteren Bolzen ab, der wieder gut traf, aber ebenso wenig Wirkung erzielte. Der Vampir war auf diese Art nicht zu töten. Shorter blieb nur die Flucht. Er steckte die Waffe ein und rannte los. Der Raum, in dem er sich befand, war riesig. Der Lichtstrahl huschte über Dutzende von Wachsfiguren, die unglaublich perfekt aussahen. Der Vampir war noch immer hinter ihm. Der Agent besaß keine Möglichkeit, ihm auszuweichen; er befand sich in einem schnurgeraden Gang, der auf die rote Stirnwand zuführte. Shorters Herz hämmerte wild. Es war eine gespenstische Verfolgungsjagd. Nur das Keuchen des Agenten war zu hören, der Vampir gab keinen Laut von sich. Endlich erreichte Shorter das Ende des Ganges und bog nach links ab, doch nirgends war eine Tür zu sehen. Der Blutsauger packte ihn an den Hüften und riss ihn um. Die Taschenlampe entfiel Shorters Hand und kullerte über den Boden. Der Vampir kniete über ihm und drückte seinen Oberkörper hinunter. Shorter schlug auf das Monster ein, doch es reagierte überhaupt nicht auf seine Hiebe. Stattdessen biss es nach seinen Fingern und riss sie blutig.

Unter Aufbietung seiner letzten Kräfte gelang es Shorter schließlich, sich aufzubäumen und den Blutsauger zur Seite zu schleudern.

Keuchend sprang er auf, griff nach der Taschenlampe und rannte weiter. Es blieb ihm nichts anderes übrig, als einen der langen Gänge zurückzulaufen, die zur Eingangstür führten. Hinter sich hörte er die Schritte des Monsters. Sein Puls hämmerte, und seine Lungen drohten zu zerplatzen. Kurz bevor er die Tür erreichte, kam er an zwei Figuren vorüber, deren Anblick ihn erstarren ließ. Es dauerte eine Sekunde, ehe Shorter reagierte. Sein Gesicht verzerrte sich, und seine Augen quollen aus den Höhlen hervor.

»Mabel!«, schrie er entsetzt. »Susi!«

Seine Frau und Tochter standen auf einem Sockel und waren so perfekt nachgebildet, dass sie wie lebendig wirkten. Er vergaß die Gefahr, die der Vampir darstellte; er hatte nur noch Augen für die beiden Figuren. Also war es Madame Picard doch gelungen, sie zu modellieren. Und dann fühlte er plötzlich, wie das Grauen nach ihm griff. Ein Abgrund der Angst tat sich vor ihm auf und drohte ihn zu verschlingen. Seine Frau schlug die Augen auf, und ihre Hände bewegten sich! Sie stieg vom Podest herunter und kam auf ihn zu, die kalten Hände weit von sich gestreckt. Ihr Gesicht war völlig starr. Hinter ihr bewegte sich jetzt auch Susi. Shorter schrie und schrie. Es dauerte lange, bis das Grauen für ihn ein Ende fand. Für immer.

Coco und Collins erreichten ihren Wagen, den sie in der Shaftesbury Avenue geparkt hatten. Der Agent klemmte sich hinters Steuer, und Coco setzte sich neben ihn. Im Fond des Wagens bewegte sich etwas, und unter einer Decke tauchte der winzige Chapman auf, der im Wagen gewartet hatte. Collins fädelte den Wagen in den starken Abendverkehr ein und erreichte die Charing Cross Road, die er in Richtung Norden entlangfuhr. Er überquerte die Oxford Street und fuhr dann die Tottenham Court Road entlang.

Plötzlich meldete sich Martens. »Der Unbekannte fährt einen schwarzen Bentley«, teilte er mit und nannte ihnen das Kennzeichen. »Er ist etwa hundert Meter vor mir. Wir fahren eben am Parliament Hill vorbei über die Highgate Street in Richtung Norden. Ich glaube, der Kerl will raus aus London.«

»Sie haben einen Vorsprung von mehr als drei Minuten«, meinte Coco. »Wir werden uns bemühen, aufzuholen.«

Sie drehte sich um und berichtete Chapman von den Vorfällen im Theater. Dann wandte sie sich an Collins. »Ist Ihnen auch aufgefallen, dass die beiden Frauen keinen Schatten warfen?«

Er nickte. »Ja. Jetzt, wo Sie davon sprechen, erinnere ich mich.«

»Wir dürfen kein Risiko eingehen. Gegen diesen Dämon sind wir im Augenblick zu schwach. Wenn er uns entdeckt, sind wir verloren.«

Collins und Chapman schwiegen. Wieder meldete sich Martens. Der schwarze Bentley fuhr eben durch New Southgate und bog auf den Zubringer zur A 6 ab. Obwohl Collins sehr rasch fuhr, konnte er den Abstand nicht verringern. Erst zehn Minuten später erreichten sie die A 6. Der schwarze Bentley und Martens waren weit vor ihnen.

»Er fährt jetzt die Landstraße 331 entlang«, meldete sich Fred. »Ich folge ihm weiter. Halt, jetzt bleibt er plötzlich stehen. Ob er etwas bemerkt hat? Ich werde wohl besser …« Seine Stimme verstummte wie abgeschnitten.

»Fred!«, rief Coco aufgeregt. »Fred!«

Sie hörten durch das Funkgerät lautes Krachen, danach war es still. Collins war bleich geworden. Sie riefen weiterhin aufgeregt nach dem Agenten, bekamen jedoch keine Antwort mehr. Schließlich unterbrach Coco die Verbindung.

»Der Dämon hat ihn entdeckt. Wahrscheinlich hat er ihn getötet.«

Collins fuhr verbissen weiter. Er war mit Martens befreundet gewesen, und hoffte, dass Coco sich irrte, doch tief im Innern ahnte er, dass sie mit ihrer Vermutung recht hatte.

Sie erreichten die schmale Landstraße, und nach hundert Metern sahen sie Martens Wagen. Der Agent hatte ihn frontal gegen einen Baum gelenkt. Von dem schwarzen Bentley war nichts zu sehen. Collins hielt an und verließ zusammen mit Coco das Auto. Martens war aus seinem Wagen geschleudert worden. Er lag auf dem Rücken; sein Genick war gebrochen. Er musste augenblicklich tot gewesen sein. Während Collins neben der Leiche kniete, ging Coco zum Auto zurück.

»Wir sind zu spät gekommen«, sagte sie zu Chapman, der sich aufgestellt hatte und durchs Fenster sah. Sie griff nach dem Sprechgerät und rief Dorian Hunter, der sich fast augenblicklich meldete. In knappen Sätzen informierte sie ihn über das Erlebte.

Der Dämonenkiller schwieg betroffen. »Ich verständige die Polizei«, sagte er schließlich. »Sie sollen den Unfall aufnehmen. Einen Augenblick! Ich hole mir eine Karte der Gegend, in der ihr euch befindet.«

Coco klappte das Handschuhfach auf und holte ebenfalls eine Karte hervor.

»Die Landstraße 331 führt direkt in ein kleines Dorf«, sagte Dorian. »Es heißt Grayville. Ich nehme an, dass sich der Dämon dort aufhalten wird. Fahrt hin und seht euch um. Vielleicht mietet ihr euch ein Zimmer. Es sollte nicht schwerfallen, den schwarzen Bentley zu entdecken. Ich werde außerdem den O. I. einschalten. Vielleicht kann er uns weiterhelfen.«

»Alles klar«, meinte Coco. »Gibt es sonst noch etwas?«

»Allerdings. Shorter ist verschwunden. Murray ist Madame Picard gefolgt, als sie das Kabinett verließ. Shorter sollte hierher in die Villa fahren, doch bis jetzt ist er nicht eingetroffen.«

»Ihm wird schon nichts geschehen sein«, meinte Coco, ohne allerdings recht dran zu glauben. Dann unterbrach sie die Verbindung.

Collins kam langsam näher. Sein Gesicht war verzerrt, seine Lippen bebten vor Wut. Er setzte sich wieder hinters Steuer. »Was nun?«, fragte er.

»Wir fahren weiter und suchen den schwarzen Bentley.«

Er nickte grimmig, startete den Wagen und brauste los. Die schmale Straße verlief schnurgerade. Nach wenigen Minuten Fahrt tauchten die ersten Häuser von Grayville auf. Es war ein kleines, verschlafenes Dorf, in dem kaum fünfhundert Leute wohnten. Die meisten Häuser lagen an der Landstraße; die Fenster waren allesamt verdunkelt. Der Agent fuhr langsam, doch sie konnten den schwarzen Bentley nirgends entdecken. Nach einer Minute Fahrt erreichten sie den Marktplatz. Um einen mittelalterlichen Brunnen gruppierten sich einstöckige, uralte Häuser. Hier herrschte noch ein wenig Betrieb. Einige Leute verließen ein Lokal, das eben geschlossen wurde. Collins stoppte den Wagen unweit des Brunnens. »Ein ziemlich hoffnungsloses Unterfangen«, sagte er böse. »Der Wagen kann in einer Garage stehen, und dann finden wir ihn niemals.«

»Wir könnten einen der Männer fragen«, meinte Coco. »Vielleicht ist der Bentley jemandem aufgefallen.«

Chapman schüttelte den Kopf. »Wenn wir nachfragen, machen wir uns doch nur verdächtig.«

»Dann lassen wir uns halt eine Ausrede einfallen. Fragen Sie einen der Männer, Henry! Sagen Sie, dass uns der Bentley geschnitten und einen anderen Wagen in den Straßengraben gedrückt hätte. Irgendetwas in dieser Richtung. Und fragen Sie auch, wo wir hier übernachten können.«

Collins stieg aus und ging auf die Gruppe zu, die noch immer vor dem Lokal stand. Coco und Chapman beobachteten ihn aufmerksam. Erst unterhielt er sich mit einem großen, schwarzhaarigen Mann, dann noch mit zwei anderen. Als er zurückkam, zuckte er nur die Schultern. »Unfreundliche Leute.« Wütend zog er die Tür zu. »Auf meine Frage nach dem Bentley sind sie überhaupt nicht eingegangen. Und angeblich kann man hier nirgends übernachten.«

Draußen löste sich die Gruppe langsam auf. Die Lichter im Lokal erloschen. Während der nächsten Minuten suchten Coco und die beiden Agenten alle Straßen ab, doch das Dorf war wie ausgestorben. »Es ist hoffnungslos«, meinte Collins schließlich.

»Probieren wir noch diesen Feldweg da aus«, sagte Coco und zeigte auf einen schmalen Weg, der zwischen zwei Häusern hindurchführte. Collins fuhr langsam weiter. Die Scheinwerfer des Wagens erfassten einen halbzerfallenen Bauernhof. Der Weg führte daran vorbei. Aus den Fahrspuren schloss Coco, dass der Weg oft befahren wurde. Trotzdem kamen sie nur langsam voran. Vor einer hohen Scheune endete die Straße plötzlich.

»Wieder nichts«, brummte Collins. »Was nun?«

»Ich sehe mich mal um«, sagte Coco.

»In Ihrem Aufzug?«, fragte Collins. »Sie ruinieren sich das Kleid.«

»Da kann man wohl nichts machen«, erwiderte sie und stieg aus.

Collins folgte ihr. Die Scheinwerfer des Autos waren auf das Scheunentor gerichtet. Es war nur angelehnt und quietschte in den Angeln, als es von Coco geöffnet wurde. Henry knipste seine Taschenlampe an und ließ den Strahl durch den Innenraum wandern. Dort stand der schwarze Bentley. Vorsichtig schlichen sie näher heran. Der Wagen war verlassen. Collins suchte mit dem Lichtstrahl die Wände der Scheune ab. Hier und da hingen einige Gartengeräte, ansonsten war der Schuppen leer.

»Schön, den Wagen haben wir«, sagte Collins. »Aber wo steckt der Dämon?«

»Jedenfalls nicht in der Nähe. Ich kann seine Ausstrahlung nicht spüren.«

Collins ging am Wagen vorbei und ruderte plötzlich mit den Armen. Der Boden unter ihm schien nachzugeben, und er konnte nicht mehr vor und nicht zurück. »Verdammt!«, brüllte er. »Ich bin in eine magische Falle geraten. Helfen Sie mir, Coco!«

Das Mädchen nickte, kreuzte die Hände vor der Brust und murmelte ein paar Worte. Schweißgebadet konnte sich der Agent aus der Falle befreien. Erleichtert blieb er neben Coco stehen. »Es ist zu gefährlich, jetzt weiterzusuchen«, sagte sie. »Der Dämon hat wahrscheinlich unzählige Fallen aufgestellt. Wir müssen rasch fort. Wahrscheinlich hat er unser Auftauchen schon bemerkt.«

Sie liefen zum Wagen zurück, und Collins wendete. Dann starb der Motor plötzlich ab. Er versuchte ihn wieder zu starten, aber das Gefährt gab keinen Mucks mehr von sich.

»Eine weitere Falle«, murmelte Coco. Sie griff nach dem Funkgerät, um Dorian Bescheid zu geben, wo sie sich befanden, doch es funktionierte ebenfalls nicht mehr.

Ronny Murray hatte den weißen Morris von Madame Picard bis in die Catford Hill Road verfolgt, wo die Besitzerin des Wachsfigurenkabinetts vor einem indischen Restaurant geparkt hatte. Jetzt beobachtete der Agent, wie sie ausstieg und sich direkt in das Lokal begab, ohne sich noch einmal umzusehen. Murray wartete eine Viertelstunde, dann stieg er aus und schlenderte unauffällig am Restaurant vorüber. Die Vorhänge waren zugezogen, so dass er nicht hineinsehen konnte. Deshalb beschloss er, das Lokal zu betreten. Er ging kein Risiko ein, da Madame Picard ihn noch nie gesehen hatte.

Die Wirtsstube besaß die Form eines langgezogenen Rechtecks. Sie war gut besucht; kein Tisch war mehr frei. Murray sah sich gelangweilt um und erkannte Madame Picard ganz am anderen Ende des Lokals. Sie saß allein an einem Tisch und sah bei seinem Eintreten nicht einmal auf.

Ein Kellner kam auf ihn zu und begrüßte ihn in tadellosem Englisch. »Guten Abend, Sir. Haben Sie einen Tisch bestellt?«

»Leider nein«, sagte Murray bedauernd.

»Nun, ich könnte schauen, ob Sie sich irgendwo dazusetzen könnten, Sir.«

Der Agent lehnte dankend ab. Bevor er das Lokal wieder verließ, warf er Madame Picard noch einen kurzen Blick zu. Sie hatte ihn auch jetzt nicht bemerkt. Gerade bekam sie ihr Essen serviert. Murray ging hinaus, setzte sich in seinen Wagen und wartete weiter. Eine halbe Stunde später kam Madame Picard heraus. Sie stieg in ihr Auto, fuhr los und bog an der nächsten Kreuzung links ab. Murray folgte ihr, hatte sie jedoch plötzlich aus den Augen verloren. Rasch fuhr er die nächsten Straßen ab, doch der weiße Morris blieb verschwunden. Fluchend setzte Murray sich mit Hunter in Verbindung.

»Machen Sie sich nichts daraus«, tröstete ihn der Dämonenkiller, nachdem der Agent berichtet hatte. »Ich mache mir weitaus mehr Sorgen um Shorter. Er ist noch immer nicht aufgetaucht. Ich befürchte, er hat etwas auf eigene Faust unternommen. Sehen Sie mal auf dem Rückweg in der Benson Road vorbei.«

Murray fuhr los. Er ärgerte sich gewaltig über seinen Fauxpas. Leise vor sich hin fluchend erreichte er schließlich das Wachsfigurenkabinett. Shorters Volkswagen stand noch immer davor.

»Er scheint noch da zu sein«, sprach Murray ins Mikrophon. »Aber im Kabinett ist alles dunkel.«

Hunter seufzte. »Genau wie ich es mir dachte. Sehen Sie doch bitte mal nach, ob die Tür des Kabinetts offen ist. Wenn ja, dann unternehmen Sie nichts, sondern geben mir nur Bescheid.«

Der Agent wartete zwei Minuten, dann stieg er aus und schlenderte langsam auf das Haus zu. Er durchquerte den Vorgarten und stieg die Stufen hoch. Es war ruhig; kein Geräusch drang aus dem Gebäude. Auf der Honor Oak Road fuhren einige Autos vorbei; irgendwo wurde eine Wagentür zugeschlagen. Murray griff nach der Klinke und drückte sie nieder. Die Tür schwang geräuschlos auf. Undurchdringliche Dunkelheit lag vor ihm, doch bevor er die Tür wieder zuziehen konnte, wurde der Vorraum mit der Kasse plötzlich in gleißendes Licht getaucht. Madame Picard stand vor ihm und hielt in der rechten Hand eine .357 Magnum, deren Hahn gespannt war.

»Treten Sie ein!«, sagte sie. »Ich habe Sie erwartet.«

Der Agent wollte zurückspringen, doch er reagierte einen Augenblick zu spät. Kräftige Hände griffen nach ihm, umklammerten seine Schultern und rissen ihn in den Raum hinein. Er wollte schreien, aber seine Kehle war wie zugeschnürt. Eiskalte Hände legten sich um seinen Hals und pressten zu. Rote Kreise drehten sich vor seinen Augen. Er konnte nicht erkennen, wie viele schemenhafte Gestalten ihn festhielten. Der spöttische Blick Madame Picards war das letzte, was er wahrnahm, bevor ihn eine gnädige Ohnmacht umfing.

Das Licht erlosch, und das Haus lag urplötzlich wieder im Dunkeln. Eine Minute später dann öffnete sich die Tür ein weiteres Mal, und zwei Gestalten verließen das Wachsfigurenkabinett und überquerten die Straße. Ihre Bewegungen waren seltsam ungelenk. Eine der beiden setzte sich in Murrays Wagen, die andere sperrte Shorters VW auf und kroch hinters Steuer. Zeitgleich fuhren die Autos los.

Collins versuchte, die Wagentür zu öffnen, doch es war, als würde eine unsichtbare Kraft von außen dagegen drücken. Auch das Fenster ließ sich nicht herunterkurbeln. »Wir sind gefangen«, keuchte der Agent verzweifelt.

»Warum schlagen wir nicht die Fenster ein?«, fragte Chapman.

»Das ist sinnlos«, sagte Coco. »Ich weiß, wie man so einer Falle entfliehen kann. Aber ich weiß nicht, ob ich die Kraft aufbringe, die dazu notwendig ist.« Sie kramte in ihrer Handtasche herum, holte ein Stück Wachs heraus und knetete es zwischen ihren Fingern, bis es weich geworden war. Dann brach sie ein Stück ab und reichte es Collins; Chapman gab sie ein kleineres Stückchen. »Teilt es und stopft es euch in die Ohren«, sagte sie und fuhr an Henry gewandt fort: »Aber vorher wechseln wir noch die Plätze.« Sie kletterte über ihn hinweg und setzte sich hinters Steuer. »Sobald ihr das Wachs in den Ohren habt, schließt die Augen. Ihr dürft sie erst wieder öffnen, wenn ich euch auch das Wachs herausnehme.«

Sie warf den beiden Agenten noch einen kurzen Blick zu und stopfte sich dann selbst einen Teil des Wachses so tief wie nur irgend möglich in die Ohren. Die Falle war nicht besonders stark, aber kein normaler Mensch hätte sich daraus befreien können. Wahrscheinlich rechnete der Dämon nicht damit, dass jemand, der mit der Schwarzen Magie vertraut war, in so eine plumpe Falle lief. Früher hätte Coco über einen solchen Zauber nur müde gelächelt. Jetzt aber war ihr nicht zum Scherzen zumute. Wenn es ihr nicht bald gelang, den Bann zu brechen, waren sie alle verloren. Die ehemalige Hexe holte ein Stück Kreide aus der Tasche und schrieb einen magischen Spruch, der auf Albertus Magnus zurückging, auf die Windschutzscheibe: Ofano, Oblamo, Opsergo. Dabei schloss sie die Augen und wiederholte laut die drei Namen. Dann löschte sie sie wieder aus, wozu sie ein weißes Stofftuch nahm. Anschließend schrieb sie die Worte *Hola noa massa. Light, Beff, Cletemati, Adonai* auf die Scheibe. Der Erfolg ließ nicht lange auf sich warten. Die Luft vor dem Auto begann zu flimmern. Rotes Licht strahlte aus dem Boden. Dann war ein seltsames Sausen zu hören, das immer stärker wurde. Die Luft über dem Wagendach kochte. Abermals versuchte Coco den Motor zu starten, und diesmal gelang es. Sie raste auf die rotglühende Wand zu und durchdrang sie. Im Rückspiegel erkannte sie, dass die flimmernde Luft in sich zusammenfiel. Der Spuk war vorüber.

Rasch fuhr sie weiter, denn sie fürchtete sonst in eine neue Falle zu geraten. Sie erreichte den Ort, fuhr am Marktplatz vorbei und dann die Landstraße entlang. Schließlich blieb sie stehen, gab dem neben ihr sitzenden Collins einen Schubs und tippte gleichzeitig Chapman an. Es war nicht einfach, das klebrige Wachs aus den Ohrmuscheln herauszubekommen.

»Wir hatten Glück«, sagte sie, als sie wieder hören konnten. »Aber der Dämon ist jetzt gewarnt. Es wird schwierig, sich ihm unbemerkt zu nähern. Ich schlage vor, wir suchen uns ein Hotel und fahren morgen zeitig hierher zurück. Immerhin wissen wir jetzt, dass der Dämon sich ständig hier aufhält. Sonst hätte er kaum diese magischen Fallen errichtet.«

Es war nach Mitternacht, als sie den Ort verließen. Auf dem Rückweg nach London dachte Coco an ihre Bemühungen, Madame Picard in ihre Gewalt zu bekommen. Der Bann wirkte jetzt nicht mehr, da sie nicht dazu gekommen war, den zweiten Teil der Beschwörung auszuführen. Coco fürchtete den unbekannten Dämon, denn sie wusste über seine Gefährlichkeit Bescheid. Da er ein Schattenbeherrscher war, verfügte er über starke magische Fähigkeiten. Es war durchaus möglich, dass er sie beobachtete, ohne dass sie etwas davon merkten.

Am Stadtrand fanden sie tatsächlich bald ein Hotel. Collins stieg aus, um sich nach freien Zimmern zu erkundigen, und kam bald mit guter Nachricht zurück. Nachdem sie ihre Räume bezogen hatten, stellte Coco noch einmal die Verbindung zu Dorian Hunter her.

Der Dämonenkiller befand sich immer noch in der Villa. Schweigend lauschte er Cocos Bericht. Je länger er zuhörte, umso größer wurde sein Unbehagen. Ihm wurde klar, mit welch gefährlichem Gegner sie es zu tun hatten. In jedem Fall befürwortete er Cocos Vorschlag, am Rande der Stadt zu übernachten und am Morgen in aller Frühe nach Grayville zurückzukehren. Kurz erzählte er der ehemaligen Hexe vom Verschwinden der beiden Agenten Shorter und Murray, aber sie konnte ihm in dieser Sache auch nicht weiterhelfen.

Als Murray sich auch nicht mehr gemeldet hatte, hatte Dorian schweren Herzens auch noch Sam Pattison hingesandt, ihm jedoch verboten, dem Wachsfigurenkabinett zu nahe zu kommen. Er sollte nur einmal um den Häuserblock fahren und alle Beobachtungen an ihn weitergeben.

Der Dämonenkiller stand auf, steckte sich eine Player's an und ging im Zimmer auf und ab. Er versuchte die bisherigen Fakten zu ordnen. Schließlich setzte er sich wieder hin, griff nach einem Blatt Papier und schrieb die Namen der Leute auf, die verschwunden oder tot waren oder sonst etwas mit diesem Fall zu tun hatten. Die Liste war recht eindrucksvoll. Kathy Boucher, Daniel Shorter, dessen Frau und Tochter und nun auch noch Murray. Tot waren Miriam Corbey und Fred Martens. Und alle Fäden liefen im Wachsfigurenkabinett zusammen. Das Auftauchen des Dämons hatte die Angelegenheit allerdings noch zusätzlich verkompliziert. Dorian war sicher, dass er der Mann im Hintergrund war. Wahrscheinlich war er auch jener Schatten, von dem die sechs Vampire gesprochen hatten.

Das Sprechgerät schlug an. »Hier Sam«, hörte er die Stimme des Agenten. »Ich bin dreimal um den Häuserblock gefahren, doch keine Spur von Shorters oder Murrays Auto. Soll ich weitersuchen?«

»Nein. Kommen Sie zurück. Gab es sonst etwas Verdächtiges?«

»Nein. Nichts. Das Kabinett ist dunkel. Soll ich nicht doch noch einen Blick hineinwerfen?«

»Mir genügen zwei verschwundene Agenten. Kommen Sie sofort zurück.«

Dorian unterbrach die Verbindung und drückte die Zigarette aus. Plötzlich sah er überrascht auf. Phillip, der Hermaphrodit, kam die Treppe herunter. Sein Gesicht war starr wie eine Maske. Die Augen hatte er geschlossen. Auf dem Treppenabsatz blieb er stehen, und seine Lippen bewegten sich. »Schatten«, sagte er leise. »Schatten. Überall Schatten.«

Dorian trat neben den Jungen und fasste ihn sanft an der Schulter. »Geh zurück in dein Zimmer, Phillip!«

Der Hermaphrodit hörte nicht auf ihn. Er trug einen dünnen Schlafanzug, und seine Füße waren nackt. »Schatten. Überall Schatten.« Zögernd machte er einen Schritt nach vorn. Dorian wollte ihn zurückhalten, doch Phillip schob seine Hand weg und ging weiter. Der Dämonenkiller folgte ihm.

Wahrscheinlich wollte der Hermaphrodit ihm wieder einmal etwas zeigen. Sie durchquerten die Halle, und Dorian musste ihn zurückhalten, als er die Eingangstür öffnen wollte. Er holte Schuhe hervor, zog sie dem Jungen an und legte ihm einen Mantel um die Schultern. Phillip öffnete die Tür und marschierte los. Je näher sie dem Gartentor kamen, umso rascher ging er. Schließlich trat er auf die Straße. Sie gingen einige Meter, dann blieb Phillip plötzlich unbeweglich stehen. Sein Gesicht war bleich. Er hob die rechte Hand und deutete auf zwei Wagen, die am Bordstein standen. Es waren Shorters VW und Murrays Mini. Dorian lief fluchend über die Straße und blieb vor den Autos stehen. Sie waren nicht versperrt, und die Zündschlüssel steckten. Zähneknirschend begann er die beiden Wagen zu durchsuchen, fand jedoch keinen Hinweis, der ihm weitergeholfen hätte. Der Unbekannte hatte demnach ihren Schlupfwinkel entdeckt. Er konnte jederzeit zuschlagen, und Dorian hatte ihm nichts entgegenzusetzen.

Bevor er in den Garten zurückkehren konnte, fuhr Sam Pattisons Wagen vor. Der Agent stieg aus. Er war ein hünenhafter Mann, fast zwei Meter groß, mit gewaltigen Schultern, die fast seinen Trenchcoat sprengten. Sein Gesicht war mit Narben bedeckt, die von einem Säureattentat stammten.

»Verdammt!«, rief er, als er die Autos erblickte. »Wo stecken die beiden?«

»Keine Ahnung«, sagte Dorian grimmig. »Phillip hat mich auf die Wagen aufmerksam gemacht. Ich weiß nicht, wie lange sie schon hier stehen.«

Dorian wollte Phillip ins Haus zurückbringen, doch der Junge wehrte sich. Angestrengt starrte er die Straße hinunter. »Schatten«, sagte er. »Schatten.« Dann schwieg er wieder.

Ronny Murray erwachte aus der Ohnmacht. Gedämpft drangen leise Stimmen an sein Ohr. Sein Hals schmerzte, und ihm brummte der Schädel, als niste ein ganzer Bienenschwarm darin. Er schlug die Augen auf. Absolute Dunkelheit hüllte ihn ein. Er wollte sich bewegen, doch er hatte keine Gewalt über seine Glieder; er wollte schreien, doch kein Laut kam über seine Lippen. Er konnte nur die Augen bewegen, sonst war sein Körper gelähmt.

Plötzlich bewegte sich etwas in der Dunkelheit. Er hörte Schritte, die immer näher kamen und schließlich vor ihm endeten. Sein Körper wurde hochgerissen und in Richtung der Stimmen davongetragen. Dann flutete Licht in den Raum. Murray wollte den Kopf zur Seite drehen, doch es gelang ihm nicht. Die Stimmen verstummten, und er wurde niedergelegt. Er versuchte mehr zu erkennen, sah aber nichts außer einer weiß gestrichenen Zimmerdecke. Es war, als wäre sein Gesichtskreis eingeengt worden.

Dann spürte er wieder Hände an seinem Körper. Er wurde erneut aufgerichtet und gegen eine Wand gelehnt. Kurz erkannte er Madame Picard. Neben ihr stand ein äußerst seltsames Wesen. Es trug einen Smoking, doch aus den Ärmeln ragten keine Hände hervor, und das Gesicht des Mannes war nichts weiter als ein konturloser, weißer Fleck, eingerahmt von dunkelbraunen Haaren. Murray blinzelte erschrocken. Jetzt erschienen in der weißen Fläche zwei winzige Augen, die immer größer wurden. Sie standen weit auseinander, die Iris leuchtete glühendrot. Der Agent wollte schreien, als sich die fremden Blicke auf ihn richteten. Er glaubte, in einen endlosen Schacht zu fallen. Danach hatte er den Eindruck, als würde sein Körper in Stücke gerissen. Der Schmerz war unerträglich. Er konnte nicht mehr denken. Sein Inneres wurde nach außen gedreht, und zurück blieb eine grenzenlose Leere. Irgendwann starb er. Sein nutzloser Körper lehnte wie ein Brett an der Wand.

Das Gesicht des unheimlichen Mannes nahm Konturen an. Es war ein hageres Antlitz mit einer leicht gekrümmten Nase und einem kleinen, hässlichen Mund. Der Unheimliche hatte den Geist und die Seele Murrays in sich aufgesogen. Er wandte sich jetzt Madame Picard zu, die bewegungslos auf der Couch saß. Ihr Blick war verschleiert. Der Mann im Smoking beugte sich vor und berührte leicht ihre Schulter. Augenblicklich erwachte sie aus ihrer Erstarrung. Der Unheimliche setzte sich neben sie und zog sie an sich. Sein Blick flackerte, und sie drängte sich ihm entgegen.

»Ich muss dir einige Instruktionen geben«, sagte er.

»Ich höre, Elmer.«

Doch er sagte nichts. Er sah nur in ihre Augen, und ihr Gesicht veränderte sich. Er konnte ihr in einer Art von Telepathie Befehle erteilen. Madame Picard nickte immer wieder, dann löste der Unheimliche seine Hände von ihren Schultern, lächelte zufrieden und warf dem toten Agenten einen langen Blick zu. Schließlich stand er auf, und Madame Picard folgte ihm. Er ging auf ihr Schlafzimmer zu, und ihre Augen leuchteten auf. Ihr Mund verzerrte sich in Erwartung der kommenden Genüsse. Sie atmete rascher, als er die Schlafzimmertür aufstieß. Madame Picard war ihm völlig hörig; seine willige Sklavin, die jeden seiner Befehle widerspruchslos ausführte. Die Augen des Unheimlichen glühten stärker, als sich Madame Picard zu entkleiden begann. Sie spürte seinen Blick wie Feuer und erschauerte vor Lust.

Dorian versuchte ein weiteres Mal, den Hermaphroditen in den Garten zu ziehen, doch der Junge wehrte sich. Er sah noch immer die Straße hinunter, als würde er auf etwas warten.

»Komm ins Haus, Phillip!«, drängte Dorian.

»Schatten«, sagte der Junge immer wieder. »Überall sind Schatten.«

So sehr Dorian auch bohrte, er bekam keine vernünftige Antwort. Der Junge wurde immer unruhiger. Ein kalter Wind blies durch die Baring Road, und Dorian fröstelte, aber daran war nicht nur die kalte Nachtluft schuld. Plötzlich schritt Phillip die Straße entlang. Dorian und Sam Pattison folgten ihm. Am Ende der Straße blieb der Hermaphrodit stehen. Ein Schluchzen schüttelte seinen Körper, und Tränen rannen über seine Wangen. Dorian holte sein Taschentuch hervor und wischte ihm über das Gesicht. Plötzlich aber hielt er inne. Eine Gestalt näherte sich auf dem Bürgersteig. Sie hatte den Gang eines Betrunkenen. Bei jedem Schritt ging sie tief in die Knie und kam dann torkelnd wieder hoch. Phillip schloss die Augen und bewegte die Lippen. Die seltsame Gestalt kam immer näher. Noch konnte der Dämonenkiller keine Einzelheiten erkennen, doch dann fiel der Schein einer Straßenlampe auf das Gesicht des Mannes.

»Murray!«, schrie Pattison und setzte sich in Bewegung.

Dorian folgte ihm. Sie rannten dem Agenten entgegen, erreichten ihn und blieben entsetzt stehen. Sein Gesicht war ausdruckslos, und er hielt die Augen geschlossen.

»Ronny«, sagte Dorian, »was ist mit Ihnen los?«

Murray wollte an ihm vorübergehen. Der Dämonenkiller wollte ihn packen, zuckte aber erschrocken zurück. Die Haut des Agenten war eiskalt – wie die von Miriam Corbey. Murray blieb stehen. Seine Lider hoben sich, und leere Augenhöhlen starrten Dorian und Sam an. Dann löste er sich von einer Sekunde zur anderen vor ihren Augen in Luft auf. Pattison stieß einen entsetzten Schrei aus, als er das unheimliche Geschehen verfolgte: Zuerst verschwand das Gesicht Ronny Murrays, dann zerflossen die Hände und schließlich der ganze Körper. Nur seine Kleidung blieb am Boden liegen.

Dorian und Sam sahen einander schweigend an und zuckten zusammen, als sie das höhnische Lachen hörten, das über ihnen erscholl. Der Dämonenkiller blickte auf, doch er konnte nichts erkennen. Das Lachen verebbte; danach war es wieder still.

Sam sammelte die Kleidung auf. Phillip stand noch immer dort, wo sie ihn verlassen hatten. Er sah angestrengt in die Luft und bekreuzigte sich. Seine Augen waren weit aufgerissen. Von irgendwoher drang ein Schmerzensschrei zu ihnen. Ein zufriedenes Lächeln umspielte die Lippen des Hermaphroditen. Dann drehte er sich um und betrat den Garten. Er ging rasch auf das Haus zu und stieg die Treppe zu seinem Zimmer hoch.

»Phillip!«, rief Dorian ihm nach. »Phillip! Ich will mit dir sprechen.«

Der Junge ging weiter. Dorian zuckte wütend mit den Schultern. Phillip wusste viel mehr, doch er sagte nichts. Was bedeuteten das zufriedene Lächeln und der laute Schmerzensschrei, den er gehört hatte? Und das Lachen? Der seltsame Tod Murrays? Nichts als Fragen, auf die er keine Antwort bekam. Eines aber war sicher: Der Unbekannte spielte nur mit ihnen. Er hätte sie längst erledigen können. Nur der Hermaphrodit war eine Gefahr für die Schwarze Familie, eine große Gefahr. Er war im Augenblick Dorians einzige Hoffnung.

Der Dämonenkiller und Pattison kehrten ins Haus zurück, und Dorian begab sich auf sein Zimmer. Er fühlte sich müde, aber der Schlaf wollte nicht kommen. Zu vieles ging ihm durch den Kopf. Lange Zeit lag er auf dem Bett und starrte nachdenklich vor sich hin.

Coco wurde um sieben Uhr geweckt. Sie schlug die Augen auf und schnupperte. Ein seltsamer Geruch hing in der Luft und vergiftete die Atmosphäre kaum wahrnehmbar. Ein Dämon war vor kurzer Zeit in ihrem Zimmer gewesen. Coco stand auf und sah sich misstrauisch um. Sie fühlte sich höchst unbehaglich, doch auch nach mehrmaligem Nachschauen konnte sie keine magischen Fallen entdecken. Danach wusch sie sich rasch und schlüpfte in ihre Kleider. Da der unbekannte Dämon sie entdeckt hatte, machte es vielleicht überhaupt keinen Sinn mehr, sich noch auf die Suche nach ihm zu begeben. Sie trat auf den Gang und klopfte an Collins' Zimmertür. Der Agent öffnete, und Coco trat ein. Chapman hatte bei ihm im Zimmer übernachtet; sie hatten den kleinen Mann hereingeschmuggelt.

»Guten Morgen«, begrüßte Henry sie missmutig.

Coco nickte flüchtig. Wieder spürte sie die Aura. Der Dämon hatte auch Collins und Chapman einen Besuch abgestattet. Als die Agenten ihr einen fragenden Blick zuwarfen, erklärte sie es ihnen.

»Prost Mahlzeit!«, sagte Collins und schüttelte sich. »Er hat uns also entdeckt. Da können wir gleich unser Vorhaben aufgeben.«

»Nein«, sagte Coco. »Wir suchen ihn. Es bleibt uns gar keine andere Wahl.«

»Das sehe ich nicht ganz ein«, meinte Collins stur.

»Was wollen Sie denn tun, Henry?«, fragte Coco spöttisch. »Wollen Sie tatenlos darauf warten, dass er Sie tötet?«

Sie gingen in die Empfangshalle, und Coco zahlte die Rechnung. Auch hier spürte Coco die Ausstrahlung des Dämons. Sie setzten sich in den Wagen und verließen den Parkplatz des Hotels.

»Fahren wir nach Grayville«, sagte Coco, »Dort können wir ausgiebig frühstücken. Sie müssen leider im Wagen bleiben, Don. Wir bringen Ihnen etwas mit.«

Chapman nickte. Ihm war alles recht. Er war genügsam geworden in den vergangenen Wochen.

Langsam wurde es hell. Kein Auto kam ihnen entgegen. Links und rechts der Straße lagen Felder. Weit im Hintergrund erkannte man einen kleinen bewaldeten, schneebedeckten Hügel. Krähen flogen vor dem Wagen her. Collins fuhr rascher, und die ersten Häuser tauchten auf. Bei Tageslicht wirkte der ganze Ort trostlos. Die Häuser sahen alt und verwahrlost aus. Man hatte den Eindruck, als sei das Dorf gänzlich unbewohnt. Eine Geisterstadt. Sie erreichten den Marktplatz, und Collins hielt an. Ein schottischer Schäferhund trottete über den Platz, schnupperte an ihrem Auto und ging weiter.

»Sonderbar«, bemerkte Collins, »um diese Zeit herrscht normalerweise überall schon Betrieb. Da ist etwas faul.«

Bevor Coco antworten konnte, meldete sich Dorian Hunter. Er berichtete von den Ereignissen der vergangenen Nacht, und das Unbehagen im Wagen wurde größer. Die ehemalige Hexe knabberte nervös an ihren Lippen herum.

»Was hältst du davon?«, fragte der Dämonenkiller abschließend.

Sie zögerte mit einer Antwort. »Der Schattendämon kann jederzeit zuschlagen. Er kennt uns und kann uns überall erreichen, egal wo wir uns gerade verstecken. Er kann seinen Körper in einen Schatten verwandeln und sich blitzschnell vorwärts bewegen; hundert Kilometer kann er in wenigen Minuten zurücklegen.«

»Dann verstehe ich aber nicht, wieso er gestern mit einem Wagen fuhr«, entgegnete Dorian.

»Wahrscheinlich deshalb, weil sich Lady Hurst und der andere weibliche Vampir in seiner Gesellschaft befanden.«

»Mag sein. Ich gehe mit Phillip um zehn Uhr ins Wachsfigurenkabinett. Hoffentlich leben wir bis dahin noch.«

Coco gab keine Antwort, sondern unterbrach die Verbindung. Henry Collins starrte sie ängstlich an. Der Puppenmann Don Chapman hatte die Augen geschlossen. Die Drohung hing wie eine dunkle Wolke über ihnen. Jeden Moment konnte der Dämon zuschlagen, und sie konnten sich nicht wehren.

Von einer Sekunde zur anderen veränderte sich dann plötzlich das Bild im Dorf. Leute kamen aus den Häusern, und einige Geschäfte wurden geöffnet. Jetzt herrschte ein ganz normales Treiben. Nur eines war seltsam, fand Coco: Die Leute wirkten wie Marionetten. Sie verrichteten ihre Arbeit, doch sie sprachen nicht miteinander. Sie gingen aneinander vorbei, ohne sich zu grüßen, beachteten einander überhaupt nicht. In London wäre das normal gewesen, hier nicht. In einem Dorf wie Grayville kannten sich die meisten Menschen von Kindheit an und waren miteinander befreundet.

Coco stieg aus und betrat einen Tabakladen. Hinter dem Pult stand ein weißhaariger Mann und schaute von seiner Zeitung auf, als sie eintrat. Auf ihren Gruß reagierte er nicht.

»Eine Schachtel Dunhill«, verlangte sie.

Der Mann holte die Packung aus einem Regal und legte sie auf den Ladentisch. Coco reichte ihm einen Geldschein, und der Alte gab ihr schweigend das Wechselgeld zurück.

»Wo bekommt man hier ein Frühstück?«, fragte sie.

»Das weiß ich nicht«, sagte der Alte.

»Sie müssen doch wissen, wo man hier etwas zu essen bekommt?«

»Ich weiß es nicht«, sagte er unfreundlich, drehte sich um und verschwand hinter einem Vorhang.

Coco kehrte zum Wagen zurück. Sie war nun ganz sicher, dass das Dorf unter dem Einfluss des Dämons stand. Die Menschen gingen ihren Geschäften nach, waren aber nichts anderes als willenlose Puppen. Sie winkte Collins zu, und dieser stieg aus. Gemeinsam überquerten sie den Marktplatz.

»Coco, ist Ihnen aufgefallen, dass keine Kinder zu sehen sind?«, fragte er.

»Sie werden in der Schule sein.«

»So? Dann sehen Sie sich mal die Schule an!«

Der Agent hatte recht. Das Schulgebäude befand sich am südlichen Ende des Marktplatzes. Die Jalousien waren heruntergelassen. Nirgends brannte Licht.

»Sieht nicht so aus, als würde da Unterricht stattfinden, nicht wahr?«

Coco nickte wortlos. Sie erreichten einen Gasthof und traten ein. Es war ein altes Wirtshaus, das mehr als dreihundert Jahre alt sein musste. Die Wände waren aus dunklem Holz, die Einrichtung bestand aus einfachen, groben Tischen und klobigen Stühlen. Das Lokal war leer bis auf den Wirt hinter der Theke. Er trug eine weiße Schürze um seinen ausladenden Bauch. Nachdem Coco und Henry sich gesetzt hatten, kam er auf sie zu und musterte sie mit abweisendem Blick.

»Zweimal Schinken mit Ei«, bestellte Coco, »dazu Toast und eine große Kanne Tee.«

Der Wirt drehte sich um und ging in die Küche.

»Die Leute hier sind alle verhext«, sagte die ehemalige Hexe. »Sie haben keinen eigenen Willen mehr. Jeder erfüllt nur seine Aufgabe, die er wahrscheinlich vom Dämon zugeteilt bekommen hat.«

Der Wirt kam mit einer großen Kanne Tee, zwei Tassen und einer Zuckerdose zurück. Er stellte alles auf den Tisch.

»Sagen Sie mal«, wandte sich Coco an ihn, »seit wann sind Sie eigentlich schon verhext?«

Collins hielt den Atem an, doch der Wirt reagierte nicht. Er drehte sich einfach um und verschwand wieder in der Küche. Coco öffnete ihre Handtasche, holte ein Holzkreuz hervor und legte es auf den Tisch. Collins sah interessiert zu, wie sie mit einem Stück Kreide ein Pentagramm auf den Boden malte. Fünf Minuten später kam der Wirt mit zwei Tellern und einem Körbchen voll Toast zurück. Er reagierte überhaupt nicht auf das Pentagramm, und auch das Kreuz störte ihn nicht. Ungerührt stellte er sich wieder hinter die Theke und sah starr vor sich hin. Coco steckte das Kreuz vorerst nicht wieder ein.

»Keine Reaktion«, sagte Coco. »Das dachte ich mir. Der Mann steht unter einer Art Hypnose, die aber nicht mit normalen magischen Mitteln zu durchbrechen ist.«

Sie griff nach dem Besteck und begann zu essen. Collins folgte ihrem Beispiel, obgleich er keinen Appetit verspürte. Insgeheim bewunderte er Coco, da sie keinerlei Angst zu kennen schien. Auf seine Frage hin jedoch legte sie das Besteck auf den Teller, wischte sich die Lippen mit der Serviette ab und schüttelte den Kopf. »Natürlich habe ich Angst, wahrscheinlich noch viel mehr als Sie«, erwiderte sie zögernd. Dann sagte sie ausweichend: »Wir müssen noch etwas für Chapman mitnehmen.« Sie schenkte sich eine zweite Tasse Tee ein und warf einen flüchtigen Blick auf den Platz hinaus. Ihre Hand begann zu zittern. »Sehen Sie, Henry, dort draußen!«

Collins warf einen Blick hinaus und verschluckte sich fast. Mehr als zwanzig Personen kamen auf das Lokal zu. Ihre Gesichter waren bleich, die Lippen zusammengepresst, aber das unheimlichste an ihnen war, dass sie keine Schatten warfen. Die Sonnenstrahlen gingen durch ihre Körper hindurch.

Coco sprang auf und malte mit der Kreide einige magische Zeichen vor die Eingangstür. Dann zog sie sich zurück und holte die Spezialpistole hervor. Collins folgte ihrem Beispiel. Die Tür öffnete sich, und eine der unheimlichen Gestalten trat ein. Die magischen Zeichen hielten sie nicht auf. Sie ging einfach darüber hinweg und setzte sich an einen Tisch. Dann drängten mehr und mehr der unheimlichen Leute ins Lokal. Keiner sagte ein Wort. Sie starrten Collins und die ehemalige Hexe nur schweigend an.

»Was haben die vor?«, raunte er Coco zu.

»Keine Ahnung.« Sie setzte sich wieder hin. Die Spezialpistole ließ sie vor sich auf dem Tisch liegen.

Der Wirt stand weiterhin bewegungslos hinter der Theke. Niemand regte sich, niemand sagte ein Wort. Nur die trüben Augen der Dämonendiener starrten Coco und Collins durchdringend an. Die ehemalige Hexe musterte die sonderbaren Menschen unverhohlen. Sie wirkten wie Vampire, doch konnten sie keine sein, da das Sonnenlicht ihnen nichts ausgemacht hatte. Auf jeden Fall aber waren es Schattenwesen, die keine Seele mehr hatten und auch keinen eigenen Willen.

»Ich möchte sehen, wie sie reagieren, wenn ich aufstehe«, sagte Coco leise, und Collins nickte. Sie erhob sich und blieb kurz stehen. Die Gestalten bewegten sich nicht. Nur ihre Blicke folgten ihr. Sie ging zur Tür, griff nach der Türklinke und stieß im nächsten

Moment einen lauten Schrei aus. Ihre Hand war mit Brandblasen bedeckt. Collins sprang auf und eilte zu ihr.

»Wir kommen nicht raus«, sagte sie. »Der Dämon hat einen Brandvorhang ums Haus gelegt. Er ist unsichtbar, aber man verbrennt sich, wenn man ihn berührt, und wenn man hindurchgehen will, geht der Körper in Flammen auf. Ich kann ihn nicht durchdringen.« Coco sah ihre Hand an. Die Blasen waren aufgeplatzt, und das Fleisch sah hervor. Die Hand begann unerträglich zu schmerzen. Die ehemalige Hexe schloss ergeben die Augen. »Das ist das Ende«, sagte sie leise.

Sie setzten sich wieder und warteten. Die unheimlichen Schattengeschöpfe ließen sie nicht aus den Augen. Der Marktplatz war menschenleer. Das Warten wurde fast unerträglich. Coco sah immer wieder auf den Platz hinaus. Plötzlich sah sie eine schemenhafte Figur neben ihrem Auto auftauchen. Sie war kaum eine Sekunde lang zu sehen gewesen. Dann wurde die Eingangstür aufgestoßen. Der magische Vorhang stand in Flammen, die aber sofort erloschen. Deutlich spürte Coco die Ausstrahlung des Dämons, der in der Tür auftauchte. Die Aura war so stark, dass ihr übel wurde. Schwarze Kreise drehten sich vor ihren Augen, und sie atmete rascher. Sie sah alles wie durch einen Schleier.

Der Unheimliche trug einen schwarzen Anzug. Sein Gesicht war ein verwaschener, konturenloser Fleck. In der rechten Hand hielt er den gelähmten Chapman, den er aus dem Auto geholt hatte und jetzt absetzte.

»Guten Tag«, ertönte die kratzige Stimme des Dämons. »Herzlich willkommen in Grayville.«

Collins hob seine Spezialpistole.

»Nicht schießen!«, schrie Coco, doch es war bereits zu spät. Der Agent zog den Abzug durch. Der Bolzen raste auf den Dämon zu und drang durch seine Brust. Doch er bohrte sich nicht wie zu erwarten in die Türfüllung hinter ihm, sondern zog eine Kurve und kam wie ein Bumerang zurückgeschossen. Collins riss die Augen auf. Er ließ sich fallen, doch der Bolzen änderte die Richtung. Der Agent hechtete durch den Raum auf den Dämon zu, um dem Geschoss auszuweichen. Vergeblich. Er wurde in Brusthöhe durchbohrt und brach tot zusammen. Als er bäuchlings auf die Erde stürzte, sah Coco die Spitze des Bolzens aus seinem Rücken ragen. Blut quoll aus der Wunde und tropfte auf den Boden.

Die ehemalige Hexe schloss die Augen, und Chapman begann zu zittern. Die Schattenwesen um sie herum bewegten sich noch immer nicht. Jetzt kam der Dämon langsam näher und blieb vor Coco stehen. Sein Gesicht nahm Formen an. Es war bleich und hager, fast wie ein Totenschädel; dünne Haut spannte sich um die hohen Backenknochen, und die grauen Augen sahen Coco mitleidlos an.

»Es freut mich, deine Bekanntschaft zu machen, Coco Zamis«, sagte der Dämon. »Du warst eine von uns, doch du wurdest ausgestoßen. Ich fühle mich der Schwarzen Familie zwar kaum verbunden, da ich eigene Pläne habe. Dennoch hasse ich Verräter. Du kannst dir vorstellen, dass ich mit dir noch einiges vorhabe, meine Teure. Sehr viel, um genau zu sein.«

Er starrte sie an, und Coco versuchte dem Blick auszuweichen. Dieser Dämon war unglaublich stark. Das Pentagramm und das Kreuz störten ihn nicht. Seine Augen wurden langsam größer. Coco zitterte am ganzen Leib. Sie konnte sich seinem suggestiven Blick nicht widersetzen. »Mein Name ist Elmer Landrop«, sagte er. »Du siehst, wie sehr du mir ausgeliefert bist, dass ich dir sogar meinen richtigen Namen nenne.«

Coco presste die Lippen zusammen. Elmer Landrop, das war einer von Dorian Hunters Brüdern. Er stammte aus Südafrika, wie sie von dem Dämonenkiller erfahren hatte.

»Du weißt über mich Bescheid, nicht wahr? Ich gehöre der Schwarzen Familie an, aber wahrscheinlich nicht mehr lange. Sie werden mich verstoßen, doch das stört mich nicht. Die Schwarze Familie ist mir nur lästig. Dieses Dorf war der erste Versuch, und er ist geglückt. Alle Bewohner gehorchen mir, ebenso diese Schattengeschöpfe. Es sind Vampire. Die letzten Vampire, die es noch in London gibt. Ich raubte ihre Seelen. Die Körper sind nur noch leere Hüllen, durch die das Licht fällt. Sie sind unverwundbar, außer durch meine Hand. Erst bei meinem Tod würden sie zu Staub zerfallen.«

Sein Blick richtete sich wieder auf Coco. »Dein gestriges Eingreifen im Theater passte mir gar nicht«, fuhr Landrop fort. »Ich wollte den Politiker in meine Gewalt bringen. Er sollte eines meiner Geschöpfe werden. Doch das ist nicht so wichtig. Ich habe mich sehr über dich und Dorian amüsiert. Eure Bemühungen, mir auf die Spur zu kommen, fand ich erheiternd. Ich habe mit euch gespielt, aber jetzt bin ich dieses Spiels müde geworden. In wenigen Minuten tappt Dorian in eine Falle, und ich werde ihn vernichten. Er muss sterben und dieser verdammte Hermaphrodit ebenfalls. Dich werde ich eine Zeitlang am Leben lassen, meine Süße. Ich liebe schöne Frauen und werde dich zu meinem willenlosen Spielzeug machen. Du wirst so wie sie werden.« Er zeigte auf die Schattengeschöpfe. »Sie beschützen mich.« Der Schattendämon lachte und kam einen Schritt näher. Seine Augen wurden abermals größer.

Coco versuchte, die Augen zu schließen und den Kopf abzuwenden, doch es gelang ihr nicht. Schweiß perlte auf ihrer Stirn.

»Sieh mich an!«, sagte Landrop. »Sieh mich an!«

Die ehemalige Hexe wurde müde. Ihre Widerstandskraft erlosch, ihre Gesichtszüge entspannten sich. Sie saß unbeweglich wie eine Statue vor dem Dämon und war ihm hilflos ausgeliefert.

Phillip saß in der Halle neben Dorian auf der Couch. Der Dämonenkiller fühlte sich müde. Sein Gesicht war grau, die Augen schimmerten matt. Er hatte kaum geschlafen; wenn er einmal für ein paar Minuten eingenickt war, war er kurz darauf wieder hochgeschreckt. Seit mehr als einer halben Stunde sprach er auf Phillip ein, der jedoch keine Reaktion zeigte. Der Dämonenkiller hatte keine Ahnung, ob der Junge ihn überhaupt verstand.

»Gefahr«, sagte der Hermaphrodit plötzlich. »Coco! Gefahr!«

Dorian ging sofort ans Sprechgerät und versuchte, mit Coco Verbindung aufzunehmen. Es meldete sich niemand.

»Der Schatten«, sprach Phillip weiter. »Gefahr!«

Der hünenhafte Sam trat in die Halle. »Es ist so weit, Dorian«, sagte er. »Wir können losfahren.«

Der Dämonenkiller machte sich große Sorgen um Coco, doch

vorerst konnte er nichts für sie tun. Er musste dringend zu Madame Picard. Es wäre völlig sinnlos gewesen, jetzt nach Grayville zu fahren. Wenn Coco dem Dämon in eine Falle gegangen war, würde er sich höchstens ebenfalls darin verfangen.

»Komm, Phillip, wir gehen.«

Doch der Hermaphrodit blieb sitzen. Er lauschte wieder den unsichtbaren Stimmen. Im Gegensatz zum Vorabend wirkte er leicht verändert. Seine sonst grell roten Lippen waren bleich wie die Haut, und das Gesicht hatte etwas von seiner Engelhaftigkeit verloren. Dunkle Ringe zeichneten sich unter den Augen ab.

»Phillip!«, drängte Dorian. »Wir müssen gehen.«

Der Junge sah ihn an, doch sein Blick ging durch den Dämonenkiller hindurch. Dann jedoch stand er auf und verhielt sich plötzlich ganz normal. »Wohin fahren wir?«, fragte er.

»Zu Madame Picards Wachsfigurenkabinett.«

»Das ist gut. Dort möchte ich hin.«

Sie verließen das Haus. Sam Pattison setzte sich hinters Steuer; Dorian und Phillip nahmen im Fond des Wagens Platz.

»Sie warten draußen, Sam«, sagte Dorian, als sie losfuhren. »Ich gehe mit Phillip hinein. Sollte ich Sie benötigen, dann benachrichtige ich Sie über Funk. Es gibt eine Notruftaste. Sie werden dann ein lautes Summen hören.« Dorian legte einen winzigen Empfänger auf den Beifahrersitz.

»Wäre es nicht besser, wenn ich gleich mit hineingehe?«, fragte Sam.

Der Dämonenkiller schüttelte den Kopf. »Nein, das glaube ich nicht. Wahrscheinlich ist Madame Picard bereits über uns informiert. Es kann sein, dass wir in eine Falle geraten werden, aber …«

»Falle«, sagte der Hermaphrodit. »Der Schatten. Falle.«

»Wenn er nur vernünftig reden würde«, seufzte Dorian.

Phillip bewegte lautlos die Lippen. Sein blasses Gesicht bekam wieder Farbe. Dorian kannte diese Anzeichen bereits; sie deuteten darauf hin, dass der Junge unter höchster Anspannung stand, dass er angestrengt nachdachte und sich konzentrierte.

Nach einigen Minuten erreichten sie die Honor Oak Road, bogen von dort in die Benson Road ein und blieben vor dem Kabinett stehen. Dorian öffnete die Wagentür, und Phillip folgte ihm. Der Junge blieb kurz stehen, schloss die Augen und musterte dann das Wachsfigurenkabinett. Einige Autos fuhren vorüber. Der Hermaphrodit wartete, bis sie fort waren, dann überquerte er die Straße. Dorian hatte Mühe, ihm zu folgen.

Die Eingangstür des Kabinetts war verschlossen. Heute war kein Besuchstag. Der Dämonenkiller drückte auf die Klingel und wartete. Er warf Phillip einen kurzen Blick zu. Der Junge bewegte sich unruhig auf der Stelle. Dorian hatte den Eindruck, dass er es kaum erwarten konnte, das Haus zu betreten.

Endlich wurde die Tür geöffnet. Madame Picard selbst zeigte sich im Rahmen. Die alte Frau mit den Ringellöckchen war nirgends zu sehen. »Nett, dass Sie gekommen sind. Treten Sie bitte ein!« Sie sah Phillip entzückt an. »Das ist also das Modell, von dem Sie gesprochen haben, nicht wahr?«

Dorian nickte. Madame Picard versperrte die Tür und ließ den Hermaphroditen nicht aus den Augen. Er war stehen geblieben und hielt wieder die Augen geschlossen. Sein blondes Haar war sorgfältig gekämmt und fiel über die schmalen Schultern. Nach einer Weile schlug er die Augen auf und musterte Madame Picard strahlend.

»Ein hübscher Junge«, sagte sie begeistert. »Ich würde ihn gern modellieren.«

Phillip sah sich aufmerksam um, dann ging er durch die Tür, die zu den Wachsfiguren führte. Dorian und Madame Picard folgten ihm. Der Junge hatte keinen Blick für die Figuren übrig; zielstrebig ging er auf eine Tür zu. Dorian bemerkte, dass der Vampir, der ihn gestern so beeindruckt hatte, fehlte. Auch der tote Mann, der mit zerrissener Kehle auf dem Bett gelegen hatte, war verschwunden. Phillip blieb vor der Tür stehen.

»Öffnen Sie!«, sagte Dorian zu Madame Picard.

Sie schüttelte den Kopf. »Nein«, sagte sie. »Da darf niemand hinein. Da habe ich meine besonders schönen Figuren aufbewahrt.«

Dorian griff nach der Türklinke; die Tür war abgesperrt. Phillip drehte sich um und sah Madame Picard an. Seine Gestalt leuchtete für einen Sekundenbruchteil auf.

»Öffnen Sie!«, sagte Dorian nochmals.

Diesmal folgte Madame Picard dem Befehl augenblicklich. Sie holte einen Schlüssel aus der Tasche und sperrte auf. Phillip trat als Erster ein. Dorian folgte ihm. Madame Picard schüttelte verwundert den Kopf, ging dann aber den beiden Männern nach. Drinnen hielt der Dämonenkiller unwillkürlich den Atem an. In dem Raum standen Wachsfiguren von einer unglaublichen Vollendung. Meisterwerke. Er kam an einer Gruppe nackter Mädchen vorbei und blieb stehen. Die drei Gestalten sahen so perfekt aus, dass er erwartete, sie würden sich jeden Augenblick bewegen und von ihren Sockeln heruntersteigen.

Phillip wandte sich nach links. Dorian folgte ihm, drehte sich um und sah Madame Picard an, die noch immer den Kopf schüttelte. Er hätte die Figuren gern länger betrachtet, doch dafür war keine Zeit.

Der Hermaphrodit erreichte eine andere Tür und öffnete sie. Dahinter lag ein großes Atelier. Eine Wand bestand ganz aus hohen Glasfenstern, durch die man in einen kleinen Garten blickte. Auf Gestellen hingen große Kessel. Unter einem der Kessel brannte ein kleines Feuer, und auf einem Tisch lagen einige Stearinblöcke. Eine Wand war völlig mit Regalen bedeckt, in denen Holzstäbe, Eisenstücke, Drahtrollen etc. lagen; alles Dinge, die Madame Picard für die Herstellung ihrer Wachsfiguren benötigte.

Dorian sah in den Kessel, unter dem das Feuer brannte. Geschmolzenes Stearin befand sich darin. Phillip blickte sich aufmerksam um.

»Falle«, sagte er. »Falle. Schatten.«

Madame Picard war näher gekommen.

»Falle«, sagte der Hermaphrodit wieder.

Er blickte die Frau an, und sein Körper leuchtete auf. Wie ein Heiligenschein, dachte Dorian. Er sah, dass Madame Picards Gesicht ausdruckslos wurde.

»Fragen!«, sagte Phillip und schloss die Augen.

Zuerst wusste der Dämonenkiller nicht, was Phillip damit meinte, doch als er abermals einen Blick auf Madame Picard warf, verstand er. Ihr Blick war jetzt völlig verschleiert. Ihre Lider zuckten, ihr Mund öffnete sich halb. Die Lippen formten Worte, die nicht zu verstehen waren.

»Wer steckt hinter all den rätselhaften Vorgängen?« Als sie nicht sofort antwortete, schrie er entnervt: »Reden Sie endlich!«

»Der Schatten«, entgegnete sie stammelnd. »Der Schatten … Er tauchte vor fünf Monaten auf.« Ihre Augen waren unnatürlich geweitet.

»Weiter!«, keuchte Dorian. »Erzählen Sie weiter!«

»Der Schatten besuchte das Wachsfigurenkabinett, und er war sehr beeindruckt. Ich zeigte ihm die anderen Figuren, die ich nicht ausstelle, und er bot mir an, mit mir zusammenzuarbeiten. Er wollte es mir ermöglichen, besonders schöne Figuren anzufertigen. Ich ging auf seinen Vorschlag ein. Er gab mir Geld, viel Geld. Und ich modellierte verschiedene Leute, die er mir brachte.«

»Der Schatten will uns in eine Falle locken. Was wissen Sie darüber?«

»Nicht viel«, sagte sie. Ihre Lider zuckten stärker. »Er will herkommen und Sie vernichten. Mehr weiß ich nicht.«

»Kennen Sie seinen Namen?«

Ihr Gesicht lief rot an. Sie schloss die Augen und presste beide Hände auf die Brust. Dann fiel sie ohnmächtig zu Boden.

»Verdammt noch mal!«, schrie Dorian wütend. »Wir brauchen seinen Namen! Dann können wir vielleicht etwas unternehmen.«

Phillip ging an der Ohnmächtigen vorbei und betrat den Raum, in dem die künstlerischen Figuren ausgestellt waren. Der Hermaphrodit schwankte durch die Reihen und blieb plötzlich stehen. Dorian folgte seinem Blick. »Das kann es doch nicht geben!«, sagte er und trat näher.

Zwischen einer älteren Frau und einem ganz jungen Mädchen stand Daniel Shorter. Es gab keinen Zweifel. Wahrscheinlich waren die beiden seine Frau und seine Tochter. Der Dämonenkiller streckte seine rechte Hand aus und ergriff die Linke des Agenten. Er kratzte daran, doch kein Wachs löste sich ab. Phillip stand noch immer reglos da. Sein Gesicht war rot. So hatte Dorian ihn noch nie gesehen.

»Gefahr!« Der Hermaphrodit krümmte sich zusammen. Es war, als hätte er mit einem unsichtbaren Hammer einen Schlag bekommen. Seine Augen verdrehten sich, und er ging in die Knie.

Dorian packte ihn an den Schultern und riss ihn hoch, doch der Junge sackte immer wieder durch. Sein Gesicht war bleich, und sein Körper wurde von Krämpfen geschüttelt. Dann tauchte plötzlich Madame Picard in der Tür auf, und hinter ihr die alte Frau mit den Ringellöckchen. Die beiden klatschten in die Hände. Gleich darauf erwachten die Wachsfiguren, bewegten sich leicht und wandten sich Dorian und Phillip zu.

Coco kämpfte gegen den Blick des Dämons an, der ihr immer stärker seinen Willen aufzwang. Ihr Hirn wurde leer; sie konnte nicht mehr denken. Der Dämon hatte ihre Willenskraft gebrochen, doch er hatte ihr Inneres noch nicht an sich gerissen; das hob er sich für später auf. Er würde sie zu einem Schattenwesen machen. Als er den Blick abwandte, blieb sie unbeweglich sitzen. Jetzt konzentrierte er seine Aufmerksamkeit auf Donald Chapman. Der Puppenmann konnte ihm kaum Widerstand leisten. Innerhalb weniger Sekunden war auch er willenlos.

Elmer Landrop kicherte leise. Er hatte immer schon eine Schwäche für schöne Frauen gehabt, und dank seiner Fähigkeit hatte er jede Frau bekommen, die er gewollt hatte. Coco Zamis fand er besonders reizvoll. Sie trug noch immer das Abendkleid, das ihre Schultern entblößte und ihre vollendete Figur betonte. Ihr schwarzes Haar war jetzt zerrauft, und sie war nicht geschminkt, trotzdem wirkte sie aufregend auf ihn. Einen zusätzlichen Reiz gewann sie für ihn durch ihre Abstammung aus der Schwarzen Familie. Bis jetzt hatte er nur sehr selten Erfolg mit Frauen aus der Familie gehabt. Sie verhielten sich ihm gegenüber abweisend und reserviert. Die Schwarze Familie liebte ihn nicht besonders. Er galt als Außenseiter.

Er war aus Südafrika weggezogen, da ihn das Land nicht gereizt und er dort nicht die Möglichkeiten wie in England gehabt hatte. Landrop hatte große Pläne, und er war auf dem besten Wege, sie zu verwirklichen. Die Vampire von London hatte er bereits unter seine Kontrolle gebracht; sie waren Geschöpfe, die ihm bedingungslos gehorchten. Und es war ihm gelungen – darauf war er besonders stolz –, sich das Dorf Grayville auf einen Schlag untertan zu machen und seine Bewohner zu versklaven. Diesen Test würde er demnächst wiederholen, nur wollte er dann eine größere Stadt wählen. Vielleicht Bedford oder Luton. Und dann Liverpool, Bristol und schließlich London. Er würde alle Menschen in Großbritannien zu willenlosen Sklaven machen. Er hatte die Macht dazu, und kaum jemand konnte ihn aufhalten.

Elmer Landrop war höchst zufrieden. Alles hatte bis jetzt so geklappt, wie er es sich erhofft hatte. Er hatte Madame Picard und viele andere Frauen zu seinen Dienerinnen gemacht, die meisten als Spielzeuge für seine Lust verwendet, und wenn er ihrer überdrüssig geworden war, sie Madame Picard übergeben, die sie dann in Wachsfiguren verwandelt hatte, in ganz spezielle Figuren, die auf seinen Befehl hin zum Leben erwachten. Er konnte auch jederzeit über viele Kilometer hinweg mit seinen Geschöpfen Verbindung aufnehmen und ihnen Befehle erteilen. Jetzt trat er auf Coco zu und sah sie an. Das Mädchen weckte seine Begierde. Die Schattenwesen, die im Hintergrund der Gaststube saßen, ließen ihren Herrn nicht aus den Augen.

»Steh auf!«, befahl er der ehemaligen Hexe, und sie gehorchte.

Der Schatten legte seine Hände auf ihre nackten Schultern, schob die schmalen Träger runter und zog dann das Oberteil über ihre Brüste. »Zieh das Kleid aus!«, befahl er.

Coco öffnete den Reißverschluss auf dem Rücken und stieg aus dem Kleid. Darunter trug sie nur eine Strumpfhose und ein winziges Höschen. Der Dämon konnte sich an ihren Brüsten nicht sattsehen. Verlangend zog er Coco an sich, und seine Hände glitten über ihren halbnackten Körper. Coco leistete keinerlei Widerstand. Verlangend küsste Landrop ihre warmen Lippen und presste seinen Körper enger an das Mädchen.

»Zieh dich ganz aus!«, sagte er heiser, und die ehemalige Hexe gehorchte wieder. »Du bist schön«, sagte er. Seine Augen leuchteten, und seine Lippen wanderten über ihre Schultern und saugten sich an ihren Brüsten fest. Er drängte das Mädchen auf die Holzbank und legte sich auf sie. Plötzlich jedoch zuckte er zusammen und sprang auf. Sein Gesicht verzerrte sich. Das Wachsfigurenkabinett! Dorian Hunter war in die aufgestellte Falle gegangen! Das hatte natürlich Vorrang. Der Dämon schloss die Augen, und kurze Zeit später war er verschwunden. Er tauchte noch einmal kurz auf dem Marktplatz auf, dann huschte er weiter. Er raste nach London und erteilte nebenbei seine Befehle. Immer rascher kam er vorwärts. Es dauerte kaum drei Minuten, bis er die Honor Oak Road erreicht hatte.

Der Hermaphrodit war ohnmächtig zusammengebrochen. Schaum stand vor seinem Mund. Madame Picard klatschte nochmals in die Hände, und alle Wachsfiguren erwachten. Dorian Hunter sah sich gehetzt um. Er riss seine Pistole heraus, eine normale Smith & Wesson, und schoss auf die Figuren, deren Bewegungen noch unregelmäßig und abgehackt waren. Daniel Shorter kam auf ihn zu. Sein Gesicht war unbeweglich; eine weiße Maske, nur die Augen strahlten seltsam hell. Dorian schoss dreimal, doch die Kugeln konnten dem wiedererweckten Shorter nichts anhaben.

Die Hände des Agenten griffen nach Dorians Kehle. Er schlug sie zur Seite, und sein Blick fiel auf den regungslos daliegenden Hermaphroditen. Das ist das Ende, dachte er. Jetzt ist es endgültig aus. Kalte Hände packten seine Schultern, umklammerten seine Arme und Beine. Verzweifelt schlug er um sich. Seine Fäuste trafen immer wieder, doch er konnte die zum Leben erwachten Wachsfiguren nicht verletzen; sie waren unverwundbar. Dorian schrie seine Wut hinaus. Mehr als fünfzehn Figuren umringten ihn. Er wurde hochgehoben und zur Tür getragen. Zwei der unheimlichen Gestalten packten seine Haare und rissen den Kopf zurück.

Madame Picard lächelte, als die Figuren an ihr vorbeikamen. Dann flimmerte die Luft, und der Schatten erschien. Der Dämon trug einen schwarzen Anzug; mehr konnte Dorian nicht erkennen, da das Gesicht nur aus einem schemenhaften, verwaschenen Fleck bestand. Die Wachsfiguren blieben sofort bei seinem Eintreffen stehen.

»Wer bist du?«, fragte Dorian wütend.

Der Schatten lachte nur als Antwort. Madame Picard ging auf die großen Kessel zu und warf in den einen, unter dem das Feuer brannte, einige große Blöcke Stearin. Dann machte sie unter einem anderen ebenfalls Feuer. Eine weitere Gruppe von Wachsfiguren tauchte auf; sie trugen Phillip und blieben ebenfalls neben den Kesseln stehen. Der Schatten lachte wieder und kam näher. Sein Gesicht war noch immer nicht zu erkennen. »Du möchtest wissen, wer ich bin, Dorian?«

Er wollte sich losreißen, doch die Figuren hielten ihn fest.

»Ich bin einer deiner Brüder«, sagte der Schatten. »Welcher aber, das wirst du nie erfahren. Ich werde dich und den Hermaphroditen töten. Sobald das Stearin heiß ist, lasse ich euch hineinwerfen. Als Wachsfiguren werdet ihr mir noch über den Tod hinaus dienen.« Der Schatten lachte wieder. »Noch etwas, das dich interessieren dürfte. Coco Zamis befindet sich in meiner Gewalt. Ich werde sie zu meiner Geliebten machen. Und wenn ich ihrer überdrüssig bin, dann wird sie ein Schattengeschöpf.« Er kicherte.

Dorian hatte die Stimme zu erkennen versucht. Vergeblich. »Dir wird es noch an den Kragen gehen«, sagte er grimmig.

»Das glaube ich nicht, mein Bruder«, sagte der Schatten. »Ich bin nicht so leicht zu besiegen, und der Hermaphrodit ist ohnmächtig. Er kann dir nicht helfen. Von ihm könnte mir Gefahr drohen, aber er kennt meinen Namen nicht und wird ihn auch niemals erfahren.«

Dorian wusste, dass einige Dämonen nur zu besiegen waren, wenn man ihren richtigen Namen kannte. Daher hüteten sie diesen meist wie ihren Augapfel. Verzweifelt versuchte der Dämonenkiller zu erkennen, welcher seiner Brüder sich unter der Maske versteckte.

»Was hast du vor?«, fragte er, um den Dämon abzulenken.

Der Schatten gab bereitwillig Auskunft. »Hier in England gefällt es mir. Ich werde mir die Bevölkerung untertan machen. Ich verwandle sie in Schatten.«

Schatten ... Plötzlich fiel es Dorian wie Schuppen von den Augen. Er dachte zurück an sein Erlebnis in Asmoda, auf dem Schloss derer von Lethian, und als er die Reihe seiner Brüder im Geiste durchging, stieß er auf jenen Großgrundbesitzer aus Kapstadt, dessen Aussehen mehr dem eines Gespenstes als dem eines lebendigen Menschen geglichen hatte. Wie ein lebender Schatten war er damals durch die Gegend gewandelt. Das musste die Lösung sein!

»Das Stearin ist heiß«, sagte Madame Picard.

»Du stirbst als Erster, Bruder«, sagte der Dämon höhnisch und befahl den Wachsfiguren, sich in Bewegung zu setzen. Sie traten auf den Kessel zu, in dem das heiße Stearin brodelte. Der Hermaphrodit bewegte sich immer noch nicht.

»Du wirst mich nicht töten, Elmar Landrop!«, brüllte Dorian.

Der Dämon stieß einen Wutschrei aus, und gleich darauf kam sein Gesicht zum Vorschein. In seinen Augen blitzte der Zorn.

Im gleichen Moment erwachte der Hermaphrodit aus seiner Ohnmacht. Sein Körper leuchtete golden, und die Wachsfiguren ließen ihn fallen. Sie versuchten wieder nach ihm zu greifen, doch wo sie ihn berührten, schmolzen ihre wächsernen Körper dahin. Die meisten hatten bald schon keine Hände und Arme mehr.

Landrop war außer sich vor Wut und wandte sich Phillip zu. Der Dämon und der Hermaphrodit standen einander gegenüber und starrten sich an. Ihre Körper waren bewegungslos, nur die Augen bewegten sich, und die strahlten in seltsamem Glanz. Plötzlich war das Gesicht des Dämons von Schweiß überströmt. Phillip richtete sich auf und kroch auf den Knien näher. Der Dämon wich einen Schritt zurück. Wieder stürmten die Wachsfiguren auf Phillip ein, um ihren Herren zu schützen. Es war ein unheimlicher Anblick, wie ihre Körper sich immer weiter auflösten. Daniel Shorter hatte beide Arme verloren, doch immer wieder stürzte er sich auf den Hermaphroditen.

Dorian war klar, was der Dämon damit bezweckte. Er wollte Phillip in seiner Konzentration stören, doch das gelang ihm nicht. Der unsichtbare Kampf ging weiter. Landrop wich abermals zurück. Dann ließen die Wachsfiguren auch Dorian plötzlich los, und er prallte zu Boden. Aus dem Kabinett kamen noch mehr Figuren, die sich hinter dem Hermaphroditen aufstellten. Sie sprangen Phillip an und begruben seinen Körper unter sich. Die Luft begann zu flimmern und zu zischen. Die Wachsfiguren lösten sich auf. Auch der Dämon begann zu zerfließen, doch nach wenigen Sekunden erschien er wieder. Die Flucht war ihm nicht geglückt.

Der Dämonenkiller richtete sich auf. So etwas hatte er noch nie gesehen. Es war völlig ruhig im Raum. Die Wachsfiguren lösten sich lautlos auf. Das Wachs rann über den Boden, und einige Kleidungsstücke begannen zu glosen. Phillip aber ließ sich von den Figuren, die nach ihm griffen und sich auf ihn fallen ließen, nicht beeinflussen. Er konzentrierte sich ganz auf den Dämon, der immer weiter zurückgetrieben wurde.

Dorian Hunter packte Madame Picard und stieß sie in Richtung des Dämons. Sie versuchte, das Gleichgewicht zu halten und sich an Landrop festzuklammern, doch in diesem Augenblick sprang der Hermaphrodit auf und streckte beide Hände aus. Eine unsichtbare Kraft hob Landrop hoch. Er schwebte für wenige Augenblicke in der Luft und schlug verzweifelt um sich, dann fiel er genau in einen Kessel, der mit kochendem Stearin gefüllt war. Ein Klatschen ertönte, und eine Sekunde später schaute nur noch sein mit Wachs bespritzter Kopf aus der Masse heraus. Diejenigen Figuren, die erst wenig beschädigt waren, griffen erneut nach Dorian.

»Tötet den Verräter!«, brüllte der Dämon, dessen Gesicht sich immer mehr auflöste. Er konnte seinen Blick nicht von Phillips goldenen Augen reißen.

Plötzlich füllte Rauch den Raum. Die glosenden Kleider der Wachsfiguren waren aufgeflammt und hatten kurze Zeit später bereits ein Regal in Brand gesteckt. Die Körper der Wachsfiguren wurden weich in der Hitze, selbst wenn sie nicht direkt mit dem Hermaphroditen in Kontakt kamen.

Dorian konnte ihre Glieder verbiegen und sich von ihnen befreien. Er richtete sich auf und schleuderte die letzten Gestalten, die sich noch an ihn klammerten, von sich. Das Feuer breitete sich aus. Der halbe Raum stand bereits in Flammen. Landrop schrie durchdringend. Er rutschte immer tiefer in das kochende Stearin, bis sein Kopf ganz darin verschwunden war.

Von einer Sekunde zur anderen war der Spuk vorüber. Die Wachsfiguren, soweit sie überhaupt noch vorhanden waren, er-

Rasch glitt sie hinters Steuer des Wagens. Chapman setzte sie auf den Beifahrersitz. Aus allen Häusern kamen Menschen, die aufgeregt durcheinanderredeten. Coco konnte sich ihre Bestürzung vorstellen. Sie hatten alle ihr Gedächtnis verloren, und es war nicht sicher, ob sie es je zurückbekommen würden.

Sie startete und fuhr los. Einige Bewohner wollten ihr den Weg verstellen, doch sie raste rücksichtslos weiter, und die Männer sprangen zur Seite. Es war nicht ihre Aufgabe, die Bewohner von Grayville über die Ereignisse aufzuklären, und sie war sicher, dass man ihr auch nicht geglaubt hätte.

Die Flammen griffen nach Dorian. Er war fast blind, und Phillips Körper lag schwer in seinen Armen. Plötzlich jedoch wich das Feuer zurück. Es ließ einen schmalen Gang frei, durch den Dorian laufen konnte. Hinter ihm schloss sich die Flammenwand wieder. Phillip hatte mit seinen unglaublichen Fähigkeiten eingegriffen.

Der Dämonenkiller rannte in den kleinen Garten, setzte Phillip ab und wandte sich noch einmal um. Das Gebäude war nicht mehr zu retten.

Er atmete auf.

Sie hatten es in letzter Sekunde geschafft. Er war sich darüber im Klaren, dass er ohne die Hilfe des Hermaphroditen jetzt tot wäre. Phillip hatte entscheidenden Anteil an ihrem Sieg.

Während er das Grundstück verließ, dachte er daran, der Erfüllung seiner Aufgabe einen weiteren Schritt näher gekommen zu sein. Wieder war einer seiner Brüder tot, und auch die anderen würde er finden und vernichten. Er griff nach Phillips Hand und zog den Jungen mit sich. Im Nebenhaus stand eine Tür offen, und einige Feuerwehrleute kamen in den Garten. Dorian warf dem Wachsfigurenkabinett einen letzten Blick zu. Gerade krachte der Dachstuhl zusammen, und ein Funkenregen prasselte in den Garten. Dorian sah zum Auto und erblickte Sam Pattison, der auf ihn zukam und ihn mit Fragen bestürmte.

»Der Dämon und Madame Picard sind tot«, entgegnete er matt. »Die Wachsfiguren dürften ausnahmslos dem Feuer zum Opfer gefallen sein. Ich werde es Ihnen später in allen Einzelheiten erzählen, Sam.«

Sie saßen in der Halle der Villa in der Baring Road. Coco hatte die Bisswunden verarztet, und Dorian hatte sich geduscht.

»Ich kann es noch immer nicht glauben, dass wir mit dem Leben davongekommen sind«, sagte er und schüttelte den Kopf. Phillip saß neben ihm auf der Couch. Er war wieder in sich gekehrt und bewegte lautlos die Lippen. »Es ist nur schade, dass er selten so normal reagiert. Er muss über unglaubliche Fähigkeiten verfügen.«

Sie schwiegen eine Weile, und jeder hing seinen Gedanken nach.

»Elmer Landrop war bis jetzt wohl unser stärkster Gegner«, sagte Dorian dann. »Wir müssen noch sehr an uns arbeiten. Und wir brauchen weitere Verstärkung für die Inquisitionsabteilung.«

»Er war ein wahrer Teufel«, sagte Coco. »Miriam Corbey und seine anderen Opfer müssen Entsetzliches durchgemacht haben, bevor sie starben. Und wenn ich daran denke, dass ich jetzt seine Sklavin wäre …« Sie erschauerte.

Dorian hatte dem O. I. Bericht erstattet. Der Leiter der Inquisitionsabteilung wollte alles Notwendige unternehmen, damit der Fall nicht allzu große Kreise zog. Die Bewohner von Grayville mussten betreut werden. Collins' Leiche hatte man bereits von dort fortgeschafft.

»Diese Dämonen sind Bestien«, sagte Dorian hart. »Wir müssen ihnen die Masken herunterreißen und sie vernichten.«

Phillip murmelte unverständliche Worte vor sich hin. Vielleicht stimmte er Dorian zu.

Dem Dämonenkiller wäre es am liebsten gewesen, er hätte auf die Hilfe anderer verzichten können, abgesehen vielleicht einmal von Phillip und Coco. Aber allein war er zu schwach. Die Gründung der Inquisitionsabteilung war ein erster Schritt in die richtige Richtung, und weitere mussten folgen.

Denn überall lauerte die Gefahr, und jeder konnte sein Feind sein.

dorian hunter
DÄMONEN-KILLER

Band 2
Freaks

Der ehemalige Reporter Dorian Hunter hat seine neue Bestimmung gefunden – als Jäger seiner dämonischen Brüder, die über den gesamten Erdball verteilt ihr Unwesen unter den Menschen treiben. Drei von ihnen hat er bereits zur Strecke gebracht. Doch Jerome Fuller, der satanische Chirurg aus Los Angeles, scheint ihm über. All das Wissen, das Dorian sich während der vergangenen Auseinandersetzungen mit der Schwarzen Familie angeeignet hat, kann ihm nicht mehr helfen. Ahnungslos tappt er in die Falle des diabolischen Wissenschaftlers und begegnet in dessen Labor dem unheimlichsten Geschöpf, das diese Welt jemals hervorgebracht hat …

dorian hunter
DÄMONEN-KILLER
»Grandios! Die zurzeit besten Mystery-Hörspiele!
hörBücher-Magazin
Entdecke jetzt den mehrfach ausgezeichneten Mystery-Hörspiel-Erfolg. Infos & Hörproben unter www.folgenreich.de
FOLGEN REICH
UNIVERSAL
UNIVERSAL MUSIC GROUP
© »Dorian Hunter, Dämonenkiller« by VPM-Moewig Verlag KG, Rastatt
© 2012 Universal Music Family Entertainment – a division of Universal Music GmbH